Philippe Sollers

Une vie divine

Gallimard

Philippe Sollers est né à Bordeaux. Il fonde, en 1960, la revue et la collection « Tel quel » ; puis, en 1983, la revue et la collection « L'Infini ». Il a notamment publié les romans et les essais suivants : *Paradis, Femmes, Portrait du Joueur, La Fête à Venise, Le Secret, La Guerre du Goût, Le Cavalier du Louvre, Casanova l'admirable, Studio, Passion fixe, Éloge de l'infini, Mystérieux Mozart, L'Étoile des amants, Dictionnaire amoureux de Venise, Une vie divine.*

Au-delà du nord, de la glace, de la mort — *notre* vie, *notre* bonheur... Nous avons découvert le bonheur, nous connaissons le chemin, nous avons trouvé l'issue de ces milliers d'années de labyrinthe.

NIETZSCHE

Le vent, toujours le vent, depuis une semaine, l'assommant et violent vent du nord venant de là-haut. On est en bas, nous, dans l'intervalle, au large. On est bloqués, on attend. On a beau avoir vécu ça des centaines de fois, c'est chaque fois nouveau, la torpeur, l'ennui, les petits gestes. On se lève, on marche, on respire, on parle, mais en réalité on rampe dedans. Désarroi, fatigue, temps qui ne passe pas, aiguille. Le passé est désenchanté, le présent nul, l'avenir absurde. On se couche et on reste éveillés, on mange et on boit trop, on titube, on dort debout. On n'est pas malade, on est la maladie elle-même. Pas de désirs, pas de couleurs, pas de répit, pas de vrais mots.

Un pas après l'autre. Arrêt. Encore un pas, jambe gauche. Équilibre, jambe droite, et encore un pas. J'y suis, je n'y suis pas. Pas besoin de pensée pour y être.

Le vent empêche de penser, c'est l'ennemi du cerveau, son lavage à sec. Plein vent, tête vide. Un oiseau doit savoir ça, mais, lui, ça ne le dérange pas. Moi, si. Je voudrais bien retrouver ma place en ce monde. J'en avais une, je l'ai perdue, il ne faut pas ébruiter l'accident. Rester libre, surtout. Mais libre pour quoi? Ici, rien ne vient, rien ne se présente. Le vent continue de souffler, et je suis aussi sensible qu'un gros galet sur la plage. Je le ramasse, je le jette, je le reprends. Il est blanc-jaune strié de bleu, combien de milliers d'années de polissage? Bousculé, roulé, charrié, échoué, repris, retourné... Absolument indifférent à la marée comme aux vagues. Aussi refermé qu'une mâchoire ou une dent.

Je rentre dans la maison, je ressortirai demain. Toujours le vent, comme une tempête du temps lui-même. L'eau écume, les portes et les volets grincent, les rafales de pluie se succèdent. Ludi ne dit rien, on n'a pas échangé dix phrases en deux jours. Elle téléphone de temps en temps, moi non. Qu'ils aillent tous et toutes au diable, que le néant les emporte. Que dire quand il n'y a plus rien à dire, ni personne pour écouter ce rien? Du vent.

Ludi, tout à coup:
— Et le cahier?
— En haut, dans le tiroir du bureau, à droite.
Je me suis entendu répondre ça, un réflexe. En réalité, je ne pensais plus du tout à ce cahier d'il y a dix ans, des notes sur mes expériences. Je voulais l'oublier? Sans doute. Ludi, elle, s'en souvient. Récupération de sa vie? Nouveau jugement sur moi? Détails? Valeurs d'époque? Il faut avouer que,

comparée à la dépression ambiante, la vie d'autrefois
paraît légendaire, himalayesque, indienne, amazo-
nienne, africaine. Oui, va chercher le cahier, Ludi,
qu'on revive et qu'on s'émerveille. Qu'on s'étonne,
surtout, d'avoir fait tout ça et tout ça, les dépenses, les
conneries, les jeux, les coups de folie, les nuits. Je veux
te voir lire, rire, hocher la tête, presque pleurer. Porter
le doigt à ta tempe, toc, toc, araignée au plafond, quels
cons. T'arrêter, là, revenir en arrière, commencer à
rêver. Prouver que les mots sont plus forts que toutes
les situations, même les plus désespérées, les plus
plates. Allez, viens, on va calmer ce vent, comme
l'Autre, une fois, endormi dans la barque. Qu'est-ce
qu'il y a ? De quoi avez-vous peur ? Regardez, un geste
suffit, sorti d'un sommeil profond. Et si ça ne vous suffit pas, je vais faire un petit tour sur les eaux, là, pieds
nus sur le lac complice. Ça vous épate, pas vrai, singes
de peu de foi ? Vas-y, Ludi, dans ma chambre, le troisième tiroir à droite, couverture noire, dix ans d'encre.
Qui sait, je reprendrai peut-être goût au papier, aux
longues soirées sous la lampe, aux petits matins bleus,
là-bas, sur le ponton, café sur café, eau fraîche, moineaux picorant le sucre jusque sur ma table, clapotis
de l'eau, des bateaux. Ça y est, je sens que ça me
reprend, frisson de moelle épinière, miracle.

C'était un rêve, le vent, la dépression, le blocage, le
cahier, Ludi. Ils sont là pour vous avertir, les rêves. Le
tragique y est comique, le comique pathétique, la vie
inguérissable, la mort au coin de la rue, le corps une

hypothèse, l'identité une longueur d'onde en cours de brouillage. Drogue, roman. Ils préviennent que l'état dit de veille est hautement improbable, et devrait être tenu pour une extase rapide. Qu'y a-t-il de plus beau et de plus solide que cette chaise de cuisine, là, à l'instant ? Je viens de me réveiller, j'ai vérifié que je n'avais pas de messages, je vais faire chauffer mon café, je regarde mes mains dans le vide. Je pense aux prisonniers du monde entier, à leurs couchettes, à leurs cellules. Il pleut, la fenêtre n'a pas de barreaux, je peux sortir tout à l'heure dans la ville, prendre un autobus, aller où je veux. Où ? Peu importe. Je vais dériver un peu, prendre ce qui arrive. Ici, rien, et rien. Et retour. Ludi ? Oui, il y a Ludi, mais on verra ça plus tard, rien ne presse. Le monde n'ayant aucun sens, autant le considérer comme gratuit.

Un rêve plus profond, après le vent, c'est celui de l'ouverture du crâne. Je suis en train de téléphoner debout, je me vois dans la glace de la salle de bains, tête ouverte, ayant perdu ma calotte, le cerveau à l'air. Situation cocasse, mais délicate, on en conviendra. Où ai-je donc oublié ce couvercle ? Sur le lit ? Comme une coquille de crabe ? Possible. La voix de femme au téléphone (genre appel de taxi) plaisante un peu sur cet épisode (car elle est étrangement au courant). Elle me conseille de me recoiffer ou plutôt de remettre mon couvre-chef d'os. Je n'ai pas oublié comment ça se goupille, au moins ? Réponse plus tard, une pause de publicité. Le film repart sur une autre histoire, les programmes sont vraiment à chier. Quoi qu'il en soit, réveillé, je pose avec terreur ma main droite sur mon crâne vivant, je le tâte, j'appuie, je vérifie, je me console, je me calme. Comment appelle-t-on cette région, déjà ? Ah oui, la *fontanelle*. Le mot vient de fontaine, paraît-il, drôle d'idée. « Nom des espaces situés entre les os de la boîte crânienne avant son entière ossification. La grande fontanelle, ou *bregma*, se ferme à l'âge d'un an. » Revenu, donc, en dormant, à moins d'un an ? Pas mal comme acrobatie. Chapeau. On finit quand même par en avoir ras le bol ou par-dessus la tête, n'est-ce pas ? Ça prend la tête, comme on dit avec raison. On finirait par la perdre, cette boule, cette boîte de conserve. Tout condamné à mort aura la tête tranchée. Boîte noire, refermons-la vite. Sinon, crash au fond des forêts.

J'ai vu pas mal de crânes dans la journée, c'est entendu, des reproductions de peintures, et, de plus, les journaux parlent beaucoup, ces temps-ci, de notre ancêtre africain d'il y a sept millions d'années. Photos scientifiques, sourire désertique du mort, peut-être déjà capable d'une bouillie de syllabes près d'un lac disparu plein de poissons, de crocodiles, de tortues, de lézards, de serpents, de grenouilles, de crapauds, lac lui-même en bordure d'une grande forêt avec hyènes, girafes, chevaux, antilopes, singes, éléphants et hippopotames. Salut, cher gorille, mon semblable, mon frère. Chimpanzé en cours de romantisme futur, salut, cher Yorick, tu veux me parler, je le sens. Mais ce n'est pas une raison pour m'obliger à me promener en rêve avec une partie de mon crâne à la main. Je pense, moi, je ne suis pas un primate se précipitant, sans état d'âme, pour buter ethniquement ses voisins. Non seulement je pense, mais je sais que je pense. Enfin, buvons ce café, n'exagérons rien.

Sept millions d'années en amont, passe encore, je peux toujours m'imaginer que cet ancêtre mal dégrossi vient vers moi, m'anticipe, m'annonce, allumera un jour une cigarette avec un gracieux geste chimpanzé de la main. Mais sept millions en aval ? Et même seulement dix mille ou mille ? Là, je suis écrasé, je me cache, je vomis, je m'évanouis. Le mieux serait sans doute de me jeter tout de suite par la fenêtre. Voilà, c'est fait, c'est fini. Je suis une flaque de sang et de cervelle, vous êtes soulagés, moi aussi. Cela dit l'herbe pousse, la circulation s'aggrave, les transactions crépitent, les bavardages pleuvent, l'éternel soleil de la bêtise luit. Mais qui sait, au fond, si cette planète n'a pas disparu ? Et ses habitants avec ? Dans ce cas, les signes que je suis en train d'écrire sont effacés dans le vide, et ils n'ont, comme moi ou comme vous, aucun intérêt. Moralité : j'ai eu raison, l'autre matin, à la campagne, de brûler six cahiers près du petit bois. Offrande à l'air, fumée, cendres, lambeaux flottant dans les arbres. Difficile de faire plus nul. Mais c'est là que la joie surgit.

— Pourquoi as-tu fait ça ? a dit Ludi.
— Pour voir.
— Pour voir quoi ?
— Plus loin.
— Et alors ?
— Rien.

Je me suis tu, je n'allais pas lui parler de cette vague de bonheur venue d'on ne sait où, qui m'a envahi en voyant le papier brûler et se tordre. Le feu mangeant l'écriture est un vieux rêve obscurantiste. Ici, c'est le contraire, feu contre feu, salamandre, disparition et confirmation atomique, l'envers de l'autodafé haineux. Dieu veut garder jalousement l'écriture, c'est-à-dire sa domination sur les générations et leurs listes. J'écris, je brûle ce que j'écris, voilà une affaire privée, c'est mon droit, je le prends, je l'applique, j'améliore mon attention, ma respiration. D'où je viens? De partout, de nulle part. Où je vais? Partout, nulle part. La vie est un jeu, avec, au bout des lignes, le feu.

Ludi est extrêmement jolie, mais ne supporte pas son prénom entier, Ludivine. Elle le trouve moche, mauvais goût, petit-bourgeois comme sa mère. Il suffit de l'appeler comme ça pour qu'elle enrage. Elle aurait préféré n'importe quel truc à l'ancienne, Anne, Élisabeth, Hélène, Gabrielle, Laurence, Marguerite, ça s'est arrangé avec Ludi, ou Lud. Si vous l'appelez Lulu, elle vous gifle. Lud, passe encore, pour les intimes. Lud! Lud!

C'est canin, c'est drôle.

Bien entendu, comme toutes les très jolies filles, elle souffre du syndrome Marilyn. Elle se trouve laide, grosse, pourrie, elle a envie de se suicider, elle ne supporte pas qu'on la trouve éblouissante, sexy, adorable. Elle méprise cette graisse qui la constitue et qui rayonne, mais elle méprise encore plus tous ces pauvres débiles qui s'y laissent prendre. Elle hait leur cinéma, leur petit cerveau caméra, leurs fantasmes plus ou moins pornos, leur fric, leurs lâchetés, leurs embrouilles politico-mafieuses, leurs contorsions médiatiques, leur conformisme pervers, leurs épouses toc. Elle a raison, mais il faut la persuader de vivre.

Pas de psychanalyse, de somnifères, d'antidépresseurs, juste un peu de gymnastique et une autorité ironique (mon rôle).

Il faut aller dans son sens, aggraver ses doutes, plaisanter, alléger, soulager, démontrer sans cesse que le monde psychique n'a pas plus d'intérêt que la comédie de réputation sociale. Depuis la plus haute Antiquité, les femmes sont obligées de jouer dans un film. Elles le font courageusement pour la plupart, ou alors elles craquent. Mentir, sans fin mentir, et encore mentir, quel travail. Sans parler du fait qu'il faut dire aussi la vérité de temps en temps, mirage.

Ludi est une merveilleuse menteuse. C'est d'ailleurs la phrase que je me suis murmurée au bout de trois ou quatre rencontres : « merveilleuse menteuse ». Mère en veilleuse, très bonne menteuse. Il suffit de la voir, là, bien blonde épanouie aux yeux noirs, cheveux courts, avec sa robe noire moulante, sur la terrasse de cet hôtel, en été. Elle est fraîche, bronzée, elle sait qu'elle se montre, elle laisse venir les regards vers elle, elle s'en enveloppe comme d'une soie. Oui, je sais, elle vous dira qu'elle a pris deux kilos et que c'est dramatique, mais non, justement, elle est parfaite comme ça, rebondie, ferme, ses seins, son ventre, ses cuisses évoquent aussitôt de grands lits ouverts. Ah, ce croisement de jambes, ses fesses lorsqu'elle va au bar, sa façon de sortir et de rentrer et de ressortir et de rerentrer son pied de son soulier gauche — la cheville, là, en éclair —, et puis de rester cinq secondes sur sa jambe droite, et de recommencer, rentrer-sortir, rentrer-sortir, comme pour dire j'ai trouvé chaussure à mon pied, et c'est moi, rien que moi, venez vous y frotter si vous croyez le contraire. Son corps se suffit à lui-même et elle n'a pas à s'en rendre compte. Il dit tout ce qu'il y a à dire, mais elle ne pourrait pas le parler.

La première fois que je l'ai vue, elle était avec un grand type en cuir, l'air chanteur de rock ou gangster secondaire de série télévisée, mince, beau, luisant, bellâtre. Il était assis à côté d'elle, il avait l'expression satisfaite et relâchée du propriétaire, il lui mettait de temps en temps la main sur le genou gauche, elle aimait ça, la salope, elle s'exhibait « femme en main » devant ses copines, elle parlait vite, riait faussement, caméra, caméra, « moi j'ai un mec et il m'aime, vous ne pouvez pas en dire autant, pauvres connes, vous passez votre temps à débiner les mecs, mais vous ne pensez qu'à en avoir un ».

Est-ce qu'ils venaient de baiser ? Probable. Le type avait l'air repu, il *sortait* d'elle, il la couvrait encore une heure avant. Moi, je la matais net, elle l'enregistrait avec sa tempe droite, elle faisait évidemment celle qui l'a remarqué sans rien remarquer. Je ne suis pas un cadeau physique, c'est vrai, j'ai passé depuis longtemps l'âge de la marchandise gratuite, je ne peux pas donner l'impression d'avoir beaucoup d'argent. Ça ne me dérange pas, il y a des compensations. On gagne du temps, on se balade, on plane. On évite des tas de mauvais films dans l'existence. L'ennui, avec cette position hors cadre, c'est qu'on peut se retrouver d'autant plus fasciné par l'étalage de l'obscénité inconsciente ou par la connerie. C'était mon cas ce jour-là.

Donc, elle était là, sur la terrasse, tantôt debout avec son pied gauche délicieux entré-sorti, entré-sorti de son soulier noir, se balançant avant d'aller téléphoner à l'écart sur son portable, revenant, se balançant à nouveau les mains posées à plat sur la table, disparaissant pour aller sans doute aux toilettes, tantôt assise et s'arrangeant pour remuer son cul, envoyer ses bras en avant, agiter légèrement ses mains, pérorer, rire, et repérorer. J'étais seul à capter son agitation, le type et les filles ne déchiffraient rien, elle bougeait pour moi, maintenant, ou plutôt pour la caméra invisible. C'était la fin de l'après-midi, le soleil rouge descendait au large, dorait encore les coussins et les parasols, les filles, buvant leur champagne, commençaient à s'exciter sur la soirée à venir. *Soirée*, mot magique : comment s'habiller et se faire valoir et, qui sait, réussir l'escroquerie sexuelle du siècle. « Moi, j'ai ma soirée », disait le corps de Ludi à côté de son bel amant, peut-être gigolo à d'autres heures, qui tenait à marquer (cigarette, regard perdu, aucun intérêt à la conversation) qu'il n'en était pas à sa première de la saison, des jeunes comme elle, déjà très dans le coup, ou bien des moins jeunes qui devaient l'utiliser pendant leurs vacances sans leurs maris. C'est quand même étonnant de constater à quel point une femme avec homme diffère d'une femme sans homme. Peu importe qu'il soit consommé ou non, il assure, il rassure, c'est au pire un piquet ou un tuteur renforçant la branche, c'est la loi, c'est comme ça.

Merveilleuse menteuse. Merveilleuse parce que gaie, très gaie, trop gaie (nature dépressive violente), et menteuse parce qu'elle voulait, ce jour-là, tomber enceinte (elle me l'a avoué plus tard), et qu'elle ne pouvait pas savoir encore que c'était raté.

Le lendemain, même heure, pas de bonhomme. Deux femmes et Ludi. Elles sont à la table à côté de la mienne, elles discutent sérieusement, il n'y a pas d'homme avec elles. Je bois mon whisky en continuant de lire mon livre, lequel déjà ? Ah oui, *Le Crépuscule des idoles*. Je revois même la phrase à partir de laquelle j'ai arrêté ma lecture : « Tant que la vie est *ascendante*, bonheur et instinct sont identiques. » Étais-je encore *ascendant* ? Mais oui. Encore un peu de champagne, les filles ? C'est pour moi. Elles acceptent, on parle de n'importe quoi, et voilà.

Ludi a d'abord été très désagréable, truc classique. J'ai très bien joué celui qui s'en fout complètement, truc classique aussi, mais ça a marché. Sa curiosité a été la plus forte. Elle n'avait jamais fait d'intello, on ne sait pas, c'est peut-être amusant, ça changera. Ça l'a changée, en effet, mais pas dans le sens qu'elle croyait.

Prenez une petite vendeuse merveilleuse menteuse, mettez-la dans un lit avec un philosophe masqué, et suivez les événements dans le temps. Visionnez ensuite le film en accéléré, choisissez, triez, montez une version brève. Vous voyez la fille, d'abord sûre d'elle-même, essayer de domestiquer ce lourd animal pseudo-penseur (croit-elle), de le faire sortir de ses gonds par tous les bouts, de l'énerver, de le déprimer, de le rendre fou ou jaloux. Elle se déshabille vite, s'offre, n'en pense pas moins, se retourne, dort, se réveille, se baigne, l'excite, boude, disparaît, reparaît, disparaît à nouveau, revient, se met en colère, se déshabille, le viole, fait la tête, tombe malade (pas grave), interrompt une grossesse, grossit un peu, maigrit, disparaît, revient, pleure, prend une douche, ne parle plus, sourit, se détend, soupire, se met à boire, boit moins, a encore ses périodes coke, reprend sa gym, écoute moins son satané rock, pousse l'anomalie jusqu'à se mettre à lire au lieu de regarder la télé, ce qui constitue un événement.

— Mais je ne sais rien.

— Et alors?

— Toutes ces choses que je ne sais pas...

— Prends-les comme s'adressant directement à toi, on n'est pas à l'école.

— Tout de même...

Quand ce n'est pas la famille ou la publicité, l'idéal ancien papa-maman-enfants ou la vie mirifique et inaccessible des stars, c'est l'école qui réapparaît, vous devriez savoir, vous ne savez pas, donc humiliation sociale. Heureusement tout est vite noyé par ordinateurs et divertissements somnambuliques. Écrans, bruit, boîtes, agitation d'époque. L'avantage, pour moi, avec Ludi, consiste à rester en dehors des circuits collectifs. Elle ne me ramène ni sa famille (horreur), ni ses fréquentations (la barbe), ni son milieu de travail (rien à voir). Elle s'occupe d'une boutique de mode dans le 8e arrondissement de Paris. Rien de plus loin de moi, choix parfait. Elle a donc un bon poste d'observation sur les coinçages des bonnes femmes de la bourgeoisie locale. J'aurais pu prendre une ophtalmo ou une gynéco. Pas trouvé une assez drôle. Viens, Ludi, retrouve ton philosophe dans ce café tranquille, au fond de Paris. Dis-moi tout, raconte. Leurs angoisses, leurs doutes, leur folie narcissique, leur mégalomanie, leur mépris, leurs fautes de goût, leur aveuglement sur elles-mêmes, l'argent, et encore l'argent, et toujours l'argent, les types accablés, morts d'ennui, les faux sourires, les politesses visqueuses, la bonne humeur de commande, toute l'usine bavarde des apparences, c'est-à-dire le vrai front de guerre, pétrole, tissus, came, robes, bombes, pantalons, vestes, chemisiers, tailleurs, attentats, crèmes, parfums, rouges à lèvres, coiffeur, fonds de teint, cagoules, kalachnikovs, avions suicides, bijoux, et le reste.

On pourrait passer pour un couple récemment marié, quoique aussi étrange que possible. Pas de famille, pas d'enfants, pas d'amis, pas de renseignements de voisins, pas de relations communes, présences nocturnes plutôt chez elle que chez lui, entente au lit, ce qui veut dire sommeil de peau et d'amour. Eh oui, d'amour. La peau de Ludi est une profondeur de parfum, joues, cou, intérieur des cuisses, satin des seins, ventre velours, mains fines, précises, et venant de loin, fruité global qu'elle caresse, qu'elle aime. Dans les bons moments, je suis son bébé, sa poupée, son petit lion, son petit philosophe, son nounours, ou toute autre chose dans ce genre. Les femmes n'aiment ni les hommes ni les femmes mais les bébés ; il faut leur offrir ce qu'elles aiment. Quand les hommes vont du côté des femmes, ils aiment les mères ou les putains, et Ludi est idéale dans ces deux rôles. Cela n'empêche pas, des deux côtés, les simulations, les dissimulations, l'harmonisation des mensonges. Je mens, tu mens, je sais que tu mens et tu sais que je mens, nous savons que nous mentons, j'adore ton nez, tes oreilles, ton menton, n'expliquons rien, surtout, glissons, passons.

La protection de la vraie vie philosophique est à ce prix, voilà la leçon des siècles. Nietzsche, par exemple, à Turin, à un moment crucial de son destin, a manqué d'une bonne petite couturière, ronde, frivole, légère. Elle l'aurait dorloté, elle aurait scrupuleusement tenu son intérieur, elle serait restée tranquille et admirative devant ses élucubrations bizarres. La gaieté aurait régné dans la maison, quel luxe, quelle détente, quelle paix. Certes, elle l'aurait trompé de temps en temps avec des mâles de passage, des officiers de garnison, des chanteurs d'occasion, mais quelle importance ? Ludi revoit bien ses anciens amants, elle en a besoin, ça la rassure sur son image, ça la réchauffe. Elle ne dit rien, elle ne prend même pas la peine d'inventer de faux rendez-vous, mais elle m'aime mieux quelques jours après ses expéditions nocturnes. Il manquait quelque chose, n'est-ce pas, un je-ne-sais-quoi. Elle ramène d'ailleurs souvent de l'argent, c'est plus simple. Pas de grands mots, surtout, « prostitution », vous plaisantez. Et même si : mélange d'agréable et d'utile. Plus d'un prophète, dans les temps divins, s'est installé chez une prostituée, une Marie par-ci, une Madeleine par-là, une agente à Jéricho, une marchande à Venise. Il y a aussi les types gratuits, ceux qui lui rendent fiévreusement hommage en venant s'effondrer sur elle et en elle. Des bébés aussi, pour finir. Ils ont eu envie d'elle, ils ont mordu à l'hameçon, ils ont bandé, fonctionné, râlé, c'est ce qui convient au théâtre. Elle a son petit sourire en coin, le soir, devant la télévision. Je regarde un moment le film avec elle, toujours le même film, ou à peu près, séductions, violences, trahisons, vengeances, cadavres, et le bien triomphe. L'admirable Française Véronique Genest, tenez, dans son rôle idiot et pédagogique de commissaire de police, *Julie Lescaut*. Je m'éclipse, je vais dans la chambre, je continue mon cahier. Elle vient après sa toilette, elle me masse un peu les épaules, m'embrasse, il est tard, on se mélange, elle jouit doucement, la nuit nous prend. Je rallume la veilleuse deux ou trois heures plus tard, je la regarde avec admiration et tendresse. Comment fait-elle pour exister aussi naturellement ? Ce n'est pas une question.

En somme, pour tout comprendre, il suffirait d'être une sorte d'incarnation animale de Dieu. Nietzsche dit ça quelque part : « Aujourd'hui, un homme de connaissance se sentirait volontiers l'incarnation animale de Dieu. » Mais aussi : « La tendance à se ravaler, à se laisser voler, duper, exploiter, pourrait être la pudeur d'un dieu vivant parmi les hommes. » Je peux bien le dire en toute simplicité, sans plaisanter, sans la moindre vanité, avec une grande humilité, même : j'ai été Dieu, puis Nietzsche, puis tous les noms de l'Histoire. Nouvelle à ne pas crier sur les toits, mais qui était fatale. Il fallait bien que cela arrive un jour à quelqu'un en dehors de l'asile ou de la psychiatrie courante. Regardez-moi : ai-je l'air dérangé ? fou ? taré ? illuminé ? N'importe quel flic pourra vous dire que je suis un citoyen normal, vivant avec une jolie blonde énergique et sympathique, d'origine populaire, issue de la France d'en bas. Que j'ai mes habitudes dans le quartier, café, kiosque à journaux, pharmacie, épicier, horaire réglé, réserve, politesse. Que je suis employé au ministère, mais chargé de mission chez moi pour une étude approfondie sur les ressources futures de la philosophie mondiale (à supposer qu'une telle monstruosité existe). Que j'en profite pour faire évidemment tout autre chose, ne regarde que moi, ou quelques individus à travers le temps et l'espace (bienvenue à eux, bienvenue à moi). Oui, je voyage : je reviens de New York, je pars pour Pékin, et retour par Tokyo, Jérusalem, Londres. Un colloque à Saint-Pétersbourg ? J'y retourne avec plaisir dans trois mois. Entre-temps, la Suède, bien sûr, la Suisse, l'Alle-

magne, l'Italie, le Portugal, l'Espagne. De là à Marra-
kech, puis au Cap. Redépart pour Mexico, Buenos
Aires, Rio, São Paulo. Retour et redépart pour Mon-
tréal, Toronto, Los Angeles, Chicago. Mes travaux?
En cours. Mes publications? Réservées au ministère.
Mes collègues? Aucun. Mes supérieurs? Inconnus.
Mes préférences en philosophie? Secret défense. Mes
convictions religieuses et politiques? Domaine très
privé. Je plaisante? Mais oui, mais non. Oui et non.

Comme Ludi n'est pas une bourgeoise et n'a pas
l'intention de le devenir (bourgeoise : accumulation,
freinage, appropriation, indiscrétion, falsification des
communications), la société n'entre pas chez nous,
sauf par l'information d'actualité, et encore. On a fait
du temps un pays. Peu de dépenses, concentration,
silence. Elle a sa vie, elle s'ennuie, elle s'amuse. Quand
je ne voyage pas, j'essaie de rester immobile le plus
possible pour y voir clair. Je tiens mon campement, je
poursuis mes fouilles. Mon rêve de crâne ouvert, par
exemple, me transporte au paléolithique supérieur,
deux ou trois millions d'années avant moi. Je
m'impose là un rite funéraire classique, une scène de
cannibalisme autophagique. Mon crâne décapsulé?
Ma cervelle à l'air? Quel plat! Dégoûté, moi? Vous
voulez rire. J'avale tout depuis longtemps, rumeurs,
calomnies, insultes, complots, ragots, couleuvres,
bobards, ma nature divine n'a pas d'estomac. J'ignore
ces serpents qui sifflent sur ma tête, je ruse, j'use,
j'abuse, je fuse, je méduse. Après tout, les millénaires

sont pleins de crânes à cerveaux vidés par élargissement du trou occipital, puis exposés en manière de sépulture ou de trophées au centre de cercles de pierre. On les a déformés, étirés, modelés, ornés, transformés en coupes à trinquer. On les a empilés dans des fosses baignées d'ocre rouge. Pour ne citer qu'eux, les habitants de Jéricho, 600 ans avant un autre moi, à l'abri des remparts de leur ville, conservaient encore sous le plancher de leurs maisons circulaires des crânes dont la face était surmodelée en plâtre et les yeux remplacés par des coquilles incrustées. Si vous ne voulez pas me croire, allez voir vous-mêmes les musées de Londres, Jérusalem, Amman ou Damas. La même obsession se retrouve partout : en Égypte, en Nouvelle-Guinée, au Mexique, au Pérou, en Indonésie, au Japon, au Tibet, et jusque dans le bouddhisme tantrique. Pour terminer la visite, voici un grand pilier à douze crânes verticaux gravés sans bouches (signe de mort). Tout cela est bien connu : têtes coupées et conservées des ennemis ou des ancêtres, transmissions d'énergie par avalement du cortex, l'*homo ludens*, mon semblable, mon frère, en a fait de belles. Inutile d'insister, je pense, sur l'aspect phallique, paraphallique ou contre-phallique de ces guignolades. Comme quoi, sur notre boule tournante, la migraine ne date pas d'aujourd'hui.

Application : mange-toi et bois-toi toi-même. Continue à faire ça en mémoire de moi.

Prononciation : Ludi ou Loudi? Lu ou Lou? Ça dépend des moments, de l'humeur. Tantôt Lu, tantôt Lou. Ses copines disent plutôt Lu, moi Lou.

Je ne les vois pas souvent, ses copines, mais elles sont marrantes. On prend quelquefois un verre ensemble, en fin d'après-midi. Il y en a trois, des petites vendeuses menteuses comme elle, avec leurs histoires de fric, de clientes pourries. Elles sont brunes, Ludi est au milieu d'elles comme un bouton-d'or. La plus grande, Florence, la moyenne, Marianne, la plus petite, et ma préférée, Laurence. Je regarde leurs gestes, j'écoute leurs potins. Elles rient beaucoup, elles tiennent à paraître en forme. Les pleurs et les plaintes sont réservées aux tête-à-tête avec leur blonde qui est en compétition avec Florence pour être leur chef de bande. J'ai droit à un passeport spécial, on critique à fond les hommes, en ma présence. Les zoms par-ci, les zoms par-là. Ils sont lâches, faibles, égoïstes, dominés par leurs femmes (quand ils en ont), maladroits et paumés (quand ils n'en ont pas). « Lâches » revient le plus souvent. Un zom courageux, si je comprends bien, devrait tout quitter pour elles, les prendre en charge, s'occuper du ménage, assumer, se taire, les faire valoir, procréer un peu, assurer leur avenir, mourir. Celui qui s'en tire le mieux est sans commentaires, juste ce qu'il faut d'ironie pour ne pas rendre les autres trop jalouses, elles ne supporteraient pas une étanchéité complète, on est « entre filles », de l'autre côté du mur. Et puis, n'est-ce pas, on a beau en avoir un, on garde son autonomie et son jugement critique. Ludi a un disque tout prêt à mon sujet : casanier, replié sur lui-même, tout le temps fourré dans ses papiers, un hibou, mais drôle, tellement différent. Un peu d'acide : il a oublié d'être bête, mais parfois qu'est-ce qu'il est chiant. Il voyage quand même beaucoup ? disent les autres. Oui, mais jamais longtemps. Il ne t'emmène jamais ? Si, si, de temps en temps (elle ment).

Avec le mot « chiant », les autres sont ravies, elles peuvent y aller à leur tour. Le grand, là, qui est retourné chez sa femme, culpabilisé, piteux, sous prétexte qu'il ne pouvait pas lui faire ça... « Il paraît qu'il a un cancer, maintenant, hi hi. » — « Et le petit gros, tu te souviens, bavard, transpirant, pénible, avec ses envies continuelles de baise. » — « Et le vieux qui a peur de faire un enfant. » — « Fais-le ! Il en a envie inconsciemment. » — « Dans son dos ? » — « Et alors ? » — « Mais s'il ne veut pas le garder ? » — « Tu le gardes ! » — « Et l'argent ? » — « On se cotise. » — « Tu parles. » Et l'autre encore qui n'arrive pas à se décider, qui lui laisse des messages poétiques et éna-

mourés. « Il est pédé, ou quoi ? » — « Tu crois ? »
— « Mets-lui la main ! » — « Comme ça ? » — « Mais
oui, tu verras bien. » — « Et celui de la télé, tu l'as
revu ? » — « Il veut sortir avec moi. » — « Sympa ? »
— « Plutôt. » — « Marié ? » — « Je crois. »
— « Méfiance. »

Ces joyeuses commères ont le mérite de dire tout
haut ce que les autres pensent ou font tout bas. C'est
net, tranchant, on se croirait à l'hôpital. Pas de péri-
phrases, de rougeurs, d'idées générales (encore que),
de circonvolutions, d'allusions, tout de suite le cru,
l'animal, le trivial. Combien à gagner, combien à
perdre. La bourgeoise fait semblant d'avoir une vision
du monde, beaucoup de sirop, beaucoup de roman,
niaiserie sexuelle, sentiments, froideur, cruauté, méli-
mélo romantique. Elles, au contraire, leur vivacité et
leur simplisme font plaisir à voir. Leur science nerveuse se transmet dans l'ombre. Elles se lèvent, se
lavent, s'habillent, courent, téléphonent, prennent le
métro ou l'autobus, conduisent leurs petites voitures,
sont en représentation toute la journée, s'ennuient
sans avoir le temps de s'ennuyer, reviennent chez elles,
prennent un bain ou une douche, s'arrangent, se pom-
ponnent, sortent, vont jacasser entre elles, subissent
ensuite le mâle mégalomane ou transi, le transforment
autant que possible en merlan frit, le mettent dans leur
lit, râlent un peu pour qu'il en finisse, le laissent se tas-
ser et ronfler, se tournent de l'autre côté, tout en mau-
dissant Dieu, leurs mères, leurs grand-mères, leurs
arrière-grand-mères. Et voici le jour, et rien de nouveau dans le jour.

Ainsi va leur vie, jusqu'à l'apparition inexorable du bébé, une fille, tant pis, on lui refilera le paquet, un garçon, pourquoi pas, on lui apprendra le dégoût des femmes. Qu'il idéalise sa mère (s'il savait!) lui suffira amplement. Papa? Qui ça « Papa »? Il n'y a plus de Papa. Un zom fatigué, de mauvaise humeur, avec lequel on peut exprimer ses aigreurs, passe encore. Qu'il paye, qu'il se plaigne de ses supérieurs, qu'il passe l'aspirateur, qu'il croupisse dans son jus en se rêvant plus beau, plus intelligent, plus riche, plus fort — et puis, tac, au moment voulu, piqûre de réalité, un chèque à remplir, et voilà, il se dégonfle, sale sac baudruche. Tu expieras lentement ce robinet ridicule, cette saucisse abusive. Ce que tu dis, tu l'as déjà dit cent fois, la barbe. D'ailleurs, tu as grossi, tu es mal rasé. Dis donc, c'est ça ton philosophe, le surhomme nazi à grosses moustaches? Qui pourrait avoir envie d'embrasser cette touffe, cette brosse à balai? Pas étonnant qu'il ait fini, aphasique et paralysé, dans les bras de sa mère et de sa sœur. Dionysos surhumain, ça? Mon œil, macho hitlérien, oui, l'horreur.

Il est vrai qu'on est difficilement pardonnable quand on a écrit des trucs de ce genre : « Le sens de la laideur s'éveille en même temps que le sérieux... Prenez une femme au sérieux : la plus belle devient immédiatement laide. »

Ève, au Paradis, a voulu être prise au sérieux : avalanche.

Ludi, sans le dire, aime que je ne la prenne jamais au sérieux. Elle sait que c'est un hommage à sa beauté. Ruse de philosophe.

— J'ai envie d'être belle pour toi.

Gagné.

(Comment s'appelle cette merveilleuse actrice très blonde, au prénom impossible, qui joue dans un amusant film américain sur la vie amoureuse de Shakespeare? Qui incarne Juliette, tantôt fille, tantôt garçon, embrassant passionnément à pleine bouche, encore et encore, son poète-philosophe? Et encore et encore, avec un solide appétit partagé par son Roméo excellent coureur? Ah oui : Gwyneth, Gwyneth Paltrow. C'est toi, mais si, Ludi, c'est toi en plan rapproché fixe. Tu dors sous drogue dans ton tombeau, je te crois morte, je m'empoisonne de douleur, tu te réveilles, tu découvres mon cadavre, tu te poignardes de désespoir. On se relève tous les deux, on salue, on rit. Encore ta bouche, là, encore et encore. Et vive Rome! Et haut! Où peut-elle être en ce moment, cette Gwyneth? « Ô mon amour, ma femme! La Mort, qui a déjà sucé le miel de ton souffle, n'a pas eu encore de pouvoir sur ta beauté : la bannière de la beauté est encore pourpre sur tes lèvres et tes joues, le drapeau blafard de la mort n'y est pas encore déployé... »)

Vous trouvez que je perds mon temps en vivant de façon aussi plate, médiocre, frivole, avec une jeune femme sans importance sociale? Détrompez-vous, c'est un choix, c'est le bon écart. Pas de misère ni de pauvreté, mais surtout pas trop d'argent : au lieu de libérer, il étouffe, il abrutit, il gangrène, il augmente la peur du néant. Il faut être discipliné et pratique, s'appliquer la recette contre les migraines employée par Jules César, et imitée, en toute modestie, par Nietzsche : « longues marches, vie sobre, continuelles stations en plein air, travail forcené ». Ainsi soit-il. Je marche beaucoup, je mange et je bois peu, j'économise mes forces avec Ludi, je reste des heures à lire dans les parcs, je ne travaille pas mais j'écris, je brûle ce que j'écris, je marche, j'écris. Rien d'ascétique, au contraire, un système de pure débauche. Personne n'a osé faire ce que je fais, je suis un cas, soleil, poison, dynamite. Je prends mon crâne, je le pose tranquillement à côté de moi, je le regarde de temps en temps, je le console ou je le cajole, le soupèse, l'éprouve, retour délicat sur la table. Il me protège, il m'inspire. Je dispose autour de lui du beau temps, des pommes, de l'orage, de la pluie, du brouillard, de la neige, du vent. Il s'en fout, moi aussi. Il n'est pas indifférent, puisque son style est de plus en plus drôle, cynique, tendre, savant. Il y voit mieux que moi dans le noir, il est éclatant dans le noir.

Ici entre un prince du Nord, dans une scène de cimetière qu'on croit reconnaître. C'était bien avant le départ des corps occidentaux en fumée. Laissons-le parler :

— Alexandre est mort, Alexandre est enterré, Alexandre revient à la poussière. La poussière devient terre, de la terre on tire de la glaise, et pourquoi cette glaise qu'il est devenu ne pourrait-elle pas fermer un tonneau de bière ? Dire que cette terre, jadis effroi de l'univers, va servir à colmater un mur où passait l'ouragan !

Ce prince, chemin faisant, dialogue avec un conseiller. Approchons-nous, captons leur dialogue.

Le prince (il tient un crâne dans sa main gauche) :

— Il n'y a de vieille noblesse que chez les jardiniers, les terrassiers et les fossoyeurs : ils continuent le travail d'Adam.

— Sauf votre respect, Monseigneur, c'est là un point de vue de fossoyeur. Les cendres, aujourd'hui, nous évitent de tomber sur un crâne qui avait autrefois une langue pour chanter.

— Ah, mais ces crânes vont nous manquer ! Politiciens, courtisans, députés, ministres, sénateurs, juges, magistrats, intellectuels, policiers, gendarmes, acteurs, actrices, banquiers, et celui-là, dont j'ai oublié le nom, la vedette de la télé, un type d'une verve prodigieuse, d'une fantaisie infinie... Il est sinistre, aujourd'hui, il n'a plus aucune notion de l'audimat et des parts de marché, on dirait qu'il bâille... Ne peut-il aller dire à Madame qu'elle aura beau se mettre cinq couches de fond de teint et s'améliorer, croit-elle en fausse pulpeuse collagène, il faudra bien qu'elle en vienne à cette même figure ?

— C'est fini, Monseigneur, Madame n'en a rien à foutre. Elle vit entièrement dans le présent. Après quoi, cendres, recyclage de vieux films, vieilles photos, l'oubli...

— Mais le crâne de la belle Ophélie ? Le tien ? Le mien ? Celui du roi ? De la reine ? Celui du poète ?

— Je vous le répète, Monseigneur : on ne garde plus rien, on brûle.

— Que faire, alors? Pleurer? Se battre? Se faire exploser? Jeûner? Se tirer une balle dans la tête? Avaler des somnifères? Se jeter par la fenêtre? Se branler? Manger un crocodile? Déchiqueter la cervelle d'un jaguar? Se couper les couilles?

— Je crains que tout cela n'ait plus la moindre importance, Monseigneur.

— On a donc changé de monde?

— Il y a très longtemps, Monseigneur.

— Où sommes-nous?

— Nulle part, Monseigneur.

— Quelle année? Quel jour? Quelle heure?

— Vous parlez du calendrier chrétien? La question n'a plus grand sens, Monseigneur.

— Mais alors, nos ennemis ont gagné, là, sur Terre?

— Lesquels, Monseigneur?

— Eh bien, ceux qui agissent de façon dissolvante, venimeuse, débilitante, étiolante; qui, partout, saignent à blanc; qui ont, par instinct, une haine à mort contre tout ce qui existe, tout ce qui est grand, tout ce qui a de la durée, tout ce qui promet de l'avenir à la vie?

— On peut le dire ainsi, Monseigneur, mais vous parlez comme un philosophe qui n'a vu le jour que 243 ans après vous.

— Celui qui est devenu fou, à ce qu'on dit?

— Lui-même.

— On a conservé son crâne?

— Je crois.

— Eh bien, buvons à sa santé! Qu'a-t-il dit d'autre?

— Ceci : « Nous avons découvert le bonheur, nous connaissons le chemin, nous avons trouvé l'issue de ces milliers d'années de labyrinthe. »

— Sans être suicidés, assassinés, marginalisés, devenir timbrés ?

— C'est toute la question, Monseigneur.

— Que faire ?

— Se rendre inobservable, Monseigneur. Mener une vie banale et insaisissable, en plongée.

— Mais Ophélie ?

— Elle était trop innocente.

— Tù vois mieux ?

— Oh combien.

— Son nom ?

— Ludi.

— Que fait-elle dans la vie ?

— Vendeuse dans une boutique de mode à Paris, Monseigneur.

— Jeune ? Jolie ?

— 30 ans, blonde, vive, épanouie, tout à fait dans vos goûts, si je peux me permettre.

— Pas trop névrosée ?

— Aucune femme n'est parfaite, Monseigneur. Mais celle-là me semble convenir à notre situation de grande détresse.

— Et pourtant la nature est magnifique, n'est-ce pas, Horatio ?

— Très abîmée mais encore sublime, si on évite les inondations, les incendies, la désertification, la pollution et le terrorisme.

— Avons-nous de l'argent ?

— Ce qu'il faut, Monseigneur.

— Parlons-nous français ?

— Parfaitement. Mieux que la grande majorité des indigènes.

— Le français n'est-il pas la langue qu'il nous faut ?

— Sans conteste, la meilleure pour ce que nous avons à faire, Monseigneur.

— Tu m'excites, Horatio. Allons donc à Paris, et emmenons notre philosophe voir des petites femmes de là-bas. Il en reste encore ?

— De moins en moins, Monseigneur, mais vous voyez, j'ai pensé à tout.

— Partons.

— Nous voici en un clin d'œil à Paris, Monseigneur, sur le Champ-de-Mars.

— Et je loge dans quel quartier ?

— J'ai pensé que le Palais-Royal vous conviendrait. À deux pas des quais de la Seine et du Louvre. Voici l'adresse et vos clés. Si vous avez besoin de moi, vous savez comment m'appeler.

— Et le philosophe habite non loin ?

— À deux pas, Monseigneur. Demandez-le à *L'Éternel Retour*.

— Bravo, Horatio, tu es un ange.

— Le reste est silence, Monseigneur.

Faites l'expérience de vous dire sans cesse : j'étais là, je suis là, je serai toujours là, je suis avec moi jusqu'à la fin des temps, le ciel et la terre passeront, mais ma certitude ne passera pas. Le résultat est terrifiant ou comique. À moins de prendre tout ça à la légère, sur la pointe des pieds, de marcher sur l'eau, de voler. Regardez : j'ai l'air d'un bœuf mais je plane, je suis une mouette, un faucon, un héron. Ma vie est dans les fleurs, les marais, les vignes, les vagues. Je migre, je transmigre, je me réincarne au jugé. On m'enterre, je ressuscite ; on m'incinère, mes atomes persistent et se recomposent plus loin. Dans le monde humain, il m'arrive d'attendre longtemps avant de me reconnaître. J'ai des rêves, des attaques, des pressentiments, je fais des rencontres, je suis bien obligé d'admettre que je suis un autre, et soudain me revoilà, c'est plus fort que moi. Ici, il faut que je me parle doucement à mi-voix, comme quelqu'un qui a peur de réveiller des gens qui dorment et qu'il aime.

Très tôt, le matin, le soleil s'annonce mauve et cuivré, le gravier respire dans le jardin, ma fenêtre brillera dans une heure. J'ai voyagé longtemps, je viens de rentrer chez moi. L'œil de la caméra, non sans raison, pourrait m'appeler Personne. Mais ce sera avec une émotion étrange que je lirai, vers midi, cette phrase d'une chronologie d'époque : « Le 3 janvier 1887, Nietzsche emménage au 29 rue des Ponchettes, à Nice, dans une chambre au soleil. » À plusieurs reprises, il parle du ciel « alcyonien » de la région, mais je doute que quelqu'un se souvienne de ce qu'est un alcyon, cet oiseau fabuleux que les anciens Grecs imaginaient faire son nid sur une mer très calme, présage heureux pour les marins qui le rencontraient. *Présage* serait d'ailleurs un beau nom de navire, un prénom possible pour une naïade, une nymphe, une sirène, une sorcière, une fée, une jeune femme en fleur, une Ludi à travers les âges. Comme on sait, Nietzsche a aimé une femme nommée Lou Salomé (Salomé !), qu'il a même demandée précipitamment en mariage. Son jugement n'en est que plus intéressant : « Je n'ai à vrai dire jamais encore trouvé un tel égoïsme naturel, aussi totalement vivace et superbement inconscient, un égoïsme aussi animal..., Elle est presque la caricature de l'idéal que je vénère. » Là, nous sommes en décembre 1882, à Rapallo, au pied du Monte Allegro. Il est en train d'écrire son *Zarathoustra*, il prend du chloral pour dormir, il souffre du froid. Le 22 février de l'année suivante, il écrit : « Lou est de loin la personne la plus intelligente que j'ai rencontrée. Mais, etc., etc. » Cette affaire, pour lui, n'a plus d'importance, elle s'appelle désormais *etc*.

Cinq ans plus tard, le 15 octobre 1888, jour de son anniversaire, il commence la rédaction d'*Ecce Homo*, qu'il achèvera le 4 novembre, mais qui ne sera publié que huit ans après sa mort, en 1908, soit dix-neuf ans après son effondrement. Il en profite, le 20 octobre, pour se brouiller avec sa vieille amie Malwida von Meysenbug, qui avait peu apprécié *Le Cas Wagner*. « Excusez-moi de prendre encore la parole : ce pourrait être la dernière fois. J'ai peu à peu rompu presque toutes mes relations humaines, par *dégoût* de voir que l'on me prend pour autre chose que ce que je suis. C'est maintenant votre tour. Depuis des années, je vous envoie mes livres, pour qu'un jour enfin, vous me déclariez franchement et naïvement : "chaque mot me fait horreur". Et vous seriez en droit de le faire. Car vous êtes une "idéaliste" — et moi, je traite l'idéalisme d'insincérité faite instinct, de *refus* à tout prix de voir la réalité : chaque phrase de mon œuvre contient le *mépris* de l'idéalisme... Vous n'avez jamais compris la moindre de mes paroles, de mes *pas* décisifs. Il n'y a rien à faire : il faut que cela soit *clair* entre nous. »

Pourquoi faut-il que cela soit « clair » ? Pauvre Malwida, auteur de *Mémoires d'une idéaliste*, la voilà rejetée dans les ténèbres de l'Histoire, mais elle ne le croira pas. Elle trouvera que son correspondant était déjà très dérangé, c'est triste.

Plus de femmes, donc plus de société, donc retour dément à la mère, puis à la sœur. Cette dernière connaît le spectacle, trafique son image et ses papiers, le replonge dans le baquet wagnérien, offre sa canne à Hitler, la falsification l'excite en tout bien tout honneur, elle s'agite, elle disparaît, pendant que les phrases de son frère persistent, traversent les années, provoquent des tonnes de commentaires passionnés, indignés, érudits, et arrivent jusqu'ici comme si elles venaient d'être écrites. Voyez, l'encre est toujours fraîche : « La clarté du matin ne brille-t-elle pas autour de nous ? Ne sommes-nous pas entourés d'une verte et molle pelouse, le royaume de la danse ? Y eut-il une meilleure heure pour être joyeux ? » Ou bien, à Gênes, en 1882 : « Je vis encore, je pense encore : il faut encore que je vive, car il faut encore que je pense. » Qu'importe ici qui dit *je* ? La pensée et la vie seront toujours dites à la première personne. Mais ce *je* est multiple, c'est aussi un *nous* : « Nous autres oiseaux nés libres. » Ou bien : « Où que nous allions, tout devient libre et ensoleillé autour de nous. »

Les mensonges et la duplicité de Ludi me conviennent, et ce n'est pas une critique. L'existence est mensonge, simulation, dissimulation, approximation, calcul, nécessité cellulaire. Elle m'observe en douce, m'évalue, me mesure, se trompe deux fois sur trois, attend une défaillance, compte sur mon usure, me voit mort, et c'est bien ainsi. Je précède ma disparition dans ses yeux, c'est mon ennemie radicale, fidèle. Elle me guette, elle cherche le moment favorable, réflexion mesquine, demande d'argent détournée, poussée d'embryon, vinaigre intégré, huile perfide. Ludi est pragmatique, c'est sa folie rationnelle. Son réalisme est un idéalisme retourné, plombé. Oh oui, déteste-moi mieux sans arrêt. Sois plus dure, plus implacable, plus belle. Et puis tombe-moi dans les bras, comme l'effarante enfant que tu es. Grande Mère à Temple, fille de milliards de bébés.

Je connais son profil fuyant, son bref haussement d'épaules, son froncement répulsif, sa joue de mauvaise volonté, ses narines vite pincées, son adorable menton de haine. Des millénaires vivent en elle contre l'Homme, l'Hôm, ce destructeur, cette brute, ce lâche, ce ravageur, ce cogneur, cet empoisonneur. Toutes les sociétés lui donnent sourdement raison même en disant le contraire. Dieu et le Diable lui donnent raison. Tous les employés de tous les siècles la célèbrent. Elle est la Porte Noire et plate derrière laquelle il n'y a rien, il n'y a jamais rien eu, aucune révélation, aucun mystère. Elle verrouille, elle ne laisse rien passer, elle me censure, elle me nie, elle me met au cercueil d'office, elle va chaque matin sur ma tombe vérifier que rien ne bouge plus, là, en bas. Elle prend mon urne, elle répand mes cendres aux quatre coins du jardin, et si jamais l'herbe repousse, elle désherbe. Elle brûle mes papiers, mes mouchoirs, mes slips, mes cahiers, mes livres, mes lettres. Elle est mon ange exterminateur, ma chienne de garde, le contraire d'une veuve, je l'aime. Je ne voudrais pas d'autre témoin qu'elle, ma Tueuse, ma fille d'Amour.

Ce soir, Ludi est particulièrement belle et maussade. Je la comprends. Elle me soupçonne à juste titre, elle sait depuis longtemps qu'il est impossible de m'arrêter, de me transformer en fumée. Elle en souffre, elle enrage, mais ça l'intéresse, autrement dit elle me donne exactement l'heure de ma navigation en cours. Elle est mon sextant, ma boussole. Je la consulte, et je sais exactement où j'en suis. Si elle est gaie, j'ai dû faire une erreur. Si elle est déprimée, je suis sur la bonne voie. Si elle veut faire l'amour, j'ai dû m'échouer quelque part. Si elle est froide et fermée, il y aura demain du vent dans mes voiles. Elle s'amuse ? Je dois être malade. Elle s'ennuie ? Mes forces reviennent, ma pensée s'éclaircit, je dors mieux la nuit. Voilà l'alchimie.

Je pose mon crâne sur une coupe d'argent, je regarde ma Salomé pendant son sommeil. Elle est en boule, elle sent bon, elle est boueuse et boudeuse. C'est ma rose épineuse, ma fillette odieuse et rieuse, ma sœur d'élection. Elle n'a aucun sens, elle est sans pourquoi, elle fera semblant de mourir mais ne mourra pas. Elle tourne sur elle-même avec ses saisons. Elle s'oppose, contredit, tient bon, se change en caillou, finit par craquer, se raidit, se crache dessus intérieurement, s'abandonne. S'est-il passé quelque chose ? Non, rien. On peut recommencer dix mille fois, ça revient au même. Évaporation papillon, passage d'oiseau dans le ciel, eau sur canard. Buée des buées, rosée d'oubli, blanc de spasme.

— Quel drôle de type tu es. Tu veux quoi ?

— La gloire.

— C'est-à-dire ?

— Avoir dit ce que personne n'a dit. La vraie vérité vraie. La clé des choses.

— Tu es vraiment fou, je t'adore. Tu fais quoi aujourd'hui ?

— Je travaille.

— Et ce soir ?

— Je travaille.

— À demain, alors ?

— À demain.

Je dis que je « travaille » à Ludi, en réalité je ne fais rien. Je rentre dans mon ombre, je me tais, je me balade, je prends un train, je vais à l'hôtel, je lis, je dors, j'écoute mon sang, je n'en finirai jamais avec mon sang. Je le regarde perler, de temps en temps, sur une blessure. C'est toujours la même surprise, il vit sa vie, moi la mienne, je le remercie, il me remercie, nous avons une longue histoire commune, écorchures, yeux, nez, cul, gencives, piqûres, analyses, pulsations, bleus, hématomes, opérations. Je ne devrais pas le dire, mais je suis plutôt hémophile, affection dangereuse et sacrée, transmise par les femmes et qui ne touche que les hommes. Elles vous marquent au sang, vous risquez le débordement, une fluidité non contrôlée vous habite. J'évite en général les bagarres, non par peur, je crois, mais par souci de ne pas me retrouver dans une flaque en expansion. Attention au cuir chevelu, aux narines, aux sourcils. C'est une élection comme une autre, comme l'épilepsie, mal sacré lui aussi, qui rôde dans la région. Vous avez un corps complet et bouclé, vous, moi non. Les filles ont leurs menstrues plus ou moins honteuses : elles rougissent, elles se croient malades, dénient leur mensualité, maudissent la lune et les marées, jalousent le soleil fixe. Mais je parle d'autre chose, moi : de l'instabilité veineuse et nerveuse, de l'indice de flottaison, d'une navigation plus folle. Je suis fou par petites doses, ce qui m'empêche probablement de le devenir tout à fait. En réalité, le vrai dialogue avec Ludi serait le suivant :

— Quel drôle de type tu es. Tu veux quoi ?

— Rien.

— C'est-à-dire ?

— Rien.

— Tu es vraiment fou, je t'adore. Tu fais quoi aujourd'hui ?

— Rien.

— Et ce soir ?

— Rien.

— À demain, alors ?

— À après-demain.

Dans les coups de vent neurologiques, rien ne prévient, la crise peut surgir d'un moment à l'autre. Je sens que je perds mon sang, je crise, je tombe. J'arrive quand même à avoir quelques minutes d'avance, pas de témoins, je me relève, j'éponge, je titube un peu, je m'en sors. Petit souffle glacé sur les tempes, brusque chaleur aux oreilles, narines froides (le sang est froid), accélération du pouls. La première fois que Ludi m'a vu dans cet état semi-catatonique, elle a cru que je jouais un rôle. Ça l'a fait rire un moment, puis de moins en moins, puis plus du tout. « Ce n'est rien, un petit trou d'air », ai-je dit en me redressant. Depuis, je lui ai expliqué le côté Dostoïevski de la chose. De temps en temps, le soir, elle me regarde de biais et me dit : « Tu as eu un Dosto ? » — « Léger, très léger. » On rit. Ça l'excite aussi, Ludi, d'avoir affaire à un grand malade insoupçonné. Ça l'agace parce que c'est mystérieux, mais ça la rassure. Elle me voit traversé par une force inconnue, drogue ou vaudou, chamanisme astral, opérette. Les hommes sont des marionnettes, mais une marionnette qui se change en homme, voilà qui est plus curieux. La femme et le pantin, vieille histoire, cirque pour tous les temps : fais-nous le guignol, là, nous serons tes sœurs ou tes mères.

Nietzsche, avant de déraper de lui-même, a parfaitement vu la scène : « Les tempêtes sont un danger pour moi : aurai-je ma tempête qui me fera périr ? Ou bien m'éteindrai-je comme un flambeau qui n'attend pas d'être soufflé par la tempête, mais qui est fatigué et rassasié de lui-même, — un flambeau consumé ? Ou bien finirai-je par me souffler moi-même pour ne pas me consumer ? »

Plutôt être un guignol qu'un saint, on connaît sa formule. Mais oui, riez, moquez-vous, jouissez de votre vengeance, mettez-vous-en jusque-là, revenez à vos philosophes châtrés, à vos poètes mendiants, à vos écrivains foireux, à vos patrons lourdauds, à vos femmes employées de potins et de caisse. Riez, riez, jetez vos pierres, vos chuchotements, vos calomnies, vos médisances. Mais attention, vous serez hantés :

« On étend la main sur nous et on n'arrive pas à nous saisir. Cela effraye. Ou bien : nous entrons par une porte fermée. Ou bien : quand toutes les lumières sont éteintes. Ou bien encore : lorsque nous sommes déjà morts. Ce dernier procédé est l'artifice des hommes *posthumes par excellence* » (ces derniers mots en français).

Ici, il lève la tête et pense une fois de plus qu'il a au moins mille ans devant lui. Ce n'est pas une imagination creuse mais une vision nette.

Instruit par l'épouvantable saloperie du 20ᵉ siècle (dont 70 ans passés au Goulag), monsieur Nietzsche, méconnaissable et discret, sort de son suaire de Turin, s'habille comme il convient à l'époque, va longuement marcher dans la montagne ou au bord de la mer, esquisse un pas de danse rapide quand il est sûr de n'être pas vu, rentre chez lui pour déjeuner de façon légère, et s'assoit devant la petite vendeuse qui partage sa vie. Elle est fraîche et jolie, blonde, peut-être trop blonde, elle lui adresse deux ou trois remarques désagréables, c'est dans le ton de la comédie habituelle, la terre tourne, l'amour est enfant de Bohême, le soleil brille, les galaxies se fuient les unes les autres pour vous ramener ici.

Le principal notable de la région est passé voir monsieur Nietzsche pour lui demander de figurer sur sa liste électorale locale. Un *professore*, cela fait toujours bien dans le paysage, même si ledit *professore* préfère rester obscur. M.N. refuse donc, avec courtoisie, il tient à sa tranquillité, il poursuit ses travaux scientifiques, de délicates recherches philologiques, il est très occupé, son existence retirée lui suffit, il n'a rien à déclarer sur les problèmes de l'heure. Il est poli, mais c'est un ours. Pas d'amis, pas de visites, pas de vices visibles, peu d'argent (à moins qu'il en ait beaucoup planqué quelque part), un air imperceptiblement aristocratique, pas d'âge. Sa compagne ne parle de lui à personne, on se demande d'ailleurs ce qu'ils font ensemble, elle est beaucoup plus jeune que lui, ils ne sont visiblement pas du même milieu, c'est peut-être une ancienne prostituée qu'il a sortie du trottoir, en tout cas pas d'enfants, pas de chien, pas de chat. Le rédacteur en chef du journal régional lui a demandé plusieurs fois un article de culture générale, mais rien n'est venu. Un journaliste s'est déplacé de la capitale pour faire son portrait, mais rien n'a été publié, l'article était un tissu de banalités. M.N. va bien, M.N. aime la salade de fruits, M.N. ne regarde que des documentaires de guerre à la télé, M.N. écoute beaucoup de musique, avec une préférence marquée pour Mozart. M.N. n'est pas branché, M.N. est un emmerdeur, les questions sociales, économiques et politiques le laissent froid, il se fout du cinéma, du théâtre, du rock, de la vie des stars, ne lit aucune nouveauté, se couche tôt le soir, finalement c'est un petit homme sans histoire. Ne me dites pas qu'il a écrit des livres autrefois, bien avant les grandes guerres mondiales. Oui, j'en ai vaguement entendu parler, c'était du très mauvais côté, n'est-ce pas ? A-t-il été jugé ? Condamné ? A-t-il fait suffisamment de prison ? N'a-t-il pas été plutôt pendu ? Fusillé ? Il était bien de l'Académie, ou je me trompe ? Ou plutôt anarcho-terroriste ? Islamomafieux ? En tout cas néo-nazi, c'est sûr.

Vous demanderiez à la petite vendeuse de Gênes ou de Turin ce qu'elle pense de M.N., elle ne comprendrait pas votre question. Il est là, elle vit avec lui, il est doux, délicat, attentionné, généreux, tout est conventionnel et tranquille. Elle n'imagine pas que, dans une autre vie dont elle n'a pas envie d'entendre parler, il a pu avoir des démêlés avec le clergé. Un philosophe défroqué est beaucoup plus explosif qu'un curé. De temps en temps, en son absence, elle reçoit des visites singulières. Elle a vite deviné qu'on la prenait pour une imbécile, juste une jeune femme sans importance collective, et elle n'a pas aimé ça. Oui, oui, il écrit, il poursuit ses travaux. Lesquels? Vous n'avez qu'à l'interroger lui-même. Il ne veut pas répondre? C'est son droit. Si ça m'intéresse? Je ne sais pas, je ne suis pas compétente. Tout ce que je peux vous dire, c'est qu'à part des moments de mauvaise humeur ou de mélancolie profonde, il est plutôt agréable, gai. S'il me bat? Vous voulez rire. Vous dites qu'il est très détesté? Mais pourquoi? Ça m'étonne. Il aurait donc fait, un jour, quelque chose de *réellement important*? Elle est sincère : une telle hypothèse lui paraît malade ou folle. Elle trouve son M.N. vivable, gentil, enfantin, un peu maniaque et renfermé, peut-être, mais, comparé aux autres, très convenable. Elle a le droit de le détester, elle, comme toute femme déteste l'homme qu'elle a choisi faute de mieux (c'est toujours faute de mieux), ça fait partie du sport *naturel*, mais de là à lui donner une importance de fond, là, vous faites carrément fausse route. Je suis peut-être inculte et bête, mais pas à ce point. Je ne l'ai pas lu ? Et alors ? On n'est pas là pour lire, mais pour vivre le plus confortablement possible. D'ailleurs, si on connaît vraiment quelqu'un, j'aime autant vous dire que ce n'est pas la peine de le lire. Une femme peut se reposer sur ses sensations et son intuition. Il s'isole souvent, disparaît en voyage, a des aventures ? Ça le regarde et ça me regarde, domaine privé. Ses opinions ? Il me dit qu'il n'en a pas, qu'il est comme l'eau et que l'eau n'a pas d'opinions. S'il croit en Dieu ? Drôle de question. Moi, non. On vit, on meurt, on s'ennuie plus ou moins, on est plus ou moins riche, ou pauvre, c'est tout. D'où vient son argent ? Il est très discret là-dessus, vous savez. Ses livres d'autrefois lui rapportent pas mal, je pense. Mais vous n'êtes pas de la police au moins ?

Ce qu'il pense de moi ? Aucune idée. Si ça ne vous paraît pas trop prétentieux, je crois que je lui plais. Merci, c'est gentil. Cela dit, je ne nie pas qu'il y a peut-être un problème. J'ai vu dans ses papiers qu'il avait recopié une lettre de Napoléon à Joséphine : « J'ai le droit de répondre à toutes vos plaintes par un éternel "je suis ce que je suis". Je suis à part de tout le monde, je n'accepte les conditions de personne. Vous devez vous soumettre à toutes mes fantaisies, et trouver tout simple que je me donne telles ou telles distractions. » Invraisemblable, n'est-ce pas ? Et puis, mais gardons ça entre nous, je vous en supplie, cette note inquiétante : « Comme si une femme sans religion n'était pas pour un homme profond et athée, quelque chose de profondément repoussant et ridicule. » Je n'ai pas osé lui demander, là, ce qu'il voulait dire. Vous avez une idée? Non? Je me disais bien que c'était absurde.

Il y a bien d'autres choses compromettantes dans ce qu'a écrit M.N. Ceci, par exemple (mais n'en parlez à personne) : « En fin de compte les petites bonnes femmes ne le savent que trop bien : elles se moquent comme d'une guigne des hommes désintéressés et seulement objectifs... Aurai-je la présomption de prétendre les connaître, ces petites bonnes femmes? Cela fait partie de mon hérédité dionysienne. Qui sait? Peut-être suis-je le premier psychologue de l'Éternel Féminin. Elles m'aiment toutes — c'est une vieille histoire... » Suivent des considérations très datées sur la femme qui a besoin d'enfants, l'homme conçu comme moyen, l'intelligente méchanceté féminine, la maladie que serait la lutte pour l'égalité des droits, de quoi faire hurler des amphithéâtres entiers ou provoquer des manifestations. « A-t-on su entendre ma définition de l'amour? C'est la seule qui soit digne d'un philosophe. L'amour — dans ses moyens, la guerre; dans son principe, la haine mortelle des sexes... »

Bien, laissons là ces bêtises, elles sont toujours vraies mais ne signifient plus rien. Ludi, aujourd'hui, apparaît après la quatrième métamorphose du féminisme : retour au point zéro, haussement d'épaules par rapport au mot « Dieu », défaite des clergés, nouveau cycle, reproduction technique, clonage, progrès inces-

sants, réalisme comptable, 2 et 2 font dix. M.N.,
aujourd'hui, ne la choisirait pas pour rien (en Chine,
sans doute). Il comprendrait que plus elle s'émancipe
plus elle le libère, plus elle s'auto-érotise, moins elle le
contraint. Avec elle, horizon de la femme définitivement moderne, une dimension millénaire de l'escroquerie prend fin. Moins de dépendance, moins de
demande, moins d'offre aussi, sauf si on devient
complètement indifférent, ce qui équivaudrait à une
manifestation de violence. Ruse, donc. L'éternel
retour du féminin est atteint, on peut évaluer l'aventure humaine *dans son ensemble*.

On ne s'étonnera donc pas que M.N. prenne sa
plume en douce et écrive : « Le subtil mépris est à
notre goût, il est notre privilège et notre art, peut-être
notre vertu, à nous autres, modernes parmi les
modernes... Nous qui sommes sans crainte, nous les
hommes plus spirituels de cette époque, nous connaissons assez bien notre avantage, du fait de notre esprit
supérieur, pour vivre justement dans l'insouciance par
rapport à ce temps. Il ne nous semble pas probable
qu'on nous décapite, que l'on nous enferme, que l'on
nous bannisse, nos livres ne seront même pas interdits
et brûlés. L'époque aime l'esprit, elle nous aime,
quand même nous lui donnerions à entendre que nous
sommes des artistes dans le mépris ; que tout rapport
avec les hommes nous cause un léger effroi ; que malgré notre douceur, notre patience, notre affabilité,
notre politesse, nous ne saurions persuader notre nez

d'abandonner l'aversion qu'il a pour le voisinage des hommes ; que moins la nature est humaine, plus nous l'aimons ; que nous aimons l'art quand il est la fuite de l'artiste devant l'homme, ou le persiflage de l'artiste sur l'homme, ou le persiflage de l'artiste sur lui-même... »

M.N. s'arrête. Il sait bien que l'époque n'aime pas l'esprit ; qu'elle déteste ceux qui vivent dans l'insouciance ; que ses livres ne seront ni interdits ni brûlés, mais tout simplement ignorés et noyés ; qu'il ne sera ni décapité, ni enfermé, ni banni, mais tout simplement tenu à l'écart ; que tout le monde, aujourd'hui, se croit artiste sauf lui ; qu'il ne ressent plus le moindre mépris mais une immense indifférence, comme s'il était entré dans l'abîme du futur, dans quelque chose de terrifiant, notamment dans sa béatitude ; qu'il n'aura désormais sous les yeux qu'une espèce amoindrie, presque risible, un animal grégaire, quelque chose de bienveillant, de maladif et de médiocre, l'Européen d'aujourd'hui...

Sa petite bonne femme rentre sans frapper dans la chambre où il travaille, et lui jette une phrase désagréable, et puis une autre, agréable. Elle l'embrasse vite dans le cou et vient mettre une rose dans un petit vase de cristal à côté de lui. Elle est vraiment odieuse, délicieuse, et ça n'a aucune importance. La mer brille au loin, et moins elle est humaine plus il l'aime. Quel beau jour parmi des millions d'autres, comme la folie de vivre est bénie.

Il n'y a pas que Ludi dans ma vie, il y a aussi des passions discrètes. Pour l'instant, j'en compte neuf : cinq consommées, stables et tournantes, quatre en attente. Pas de double vie, mais vie redoublée. Pour les exercices spirituels, Nelly est ma préférée.

Elle est philosophe, c'est le couvent d'aujourd'hui. Je doute qu'ait jamais existé une putain plus délicate, une dévote plus décalée. C'est une bourgeoise brune, jolie, la peau douce et blanche, ironique, réservée, violente, avec quelque chose dans le regard qui appelle aussitôt l'attention. Au départ, le pied et la cheville pour Ludi, le regard pour Nelly, les mains pour une autre, la voix ou le rire pour une autre, le nez, la bouche et le reste pour encore une autre, ça ira comme ça, un peu de tout pour un paradis transversal.

De vraies études de philo, une thèse hypersérieuse sur Héraclite, elle connaît à fond le district. Celui du grand Autrefois, comme celui de nos temps confus et moroses. De l'Antiquité à nos jours, de Platon à Dupont, du grec au sabir, de la dialectique au décousu propagande, comme qui dirait de saint Augustin au curé sportif, de Moïse au rabbin de famille, du Prophète au recteur de mosquée locale. Est-ce ma faute si tout se dégrade, s'effrite, s'affadit? Si, parallèlement, tout est de plus en plus con, bestial, abruti?

Aucune importance, on s'organise. Nelly, en bonne carmélite mystique, est vite dégoûtée par le clergé universitaire et intellectuel, elle bascule, en me rencontrant, dans la philosophie pratique. Elle quitte les séminaires pour entrer au boudoir. Elle passe de sa clôture aux rendez-vous programmés du vice. De la vertu au vice, on le savait, il n'y a qu'un pas, mais le pas du vice à la vertu, c'est nouveau, excitant, un saut pardessus l'abîme. Nelly, en effet, garde toute sa lucidité, sa pudeur, sa rigueur. Elle renforce aussi son horreur de la vulgarité générale. L'obscénité, soit, la faute de goût, non. Elle s'habille très bien, est parfois cliente chez Ludi (mais ne sait pas que je la connais, pas plus que Ludi ne pourrait imaginer que je la vois en cachette), a de beaux bijoux de famille, ressemble à un personnage de Stendhal égaré dans un roman populiste ou américain. Elle est à la fois mode tranquille et complètement démodée, contemporaine et farouchement archaïque. Très frigide avant moi, précise depuis.

Elle croyait abandonner le rituel catholique de son enfance (déjà en miettes) pour la lumière philosophique : elle n'a trouvé que prétention vide, bavardage, bouillie. Elle a quand même fait l'esprit fort, s'est baladée dans la contestation et la déconstruction, a pris acte de la restauration, mais n'a aucune envie de rentrer à la maison, à la cuisine, dans la chambre des enfants, d'adhérer aux associations humanitaires, de relire la Bible ou le Coran, de porter la perruque ou le voile. Elle a lu tous les livres, elle connaît tout ça et tout ça, mais a fini par se demander pourquoi ça la laissait aussi insensible que la supposée existence de Dieu, la rumeur de sa mort, les grandes causes sociales, l'altermondialisation, les succès d'argent, le rock, le pop, la techno, la coke, l'ecstasy, les partouzes, l'échangisme, ou tout bêtement l'alcool. Elle aime les fleurs, la soie, le silence. Elle trouve soudain une satisfaction dans la dégoûtante sexualité. C'est une surprise, elle frémit, elle se pince. C'est le contraire du menu global, dont elle a découvert, de droite à gauche et de gauche à droite, l'énorme trucage. Pseudo-roman familial cachant l'exploitation et le viol, puritanisme coincé, couplaisons de façade, mariages, enfants, remariages, réenfants, familles décomposées et recomposées, ennui, tourbillon gynéco, pensions, punitions, prostitution déguisée, fric à tous les étages, pauvreté ruminante, confort et gâtisme, banlieues sinistres, revendications réprimées, maisons et jardins, piscines et hôtels de luxe. Pour plus de détails, ouvrez votre magazine de la semaine, vous avez le décor du film. Tric-trac des mots, truc-toc des photos.

Un des exercices avec Nelly consiste à prendre un texte philosophique bien idéaliste, pontifiant, moral, sentimental, abstrait, humaniste, correct, nigaud, faux. Elle s'installe sur le canapé, relève sa jupe, montre brièvement qu'elle n'a pas de culotte, et commence à lire *sérieusement* le texte en question, pendant que je la mets. Le résultat est assez vite atteint grâce à l'exubérante dissonance ambiante. Je citerai seulement, comme très efficaces, des passages entiers de la *Critique de la raison pure*, vous savez, la loi, le ciel étoilé au-dessus de nos têtes, tout ça. Jamais de noms d'auteurs, uniquement le sérieux des textes, leur pathos, leur emphase, leur bêtise, leur illusion. Les appels à l'au-delà, au sacrifice, au travail, à la patrie, à la responsabilité, à la solidarité, à la mort sont particulièrement bienvenus. Un certain lyrisme compassé est de bon augure, de même que toute évocation romantique ou naturaliste de crise d'identité ou de labyrinthe sans issue. Plus c'est idéalisant, prêcheur, tarte, plus ça fait bander. Plus c'est lourd, embarrassé, grave, morbide, plus ça fait jouir. Je suis dans la position du pénitent, du fidèle ou de l'aspirant qui écoute un cours d'instruction religieuse, militaire, civique, une exhortation à la maîtrise et au dépassement de soi. Je suis à l'école, dans un camp d'entraînement, objet d'un recrutement ou d'un endoctrinement pour le Bien contre le Mal. Surtout pas de textes érotiques ou pornographiques, ils retarderaient l'érection, l'éjaculation, le spasme inspiré de Nelly. Je vois le Bien, je l'approuve, mais je choisis le Mal, c'est plus fort que moi. J'incarne la brute, l'animal, l'élève taré, l'ours, le nègre, le sale esclave inéducable. Il n'est pas question de rire (sauf après), tout cela est profond, sacré, immémorial. Nelly est sérieuse. Je suis sérieux. Notre histoire remonte le temps, se perd dans la préhistoire, depuis les cavernes jusqu'aux salles de bains. Nelly, à ce moment-là, cuisses ouvertes, seins dehors, est splendide, noire, hiératique, grande déesse et prêtresse de l'autre rive. Elle arrête brusquement sa lecture, éteint la lampe, change de voix, tombe dans les mots maudits, m'embrasse avidement, s'effondre. On reprend pied dans l'ombre avec un fou rire. Les morts sont contents.

On va se laver l'un après l'autre, on revient dans la lumière, on fait comme si rien ne s'était passé, on va dîner. À partir de là, naturellement, la conversation est une moquerie continuelle contre la mascarade générale, le mensonge organisé. Organisé ? Non, sécrété, plutôt, comme une vapeur, une transpiration, une haleine. On parle de pics de pollution, mais là ce sont des montagnes d'air vicié, rebrassé. Nelly a ses favoris dans le sarcasme : le sociologue vaseux, le moraliste bêlant, le scout recyclé, le prophète de feuille de chou, le baveur progressiste ou réactionnaire, le trépignant révolté, l'halluciné apocalyptique, la mondaine astrologue, l'actrice de charité, la vieille féministe, l'homme d'affaires poète. Elle a toujours vu, lu ou entendu un truc marrant, idiot, pathétique, sénile, furieux. La société tout entière ressemble à une grande famille en rut de médiocrité et de haine. Comme le dit Héraclite, paraît-il (mais cela n'a pas l'air de plaire à Aristote dans sa *Métaphysique*) : « Il y a toujours un moment où toutes choses deviennent feu. »

L'univers entier, n'est-ce pas, s'écoule comme un fleuve, et le même homme ne rentre jamais deux fois dans la même femme. Comme le dit encore ce penseur très clair, quoique réputé obscur, « si on n'attend pas l'inattendu, on ne le trouvera pas, car il est difficile à trouver ».

On l'a trouvé.

Ces divertissements avec Nelly ne pourraient pas avoir lieu si elle n'y trouvait pas son compte. Revanche sur un poids millénaire, milliards de voiles accumulés, attentat contre des siècles de falsification hypnotique. Si on n'était pas de vrais terroristes, on ne s'entendrait pas. Désormais, les faux terroristes de sang pullulent, à chaque jour son kamikaze, ses assassinats ciblés, ses meurtres sur listes ; à chaque nuit ses embuscades, ses voitures ou ses camions piégés, sa consternante monotonie d'ambulances. Les méchants sont partout, les bons aussi, les victimes sont dans tous les camps, les familles sanglotent, Dieu reconnaîtra les siens, mais il est aussi débordé que les urgentistes dans les hôpitaux et les pompes funèbres. Avant-hier, boum. Hier, boum. Aujourd'hui, boum. Demain, boum-boum.

Pendant ce temps-là, comme on disait dans la préhistoire des films muets, un homme et une jeune femme, apparemment normaux mais *bizarres*, s'isolent pour faire l'amour à l'envers dans une chambre d'appartement du 17ᵉ arrondissement de Paris, près du parc Monceau. Oui, c'est là, inutile de vous décrire. Les siècles viennent mugir dans cet endroit retiré, derrière les rideaux tirés, ils vomissent ici leurs secrets, leurs refoulements, leurs escroqueries en tous genres. Adam et Ève, lassés de leurs rôles de marionnettes, ont inventé un complot inouï, une bombe à fragmentation, à neutrons verbaux temporels. Quel théâtre impensable, quel film infilmable, quelle défaite pour les médias. Ah, si M.N., à Turin, avait pu ainsi confirmer sa pensée essentielle, une Ludi d'un côté, une Nelly de l'autre ! Sans parler d'autres petites femmes selon les saisons, pour éviter les trop grandes pressions, le gel, les typhons. Se faire enfanter directement par Dionysos ? Allons, allons, M.N., vous déraisonnez, vous n'êtes que le résultat historique de vos géniteurs, un pasteur malade, une mère qui n'en pensait pas moins sous ses jupes. Donc, d'après vous, vous seriez fils de Dieu ? D'un dieu ? Comme ça ? Par l'opération du Saint-Esprit, sans doute ? À travers une Vierge ? Une Ariane ? Une sorcière ? Une fée ? Mais enfin, M.N., à supposer que ce soit vrai, *où voulez-vous qu'on vous mette* ? Dans les ruines d'un temple ? Dans une cathédrale ? Un musée ? Peut-être pourriez-vous animer une de nos soirées thématiques à la télé ? Une histoire de Dionysos à travers les siècles ? Notre série sur le Crucifié, sponsorisée par la Ligue contre le cancer, a très bien marché. Un Dionysos paillard, sans plus, qu'est-ce que vous en dites ? Nous avons pour vous les Ménades qu'il faut. Ne les rendez pas trop folles quand même ! Non ? Vous y croyez *vraiment* ? Bon, ça va, ça va, avalez vos pilules.

Sur la question de la parenté, il faut dire que Nietzsche n'y va pas de main morte :

« Quand je cherche mon plus exact opposé, l'incommensurable bassesse des instincts, je trouve toujours ma mère et ma sœur. Me croire une "parenté" avec cette canaille serait blasphémer ma nature divine. La manière dont, jusqu'à l'instant présent, ma mère et ma sœur me traitent, m'inspire une indicible horreur : c'est une véritable machine infernale qui est à l'œuvre, et cherche avec une infaillible sûreté le moment où l'on peut me blesser le plus cruellement — dans mes plus hauts moments —, car aucune force ne permet alors de se défendre contre cette venimeuse vermine. »

Et encore :

« C'est avec ses parents qu'on a *le moins* de parenté : ce serait le pire signe de bassesse que de vouloir se sentir "apparenté" à ses parents. »

Bassesse, canaille, indicible horreur, machine infernale, venimeuse vermine, vous voyez bien que ce sujet, qui parle en plus de sa nature divine, ne va pas bien. Et pourtant, si tout doit revenir de la même façon, il faudra qu'il endure à nouveau la bassesse des instincts, la canaille, l'indicible horreur, la machine infernale, la venimeuse vermine. Et encore. Et de nouveau.

Eh bien, d'accord.

Lettre du 22 février 1884 :

« C'est une sorte d'abîme du futur, quelque chose de terrifiant, notamment dans sa béatitude... Mon style est une *danse*, un jeu de symétries de toutes sortes, en même temps qu'une pirouette et un pied de nez à toute symétrie, et cela jusque dans le choix des voyelles. »

Ludi :
— Tu n'oublies pas qu'on voit Laurence ce soir ?
— À quelle heure ?
— 9 heures.
La blonde, la brune. Une épingle d'or, une prune. Laurence n'a pas tardé à manifester sa curiosité : voler un peu sa copine, vérifier, expérimenter, avancer, mentir mieux, respirer. Raid sans lendemain, d'ailleurs, vif, réussi, gai, technique.

En réalité, un partenaire d'amour est devenu un *fronton*, on joue avec lui à la pelote basque, comme les gens de cet étrange pays, là-bas, espadrilles, pins, aiguilles, chistera en osier pour cueillir la balle, avec leurs airs et leurs profils de Mayas. Une de leurs danses très anciennes consiste à mettre le bout du pied pendant moins d'une seconde dans un verre posé au sol et à le retirer, papillon, sans casser. C'est beau, immémorial, comme un rêve. On est des oiseaux, on ne s'attarde pas chez les mammifères, ils ne sont pas contents, ils croient à leurs lourds coïts ruminants, à l'illusion de fusion qu'ils osent appeler amour, alors qu'il est déjà rempli de ressentiment, de fureur. Ils vont à leur perte avec rage, Niagara de crânes, volonté butée d'en finir. La Nature s'en fout, et nous comprenons de mieux en mieux la Nature, nous qui savons coucher avec elle, avec nos mères, nos sœurs, et la mort, donc, comme le soleil, chaque soir.

Ludi ne se doute de rien, elle n'en est pas moins accordée à ce jeu de destruction sèche, raison pour laquelle elle est immédiatement détestée par les religieux sociaux d'aujourd'hui. Comme M.N., elle déclenche une drôle de haine. Une sale petite vendeuse menteuse, mais très jolie, n'est-ce pas ? Je suppose qu'aucun philosophe ou intellectuel sérieux ne pourrait la supporter plus d'une minute ? Erreur, erreur, il paraît que M.N. l'a surnommée « retour éternel ». C'est quoi, ça ? Lu Di ? Un prénom chinois ?

M.N., au fond, comme Ulysse, s'appelle Personne en personne. Tous les noms de l'Histoire peuvent être lui. Nemo, Nihil, Nul, Nobody, Nothing, Néant, Nicht, Nichtung, Nessuno, Niente, Nada, Nadie. Il ne traîne pas, il ne répond pas, il vient, il s'en va, il va. C'est une sorte d'Idiot légendaire, capable de s'arrêter devant une crotte de chien et de s'exclamer en riant et en la montrant du doigt : « éternel retour ! ». On l'a trouvé un jour en extase devant une roue d'autobus, il ne voulait pas la lâcher, le chauffeur a dû faire appel à la police municipale. Ces incidents sont fâcheux, mais rares. D'habitude, on ne le remarque pas.

M.N., depuis longtemps, a abandonné toute passion polémique, il ne se prend plus pour le Messie, l'Antéchrist, le Rédempteur, le Sauveur. Il laisse courir, il sait que le malentendu et l'illumination, la souffrance et le plaisir reviendront éternellement. Il a renoncé à tout éclaircissement collectif. Il assiste aux effondrements, à la violence des jours, aux guerres, aux catastrophes, aux innovations techniques, à la réalité cinéma projetée partout. Le spectacle le laisse de marbre. De marbre ? Non, de bois, de roseau, de jonc, de bambou. Ça glisse, ça se dissout, ça s'évapore. L'humanité est folle, il suffisait de le démontrer. Était-il présent lorsqu'il était là ? On en doute. Certains disent même qu'il n'a jamais existé. Pourrait-il vraiment écrire en détail ce qu'il a vécu ? C'est exclu.

De toute façon, la question est bouclée, mon génome est déchiffré, le ver *elegans* est dans ma lignée, la vie est absurde, la mort n'a plus aucun sens, le néant est sans importance, l'Éternel Féminin est remisé au musée, la guerre des sexes a tourné à l'ennui, le Surhomme a enfanté le Sous-Homme, on est en plein reflux millénaire.

Ou bien, le contraire : la Terre est enfin libérée, elle danse ; mon génome est un passeport ; la vie s'allonge en tous sens ; Dieu ressuscite à chaque seconde ; le Diable le sert ; l'Éternel Féminin est plus amusant que jamais ; la guerre des sexes n'a jamais été aussi excitante ; la mort s'incline ; le Surhomme plane ; c'est la grande marée des siècles.

Vous avez droit, chaque matin, à ces deux visions du monde.

Choisissez.

Par exemple un arbre, cet arbre. Je me concentre, je fais le vide en moi, je vise ses racines, je les devine et je les dessine, je m'enfonce avec elles dans une obscurité sans retour, je griffe, je creuse, je m'enterre, je trouve l'eau qu'il me faut, je remonte vers ma base, mon tronc, me voici, je perce, je respire, je me cylindre, je m'écorce, je boise, je branche, je feuille. Et puis l'espace, ah l'espace. Et puis le temps, ah le temps. Soleil, vent, pluie, gel, brouillard, brume, lune, soleil de nouveau, ombre, tiges, nœuds, coudes, rameaux, oiseaux, nids, brindilles, grincements, murmures, levants et couchants. Ce n'est déjà plus un arbre, c'est une forêt. Il n'a plus de nom, mon arbre. Chêne, platane, marronnier, cèdre, pin, magnolia, peuplier, acacia, catalpa, palétuvier, figuier, arbousier, saule, cyprès, if, sapin, troène, ormeau, tilleul — il pousse un peu partout, je comprends grâce à lui les sols, les rochers, le gravier, les cailloux, le sable, les ruines, les ruissellements, les insectes. Et puis l'air, le bel air, l'incroyable chance de l'air, l'air libre, libre comme l'air, libre comme l'amour libre en plein air. Et puis, bien entendu, les poumons, le nez. Et puis, dans la foulée, l'orage, la foudre, les fruits, les ailes, les chants, les cris, les chevaux, les vaches, les moutons, les chats, les chiens, les pieds, les mains.

C'est pourquoi, disait M.N., il nous faut un art pétulant, flottant, dansant, moqueur, enfantin, bienheureux. Et aussi : « J'ai toujours l'avantage de mes bondissements et de mes *houp ça*. » Et voilà comment les plus petites choses de l'existence peuvent prendre une importance considérable : un brin d'herbe, une fourmi, un mouvement de rideau, un reflet, un accent traînant, un rire, une cheville, un clin d'œil, une odeur d'huile, une latte de parquet, une gouttière, un robinet, un passage d'oiseau, ou encore cette vague de l'océan, là, maintenant, celle-là, oui, pas une autre.

Dans ces conditions, on voit mal M.N. être père, fils, frère, beau-père, beau-frère, mari, compagnon, citoyen, camarade, collègue, confrère, ami, amant, maître, patron, employé, salarié, membre d'un parti, président, directeur, ministre, député, délégué, académicien, truand, casseur, sénateur. C'est l'anarchiste aristocratique absolu. Il reste insouciant, prend la vie comme une heure légère et un loisir rapide et doux, n'attend rien des autres, mais tout de lui-même en tant qu'autre. Il n'a aucune envie d'en finir, et pense que tout serait dénoué si, au lieu d'avoir envie d'en finir, nous pouvions supporter notre propre immortalité. Sa devise, en définitive, est *encore*. Là-dessus, on le traite d'arrogant, d'égoïste, de paranoïaque, d'imposteur, de guignol, d'infantile immoral. À quoi il répond par un murmure inaudible, à savoir qu'il vaut mieux être infantile que sénile, comme ils le sont toutes et tous. Monsieur Barbon d'Andropause marche ici la main dans la main avec Madame Ménopause. Mais enfin, continuons à être gai et poli :

« Personne ne s'est plaint que je lui fasse grise mine, pas même moi : j'ai peut-être découvert des mondes de pensées plus sombres et plus inquiétantes que quiconque, mais seulement parce qu'il était dans ma nature d'aimer l'aventure. Je compte la gaieté au nombre des *preuves* de ma philosophie. »

70

Prenons, comme contre-exemple, un auteur fameux de Mémoires. Il écrit : « À mesure que ces *Mémoires* se remplissent de mes années écoulées, ils me représentent le globe inférieur d'un sablier constatant ce qu'il y a de poussière tombée de ma vie : quand tout le sable sera passé, je ne retournerai pas mon horloge de verre, Dieu m'en eût-il donné la puissance. »

Eh bien, M.N. fait exactement le contraire. Pas besoin de Dieu pour cela.

M.N. a disparu un jour, ne laissant derrière lui, pour la plus grande mauvaise joie des obscurantistes et des hypocrites, que sa marionnette désarticulée démente. Il ne croyait pas en Dieu, il se prenait pour Dieu, Dieu devait le punir, Dieu l'a puni. Comme l'a dit encore récemment à son sujet un pasteur local : « Il est terrible de tomber entre les mains du Dieu vivant. » Et ta sœur, canaille ?

Vers la fin de son existence pleinement lucide, M.N. raconte comment un profond changement s'est opéré en lui après ses 30 ans :

« À cette époque, mon instinct résolut irrévocablement d'en finir avec cette habitude de céder, de faire-comme-tout-le-monde, de me-prendre-pour-un-autre. N'importe quel mode de vie, les conditions les plus défavorables, la maladie, la pauvreté, tout me sembla préférable à cet indigne "désintéressement" où m'avaient fourvoyé mon inconscience, ma *jeunesse*, et où, plus tard, j'étais resté empêtré par lâcheté, par prétendu "sens du devoir". »

Nous le retrouvons, à 36 ans, à Venise, où il arrive le 14 mars avec un ami musicien. Il lui dicte des aphorismes de son prochain livre, *Aurore* (sous-titre : *Pensées sur la morale conçue comme un préjugé*), qui va porter en exergue cette formule du *Rig-Veda*. « Il est tant d'aurores qui n'ont pas encore lui. » En effet, et en voici une autre.

Le premier titre envisagé pour *Aurore*, en italien, est *L'ombra di Venezia*. Il ne fait pas beau, il pleut, d'où cette lettre de M.N. le 24 mai : « Venise, la ville de la pluie, des vents et des venelles obscures... Ses plus grandes qualités sont le calme et un excellent pavé. »

On voit ici que la convalescence de M.N. (qui s'exclamera un jour : « Qu'importe M.N. ! ») est encore fragile. Il aura, par la suite, des jugements très positifs sur Venise, devenue l'équivalent du mot *musique*. Mais sa gloire secrète n'est pas encore révélée.

Il part le 29 mai. En octobre, il est à Stresa, sur le lac Majeur. En novembre, il est à Gênes, jusqu'en mai de l'année suivante. Huit ans plus tard, il porte ce jugement sur son livre d'alors :

« Il est ensoleillé, lisse, heureux, pareil à un animal marin qui prend le soleil entre les rochers. Après tout, cet animal marin, c'était moi : presque chaque phrase de ce livre a été pensée, est *éclose* hors de cet entassement confus de rochers, près de Gênes où j'étais seul, dans l'intimité de la mer. »

Voilà, ça vient : un livre peut être un animal marin, une baleine, un dauphin, un phoque, un marsouin. Il éclot comme une fleur, a une peau frémissante, contient des éclairs fixés comme des lézards. Il fait semblant d'être un livre, mais vous voyez bien qu'il s'agit d'un phénomène naturel qui ne coûte rien et n'est pas à vendre. C'est une marée, un coup de vent, un coup de chaleur, une brise, une vapeur. Ulysse avait un pieu pour le Cyclope, David une fronde face à Goliath, M.N., lui, a une plume contre Dieu, ou plutôt contre la Société. C'est un gros poisson, il nage. Un oiseau, il vole. C'est aussi, tout simplement, un humanoïde à deux pattes, sujet à des maux de tête épouvantables, mais qui marche beaucoup :

« Je n'arrête pas de marcher ! Et de grimper ! Je dois en effet pour arriver à ma mansarde monter 164 marches dans la maison, elle-même très haut perchée sur une rue escarpée où s'alignent les palais et qui aboutit à un grand escalier. »

164 marches : il les a comptées. Le souffle, le cœur qui bat, une mansarde au-dessus des palais. Retour au calme, plume, encre, papier. Pas de chauffage. Vomissements violents. Sur le lit étroit, donc. Noir et lumière. Vous savez ce qu'est la chance ? Un large et lent escalier.

En janvier suivant, ça va mieux : « Je suis assis ou allongé au sommet de ma falaise retirée surplombant la mer, je me chauffe au soleil comme un lézard, je me lance sur les ailes de mes pensées dans les aventures de l'esprit... L'air de la mer et beaucoup de ciel pur me sont indispensables. »

M.N. n'en finit pas de rêver à des voyages dans le Sud. En Corse, peut-être (Napoléon), aux Amériques (l'Inde de Colomb), au Mexique, en Tunisie. Mais le voici en mai à Recoaro, petite station thermale de montagne. Et puis, enfin, en juillet, via Saint-Moritz, à Sils-Maria, dans la haute Engadine. Ce sera désormais son Himalaya, son Tibet, son rocher sacré. Il a toujours très mal à la tête, mais enfin « j'ai pu m'installer dans le plus charmant coin de la terre, jamais je n'ai vu un tel silence ».

Normal qu'un énorme silence se fasse ici, dans le temps lui-même. La révélation l'attend.

Elle lui tombe dessus, plutôt, elle le renverse, elle l'écrase. Elle le ressuscite. Elle le transmute. Il ne pourra en parler qu'à voix basse, et comme épouvanté, à quelques amis. Il mettra un certain temps à y faire allusion par écrit. Nous sommes en août, et ce n'est pas un détail :

« Je parcourais ce jour-là la forêt, le long du lac de Silvaplana. Je fis halte près d'un formidable bloc de rocher qui se dressait en pyramide, non loin de Surlei. C'est là que cette pensée m'est venue. »

Là, c'est-à-dire « à 6 000 pieds au-dessus de la mer, et bien plus haut au-dessus de toutes les choses humaines ».

Il s'agit de l'Éternel Retour. On a tout le temps d'y revenir, et pour cause.

M.N. est en train de devenir M.Z., il va bientôt demander à chacun d'entre nous de devenir M.Z. Qui est-ce? Pourquoi lui? Que veut-il? Pourquoi maintenant? Ai-je l'air de m'appeler Z.? Zéro? Zorro? Zarathoustro? Trop?

Ce moment est divin, il n'aura pas de fin, il recommencera toujours, comme la mort du Crucifié au Golgotha, et sa résurrection supposée en dehors d'un sépulcre vide. Ça vous est déjà arrivé? Avec votre corps tout entier, crâne, poignets et pieds percés, épaules, thorax, poumons, moelle épinière, bassin, bite, cuisses, jambes, squelette? Sans blague?

À la même époque, M.N. écrit dans une lettre : « À mon horizon, des pensées montent qui m'étaient inconnues. »

Une forêt, un lac, un rocher en forme de pyramide, un type qui vient de marcher pendant des heures au mois d'août, et qui s'arrête là brusquement, à jamais, pour toujours, dans un repli de la pierre. Le ciel s'ouvre, le calendrier explose.

Laissez-moi respirer, je tremble. Je viens de laisser ma petite bonne femme dans son lit, elle dort à poings fermés, elle sent bon, je vais sur la plage. Il est 7 heures du matin, en août. Il fait très chaud, la marée est haute, je vais nager, les mouettes me bercent. Deux ou trois barques se balancent près de moi, je suis seul. Ce moment a déjà eu lieu, il se répète, je veux qu'il se reproduise. Mille fois ? Dix mille fois ? Un milliard de fois ? Oui, encore.

Le soleil rouge perce, l'eau se plisse de brise, l'odeur de varech et de sel me reçoit. Je suis en bois, en toile, en plume, en bec, en algue, en doigts. Mes oreilles voient, mes yeux écoutent, mon cœur pense. Tout à l'heure, il sera midi, mais un midi pas comme les autres : « Midi et éternité, indices pour une vie nouvelle. »

En même temps, désespoir. Sans un désespoir radical la révélation ne serait rien. Elle est pourtant « la passion du oui par excellence ».

M.N. a 10 ans. Il raconte l'expérience suivante : « Le jour de l'Ascension, j'entendis le chœur sublime du *Messie* de Haendel : l'*Alléluia*. Je pris aussitôt la ferme résolution de composer quelque chose de semblable. »

L'a-t-il fait pour finir ? Mais oui. Il est vrai que sa composition porte un titre étrange par rapport au *Messie* : *L'Antéchrist*. En réalité, c'est pareil, le contraire de ce que croient les dévots, les dévotes.

J'ai 10 ans, 40 ans, 2 000 ans, 6 000 ans, je sors de mon linceul, c'est moi, c'est mon crâne, encore lui, encore moi, toujours lui, toujours moi.

Il est dangereux de se rapprocher trop de soi-même ; c'est la folie. Pourtant, on peut l'apprivoiser, la folie, l'enrober, lui jouer des tours, la rassurer, la réduire. Question de vaccin et de goutte-à-goutte depuis l'enfance. C'est un système, on peut le tenir, feindre de s'y abandonner, s'observer en train de délirer, de rêver. J'attrape au vol des rapprochements qui n'ont rien à voir, je saute dans le train fou, le toboggan, la grande roue, la chute, la cascade, l'enfermement. Ludi sait que je suis fou, elle aime bien ça, à condition que rien n'apparaisse. Elle est d'ailleurs folle, elle aussi, comme tout le monde. Ça ne fait rien, on tient debout.

Cette vieille femme desséchée, assise au soleil, est une jeune fille en fleur, une mouette. Cette famille est une nichée de chiens. Ce bébé est déjà un serial killer, cette petite fille une prostituée maussade, ce garçon un gendarme sans avenir. Cette autre famille, faussement épanouie, est un groupe de pingouins. Dans une de mes autres vies, j'ai ainsi aimé une truie, une hyène, une panthère, une descendante de louve, une cousine de babouin. J'échappe, toutes les deux nuits, à un poulpe au regard de soie, à une méduse puissante. Je caresse sous une table le sexe d'une femme du monde timide et mouillée. Elle me palpe de sa main gauche sans que personne ne s'aperçoive de rien. Mon autre voisine est voilée, Dieu brille dans ses yeux, elle est beaucoup plus entreprenante et déjà enceinte. C'est une explosion, maintenant, étouffements, cris, plâtras, sang poisseux, cervelles dégoulinantes. Sans transition, me voici au bord du lac de Silvaplana, en août. Malgré la lumière qui blesse les yeux, je vois un panneau indiquant le rocher de M.N. Tout est bleu. Du haut de cette pyramide, dix mille siècles se contemplent.

« Mon linge, écrit M.N., est à la dernière extrémité. Je ne dispose plus que de deux chemises encore mettables. Vêtement aussi modeste que râpé. Mais ma chambre a 24 pieds de long et 20 pieds de large. »

Et aussi : « Entre-temps, les forces vitales et toutes sortes de forces se sont mises en œuvre en moi, et je vis ainsi une seconde existence... Mais il ne me faut rien précipiter, l'arc qui tend mon itinéraire est large, il me faut, en chacun de ses points, avoir vécu et pensé avec la même profondeur, la même énergie : je dois donc encore longtemps, longtemps, rester jeune, bien que j'approche déjà de la quarantaine. »

M.N. n'en a plus pour très longtemps dans l'existence libre et lucide. Mais on ouvre un de ses livres, et il est là aussitôt, jeune, très jeune, de plus en plus jeune. C'est le monde humain qui vieillit, pas lui.

Le 23 ou 24 avril 1882, M.N. arrive à Rome pour y rencontrer une jeune Russe, qu'on lui a vantée comme une âme-sœur philosophique, un « être extraordinaire ». Il vient de dire qu'il est « avide de ce genre d'âmes », et assure qu'il va « se mettre prochainement à traquer de telles proies ». Un mariage ? Pas vraiment : « Je pourrais tout au plus envisager un mariage de deux ans, en considération de ce que j'ai à faire dans les dix prochaines années. »

Pour l'époque, ce langage est carrément scandaleux et incompréhensible. L'époque ? Un enfer idéaliste et conformiste, une mauvaise odeur permanente de mensonge et de renfermé. En réalité, la solitude de M.N. est effarante. Son amie Malwida le décrit ainsi, dans un style très « dame d'œuvres » :

« Le pauvre homme, c'est vraiment un saint, il porte ses terribles souffrances avec un courage héroïque, n'en devient que toujours plus doux, et même presque enjoué. Il continue obstinément à travailler, bien qu'il soit presque aveugle. Il n'a absolument personne qui le soigne, qui l'aide, il a très peu d'argent. »

Vous sentez ici le frémissement de l'éternelle vieille fille, heureuse de voir un homme diminuer et tomber. Voilà un spectacle dont elle ne se lassera jamais.

Pas connu, santé fragile, manque d'argent, obstiné dans ses écritures qui ne valent peut-être rien, mais doux comme un bon chrétien : c'est un saint. Diminué comme il est, il faudrait qu'une femme se dévoue pour lui. Mais laquelle ?

Ici commence la grande loufoquerie de son aventure avec Lou et son ami Paul Rée. La rencontre, surtout, est impressionnante. Elle a lieu à l'intérieur de Saint-Pierre de Rome, mais oui, vous avez bien lu. Rée travaille dans un confessionnal (« particulièrement bien exposé à la lumière »), on ne se gêne pas, on est comme chez soi. M.N. se dirige vers Lou Salomé et lui dit : « De quelles étoiles sommes-nous ainsi tombés l'un vers l'autre ? », ou bien : « Tombés de quelles étoiles avons-nous ainsi été conduits l'un vers l'autre ? » C'est plus qu'un coup de foudre : un mariage mystique et transcatholique, une proposition galactique. Elle a 21 ans, lui 37, elle est belle, très intelligente, superbement névrosée. Il est ébloui, il va bientôt la demander en mariage, grosse erreur. Elle refuse, garde le contact, fait miroiter, se dérobe, garde le poisson en attente, s'instruit, prend des notes, le cas est intéressant. S'il l'avait culbutée d'emblée, à la française, dans un autre confessionnal plus sombre, malgré ses cris et ses appels au secours, sa vie aurait été changée, il aurait pu méditer indéfiniment sur l'éternel retour du malentendu entre les sexes, c'est-à-dire sur la comédie qui a pour but de freiner le temps en le faisant passer pour une nécessité. Lou, bien entendu, n'a que faire de cet énergumène génial, mais encombrant et pauvre. Elle fait semblant de rêver à un arrangement à trois entre bons amis, elle imagine « un agréable cabinet de travail rempli de livres et de fleurs, flanqué de deux chambres à coucher et, allant et venant, des camarades de travail, formant un cénacle à la fois gai et sérieux ».

Deux chambres à coucher ? Pas trois ? Lou compte donc sur le fait que Rée et M.N. dormiront dans la même chambre, tandis qu'elle couchera dans la chambre d'à côté ? D'ailleurs, où sont les toilettes ? Vaudeville hystérique qui, bien entendu, n'aura pas lieu. Malgré tout M.N. souscrit à cet étrange projet de Trinité, ils envisagent même d'aller ensemble à Paris. Ils n'iront pas, et il nous reste la pénible photo de Paul Rée et de M.N., en chevaux ou en ânes tirant une charrette dans laquelle Lou Salomé, dominatrice, les menace d'un fouet. Très drôle, n'est-ce pas, ha ha. Surtout si on se souvient que M.N. s'effondrera plus tard, en larmes, en voulant protéger un vieux canasson frappé par un cocher. Pour l'instant, nous en sommes au « cénacle gai et sérieux » (tu parles).

Le comble, en mai, à Orta, est l'excursion de M.N. et de Lou au Monte Sacro. Ils montent, ils s'attardent là-haut, c'est leur Sinaï, ils rentrent anormalement tard, attendus avec angoisse et fureur par Paul Rée et la mère de Lou (qui chaperonne cette bizarre opération alpine). Sur cette longue, très longue, rencontre au sommet, nous avons plus tard cette déclaration ahurissante de Lou :

« Ai-je embrassé Nietzsche sur le Monte Sacro ?...
Je ne sais plus. »

Elle ne dit pas : « Nietzsche m'a-t-il embrassée sur
le Monte Sacro ? », mais bien : « Ai-je embrassé Nietzsche sur le Monte Sacro ? Je ne sais plus. » Admirable
réponse à une question qui ne semble pas pouvoir
avoir de réponse.

Un futur fou génial, malade et sans situation stable,
m'a demandée en mariage. Vous pensez bien que j'ai
esquivé. D'ailleurs il ne me plaisait pas, aucun homme
ne m'a jamais paru digne de ma considérable personne (vous voyez ce que je veux dire). Oui, je sais,
Nietzsche a écrit une œuvre énorme, mais qui
s'éloigne trop des connaissances purement scientifiques. L'ai-je embrassé sur le Monte Sacro ? Peut-être.
À vous de me le dire, moi, je ne sais plus. Est-ce bon
pour mon image de répondre oui ? Ou non ? En tout
cas, sachez-le, je n'ai pas l'intention de revivre éternellement ce moment. La moustache de M.N., sa langue
brusquement dardée, sa salive, son souffle, son excitation dionysiaque, son halètement taurin, sa braguette
gonflée, tout ça comme cadeau en montagne pour mes
21 ans, à d'autres. Vous remarquerez quand même
qu'il est resté discret sur cet épisode. Fou, peut-être,
mais gentleman. On lui a posé cent fois la même question, et il a toujours répondu : « Est-ce vraiment
important ? » C'est plutôt son style. Enfin, paix sur le
Monte Sacro. Rideau.

La même question posée à Ludi : « Sur le Monte
Sacro ? Mais oui, ça lui faisait tellement plaisir. »

Aujourd'hui même, à Bangkok, une jeune femme sublime qu'on n'oserait pas aborder dans la rue à Paris, Londres ou New York, est à la disposition du voyageur. Pour 10 euros donnés à la patronne, on peut la sortir du bar où elle travaille. Pour 20 euros, son corps très actif est à votre disposition pour la nuit. Elle n'est pas pute ou soumise, mais travailleuse et précise. Technique, mais plus si affinités. Gaieté, courtoisie, simulation et, parfois, brusque vérité évanescente. On peut recommencer avec la même le lendemain, cinq nuits de suite et c'est l'amour : 100 euros. La dernière nuit, dans ce cas-là, est gratuite, mais on la couronnera avec 300 euros. Puissance de la philosophie, inoubliables nuits d'Asie, douces euthanasies... J'en parle avec le Dalaï-Lama, il hoche la tête avec un drôle de sourire. Il y a, paraît-il, à Lhassa, toute une vie secrète du Bouddha dans cette dimension des choses, papyrus sacré, très ésotérique, impossible à déchiffrer par les non-initiés. J'y reviendrai, quand nous serons au Japon au 13e siècle.

M.N. écrit encore un peu à Lou. Elle n'a pas compris grand-chose à ce qu'il voulait faire, c'est une rationaliste animalement bornée. Au fond, elle rend triste.

« Pourquoi nos rapports ont-ils jusqu'à présent manqué de tout esprit de gaieté ? Vous ne croyez tout de même pas, vous, que la "libre pensée" puisse être mon idéal ? »

Et aussi : « Je ne veux rien de plus, à tous égards, qu'un ciel pur et clair ; pour le reste, je saurai faire mon chemin, quelles que soient les difficultés. »

Quelle idée, aussi, d'avoir voulu être compris, et de se marier avec quelqu'un qui vous comprenne. Il faut se faire *aménager*, voilà tout. Ludi m'aménage et elle me ménage. Je suis pour elle un meuble un peu décalé. Elle a voulu un enfant ? Va pour l'enfant. Qu'il ne soit pas forcément de moi, comme on dit, peu importe. Ce fils est charmant, rieur, souple, habile, musical. Sa mère l'adore, il trouve son père sensible, drôle, attentif. Sans doute papa est souvent absent, on ne sait pas trop ce qu'il fait, ce n'est pas grave, l'intendance suit. M.N. a été un héros, d'accord, mais sa réincarnation, aujourd'hui, serait plus prudente. Il admettrait comme fatal le déni dont il est l'objet. Du temps de sa splendeur encore romantique, il ne pouvait que déclencher la jalousie haineuse de ses contemporains mâles, toujours l'affaire christique, ça va, on a compris. Ce qui lui a manqué comme expérience, simple question physiologique, c'est le tourbillon de la folie amoureuse des femmes, la révélation de leur pseudo-amour narcissique, projectif, collant, gluant, acharné, cinglé. Tout aurait pu être différent si Lou, par exemple, l'avait poursuivi de ses assiduités, s'était mis dans la tête d'être enceinte de lui, lui avait déclaré, sans arrêt, une flamme ardente par lettres, mails, courriers et téléphonages intempestifs, le suivant dans la rue, se postant sur son palier, venant la nuit sonner à sa porte, pour l'emmerder à tel point qu'il choisisse la nausée, la cohabitation bancale, le naufrage social. S'il était devenu, donc, à son corps défendant, son icône, son idole, sa boîte aux lettres, son enregistreur passif, sa décharge intime, sa poubelle, son miroir, sa cave. S'il avait accepté le rôle du curé au 19e siècle, dévotes en folie suspendues à son crucifix, ou bien, de nos jours, psy, gourou, dalaï, imam, temple solaire, n'importe quoi pourvu qu'on puisse donner de la foi. S'il avait connu le parasitage intensif, le harcèlement hystérique dédié au Solitaire, au Célibataire, à l'autosuffisance endurcie. Ça marche tout seul, c'est millénaire. Les bactéries, déjà, se comportaient de la sorte il y a quatre milliards d'années. L'homme, à ce moment-là, s'incarne et se désincarne jusqu'au vertige, il est Tout, il est Rien, pur objet d'amour vide, socle d'un mépris massif. Je t'aime, je te veux, je suis toi, dis-moi que tu es moi, mon amour est plus fort que toi, d'ailleurs je ne te demande pas ton avis, plus tu n'es pas là et plus tu es là, tu n'as pas besoin d'exister pour être, tu n'es qu'à moi, à moi, à moi.

Et voilà le Surhomme embarqué dans la ronde. Elles veulent être l'Éternel Retour, c'est normal. Le Surmâle imaginaire devient cosmique et comique, la Surfemme surfe sur lui, il est cuit. Elle a réussi à gagner du temps, à lui faire perdre son temps, elle l'oblige à douter, à le détourner de son projet de liberté libre. Il allait vers l'infini, elle lui refile son calcul, ses règles, elle le bavarde, elle lui prend la tête, elle le finit. Femme ou homme-femme, mêmes intérêts, même stratégie. Le « nous » mortifère est à l'œuvre. Ne dis plus *je*, mais *nous*. Le collectif l'exige, et je suis sa déléguée cellulaire. Je suis ton cancer, entends-tu ?

Vous allez rire : Ludi me respecte. Elle sent que je ne suis pas un homme au sens courant de ce mot, un homme-femme pas davantage, un homosexuel encore moins. Pas besoin de déclarations, un silence a lieu, un blanc, un non-dit. En somme, elle me fout la paix, c'est étrange. Évidemment, elle lit encore en cachette des magazines féminins dont le seul contact fait vomir, mais bon, j'ai aussi, en tant qu'ancien homme, mes fantaisies peu recommandables, chacun son arriération, son histoire. Une fois ce point éclairci, tout baigne. On a du mal à imaginer M.N. installé avec Lou dans la pauvreté, subissant chaque soir, en plus des cris du bébé, les objections de Mme Salomé sur sa philosophie trop marginale, élitiste, folle, invendable, misogyne, exagérément poétique et finalement fanatique. De même, on voit mal Heidegger vieillissant avec Hannah Arendt aux États-Unis, et prié par elle de s'adapter à la démocratie comme au journalisme moral politique. Voilà deux petits enfers évités. Mieux vaut un grand Enfer bien seul, bien secret, une petite chambre mal chauffée dans une pension anonyme, une hutte dans la montagne avec, autour, des pentes pour faire du ski. Ou, mieux, un incognito strict en Italie : Milan pour Stendhal (« il vécut, aima, écrivit »), Turin, sur la fin, pour M.N., ou encore Venise, dans un quartier populaire, aujourd'hui. J'écris justement ces lignes à Venise. Il fait très beau, le miroitement est partout, les cloches sonnent, je vais aller au Redentore pour une messe basse du soir, mystères de Dionysos, splendeur des peintures. Magnifiquement seul, respirant, dansant en dedans, pensant, me parlant.

Vivant avec Lou, afin de l'entretenir et d'avoir une rentabilité décente, M.N. aurait peut-être consenti à devenir critique littéraire, feuilletoniste, éditorialiste, autrement dit, aujourd'hui, animateur culturel ou invité alibi dans des émissions de télévision. On l'imagine mal dans ce rôle, son corps ne faisant pas assez illusion. Mais non, à supposer que le mariage l'ait guéri de sa dépression grave et de ses migraines (de même que de ses états extatiques et de ses marches forcées), il serait resté le brillant causeur, l'hôte de choix des salons européens fin-de-siècle. À Paris, par exemple, au Ritz, il aurait croisé l'effervescence artistique et littéraire du début du 20ᵉ siècle. Après tout, il n'a que 56 ans au moment de sa mort à Weimar, en 1900. En 1914-1918, 70 ans, réalisation de sa vision catastrophique. C'est encore pire en 1917, 1933, 1940, 1945. Aucune amélioration en 1950, en 1960, en 1980, en 2000. Le sous-homme triomphe partout, l'homme n'est pas le moins du monde surmonté, il est devenu rouage. À quoi bon penser ? Ça gêne. Cette absence de passé et de pensée a de quoi rendre fou. Peut-être aurait-il mieux valu s'étourdir, faire fortune, dormir bien ivre sur la grève, s'alourdir, s'abrutir, laisser son crâne rejoindre le niagara des crânes, oublier les siècles, se taire, endurer, expirer... Étrange vieillard retiré en Sicile... « Ma santé me dit : pars pour le Sud... »

Eh oui, pars pour le Sud, imbécile. Laisse le Nord et ses brouillards morts, emporte avec toi ton cœur, tes poumons, ta petite Ludi chaleureuse. Cache-toi, taistoi, promène-toi, dors. Cherche un endroit très simple, dans un quartier aussi silencieux que possible. Ferme les volets, les rideaux. Sens maintenant ta joue gauche bien calée contre un coussin. Ferme les yeux, et ouvreles de temps en temps pour sentir le Sud de l'aprèsmidi vide. Oublie, efface les voix qui ne sont pas de toi. Rentre dans ce bleu dormant, souviens-t'en.

De retour à Paris, et après la lecture de quelques romans américains aussi barbants et faux les uns que les autres, excellente séance avec Nelly. Le texte choisi par elle est un très bon exemple de la bouillie nihiliste qui a déferlé dans le sillage de M.N. pour colmater sa percée et empêcher qu'il soit lu. Je le donne ici, il est facile d'en reconnaître l'auteur. Attention à la migraine :

« S'approcher fait le jeu de l'éloignement. Le jeu du lointain et du proche est jeu du lointain. S'approcher des lointains est la formule qui tente de faire éclater les lointains au contact d'une présence alors qualifiée de lointaine, comme d'une certaine façon elle l'est toujours : ainsi à nouveau présence et lointain auraient partie liée ; présence lointaine, lointain d'une présence, les lointains seraient présents là-bas. Le proche alors seul serait préservé de la contamination d'une présence. Être proche, c'est n'être pas présent. Le proche promet ce qu'il ne tiendra jamais. Louange à l'approche de ce qui échappe : la mort prochaine, le lointain de la mort prochaine. »

Action et renversement de ce charabia : le proche tient ce qu'il promet, faites l'amour, pas la mort. Faites l'amour comme si vous tuiez la mort. Oubliez les prédicateurs de la mort.

Dans un autre genre, il est possible d'évoquer aussi le procès de Jeanne d'Arc, les voix qu'elle entend, saint Michel, sainte Catherine, sainte Marguerite, mais le résultat est plus probant avec une solide réflexion d'économie politique. Celle-ci, par exemple, qui conduit, en plein cirage, à une jouissance féerique (c'est toujours Nelly qui lit, assise dans un fauteuil et cuisses nues ouvertes) :

« La valeur d'échange se présente d'abord comme un rapport quantitatif suivant lequel des valeurs d'usage peuvent s'échanger entre elles. Dans ce rapport, elles forment la même grandeur d'échange. Ainsi un tome de Properce et huit onces de tabac à priser peuvent représenter la même valeur d'échange malgré la disparité des valeurs d'usage du tabac et de l'élégie. Comme valeur d'échange, une valeur d'usage vaut autant qu'une autre, pourvu qu'elle existe dans la quantité voulue. La valeur d'échange d'un palais peut s'exprimer en un nombre donné de boîtes de cirage. Les fabricants de Londres ont, quant à eux, exprimé en palais la valeur d'échange de leurs boîtes multipliées. Indifférentes, donc, à leur mode d'existence naturel, sans égard à la nature spécifique du besoin pour lequel elles sont des valeurs d'usage, les marchandises se compensent en quantités déterminées, se suppléent mutuellement dans l'échange, agissent comme équivalents, et représentent ainsi la même unité, bien qu'il y en ait de toutes apparences et de toutes couleurs. »

Bien dit. Très bonne élégie.

En somme, vous faites beaucoup de citations, vous recopiez la bibliothèque ? Mais non, je ne « cite » pas, je suis au laboratoire, j'ai mes microscopes spéciaux, je *montre*. Ici, par exemple, un des innombrables prédicateurs de la mort essaie de vous entraîner dans son obsession morbide. Le proche n'est pas là, cette femme nue n'en est pas une, seule la mort se rapproche, on entend le sifflement de sa faux depuis le lointain qui, lui-même, n'est plus le lointain. Allez-y voir vous-même, là-bas, tout en bas. Inutile de préciser que tout désir et toute effectuation sexuelle sont suspendus et récusés à jamais. L'ennui s'étend, le dehors est imprenable, vous vous demandez ce que vous faites là, ou plutôt ici, vous vous trouvez de trop, incapable d'en finir, trop fatigué pour mourir. Et ainsi de suite, du soir au matin, du matin au soir.

Le second exemple est plus cocasse. Marx vit encore dans le bon vieux temps où une once de tabac à priser « vaut » la même chose qu'une élégie de Properce (pour les ignorants que vous êtes, Properce est un poète latin qui a vécu un peu avant et un peu après le célèbre J.-C. : il imitait les poètes alexandrins et fut familier de Mécène — voir ce nom — et a immortalisé la courtisane Hostia sous le nom de Cynthia). De nos jours, plus personne ne « prise », le tabac est de plus en plus hors de prix, voire carrément interdit, et les élégies de Properce ont disparu des bibliothèques. Je ne peux moi-même en rappeler qu'un seul vers en faveur de *L'Énéide* (voir ce titre), *Nescio quid majus nascitur Iliade* (voir aussi ce titre). Plus drôle encore, la comparaison entre les boîtes de cirage et les palais de Londres : combien faut-il vendre de boîtes pour acheter un magnifique hôtel particulier ? Modernisons la question, le Kapital a fait son chemin depuis les analyses du barbu légendaire (dont la photo, ornée d'un cigare, est devenue une publicité) : combien de téléphones portables, de cassettes ou de DVD faut-il écouler pour se payer un immeuble du 17e siècle dans le Marais ? Calculez.

Cependant, le client le plus sérieux, ces temps-ci, viendra plutôt du pétrole ou du gaz, quelque part entre Riyad et Moscou. Un ex-communiste des services secrets russes fera l'affaire. A-t-il lu Properce ? J'en doute. Marx ? À peine, et encore autrefois, au catéchisme. M.N. ? Il n'en a jamais entendu parler, sauf, peut-être, suivi de l'adjectif « nazi ». Il est en train de perfectionner son arabe (il parle déjà couramment l'anglais avec un fort accent américain). Il travaille son Coran et raisonne en barils, pas en boîtes de cirage.

Ah la belle Cynthia antique! Pas commode. Beaucoup moins intéressante, finalement, que Ludi et Nelly. Pour elle, on s'en doute, rien n'était gratuit. Pour nous, si.

Un autre prédicateur de la mort, très influencé par le premier, est devenu célèbre sur la planète en tant que philosophe gay subversif, mort du sida vers la fin du 20ᵉ siècle. Son père était chirurgien, et il nous confie qu'en écrivant il imagine qu'il y a, dans son porte-plume, « une vieille hérédité du bistouri ». « Peut-être, après tout, que je trace sur la blancheur du papier ces mêmes signes agressifs que mon père traçait jadis sur le corps des autres. J'ai transformé le bistouri en porte-plume... La feuille de papier, pour moi, c'est peut-être le corps des autres. »

Charmant. Mais ce penseur inspiré, au sourire parfois plus qu'étrange, va plus loin :

« Le plaisir d'écrire a toujours communiqué pour moi avec la mort des autres, avec la mort en général. Ce rapport entre l'écriture et la mort, j'ose à peine en parler, car je sais combien quelqu'un comme Blanchot a dit sur ce sujet des choses beaucoup plus essentielles, générales, profondes, décisives... Mais, pour moi, écrire, c'est bien avoir affaire à la mort des autres en tant qu'ils sont déjà morts. Je parle en quelque sorte sur le cadavre des autres. Parlant d'eux, je suis dans la situation d'un anatomiste qui pratique une autopsie.

Avec mon écriture, je parcours le corps des autres, je l'incise, je lève les téguments et les peaux, j'essaie de découvrir les organes et, mettant au jour les organes, de faire apparaître enfin ce foyer de lésion, ce foyer de mal, ce quelque chose qui a caractérisé leur vie, leur pensée, et qui, dans sa négativité, a organisé finalement tout ce qu'ils ont été. Ce cœur vénéneux des choses et des hommes, voilà au fond ce que j'ai toujours essayé de mettre au jour... C'est parce que les autres sont morts que je peux écrire, comme si en quelque sorte leur vie, tant qu'ils étaient là, qu'ils souriaient, qu'ils parlaient, m'avait empêché d'écrire. »

De plus en plus charmant : mon nom est légion et lésion, vous êtes déjà à l'Institut médico-légal. Mon stylo (il est curieux que ce philosophe, en bon petit élève à blouse grise du 19e siècle, parle de « porte-plume ») est un scalpel qui va fouiller votre négativité. Respirez, parlez, souriez, dansez, jouissez, vous êtes déjà morts, et je vous autopsie d'office. Ça y est, là, tout au fond de votre lésion, j'aperçois un microscopique point noir, génétiquement héréditaire, qui explique toute votre vie et son basculement dans la mort. L'Histoire est un immense charnier que je parcours, le porte-plume à la main comme s'il était une lyre. Je marche à travers des vivants qui sont déjà morts, je les opère vivants comme des cadavres. Après quoi, chaînes, fouet, backrooms sado-masos et scatos. Sourire plus qu'étrange...

Si vous n'avez pas d'argent, le temps pèse lourd. Il se découpe en petits morceaux, c'est du plomb. La santé s'en ressent, vous êtes usé dans l'usure, l'essentiel est remis à demain, et il n'y a pas de demain. Mais si vous en avez trop, plus d'aujourd'hui, le futur flambe, et le futur c'est l'instant d'après, pendant que la Bourse vous tient. Plus ça s'accumule et plus ça circule, plus le système nerveux devient dépendant, dépense et mort des neurones, plus rien ne vaut rien puisque tout vaut tout. J'achète un manuscrit très rare, je l'enferme dans mon coffre, et une vieille boîte de cirage me fait rêver que je peux construire des tours à Shanghai. Le temps est si léger, si pressé qu'il me coule entre les doigts, mais je n'ai déjà plus de doigts. Ma mort me vit, pendant que les autres survivent, les salauds, ils ont encore des sensations. Ils souffrent ? Tant pis, le nouveau monde n'est pas fait pour eux, c'est une rotation sans personne.

Juste assez d'argent, pas trop. Confort minimum, temps libre, amour libre. M.N., par exemple, écrit sans arrêt, comme ça, pour rien, sans lecteurs ou presque (il finira, malheureusement, par s'en inquiéter), créativité fiévreuse constante. Une page de lui en vaut cent des meilleurs auteurs de son temps, et, osons le dire, le plus souvent mille. Cinq phrases, et des volumes entiers partent en fumée. Comme c'est curieux, ses bombes font leur effet sans bruit, à la plume. Il écrit, il écrit, son existence est un roman dans l'existence, tout lui vient facilement, dans les conditions les plus dures, il se rend à peine compte qu'il traverse le mur du temps. Les autres croient vivre sans avoir à raconter ce qu'ils vivent, ils sont en réalité vécus, ils dorment, ils titubent, la mort ne les réveille même pas, ils foncent dans le néant, ils se sentent coupables, ils ont honte. Pour lui, au contraire, les mots se rapprochent, se différencient, souvent comme une musique, s'effacent, reviennent, se mêlent aux repas, aux climats. Il peut parler de lui-même ainsi :

« Je suis finalement un homme à moitié fou qui souffre de la tête et que la solitude a définitivement égaré. »

Mais ce n'est qu'un moment, une ruse.

Ce qui n'est pas simulé, en revanche, c'est son état physique : « Éternels vomissements, insomnies, pensées mélancoliques sur les vieilles choses, indisposition générale de la tête, lancinante douleur dans les yeux. »

Bon, c'est comme ça, la Terre tourne. On est en hiver, « mes mains sont bleues », « je rampe vers mon lit, mon rêve mensonger rit », « je commence toutes mes journées par une méchanceté, je me moque de l'hiver en prenant un bain froid », « le ciel s'échappe dans l'aube grise comme la cendre », « est-ce du silencieux ciel d'hiver que j'ai appris les longs silences lumineux ? ou les a-t-il appris de moi ? ou les avons-nous trouvés chacun de notre côté ? ».

Voilà de bonnes questions, quand la plume vole sur le papier, rien, au fond, ne peut aller plus loin et plus vite. Les plumes ? Il lui en faut *douze douzaines*, et pas n'importe lesquelles, celles de S. Roeder, fournisseur de la Cour, Berlin, plume n° 15, large. Merci, maman, je suis ta vieille créature, ton vieil animal. Pendant que tu y es, envoie-moi aussi du jambon et deux cravates, l'une grande et large, à se jeter autour du cou, l'autre à fixer par des épingles. Et puis de la poudre effervescente, du meilleur saucisson. Et puis une chemise aux manches raisonnablement courtes, des chaussettes, des gants. Et puis des gâteaux de Savoie dans une boîte de fer-blanc.

Pas de vin, pas de spiritueux. Ma journée à la pension ? 5 heures du matin : tasse de cacao (Van Houten) que je me fais moi-même, puis je me remets au lit et, parfois, me rendors. Mais à 6 heures pile, je me lève et bois, une fois habillé, encore une grande tasse de thé. Après quoi, au travail — et ça va... Plume n° 15... Les repas à la table d'hôtes (100 personnes, beaucoup d'enfants). Midi : Beau bifteck saignant avec des épinards et une grosse omelette fourrée à la marmelade de pommes (pouah !). Le soir : quelques petites tranches de jambon, deux jaunes d'œufs, deux petits pains, rien de plus. Le lendemain, même programme.

Voilà, vous remangerez ça *éternellement*, monsieur Nietzsche.

Ça vous a plu ?

Beaucoup.

« Pour le reste, je vivrais à Venise, calme et retiré

comme un petit ange, m'abstenant de viande, et en
évitant tout ce qui rend l'âme sombre et tendue. »

La solitude, M.N. y revient toujours. Personne n'a
tâté cette substance comme lui, minute par minute,
souffle après souffle, ligne à ligne. Il s'invente, s'anticipe, marche, pense, écrit. « J'ai avalé de l'or », dit-il
carrément. Et aussi : « Mon art préféré, c'est que mon
silence ait appris à ne pas se trahir par mon silence. »
La n° 15 grince un peu? Il la change. La neige s'est
arrêtée, il s'est transformé en n° 15, le soleil brille, la
glace luit. « La solitude m'a englouti comme une
baleine. » « Pour les uns, la solitude est le refuge des
malades, pour les autres, c'est un refuge loin des
malades. »

Il est malade, c'est entendu, mais en excellente
santé. Malade comme il faut l'être pour atteindre la
grande santé. La vraie maladie bien portante (table
d'hôtes, mères, pères, enfants, bruit), ce sont « les
âmes enfumées, chaudes comme des chambres étouf-
fantes, usées, vertes de pourriture, aigries ». Tiens,
encore une fois, voici « des filles empaillées qui
manquent de croupe ». On va devenir grossier, les forcer à quitter la table. « M.N., vous exagérez! »
— « Oh, pardon, madame, mais votre fille est tellement comme vous, tellement tarte et empaillée!
Manque de croupe! »
Après cet éclat, M.N. reste trois jours dans son lit,
fenêtre ouverte, malgré le froid.

« Partout, je sens l'odeur de petites communautés qui se terrent, et là où il y a de petites chambres, on y trouve de nouvelles confréries bigotes et leurs relents de confréries bigotes... »

Le Diable est-il *bigot*? Mais oui, et on le rencontre un peu partout. Il est « sérieux, méticuleux, profond, solennel ». Le nouveau Dieu, en revanche, est enjoué, dansant, proliférant, caustique, superficiel. Il aime l'air, les papillons, les bulles de savon. Il écrit des phrases avec son sang, la n° 15 piquée en direct dans les veines. Il a des exclamations de ce genre : « Laissez venir à moi le hasard. » Il méprise le mépris de ceux qui méprisent. Il déteste la vulgarité, les plaisanteries appuyées. Il se voit en rêve à la fois navire et bourrasque. Son Credo est simple : « Celui qui dit que le Moi est saint et sacré, que la passion de soi est bienheureuse, celui-là est un devin. » Ou bien : « Le calme tend l'oreille. » Ou bien : « Là où on ne peut plus aimer, il faut passer son chemin. »

Ludi, en peu de temps, est montée en grade. Son groupe l'a nommée dans la communication. Ascenseur social, davantage d'argent, intégration, agitation. Elle voyage, je l'accompagne. Elle change d'appartement, je garde le mien. On est à New York, à Milan, à Turin, à Londres. Je reste dans mon coin, ou je me balade avec notre fils pendant qu'elle voit ses clients. Elle rentre, elle repart, elle revient, je l'écoute ou je fais semblant. Son bavardage est émouvant, il ne faut surtout pas l'interrompre, j'en apprends plus avec elle sur la folie sociale mondiale en une heure qu'en regardant mille fois la télévision.

Je suis là, c'est tout. Elle achète des tas de choses, nous couvre de cadeaux et de vêtements, nous invite à dîner dans des restaurants très chers, réserve des suites dans des hôtels cinq étoiles. Quatre ou cinq jours comme ça, et c'est d'un ennui fabuleux. Je bois trop, je joue une folie contre l'autre. Si je me laisse aller à évoquer de loin mes recherches, la sanction de Ludi est immédiate : geste de la main pour balayer, mauvaise humeur. Elle a raison, retour au silence incurvé, à la gaieté mécanique. Elle s'habille de mieux en mieux, elle est plus désirable que jamais, c'est mon amoureuse haineuse menteuse et soyeuse. Protection du mensonge et du malentendu, attention à la vérité qui tue. Dans l'intimité avec une femme, la seule issue est l'absence d'issue.

— J'ai décroché un contrat formidable. On se retrouve au Bentley's ?

— Où ça ?

— Swallow Street 11-15. Presque au coin de Regent Street. Un Seafood.

— Quelle heure ?

— 9 heures. Ça va ?

— Ça va.

M.N. est content comme un enfant de ses nouvelles chaussures. Semelles épaisses et souples, très pratiques pour la neige et le verglas, aucun bruit, on dirait des chaussons de luxe. Les pieds, mon Dieu, très importants, les pieds. Répercussion dans la colonne vertébrale jusque dans le cerveau fouetté d'air. Les os approuvent, le squelette chauffe. Hommage à la volupté, oui, la volupté qui « se moque de tous les professeurs de confusion et d'errance ». M.N. n'*erre* pas, il se recentre, il déambule à grands pas. Seule idée : retrouver ses papiers et sa n° 15. La volupté se transforme en lent feu pour la racaille, beaucoup de fumée. Mais c'est « un vin entre les vins » débordant de reconnaissance de tout l'avenir pour le présent. Le futur fait un énorme présent au présent. À la limite, pas besoin de sexe, jouissance pure et sans mots. On est loin, alors, de « l'éternel soucieux, ou soucieuse, qui soupire toujours, qui se plaint toujours, et qui ramasse aussi les moindres profits ».

La vie libre est ensoleillée, bénie et joyeuse. M.N. marche, le moindre caillou le touche, les feuilles, les troncs, les ruisseaux. Il se rêve en oiseau, car « celui qui veut se faire oiseau doit s'aimer lui-même ». Aimez-vous comme je m'aime, et vous deviendrez aussitôt « ennemi de l'esprit de lourdeur, ennemi juré, ennemi originel ». La Terre vous paraît lourde à porter ? Mais non, elle est légère. Si vous ne la ressentez pas ainsi, c'est que vous n'aimez pas « le jaune profond et le rouge ardent ». Et pas non plus « le sommeil qui console comme une pluie fraîche et bruissante ».

Dans ma chambre d'hôtel, à Londres, je laisse l'après-midi s'enfoncer dans le noir. Il pleut, je ne bouge pas. Une femme de chambre entre, allume, me voit allongé sur le lit, prend peur, « sorry », s'en va. Le vacarme de la marchandise sombre avec moi dans une mer silencieuse. Supposons que je dise tout à l'heure à Ludi : « Les grandes âmes sont encore libres de vivre une vie libre. » Ou bien : « La Terre est encore libre pour les solitaires et les solitaires à deux. » Elle lèvera sa coupe de champagne en riant, avec une drôle d'expression diagonale signifiant « quel fou, tout de même, ça ne s'arrange pas ». Et en route pour le poisson, un bar, tiens, pourquoi pas. Un dessert ? « Non, dira Ludi, j'ai encore grossi, il faut que je me mette au régime. » Encore un peu de champagne ? Allez, au contrat !

Il est dommage que M.N. n'ait pas eu une partenaire avec qui s'amuser la nuit. Avec qui se retourner, se prélasser, se serrer les mains sous un traversin, se toucher et se réchauffer les pieds — très importants, les pieds —, une blonde avec qui il fait bon dormir, une blonde à respirer, velours, satin, pêche. Elle bouge un peu, tremble, j'écoute sa respiration de bébé. J'ai eu une vie antérieure qui est exactement la même que celle que je vis maintenant dans ce lit. Le jour se lève ? Quel jour ? Elle gémit un peu, je caresse doucement sa joue et son cou, je ferme les yeux, je repars dans mon délire habituel, cette fois il s'agit de tracer les plans d'un jardin, allées, massifs, escaliers, terrasses, balustrades. Je vais peut-être y arriver, mais je manque de papier. Un peu de jour encore sous les yeux, le mot *aube*, et pourquoi pas *aurore*, et pourquoi pas, tant que j'y suis, *aurore aux doigts de rose* ? La caille, la tourterelle et la jolie perdrix, tous les oiseaux du monde viennent y faire leur nid. J'ai l'air dans la tête, mais plus les paroles. Ludi s'étire, se lève, ouvre les rideaux, plein jour gris. Vient m'embrasser les oreilles. S'éclipse dans la salle de bains après téléphone au room-service, breakfast, thé, café, œufs brouillés.

Et puis télé : guerres, attentats, sécurité renforcée, tremblements de terre, inondations, incendies, épidémies, baisse ou montée du dollar, procès, assassinats, pollution, publicité en boucle. Oh, des images de Paris, un défilé de mode. Grandes filles camées travesties, déhanchement maladroit, guiboles trop longues. Comment supporter ce désastre de fausse beauté? Poudre. Pendant ce temps, ça me revient, la jolie colombe chante pour les filles qui n'ont pas de mari. La fille de la chanson, elle, en a un joli, mais pas de chance, il est dans la Hollande, les Hollandais l'ont pris. Drôle de joli et vilain mari auprès de sa blonde, à Londres. Blonde est la beauté quand elle rit.

Vieilles chansons françaises... Les Anglaises de la BBC, elles, n'ont pas l'air du tout affectées par les horreurs qu'elles annoncent... Le plafond du studio où elles parlent pourrait s'effondrer, qu'elles enregistreraient le phénomène avec le même calme et le même sourire tranquille que l'explosion, là-bas, d'une voiture piégée. So long, babies, prochain Journal dans une heure.

M.N. fuit donc autant que possible la lourdeur, la contrainte, ce qu'il appelle « la mauvaise odeur ». Il recherche la gratuité, le hasard, et surtout un signe, son signe : « le lion qui rit et le vol de colombes avec lui » (sans doute un souvenir emphatisé du lion et des pigeons de Saint-Marc, à Venise). Il va jusqu'à dire : « Personne ne me raconte rien de nouveau : alors je me raconte moi-même à moi-même. »

Personne ne raconte rien de nouveau? Déjà? Il y a plus d'un siècle? Il y a pourtant bien des choses nouvelles sous le soleil depuis la disparition de monsieur Nietzsche. L'atome, le cinéma, les cellules, les planètes visitées, les massacres industrialisés, l'embryon rentable, les convulsions du Dieu mort, l'intercommunication générale, le texto sans réponse : JV pour *j'y vais*. L'amateur d'Internet pense à tout, à rien, va de saccades en frémissements, de rapprochements sans rapports à des sommeils de drogue. Le rocker techno s'admire de se détruire, balbutie le catéchisme mondial, tout est pour lui nouveau, mais il ne raconte rien de nouveau. Le temps meurt dans ses environs, il se souvient vaguement de ses grands-parents, au-delà plus rien, le monde s'arrête.

Prophétie : « Tout le passé est ainsi abandonné sans défense. Il pourrait y avoir un jour un tyran qui se rendrait maître de la plèbe et noierait le temps dans des eaux peu profondes. »

C'est fait : peu profond ruisseau, pieds dans l'eau, à quoi bon hier, demain m'indiffère.

Simultanément, une énorme accumulation de temps menace le voyageur éveillé. Il est seul, il porte cette boule écrasante sur son dos, les morts le tirent constamment à eux, l'appellent à leur secours, le réveillent en sursaut la nuit, crient, gémissent, se plaignent. Les morts, les pauvres morts ont de grandes douleurs. Au-delà du grand-père ou de la grand-mère, quoi ? Des foules. Et très *vivantes*, avec ça. Des visages hideux, pourris, délicieux, vertueux, vicieux. Des gestes, des poses, des allusions, des insinuations. L'autre jour, en plein jour, ils étaient au moins huit dans ma chambre. Quatre hommes, quatre femmes. Ils ne se connaissent pas, ils ne sont pas de la même époque, ils ne parlent pas la même langue. Qu'est-ce qu'ils viennent faire là, qu'est-ce qu'ils attendent de moi ? Ah, voici M.N. Je le reconnais à son regard, bien qu'il soit rasé de près, plus de moustache, et richement habillé. « Tout ce qui a un prix a peu de valeur », dit-il en français. Et encore : « J'attends la rédemption du hasard. » Puis il disparaît en même temps que les autres, une figure à l'antique, un gentilhomme anglais de la Renaissance, deux femmes brunes légères, deux joyeuses commères.

Je disparais avec eux et elles, et pourtant je suis là. C'est comme ça.

Laurence veut me voir, elle vient de reprendre la boutique de Ludi à Paris. Je suis un peu surpris de sa voracité, caresses immédiates, longs baisers dans la bouche, c'est vraiment la mode déchaînée en haut du Monte Sacro. Ce n'est plus du tout la camarade d'autrefois, elle s'envole au social, elle veut de l'enfant, être enfin *pregnant* (meilleur mot qu'« enceinte »), mais pour l'instant elle se recharge chez moi. Je porte chance, elle doit penser que les traces de mon odeur attireront le mâle et l'argent qu'il faut. Prends, prends, et laisse-moi tranquille.

Trois jours après, puisqu'elle est en Italie, j'ai donné rendez-vous à Ludi à Saint-Pierre de Rome. Je tiens à cette plaisanterie. Elle est là, près d'un confessionnal, très en forme, très belle. J'ai préparé ma phrase pour l'accoster : « De quelle Terre sommes-nous montés pour nous retrouver dans ces étoiles ? » Elle m'embrasse sans comprendre, en pensant que je suis de plus en plus fou. Rayon de soleil, place immense, obélisque, fontaines, colonnes, exorcisme. L'ombre de M.N. me fait un clin d'œil. Je murmure : « Lève-toi dans le ciel, grand Midi ! » Elle rit. Le soir, dîner avec un cardinal humoriste, très vieux et très sage. Et ensuite, bonne nuit.

On a remarqué qu'il n'y a pas une seule femme dans la caverne de M.N., lui-même transformé, pour les besoins de sa cause, en prophète du nom de Zarathoustra, signifiant, en persan, « étoile d'or ». Pas de femme pour le Surhomme, pas de Surfemme. Revenu parmi nous, M.N. comprend son erreur, se masque, préfère paraître insignifiant, choisit ses partenaires féminins, leur laisse l'initiative, suit leurs courants, tout en s'organisant à l'écart. Il se trouve dans une impasse ? Pas grave, la réponse est dans la page qu'il s'apprête à écrire, et dont il ne sait d'avance que les premiers mots.

Il s'imagine ainsi prenant la parole dans un congrès de philosophes, de psychanalystes et d'hommes politiques. Voici ce qu'il profère dans l'ahurissement général :

« Vous avez suivi le chemin qui mène du ver des sables à l'homme, et il y a encore bien du ver des sables en vous. Il y eut un temps où vous étiez singes, et aujourd'hui encore vous êtes plus singes qu'aucun singe. Le plus sage d'entre vous n'est que l'hybride désuni d'une plante et d'un spectre, quelque chose d'imprécis à mi-chemin du cadavre et du fou. »

La femme d'un des philosophes présents, une actrice de films pornos, se tourne vers son mari et esquisse un petit geste voulant dire que l'orateur est maboul. Un député progressiste se penche sur sa voisine journaliste et lui chuchote « il a pété les plombs, ou quoi ? ». Un professeur à l'Académie mondiale des cultures hausse les épaules et glisse à son voisin psychiatre « ça y est, il est repris par ses vieux démons ».

Cependant, l'orateur poursuit :

« Vous êtes un chaos incapable d'accoucher d'une étoile qui danse. Il faudrait que vous passiez du chameau au lion, du lion à l'enfant. De votre lourdeur, amie des sourds, à la liberté, et de cette liberté à l'innocence et à l'oubli, au jeu, au recommencement, à la roue qui roule de soi-même. Vous êtes fatigués, proches du renoncement, votre fatigue voudrait aller à son terme d'un seul bond mortel, c'est une pauvre fatigue ignorante qui ne veut même plus vouloir. Bref, votre estomac est devenu le père de votre abattement. Vous êtes des cercueils vivants. »

Le modérateur de la séance s'énerve. Il fait passer à l'orateur un billet où il a griffonné « où voulez-vous en venir ? ». Ce dernier le froisse en boule et le jette sur l'actrice en la traitant de guenon. Celle-ci se lève et quitte la salle. L'orateur a encore le temps d'articuler : « Drapés dans une épaisse mélancolie et désireux de petits hasards qui apportent la mort, ainsi attendez-vous en serrant les dents. »

Le modérateur, sur un signe énergique d'un chef de cabinet ministériel successivement mondialiste et alter-mondialiste, coupe le micro de l'orateur. Mais comme celui-ci continue à parler sans qu'on l'entende, les vigiles chargés de la sécurité le saisissent et le poussent rapidement dehors.

Dans ma chambre d'hôtel, à Rome, à 10 heures du matin, j'écoute le 26e concerto pour piano de Mozart, dit « du Couronnement ». Ludi a encore une réunion. Je suis chargé, comme d'habitude, de chercher en ville ce que je pourrai trouver : bijou, parfum, souliers, sac. Ah, voilà un petit sac. De l'agneau. Ça sent bon. J'ai encore dans le nez la légère odeur de lait corporel à l'orange qu'utilise Ludi. Que ramener de plus ? Une crème à la lavande ? Un peu d'acqua di Parma ? Le *Rose de mai* Fragonard à vaporiser derrière les oreilles ? Ajoutons une orchidée pourpre. Elle durera bien quelques jours.

Près de la piazza Navona, cet ancien restaurant chinois : Xian. Je l'ai beaucoup fréquenté autrefois, les propriétaires ont changé, la fille est devenue la mère du clan, et sa fille lui ressemble. L'aquarium est toujours là, les poissons rouges et noirs ont l'air de nager depuis plus de mille ans dans leur ronde absurde. Combien sont morts depuis ma dernière visite ? Quoi qu'il en soit, la mère et la fille me reconnaissent, et les frères aussi. Ludi est accueillie avec prévenance. Ils sont aux petits soins pour nous, souples, silencieux, furtifs. Ils voient sans regarder, ils viennent de sortir de terre, aussi distants et discrets que des oiseaux aux aguets. Des oiseaux nés d'un fleuve ? Drôle d'idée. Et pourtant, c'est ainsi qu'ils fonctionnent. Le riz, le thé, les pâtés impériaux, le bœuf aux cinq parfums, l'alcool dans les petites coupes... Serviettes chaudes sur la figure, les mains... Ça sèche tout de suite, peau de soie... Encore un peu d'alcool, petite flaque aux lèvres, à peine...

En sortant dans la nuit tiède, la lune est chinoise, les étoiles sont chinoises, la place Saint-Pierre est celle de la Paix Céleste, la basilique est un Temple du Ciel... De quelle Terre sommes-nous montés jusqu'ici ? De quelle mer ? Une voix sans voix semble dire : « Il est temps, il est grand temps »... On marche par-dessus le Temps... Je prends la main de Ludi, on tourne un peu sous les arcades, on a de plus en plus une vie errante comme les nuages ou le vent.

C'est le début du printemps.

— Vous pensez que vous avez vécu comme il fallait vivre ?
— Oui.
— Pas la moindre hésitation ?
— Non.
— Vous recommenceriez tout de la même façon ?
— Absolument.
— Encore ?
— Encore.

Je dors et je ne dors pas, la nuit est devenue un fleuve impalpable, je suis dans les yeux de la nature, je vois avec son rythme, dans un demi-rêve éveillé. C'est une immense tapisserie vivante aussitôt détruite, recomposée, brûlée. Des ciels défilent et se transforment, bleus, blancs, gris, noirs, rouges, enflammés, de vrais chefs-d'œuvre de la peinture en direct. Arbres et feuillages, plages, prés, marées. Je suis en visite dans mon passé, j'ai trouvé la bonne navette pour ce voyage, la capsule qui fonce sur cette planète oubliée. Je me rapproche, je rase les sols, je ne me pose pas, je poursuis, je photographie à toute allure les âges de ma vie. Dans ces âges, il y a plein d'âges, quel mot curieux, *âge*, je ne sais plus ce qu'il veut dire, son absurdité me saisit. Milliers de grains, gestes, postures, chambres, clairières, mers, montagnes, prairies.

Embryon s'embrouille. Bébé cherche petit camion perdu dans le sable. Enfant sur vélo vire et tombe. Adolescent se branle en guettant femme épanouie. Jeune homme marche toute la nuit dans Paris. Homme court après un taxi. Homme, encore, avale ses whiskies. Homme, encore, fait l'amour dans des lits. Homme, encore, lit et écrit. Homme, encore, est malade et guérit. Homme, encore, nage et oublie. De nouveau jeune homme part en Italie. Enfant à nouveau se cache sous les lits. A été, tour à tour, singe, mouche, ver, bactérie. Coincé, décoincé, évadé, repris. Argent plus ou moins, colères et ennui. Grossi, maigri, cliniques, musique, soucis. Grand soleil, dures nuits. Sexe comme boussole. Phrases comme sang et souffle, violents paradis. Et de nouveau embryon local, prenons les paris. Et puis homme, encore, qui lit et écrit. Encore? Oui, encore. Et de nouveau enfant ébloui. Et de nouveau chanson sous la pluie. Et de nouveau taxis et whiskies. Et de nouveau se roulant dans l'herbe dans les Pyrénées ou les Alpes, ou faisant du ski. Et de nouveau collé à l'école, et puis encore à l'école, toujours à l'école. Et puis dans les cafés, les bars ou les brasseries, avec des amis en train de devenir ennemis. Et puis perdant un temps fou avec des femmes, écoutant leur mélancolie et leur bruit. Et puis de nouveau seul dans des toilettes ou des lits. Et puis en bateau quelque part dans l'Adriatique. Et puis amoureux transi. Et puis dur, cruel, insolent, cassant. Et de nouveau tendre, gentil. Et de nouveau enfant ravi par la vie. Mère insouciante et gaie, père indulgent et discret, sœurs complices, le contraire de la plupart des habitants du pays. Et puis grandes liaisons brûlantes devenant des amies. Et puis les fous, les folles, les policiers, les truands, les malades, les réprouvés, les maudits. Et puis Dieu, le Diable, toute la comédie. Et puis des tas d'aventures. Et puis Ludi.

« Le corps, dit M.N., est une grande raison, une multitude, un puissant gouverneur, un sage inconnu. »

Il est le premier à le penser ce corps, à l'explorer, à le souffrir, à le parcourir, à l'alléger, à le danser, à le dépenser consciemment. Le danger est la folie, mais la folie elle-même n'est qu'un moment de cette nouvelle raison *écrite*. Il se voit au-dessous de soi, il aime « l'air pur, le danger proche, l'esprit plein d'une colère joyeuse ». Les montagnes, les rochers, les lacs, les vallées n'ont pas de secrets pour lui. Il marche sans arrêt, les phrases se font toutes seules. « La plus haute vertu est peu commune, inutile, elle brille et son éclat est doux. » Il s'amuse, ces jours-ci, en notant que la Chine entre dans l'année du Singe. Bienvenue aux animaux, l'aigle, le serpent, le lion, l'âne, les colombes. Et à bas l'État.

« État : lieu où le lent suicide de tous est appelé "la vie". »

Plus dur : « L'homme qui n'est pas superflu n'existe que là où cesse l'État : là commence le chant du nécessaire, la mélodie unique et irremplaçable. »

Bien entendu, tout sera fait pour vous empêcher d'être cette « mélodie unique et irremplaçable ». Quelque chose ne tourne pas rond, le rond est *voilé*. Les hommes sont de plus en plus barbons, chapons, vieux garçons, les femmes de plus en plus bobonnes et vieilles filles. Tu sors dans la rue, tu vois que la laideur et la misère ont encore augmenté, que les voix sont criardes, pincées ou empoisonnées, que les ratages sont visibles à l'œil nu, que le lent suicide inconscient de tous et de toutes est désormais au programme. Des Américains parlent à côté de toi, ce sont des crapauds dans l'anglais. De jeunes banlieusards engueulent leurs meufs : meuglements dans ce qui aura été du français. Des salariés mangent : non, ils bâfrent. Les femmes sont effondrées, tassées, sales, 90 pour cent n'en peuvent plus, les 10 pour cent qui restent sont rafistolées à coups de piqûres dans les lèvres. La méchanceté est larmoyante, la peau ne répond plus, une glu de sentimentalité intéressée occupe l'espace. Tout cela, vision d'enfer, va revenir éternellement. Tu te demandes s'il y aura une sélection et un tri, tu n'y crois plus, le dégoût t'envahit et risque de te faire tomber sur le trottoir.

Heureusement, tu as une séance avec Nelly qui, cette fois, veut jouer à la bonniche se faisant mettre par son patron. Elle doit tourner autour de lui, l'aguicher par un décolleté profond, lui jeter des regards fluorescents, le séduire, lui montrer discrètement, en croisant les jambes, qu'elle n'a pas de culotte, qu'elle l'attend dans la salle de bains, assise, jupe relevée, sur le bord de la baignoire, en ayant déjà commencé à se caresser. Elle veut *s'approprier* son maître, c'est un épisode de la lutte des classes. Tringlage rapide et commode, à recommencer de temps en temps. Ça la fait jouir, elle est adorable. « Je voudrais que la Terre entre en convulsions lorsqu'un saint s'accouple avec une oie », dit quelque part M.N. Hélas, hélas, beaucoup d'oies, désormais, plus de saints. La Terre reste impassible. Cela dit, si les murs de ma chambre pouvaient parler, ça donnerait un sacré concert. Symphonie des soupirs, rhapsodie des souffles, concertos des cris, duos chuchotis : enfin le silence vrai, jamais dit.

La satisfaction est calme et gaie, une femme bien branlée rit. C'est une Muse. Les vieux garçons, eux, sombrent peu à peu dans la rumination, l'obsession, le kitsch porno, la rage impuissante, le ressentiment trépignant, le gâtisme, la prostration. Écoutez leur rire idiot, notez leur obstination maniaque. Les vieilles filles, de leur côté, rejouent à la petite fille, elles ont quatre ans, six ans, douze ans, l'univers est devenu un miroir. La moindre pétasse se voit Vénus dans la glace. On ne peut pas ne pas penser à leur touffe inutilisée, là, entre leurs cuisses maussades. Une *touffe*. Et encore une. Et encore une. Vieilles touffes, vieilles bites, cirque d'aigreurs. Bavardage, noirceur, fausses gaietés débiles.

« Envers toi, dit M.N., ils ne sont que vengeance. » Eh oui, c'est ainsi. Ils ont la maladie de la vengeance et du vol, voleuses, voleurs. Alors que « chez celui qui connaît, tous les instincts sont sanctifiés ». Des torrents de boue, des cascades de merde ? Il faut devenir un océan pour ne pas en être souillé. Un delta, un large estuaire, un horizon de vagues, une marée, une baie.

« Il n'est pas permis que vous ayez pris naissance dans l'inconcevable ou l'irrationnel », dit encore M.N. Et aussi : « Il faut qu'à la fin vous pensiez vos propres sens. »

En somme : engendrez-vous vous-même, soyez votre propre enfant conscient, aimez-vous et faites-vous aimer comme un bébé par sa mère chinoise.

Ludi est une mère chinoise voluptueuse et blonde, un comble.

Notre fils, Frédéric, s'en souviendra.

En plus, il aime plutôt son père, il a une façon joyeuse et bouleversante de m'appeler « papa ». Sept ans, maintenant, virtuose de l'ordinateur, et en net progrès au piano. Il choisit ses musiques, la vie de Mozart semble l'intriguer au plus haut point. Il réécoute pour la centième fois *La Flûte enchantée*, et j'entends ça de loin, dès 7 heures du matin, dans sa chambre. Tout explose plus ou moins, tout s'évanouit, mais le chant est là, souverain, innocent, fidèle. « Au revoir, sois bien. » — « Toi aussi, à demain. »

À demain, ou au mois prochain, ou à la semaine prochaine, selon les cas. Jamais plus d'un ou deux mois. Je téléphone. Famille pas vraiment famille. Les avantages : confort, intimité, pardon des défauts, rires, tendresse. Pas les inconvénients : lourdeur, reproches, acrimonies, répétitions usées, abcès. Famille, je ne te hais pas, je t'aime.

Comment vivent les philosophes, au fait? Question clé. Leurs manies, leurs vices, leurs compromis, leurs engagements, leurs lâchetés, leur courage, et surtout leur façon de blanchir sous le harnais de l'Université. Le philosophe aura été un homosexuel tranquille? Il l'est encore, mais profondément désaxé. Le philosophe neutre ou célibataire? Il tourne vite au vieux garçon casanier. Le philosophe libertin? On ne le trouve plus sur le marché, ou alors pervers maladroit et pauvre. Le philosophe marié? Il est tenu par sa mégère ou sa ménagère, avec quelques étudiantes en passant. Sa pensée ne va pas loin, il voit ses ennuis de près. Il se met à faire la morale, on le paye pour ça, qu'il soit progressiste ou réactionnaire. Il continue ses cours, participe à des colloques ou à des congrès, descend parfois dans la rue, garde son Kant à soi, soutient les opprimés, monte sur des estrades, débite son topo dans la dévotion générale, rentre chez lui déprimé, regarde n'importe quel navet à la télé. Il voyage, il est connu dans les universités du monde entier, saute de New York à Tokyo comme un bon salarié, donne des conférences soporifiques, profite d'une accompagnatrice locale et dévote qui, plus tard, prendra des airs informés. Le philosophe incarne le bon grand-père, le bon père, le bon frère, ses dérapages sont discrets et toujours émancipateurs, il est unanimement respecté. S'il a été un peu teigneux et s'est battu pour une bonne cause, dix ans après sa mort c'est la gloire, l'exemplarité.

Quoi qu'il dise, il indique de toute façon le Bien et le Vrai du collectif, de la Société, du Sacré. Les jeunes filles l'adorent, les adolescents sont bluffés, les vieilles filles sont retournées. C'est le nouveau curé de l'Histoire et de la post-Histoire. Il analyse, dénonce, conteste, célèbre, se fâche, condamne, s'enflamme, et finit plus ou moins vieux con qu'on sort de temps en temps pour justifier les horreurs du temps. Du moins, c'était encore récemment le scénario classique. Mais les choses vont vite, le philosophe a perdu son pouvoir, Dieu et le Diable sont revenus dans le grand guignol millénaire, le n'importe quoi violent envahit la scène. Le philosophe est vexé, il boude. Il pense qu'un complot planétaire le vise, et il n'a pas tort. Il se courbe, il radote, il vend ses papiers et sa bibliothèque. Il meurt en se disant qu'il était mort depuis longtemps, son unique objectif, lorsqu'il paraissait jeune et en vie, ayant été de tuer le philosophe célèbre de son époque. Maintenant, c'est lui qui s'autodétruit, et plus rien ni personne ne viendra après lui, même pas le déluge.

« Ah, dit parfois Nelly, c'était le bon vieux temps, les philosophes. De vrais emmerdeurs sentimentaux et puceaux, non ? Paix à leurs cendres. »

Le temps est donc venu, depuis longtemps, du philosophe clandestin, hors cadre, hors université, hors parti, hors médias, hors spiritualité, hors système. Il a déjà existé, il demande à exister de nouveau. « Un jour, dit M.N., ce qu'il y a au monde de plus silencieux et de plus léger est venu à moi. » Cela a lieu encore une fois aujourd'hui, maintenant, ce matin, bord de trottoir, pluie fine. Pas besoin d'en dire plus, les nuages s'écartent, les murs s'ouvrent. Aucun devoir, aucune loi, pas de péché, pas de honte. « Jusqu'ici, l'homme s'est trop peu réjoui. »

Il va désormais se réjouir, c'est promis.

Pour cela, il faut éviter ce que M.N. appelle « la petite pensée », qui, en réalité, est un *champignon*. « Elle rampe et baisse la tête et prétend n'être nulle part, jusqu'à ce que le corps entier soit pourri et flétri par plein de petits champignons. »

Les semeurs d'épidémies de champignons sont les prêtres et les philosophes, avec leurs « chambres mortuaires » et leur « affliction qui s'emmitoufle ». Ce sont des « larves dans le pain de la vie ». Leur humilité est une soif de vengeance, leur vertu une demande de salaire, leur désir profond celui d'une police égalitaire. « Ils veulent accabler sous la vengeance et l'injure tous ceux qui ne leur sont pas égaux. »

Prenez celui-ci, par exemple : il est modeste, doucereux, réservé, l'atmosphère devient tiède en sa présence, pas un mot de trop, sourire, moiteur. Toute son attitude signifie : « J'attends que ça passe. » Et, bien entendu, tout passe, rien n'a vraiment lieu, tout meurt. Il vous évalue, vous trouve absurdement vivant, naïf, profane. Vous n'êtes pas, comme lui, fils et petit-fils de flics humiliés par leur hiérarchie, leurs employeurs, leurs amis, leurs femmes. Vous pouvez dire ce que vous voulez, il fera le canard. Vos paroles glissent, il est déjà ailleurs. Voyez cette petite moue de la bouche, là, juste sous le nez, ce mince pli de haine rentrée.

Vous vouliez vous amuser? On n'est pas là pour s'amuser. Vous vouliez être seul? On n'a pas le droit d'être seul. Égalité, pas de liberté, surveillance spectrale en fraternité.

« Têtus et prudents comme l'âne, ils ont toujours parlé au nom du peuple et de la superstition du peuple, c'est pourquoi ils sont respectés. »

Vous décidez vous-même de votre façon de vivre sans demander la permission à personne? Vous n'avez pas droit au respect.

L'ancien clergé religieux et philosophique a donc perdu son autorité, et est racheté à bas prix par la mafia économique. L'heure est à la publicité en couleurs et au noir et blanc moral. Axe du Bien, levez la patte. Axe du Mal, rampez. Qu'est-ce qui est Bien? La circulation de plus en plus élargie des marchandises. Qu'est-ce qui est Mal? Ce qui risque de la freiner. Comment mettre le Mal au service du Bien? Par la formation de terroristes qualifiés, recrutés dans le désespoir des populations soumises. Ils *démontrent* le Bien par la négative explosive, le hurlement et le fanatisme de la créature opprimée. Le Bien a enfin trouvé le Mal qu'il lui fallait : c'est Lui ou la décomposition, le chaos, l'anarchie, la folie. Lui ou la racaille. Lui, la bonne racaille, contre la mauvaise racaille. Vous n'avez pas le choix, vous survivez, c'est parfait. Vous pouvez aussi vous supprimer, personne ne vous en empêche.

M.N. vous a prévenus : « Plus d'un, qui s'est

détourné de la vie, ne s'est détourné que de la racaille. »

Visitez les suicidés de la société, morne musée.

M.N. pensait gaiement représenter Dieu auprès du Diable. Mais Dieu est mort, et le Diable aussi. Reste le fonctionnement, qui « change les voisins et les proches en purulentes tumeurs ». Tu vis dans cet asile, pauvre mortel, loin de ta jeunesse couronnée d'une vie éternellement verte. Tu la célèbres en secret, pourtant. Tu vis du silence et pour lui. Tu veilles sur l'indestructible, « regards d'amour, instants divins ». Tu visites une île aux tombes muettes, tu connais le chemin. « Je me suis fait de part en part été et midi de l'été. » « Mon cœur où flambe mon été. » Tu marches à travers les caveaux, pas besoin d'ajouter des fleurs, quelques cailloux suffiront, trois galets. Tu es maintenant dans une roseraie à l'ombre des cyprès. Tu sais que l'esprit est la vie qui tranche dans la vie même. Tu entres dans la solitude de ceux qui donnent, dans le mutisme de ceux qui éclairent. Mais tu sais aussi que la lumière suit sa trajectoire sans pitié, et qu'elle est hostile à ce qu'elle éclaire. Chaque soleil poursuit sa course et garde son silence heureux, en retrait.

M.N. a écrit ces choses. Elles paraissent ridicules aux contemporains au rire de canard. À quoi pensent les canards ? À leur avancement dans le dispositif d'élevage.

Et moi? Où suis-je? Qui suis-je? Un visiteur anonyme, dans une île, buvant, à midi, un verre de vin blanc glacé à la terrasse d'un café qui s'appelle *L'Aurore*. Vous n'êtes pas obligés de me croire, mais c'est ainsi.

Ludi :

— Si on se baignait et qu'on rentrait faire l'amour?

— Bonne idée.

— Tu travailles ce soir?

— Je crois.

— Il paraît qu'il y a un film passionnant à la télé sur une reine de l'Égypte ancienne.

— Tu me raconteras.

Ludi n'est pas seulement belle, elle est jolie. Je me tais beaucoup, je la laisse bavarder, la moindre infraction à cette règle serait suivie d'une brume sur son visage. Je n'ai d'ailleurs plus envie, depuis longtemps, de parler à personne. Pendant qu'elle évoque ses soucis, son travail, les problèmes scolaires de Frédéric (fuyant, insolent), les dernières illusions de ses amies, la grossièreté de ses hommes d'affaires, l'évolution des budgets de la publicité, j'ai tout loisir de poursuivre ma méditation. Question d'entraînement, on vit sur deux plans à la fois, c'est mon opéra. Faire l'amour avec elle est facile : elle est enveloppante, caressante, elle sait ce qu'elle veut. J'accompagne, je suis, je ponctue quand il faut dans son soupir terminal. Petits baisers veloutés ensuite, remerciement réciproque, détente, sommeil.

Vers 6 heures du matin, café serré. La pensée a plongé sans rien oublier, les phrases viennent d'elles-mêmes. Où en étais-je ? Ah oui, emmener M.N. en bateau. Voir s'il a le pied marin. Ou bien, longue promenade avec lui dans les vignes. Le sortir de ses montagnes, de sa caverne, de son lac, pour une fête du raisin. Lui faire soupeser les grappes. L'automne est là, vendanges, vieux rituels paysans, chansons du coin. Ici, les phrases se déploient, *la main coule*. L'encre sent le vin, bleu sur blanc, rouge rubis sang. Encore une fois, c'est facile. Il suffit de se concentrer pour y être, c'est un jeu d'enfant.

Une fois arrivé près de l'eau, M.N., une fois de plus, regarde si personne ne le voit, et esquisse un léger pas de danse. Je l'entends murmurer quelque chose comme « Om », à moins que ce soit « Surom ». Il se sent bien, il est heureux, le raisin brille sous les rayons du soleil. Ce moment d'après-midi, lui aussi, se répétera éternellement. Il s'agit maintenant de comprendre ce que M.N. veut dire lorsqu'il parle de faire un enfant, non à une femme, mais à l'éternité, à la « profonde éternité ». La formule est plus qu'étrange. Mais cet enfant, c'est lui, encore lui, toujours lui. Enfant ou fou, qu'importe ? La suite au prochain moment pénétrant.

L'expérience est physique, pas du tout sociale, l'amour procédant à l'abolition du temps, ou plutôt à sa saisie verticale. Cela se passe n'importe où, à n'importe quel siècle, on est élu, *extrait*, de la lenteur et de la lourdeur. Riche ou pauvre, misérable ou princier, l'éclair, le jaillissement, la fusée. Une goutte, dans l'océan des foules et des villes, a rencontré une autre goutte. Des millions de corps n'ont pas pu empêcher ces deux-là de se retrouver dans un bois. Ils voyagent en satellite, maintenant, ils voient la Terre en surplomb, planète bleue, beaucoup de liquide. Ils boivent de grands verres d'eau fraîche, ils n'en font qu'une *lampée*. S'ils le peuvent, ils choisissent le confort sans le conformisme. Ils passent les yeux fermés au-dessus des gouffres. Ils plongent leurs nez dans les fleurs.

M.N. reprend la plume, sa fenêtre est ouverte. Il écrit : « La profondeur brille d'énigmes et de rires flottants. » Et puis : « Toute vie est une dispute sur les goûts et les couleurs. » Le goût, en effet, « est à la fois le poids, la balance et le peseur, et malheur à tout vivant qui voudrait vivre sans dispute sur les goûts et les couleurs ». Pas de *pénitence*, d'efforts, de pâleur, d'absence de soleil. Du délassement, du divertissement, des bras déposés sur la tête, une « volonté désharnachée », puisque « le beau est imprenable pour toute volonté violente ».

Il se couche dans un pré, il dort, il redescend dans le visible. « J'ai regardé autour de moi, le temps était mon seul contemporain. »

Qu'il ait pu s'appeler autrefois Zarathoustra fait rire aujourd'hui M.N. Ainsi parla-t-il, ainsi rêva-t-il, ainsi fut-il. Ce qui ne veut pas dire qu'il renie le moins du monde sa passion d'époque. Pas plus que son Antéchrist, qui est d'ailleurs, tout bien réfléchi, un hommage exacerbé à ce Juif divin, cet Hébreu sublime. Dieu était fatigué d'être Dieu, il avait mûri et vieilli, ses entrailles se troublaient, il se mettait de moins en moins en colère, il allait vers la compassion et l'amour, crépuscule émotif, nausée des massacres, fin de partie. Il s'est suicidé, voilà la vérité. Dieu s'est donné la mort dans le sacrifice de son Fils pour nous débarrasser de lui. Merci.

M.N. pense à cette énorme affaire avec un sourire. Il a été Dieu lui-même, il sait de quoi il s'agit. Une folie. La fonction est invivable, la souffrance est trop forte, on s'évanouit pour dix millions de fois moins, on délire pour dix millions de fois moins. Dans son appartement ensoleillé, il est 6 heures du soir en automne, M.N. écoute en ce moment un vieil enregistrement de Ben Webster, *My Funny Valentine*. De tous les pays où il est passé, c'est finalement la France qui le retient, Paris, le Palais-Royal, la tranquillité de cette rue silencieuse. Il évite désormais la Méditerranée, Gênes, Nice, Turin. Il est allé jeter un coup d'œil rapide en Israël, pas question de s'installer là, pas plus qu'à Moscou ou Berlin. New York n'est plus du tout agréable comme au milieu du 20e siècle. La Mecque, la cause est entendue (250 morts par bousculade lors du dernier pèlerinage). La Grèce est infestée de tourisme. Les fontaines de Rome auraient pu le retenir quelques jours, Venise déjà plus longtemps, mais il a besoin de toute sa raison, de toute sa grande santé en raison, et c'est à Paris qu'elle peut respirer et briller en douce. Calme, ruse, prudence, au milieu des somnambules locaux.

Amusement, aussi, en regardant la télé, les journaux de cette vieille province. Aujourd'hui, par exemple, un acteur de porno, un hardeur bisexuel, s'exprime en ces termes : « C'est toujours pareil : on fait pipe, vaginal, anal, éjac. J'arrive, je fais la scène, je m'en vais. »

Une image terminale du Surhomme : l'expérience est ratée.

Nelly est à Pékin, dans la suite d'un ministre chargé du business mondial. Je lui téléphone comme convenu à minuit, 9 heures là-bas.

Elle veut me présenter, à son retour, une de ses amies pour une séance spéciale. Pourquoi pas, voyons ce qui vient.

L'amie en question est une aristocrate très réservée, Isabelle. Elle est habitée d'un curieux fantasme. Une de ses aïeules, sous Louis XV, a mené, semble-t-il, la grande vie libertine d'alors. Isabelle la sent, la voit, la pénètre, elle est parasitée par elle et ne sait pas comment s'y prendre pour vivre ce que l'autre a vécu dans l'ombre : châteaux, complots, petites maisons, boudoirs, cabinets secrets, rendez-vous de chasse, masques, travestis, surprises, folies, parcs la nuit.

Elle est belle, blonde, mince, raffinée, jambes en or, les hommes la dérangent. Elle voudrait jouer dans des tableaux de Boucher, *Diane au bain*, par exemple, nudité perlée, soie, rochers de velours, nymphe adjacente. Comment faire ? Pas le moindre acteur Actéon pour ça. Il faudrait que la chose ait lieu sans avoir vraiment lieu, que ce soit impossible et cependant possible, latéral, excitant, compliqué, présence renforcée par une absence malgré tout présente, bref vous voyez le travail.

Tout cela finit un matin dans une suite de grand hôtel parisien. Je l'observe, elle ne me voit pas mais sait que je suis là. Elle sort de la salle de bains et s'assoit, nue, sur le bord du lit de sa chambre. Le tapis est une rivière. Son collier de perles l'habille, elle croise les jambes, elle jouira comme ça, seule, en serrant les cuisses. C'est très fou, très beau, ça prend vingt minutes. Si jamais on se rencontre un jour, on n'en parlera pas. Elle n'a pas eu besoin de sa main. Une scène *en pleine nature*, voilà la douceur de vivre. L'aïeule vient de passer, jeune et fière, peu importe qu'elle soit devenue par la suite une vieille dévote gâteuse. C'est le moment qui compte, il se répétera sans cesse, il est éternel. Vue, voyante, voyeur. En plus, elle a quelque chose de Ludi, Isabelle. Ludi, en peignoir jaune, sortie du bain. Ode aux baignoires, aux peignes, aux peignoirs. Ode aux sèche-cheveux, aux parfums, aux crèmes. Ode à la soie, aux cuisses, aux seins, aux fesses, au léger mouvement des fesses. Ode à la pudeur nacrée. Ode au soupir, à la tête fine inclinée en soi. Ode à la discrétion de la joie.

C'est un beau jour de mars, je marche sur les Champs-Élysées, Paris est une ville sublime. Les Français ne s'en rendent pas compte, mais ça n'a aucune importance. Les passants sont pressés, tristes, soucieux. Les librairies regorgent de mauvais romans butés et mélancoliques. C'est à se tordre de rire. Les fontaines et l'obélisque de la Concorde rient.

Nelly a plus ou moins deviné la fantaisie d'Isabelle, et, le désir entraînant le désir, veut faire la même chose *en mieux*. Erreur. Il n'y a pas de *mieux* dans l'art des coulisses. Léger froid, donc. Passager.

M.N. est assis, un matin, à la terrasse d'un café de Rapallo. C'est un beau jour de janvier, exceptionnellement doux. Il pose ses deux coudes sur la table, observe le ciel gris-jaune devant lui, et se rend compte qu'il pense. Il pense qu'il pense qu'il pense. Il n'y peut rien, c'est comme ça. Mais où se situe la pensée ? En lui ? Hors de lui ? Partout ? Nulle part ? Depuis toujours ? À jamais ? Il fait un petit geste de la main droite, comme pour chasser une mouche. Il se sent calme, il a dormi dans un rêve où il participait à un grand banquet donné en son honneur. Un drôle de banquet, en vérité, un malentendu complet. L'assistance, hommes et femmes, avait un air de carnaval bariolé, enthousiaste, faux. Des corps de tout ce qui a été cru autrefois, imaginé, convoité, brûlé, mal pensé.

Il rentre dans sa chambre et écrit : « Tous les temps entrechoquent leurs verbiages dans vos têtes, et les rêves et les verbiages de tous les temps étaient beaucoup plus réels que vos éveils. »

Il sait quelles sont ses cibles. Ceux qui sont « indignes de croire », puisque tous les créateurs « ont eu foi dans la foi » et que « celui qui ne se croit pas lui-même est toujours un menteur ». Les cafards, les moucherons, les stériles, ceux qui pensent, par conséquent, que tout mérite de succomber. Et puis « les hommes pour rire », avec leurs petites femmes tirées, paraît-il, de leurs côtes. Et puis les sentimentaux hypocrites avec « leurs louches regards émasculés ». Et puis les figurants des « amours lunaires », ceux qui « en toutes choses ne veulent être que spectateurs ». Et puis les grenouilles de bénitier, de bureaux, de chiffres, de laboratoires, d'université. Et puis les araignées qui « tricotent les bas de l'esprit », ses écharpes, ses bonnets, ses voiles, ses chaussettes. Et puis ceux et celles qui vous empoisonnent avec leurs rengaines, leurs projets bornés, leur cuisine réchauffée, leurs obsessions organiques, leurs menstrues, leurs couches-culottes, leurs diarrhées, leur fausse poésie, leurs idées. « Les démons de la crasse et de la rébellion », note M.N., qui conclut ainsi :

« La Terre a une peau, et cette peau a des maladies dont l'une est l'homme. »

Il descend déjeuner à la table d'hôtes de sa pension, les femmes parlent trop fort, les enfants crient, les hommes sont résignés et paralysés, c'est la vie. Il ouvre son journal d'aujourd'hui, et la litanie recommence.

Dans ce nouveau film, lit-il, les personnages sont

des adolescents que le déficit d'autorité parentale, les névroses familiales, l'incompréhension et l'hypocrisie conduisent au désœuvrement et aux ivresses artificielles. Le film débute par le suicide d'un jeune squatter et se clôt par une chaste partouze, le rêve de trois ados nus en quête d'un paradis charnel. Entre-temps, un gamin a des relations sexuelles avec la mère de sa copine, un autre repousse les caresses de son père alcoolique et homophobe, une jeune fille pratique l'amour sado-maso en cachette de son père veuf et fanatique religieux. Le film dénonce ainsi les turpitudes d'adultes qui lâchent leurs enfants dans un monde de désamour, de maltraitance et de sitcoms, les contraignant ainsi à se réinventer une sexualité sans aucun repère. Dans une scène, un adolescent psychotique assassine ses grands-parents. Dans une autre, il se masturbe et s'auto-asphyxie. Musique.

M.N. s'étouffe de rire dans son assiette, et a un moment d'absence. Il finit par entendre une des mères hurler d'une voix suraiguë et aigre : « Monsieur Nietzsche, monsieur Nietzsche, vous dormez ou quoi ? Ça fait dix fois que je vous demande de me passer le sel ! »

De là, fièvre, mal de tête, vomissements, insomnies, courbatures, papillons noirs dans les yeux, dégoût, énorme fatigue. On ne peut pas en sortir, à quoi bon. La mauvaise voix intérieure répète sans cesse : « Tout est vide, tout est pareil, tout est passé. » Les somnifères ne servent plus à grand-chose, trois jours d'abrutissement presque complet, traversés d'hallucinations diverses. Falaises pour rien, montagnes pour rien, précipitations d'abîme. En surface, des éclopés, des boiteux, des bossus mentaux, des débiles profonds, durcissement, débris, ruines. Et toujours la mauvaise voix : « Tout passe, *donc* tout mérite de passer... Renonce, meurs, mets-toi au passé ! »

Le temps ne passe plus, la chambre est une tombe avec « une odeur d'éternité poussiéreuse ». Personne ne vient plus ici depuis des siècles, cet endroit n'existe plus sur aucune carte, on pourrait se croire sur Mars ou à 80 000 mètres de profondeur. Le bras est flasque, la main refuse d'écrire pour un cerveau aussi rétréci.

— Vous l'avez vu aujourd'hui ?
— Non. Ça fait deux jours qu'il n'a pas ouvert ses volets.
— Il a mangé ?
— À peine. Quelques soupes.
— Vous lui avez parlé ?
— Avant-hier. Méconnaissable. Effrayant.
— Il va mourir ?
— C'est probable.

Et puis, le troisième jour, tout va mieux, M.N. retrouve sa main et sa plume. Il écrit à une vitesse surprenante, il va marcher longuement (« j'aime la liberté et le vent sur la terre fraîche »), le silence l'entraîne, il rentre, regarde sa montre et note :

« Je suis d'aujourd'hui et d'autrefois, mais il y a quelque chose en moi qui est de demain et d'après-demain et de plus tard encore. »

Il rit, il pleure, il rit à nouveau, et ajoute :

« Le cœur de la terre est d'or. »

Et puis :

« L'aiguille avance, l'horloge de la vie retient son souffle, jamais je n'ai entendu pareil silence. »

Et puis :

« La rosée s'étend sur l'herbe au moment où le silence de la nuit est le plus profond. »

Et puis, comme dans un chuchotement :

« Ce sont les paroles les plus silencieuses qui apportent la tempête. Les pensées qui mènent le monde viennent sur des pattes de colombe. »

Il s'allonge. Il dort très bien. Il est une colombe, une rosée, un air vif et frais.

Au courrier, maintenant. Sa mère, sa sœur, Malwida, des amis admiratifs mais bornés, des emmerdeurs, des éditeurs pour lesquels il n'est qu'une marchandise embarrassante. Il croit quand même à la publication, il ne renonce pas, il est plein d'illusions et d'espoir. Il va être compris, l'Histoire va changer de base, un mouvement se dessine, à Paris par exemple, où la décomposition s'accélère, donc le sert. Il regarde son carnet d'adresses : que de noms à barrer, que de morts largués.

Il fait l'inventaire de ses poches, comme s'il se préparait à un accident. Tiens, il avait oublié cette pomme. Il *sait* qu'il peut s'effondrer d'un moment à l'autre. « Tous les prisonniers deviennent fous, mais la folie est aussi la manière dont la volonté captive se libère. »

Après tout, quelques siècles peuvent s'écouler, attendons la suite.

Un pigeon se pose sur son balcon et semble le fixer, l'œil rond. M.N. *approuve* ce pigeon. Il y a aussi une éternité pour les pigeons.

« Je suis qui je suis », pense M.N. « Je serai qui je serai. » Mieux : « Je serai *que* je serai. » Autrement dit : je me lis, là, ici, tout de suite, et personne ne pourra me lire sans être moi. Je traverse l'Histoire, et tous les noms de l'Histoire, au fond, c'est moi. Mais si, un jour, personne ne sait plus lire ? Pas grave, les phrases se liront elles-mêmes. Mais si les bibliothèques et l'humanité elle-même ont disparu ? Pas grave, ce moment-ci reviendra en même temps que moi. J'ai un mal de tête effroyable, mais je tiens solidement mon crâne. Je vois les étoiles *au-dessous* de moi.

Ou encore : « Je suis mon propre précurseur, le chant du coq, ma venue dans les ruelles obscures. » Ou encore : « Un rayon de soleil vient de tomber sur ma vie. »

Un peu plus tard, M.N. *voit* la page qu'il vient d'écrire comme un buisson en feu qui ne se consume pas. Il en sort une voix, la sienne, qui lui chuchote un nom, le sien. Tout le reste est devenu désert. Cela devait arriver, et c'est arrivé.

Il note donc :

« Ce livre est réservé au plus petit nombre. Peut-être même, de ce petit nombre, aucun n'est encore né. »

Deux excellentes séances, à quinze jours d'intervalle, avec Nelly. La première grâce à Mme Guyon et à ses *Torrents spirituels* :

« Il me vint un si fort mouvement d'écrire que je ne pouvais y résister. La violence que je me faisais pour ne le point faire me faisait malade et m'ôtait la parole. Je fus fort surprise de me trouver de cette sorte, car jamais cela ne m'était arrivé. Ce n'est pas que j'eusse rien de particulier à écrire : je n'avais chose au monde, pas même une idée de quoi que ce soit. C'était un simple instinct, avec une plénitude que je ne pouvais supporter. J'étais comme ces mères trop pleines de lait qui souffrent beaucoup. En prenant la plume, je ne savais pas le premier mot de ce que je voulais écrire. Je me mis à écrire sans savoir comment, et je trouvais que cela venait avec une impétuosité étrange. Ce qui me surprenait le plus était que cela coulait comme du fond et ne passait pas par la tête. »

Nelly en déshabillé noir. Pour nous, donc, ça coule du fond, et ça passe quand même par la tête.

Deuxième séance, aussi réussie, grâce à Rousseau et sa *Nouvelle Héloïse* :

« À peine sais-je ce qui m'est arrivé depuis ce fatal moment. L'impression profonde que j'ai reçue ne peut plus s'effacer. Une faveur ?... c'est un tourment horrible... Non, garde tes baisers, je ne les pourrais supporter... ils sont trop âcres, trop pénétrants ; ils percent et brûlent jusqu'à la moelle... ils me rendraient furieux. Un seul, un seul m'a jeté dans un égarement dont je ne puis plus revenir. Je ne suis plus le même, et ne te vois plus la même. Je ne te vois plus comme autrefois réprimante et sévère ; mais je te sens et te touche sans cesse unie à mon sein comme tu fus un instant. Ô Julie ! quelque sort que m'annonce un transport dont je ne suis plus maître, quelque traitement que ta rigueur me destine, je ne puis plus vivre dans l'état où je suis, et je sens qu'il faut enfin que j'expire à tes pieds... ou dans tes bras. »

Je vous laisse imaginer la scène. Jouissance et fou rire. Les séances avec Nelly pourraient d'ailleurs s'appeler *Le Fou rire des siècles*. Et qu'on ne me dise pas que je n'ai rien dit de nouveau : la disposition des matières est nouvelle.

Récapitulons : *La Vie secrète de M.N.*, *roman.*

Le 15 octobre 1844, M.N. naît en Allemagne, tombé d'une grande concentration de pasteurs. Pasteurs côté père, pasteurs côté mère. Pasteurs, pasteurs, pasteurs. Il a 2 ans quand naît sa sœur Élisabeth, et 4 quand apparaît son frère Joseph qui disparaît deux ans plus tard. Les pasteurs et les pastoresses semblent pasteuriser des enfants tous les deux ans, mais celui-ci, Friedrich, va renaître plus d'une fois dans ses aventures. Il se voudra même immortel. Il le sera.

Le père pasteur meurt à 36 ans, lorsque cet étrange enfant a 5 ans. « Il était délicat, bienveillant et morbide, tel un être qui n'est prédestiné qu'à passer — évoquant plutôt l'image d'un souvenir de la vie que la vie elle-même. »

Un passant.

Les années 1848 et 1849 sont des dates révolutionnaires, à Paris, à Berlin, à Vienne. Un certain Richard Wagner participe à l'insurrection de Dresde. C'était un révolutionnaire, en musique, en pensée, en société. Ses opéras d'opium sont célèbres.

Le petit N., lui, vit entouré de cinq femmes. Elles l'ennuient, mais lui apprennent beaucoup. À 7 ans, il apprend le piano, et se croira longtemps fait pour la musique musicale. Mais la Musique, avec lui, va connaître un tournant vertical : elle ne sera plus dans le spectacle avec voix et orchestre, mais dans le corps lui-même, mots, phrases, pensées, audace et courage de la pensée. Ses livres sont connus, mais peut-être très méconnus.

À 12 ans, ses maux de tête commencent. À 14, il apprend à nager. C'est déjà un excellent élève classique. Il est membre de la chorale de son école, à Pforta. Il lit Novalis, Hölderlin, Machiavel, Byron, veut écrire comme Salluste, mais déclare : « Lorsque je n'entends pas de musique, tout me semble mort. »

Il a raison, mais la scène est maintenant suroccupée par un père gigantesque. Il suffit d'énumérer les titres : *Lohengrin*, *L'Or du Rhin*, *La Walkyrie*, *Siegfried*, *Tannhäuser*, *Tristan et Isolde*, *Les Maîtres chanteurs de Nuremberg*, *Le Crépuscule des dieux*, *L'Anneau du Nibelung*, *Parsifal*.

Beaucoup de bruit pour rien, remuement souterrain, cris, océan mélodique, dieux et déesses en folie, c'est la convulsion et l'extase. M.N. est fasciné, il vient de choper la syphilis dans un bordel, c'est déjà un philologue de premier ordre, il a des dispositions philosophiques innées. Il avale tous les grands philosophes falsificateurs de l'Histoire, avant de les vomir un jour, escrocs, prêtres masqués, parasites, canailles.

À 24 ans, il rencontre enfin son grand rival industriel en musique. C'est un génie, et sa femme elle-même est géniale. C'est l'idylle de Tribschen, « lointaine île bienheureuse ». Entre-temps, notre héros, pour rester à Bâle où il est professeur (leçon inaugurale : *La Personnalité d'Homère*), a renoncé à la nationalité prussienne. Il est désormais *heimatlos*, apatride. Cela lui convient.

Il continue pourtant à croire à la Prusse. En 1870, pendant la guerre germano-française, il est infirmier et commence, sous les obus, à penser à son livre *La Naissance de la tragédie* (1872). Il approuve Bismarck plus que le dogme de l'infaillibilité pontificale. Il croit que la Commune de Paris, bientôt écrasée dans le sang par Thiers, incendie les Tuileries. Il commence, et là est l'essentiel, à lire les Présocratiques. Il vit beaucoup (trop) avec sa sœur. Il apprend sans déplaisir la conversion de Cosima Wagner, fille du catholique Liszt, au protestantisme.

En 1873, sa santé se détériore : maux de tête, toux, vomissements, douleurs oculaires. Il plonge dans l'hystérie physiologique qu'il va trouver « instructive ». Il poursuit son étude de la philosophie à l'époque tragique des Grecs. Il *sort* peu à peu de son époque, ce qui ne va pas sans souffrances aiguës. Il est le premier à accomplir cette sortie sur plus de 2 000 ans d'Histoire. Il va, plus tard, regarder ça de très haut.

Journal de Cosima Wagner :
« Richard et moi découvrons avec quelque inquiétude la grande influence que Hölderlin a exercée sur le professeur Nietzsche ; enflure rhétorique, accumulation d'images fausses, avec pourtant une âme noble et belle. »

Super-Papa et Super-Maman sont inquiets, et pour cause. Super-Maman trouve que le jeune « professeur » (il a 30 ans) « manque de maturité ». L'industriel musicien est alors très brutal dans une lettre à N. du 6 avril 1874 :
« Mon avis est que vous devriez vous marier, ou composer un opéra ; l'un vous aiderait autant ou aussi peu que l'autre. Je penche tout de même en faveur du mariage. »

Autrement dit : Faites donc comme moi, puisque vous n'y arriverez pas. La vulgarité et l'obscénité agressive du propos sautent aux yeux. Ce sera bientôt la brouille et la guerre à outrance. Cependant, l'industriel à vacarme l'invite malgré tout à passer l'été dans son usine de Bayreuth. N. n'ira pas, mais, sous le choc, envisage *pendant une semaine* d'épouser une certaine Bertha Rohr (qui, comme chacun sait, deviendra très grosse). Il admire encore l'industriel : *Le Crépuscule des dieux* est pour lui « le ciel sur la terre ».

M.N. reste un bon protestant. En 1875, devant la conversion d'un de ses amis au catholicisme, il déclare : « Ah, notre bonne et pure atmosphère protestante ! Jamais je n'ai ressenti aussi vivement ma profonde affinité avec l'esprit de Luther. » Quand on pense à ce qu'il dira plus tard de Luther (« ce moine funeste ») et du protestantisme (« l'espèce la plus malpropre de christianisme qui soit, la plus incurable, la moins facile à réfuter », « une hémiplégie du christianisme et de la raison »), il y a de quoi rire. Il rira.

En 1876, M.N. est à Genève, il visite Ferney et pense beaucoup à Voltaire, dont une « charmante Parisienne », Louise Ott, rencontrée à Bayreuth, lui enverra plus tard un buste depuis Paris. Sa critique de Wagner augmente, sa migraine aussi, ses yeux lui font mal, il est en train de changer de tête et d'*ouvrir les yeux* comme personne avant lui. Il écrit *Humain, trop humain*, dédié à Voltaire pour le centenaire de sa mort (1878). Entre-temps, beaucoup de lectures, Thucydide, Platon, Montaigne, La Rochefoucauld, Vauvenargues, La Bruyère, Voltaire, Diderot, Stendhal. Mais oui, des Grecs, des Français, alliance militaire. Et puis, on croit rêver, toujours ces projets de mariage : « J'ai maintenant, d'ici l'automne, la charmante tâche de me trouver une femme, quand bien même je devrais la prendre dans le ruisseau. »

En 1877, M.N. est à Pompéi, à Capri. Puis à Gênes (où il admire Van Dyck et Rubens). Wagner lui envoie la partition de *Parsifal* (« il est devenu pieux »),

M.N. répond avec *Humain, trop humain*. Embarras de ses amis wagnériens (Malwida von Meysenbug, l'auteur de *Mémoires d'une idéaliste*, « l'insincérité faite instinct », Malwida, la grande amie, la fausse amie). Indignation de l'usine de Bayreuth. Rupture.

En 1879, vomissements, migraines atroces, yeux malades. Décidément, la sortie d'une époque pour s'ouvrir au Temps ne va pas de soi. On peut s'effondrer à chaque instant, *l'échappée est très dangereuse*. « Mes souffrances ont été indescriptibles », « j'ai passé une nuit à laquelle je ne pensais pas survivre », « j'ai échappé plusieurs fois aux portes de la mort, mais au prix d'effroyables tortures, ainsi je vis jour après jour ».

Dans l'affirmation du « retour éternel », M.N. sait qu'il lui faudra repasser chaque nuit et chaque jour près des « portes de la mort ». Dira-t-il alors oui ou non ? Ce sera *oui*.

Et *non* au vouloir-mourir, *non* au vouloir-en-finir, décision du voyageur et son ombre.

En 1880, il se détend un peu en lisant le livre de la femme d'un de ses plus proches amis, Ida Overbeck : *Figures du 18ᵉ siècle*. Cela le rapproche encore des Français, mais n'oublions pas qu'il s'intéresse déjà à la pensée indienne, comme le prouve l'exergue d'*Aurore* emprunté au *Rig-Veda* : « Il est tant d'aurores qui n'ont pas encore lui. »

Le 18ᵉ siècle français mêlé aux Vedas : le salut est là.

En effet, comme une guérison, voici l'aurore. Le 13 mars 1880, M.N. est à Venise. Le temps n'est pas beau, pluie et vent, mais le calme règne, et, surtout, « le pavé est excellent ». Il reste là trois mois et demi. Il repart le 29 juin. En novembre, il est à Gênes. Cette fois, une autre vie commence, grandes manœuvres d'artillerie.

En août 1881, enfin, dans l'Engadine, « à 6 000 pieds au-dessus de la mer, et bien plus haut encore au-dessus de toutes les choses humaines », il a l'idée du « retour éternel ».

Une « idée » ? Non, un abîme.

Vers la fin de sa vie biologique, M.N. est de plus en plus immobile et oublieux de tout. Il ne reconnaît même pas sa mère. Sa sœur fait venir un photographe, qui prend des clichés pénibles du caverneux moustachu christique, mal allongé près de ses saintes femmes à l'affût (la sœur, surtout, a déjà des plans pour la suite). Ses yeux très noirs sont enfoncés loin dans les orbites. Sa peau brune fait de lui un ascète indien perdu et songeur.

L'Autre a été crucifié, lui est fou et atteint de paralysie progressive. Il respire encore. Pour rien. Il ne court plus, comme autrefois, droit dans la rue devant lui jusqu'à ce qu'il trouve un mur. Il ne crie plus. Il finit par s'éteindre le 25 août 1900.

Restent ses livres. Il y tenait beaucoup avant ce fatal matin du 3 janvier 1889, à Turin, lorsqu'il s'est précipité pour empêcher une brute de cocher de maltraiter son cheval. Le cheval, c'est lui. Il tombe de lui-même. Pas loin, dans une église, il y a le Suaire de l'Autre. Sa photographie, plus tard, apportera des surprises dans le négatif. Une empreinte de crucifié, aucun doute? On en parle encore.

Quelques jours avant de s'effondrer, M.N. est en pleine forme, il se relit, et dit peser ses phrases « sur une balance d'or ». L'Autre n'a rien écrit, sauf une phrase illisible, sur le sol, pour renvoyer les accusateurs déjà lapidateurs d'une femme adultère. Cet épisode a toujours fait rire aux larmes M.N. Comme si l'adultère était un crime. Comme si les histoires de sexe étaient importantes. Passons.

Il se relit :

« *Humain, trop humain* m'a extrêmement impressionné. Il a quelque chose du calme d'un *grand-seigneur* (en français dans la lettre). »

« Depuis quelques jours, je feuillette ma littérature et, *pour la première fois, je me sens à sa hauteur.* Comprenez-vous cela ? J'ai tout très bien réussi sans jamais m'en rendre compte — au contraire ! »

Il ajoute, plus mystérieusement :

« Il n'est question que de moi *anticipando* — Signes et miracles ! Salutations du Phénix. »

Au même moment (des ennuis avec ses éditeurs bornés qui n'ont pas l'air de mesurer ce qu'ils impriment, une « fortune », puisqu'il s'agit d'une nouvelle Bible), il s'inquiète de récupérer pour lui tous les exemplaires du quatrième *Zarathoustra* « pour mettre cet *ineditum* en sûreté contre tous les risques de la vie et de la mort (je l'ai lu ces jours-ci et j'ai presque défailli d'émotion). Si je pouvais le publier après quelques décennies de crises mondiales — de *guerres*! — ce serait le moment opportun ».

Des décennies, non, mais un ou deux siècles. Et pourquoi pas trois ou quatre? Ce serait de plus en plus *opportun*.

Bien entendu, le premier ou la première imbécile venu vous dira aussitôt qu'on a là les symptômes de la folie la plus évidente. Mégalomanie, paranoïa, ce pauvre type va droit dans le mur, il ne sait plus ce qu'il dit, la réalité lui échappe. La preuve : son état ultérieur. Bouclé, classé, enterré vivant, mauvais prophète, influence désastreuse, diable, catastrophe, gesticulation de Hitler. Il faut avouer que ses déclarations font peur, notamment à propos de son petit livre *Ecce Homo* :

« Il dépasse tellement la notion de "littérature", que même dans la nature un point de comparaison fait défaut. Il fait littéralement exploser en deux l'histoire de l'humanité — le superlatif de la dynamite. »

Il est possible que je sois seul à prendre aujourd'hui ces phrases tout à fait au sérieux. Ce serait énorme et comique.

L'étonnant, dans les derniers jours conscients de M.N., c'est sa façon d'attirer l'attention sur l'aspect léger, désinvolte et même frivole de la vie humaine. Après tout, il s'agit peut-être d'un *gag*. L'humanité s'est profondément égarée, mais lui s'en est tiré par miracle.

Il ne se plaint plus, il a trouvé la ville (Turin) qui convient à son organisme, le dernier automne du faux calendrier est radieux, tout le monde est gentil et révérencieux avec lui, les marchandes de fruits lui offrent leurs meilleures grappes de raisin, elles flairent inconsciemment en lui un événement fait homme. Même comportement, autrefois, des femmes avec l'Autre. Elles sentent l'évadé, elles s'inclinent, elles offrent ce qu'elles ont de meilleur.

Le 26 novembre 1888 :

« Nous continuons à jouir d'un merveilleux temps printanier ; en ce moment même, je suis assis devant ma fenêtre ouverte, plein d'allégresse et vêtu légère-ment. »

Pudeur de M.N. Il ne va tout de même pas dire qu'il prélasse son déjà vieux corps de 44 ans, nu, au soleil. Vieux corps ? C'est à voir, il se sent d'une nou-velle jeunesse, au bord d'une résurrection imprévue. Pas lui, l'*autre*. L'autre en lui, plus lui que lui. Un Fran-çais, par exemple. Amateur d'opérettes, de revues musicales, de petites femmes vives et gaies. Rien à voir avec l'histoire de l'Autre en Palestine :

« Si je pouvais vous montrer une véritable *soubrette parisienne*... Ici, comme ailleurs, le *premier* pas est le plus difficile, — et pour vous y aider, il n'y a que les petites femmes. »

Allons, allons, M.N., est-ce bien raisonnable et digne du *surhomme* ? Du nouveau Messie ? De la dyna-mite en cours ? Imagine-t-on l'Autre laissant tomber sa mission paternelle pour s'enfuir avec une de ses amies de mauvaise vie ? Voulez-vous insinuer que Dionysos pourrait se contenter d'une *soubrette* ? Que Dieu pourrait vivre incognito parmi des fleuristes ou des marchandes de fruits ?

Supposons M.N. circulant librement dans le Temps. À la Renaissance, par exemple (son rêve), ou au 18e siècle français. Il vérifie sa pensée la plus abyssale dans les boudoirs et les bordels de l'époque, à l'hôtel du Roule, à Paris, ou bien au Sérail, chez Mme Gourdan. Il est devenu *grec* sur ces questions (autrement dit très habile). Il se livre à la *rocambole* du plaisir (autrement dit à ce qu'il y a de plus brillant et de plus piquant). Le voici parmi les petites femmes de Paris, dont nous avons le catalogue : *la façonnée, l'artificielle, la niaise, l'alerte, l'éveillée, l'achalandée, l'émerillonnée* (de *émerillon*, petit faucon vif, éveillé), *l'éventée, la superbe, la follette, la fringante, l'attisée, la pimpante, la mignonne, la grasse, la maigre, la pâle, la tendre, la mutine* et jusqu'à *la boiteuse*. On pourrait continuer comme ça longtemps, en ajoutant *la louche* ou *la bigleuse* en souvenir de Descartes, sans parler de *la marquise*, de *Juliette*, de *Molly*, de *Madame Edwarda* et des autres.

« Je suis un disciple du philosophe Dionysos, et j'aimerais encore mieux être un satyre qu'un saint. »

Rien à voir, donc, avec l'Université, la publicité, les marchés financiers, ou le cinéma doloriste.

D'un côté... De l'autre... Les deux.

J'hésite entre *la mutine* et *l'attisée*. Nelly, aujourd'hui, a écrémé une dizaine de romans contemporains, tous plus nuls et déprimés les uns que les autres, vaste bazar psychologique de la misère satisfaite et encouragée. Elle repère tout de suite les passages qu'il nous faudrait, mais c'est trop drôle, pas du tout excitant, il faut en revenir aux saintes, ou plutôt à la petite soubrette contrefaisant la sainte, *la nitouche* (mot merveilleux).

La fantaisie de Nelly, cette fois encore, est de séduire son *patron* pendant qu'elle fait le ménage. Elle veut déranger le philosophe, tourner autour de lui, le chauffer, l'emberlificoter, le pousser à l'acte, bref se taper *monsieur*.

Action. Rires (après). Elle jouit à fond dans ce rôle de servante vicieuse improvisée, calculatrice et salope. Ça la branche en passant, ça la détend.

On va dîner, huîtres et vin, et ensuite, dans sa voiture, on continue à se toucher et à s'embrasser jusqu'à 2 heures du matin. Elle s'est arrêtée près de Notre-Dame, le monument nous inspire, une voiture de flics passe et repasse près de nous, c'est parfait. Paris, bien employée, est une ville sublime. On dirait que des centaines de spectres sortent des murs pour nous appuyer. La Seine, ici, a une mémoire fluide et violente, elle ramène sans cesse des complots, des insolences, des chansons, des révoltes. Voici des barricades d'autrefois, faites de barriques remplies de terre, de pierres et de fumier. « Tout le monde, sans exception, prit les armes. L'on voyait des enfants de cinq et six ans avec des poignards à la main, on voyait des mères qui les leur apportaient elles-mêmes. » Passé *simple*, en français, manié comme une fronde :

« Je les flattai, je les caressai, je les injuriai, je les menaçai, enfin je les persuadai. »

Ou bien :

« Je donnai mes ordres en deux paroles, et ils furent exécutés en deux moments. »

Ou bien :

« J'abandonnai mon destin à tous les mouvements de la gloire. »

Voilà, dirait M.N., ce qui est aristocrate *par excellence* (en français dans le texte). Pas du tout parisien ni hexagonal actuel. Dévastation, nuit sombre !

Nelly, là, sur les quais, en bonne philosophe, me fait jouir dans sa bouche, et bonsoir.

Qu'est-ce qu'un nihiliste aujourd'hui ? Un *imbécile*. Le nihilisme a eu ses heures de gloire, les noms sont connus, le négatif actif a brillé comme un diamant noir, des souffrances ont eu lieu, des persécutions, des bûchers, des prisons, des folies, des suicides. Mais, de nos jours, seules de faibles et tristes caricatures empruntent la voie d'un diable édulcoré et tocard. Le pauvre type a appris ou s'est persuadé qu'il est une *fêlure*, que toute vie est, *bien entendu*, un processus de démolition, il n'a que cette croyance comme point d'amarre, il se dévoue et il se détruit consciencieusement pour la plus grande satisfaction du conformisme aggravé ambiant. Il boit, il traîne, il sert de contre-exemple au marché social des familles, il se moque de tout, se réjouit de la bêtise générale, se plaint, pleurniche, invente des histoires idiotes, croit avoir de l'humour, admire des absurdités ou de piteuses bandes dessinées. Il est soupçonneux, rentré, constipé, radin ; il parle tout le temps d'argent et même de *pognon*, il juge tout succès coupable, il emmerde ses femmes, ses amis, lui-même, avec une délectation morose et crispée. Il se vante de se tuer quand il voudra, mais vieillit, moisit et jacasse.

Si c'est une fille, elle devient lubrico-spiritualiste, fonce dans un idéal impossible d'amour, poursuit des vedettes en leur envoyant la trace de son rouge à lèvres sur des lettres enflammées et connes, laisse des messages incessants sur des boîtes vocales, s'obstine, nie la réalité, se prend pour une déesse incomprise, se tasse, continue son cirque de petite fille tarée. Le type, lui, se transforme peu à peu en vieille fille rancuneuse, rabâche ses échecs et les injustices dont il est l'objet, se regarde avec effroi dans les glaces, se cache son impuissance montante, pense que tout le monde est comme lui, abruti, méchant, paresseux, éthylique, visqueux. Il se sacrifierait volontiers pour empêcher que quelqu'un soit libre et heureux. S'il a un peu de talent, il le gâche pour montrer qu'il n'en est pas dupe. S'il n'en a pas, et c'est le plus souvent le cas, il accuse la terre entière. Il est jaloux, teigneux, insidieux, intrigant, collant, assommant. Elle est jalouse, teigneuse, insidieuse, intrigante, collante, assommante.

Il, ou elle, garde le contact et se rapproche pour piquer au bon endroit selon l'occasion. Piquer : voler. Piquer : scorpion. La petite phrase qui fait mal, la malveillance qui use. Dans leur genre, ils sont héroïques, *ils attendent leur heure.* Le type ressemble de plus en plus à la foule des préveuves patientes, dont l'occupation principale consiste à guetter la décomposition de leurs maris subis. L'imbécile est très *moral,* bien entendu, et à ce point incapable de vrai vice que tout, à son contact, devient mal-vicieux, tordu, bafouillant, confus. Il est intransigeant, pur, arrogant, gonflé et gonflant. Il n'a aucune idée de l'ennui qu'il inspire. Des bons mots laborieusement préparés, de l'aigreur, de la fausse gaieté, une volonté d'inquisition à faire pâlir d'envie des hordes d'anciens curés, le voilà, regardez-le, il grimace, il s'agite, il rutile. Sa vie étant un enfer, tout le monde doit être en enfer. En réalité, il veut mourir, en finir, il se juge indigne de s'appartenir. S'il rit, il rit trop, on entend qu'il pleure. Sa voix a des préciosités soudaines qui ne trompent pas (ah être enfin une femme, une vraie, celle qui n'existe pas). Il cherche un homme, *à la recherche de l'homo perdu*, est sa loi. S'il croit en avoir trouvé un, il ne le quitte plus, le flatte, l'agace, lui fait de petites scènes de jalousie, fait semblant de lui battre froid, se rapproche de nouveau, lâche un compliment insultant, une vraie gonzesse, en plus pathétique. Rien de vraiment sexuel, puisque tout est sexuel. Lourd.

À force de narcissisme maniaque, on peut dire qu'il n'a plus aucune sensation ni aucune perception naturelles. Il est contre-naturel avec componction. Il est sceptique a priori mais croit tout ce qu'il lit dans les journaux ou les magazines. Peu à peu, parfums, sons, formes, couleurs et saveurs disparaissent de sa conscience. Il imagine écouter, il n'entend rien. Lire, il ne retient rien. Voir, il est aveugle. Goûter, il est pâteux. Toucher, il a les doigts gourds. Sentir, il renifle. Il n'a jamais su danser, c'est un sac, mais aussi un écorché vif. Très susceptible, très servile, très vindicatif, paillasson, mais dictateur. Tout le dégoûte, tout est pourri, tout est faux sauf lui, mais il en doute. Il est convaincu que rien n'est gratuit, en quoi il a le plus souvent raison, mais il se trompe. Il y a un *oui* plus fort que tous les *nons*, même si la plupart des *ouis* sont des *nons*. En résumé, notre imbécile rabaisse tout, à commencer par lui-même. C'est un intoxiqué de « judéine » et de « moraline » (ces mots sont de M.N., qui va jusqu'à dire que « la morale dit *non* à la vie »).

Ce qu'il nous faut, en revanche :
« Un bonheur bref, soudain, sans merci. »
C'est-à-dire :
« Les pieds ailés, l'esprit, la flamme, la grâce, la grande logique, la danse des étoiles, la pétulance intellectuelle, le frisson lumineux du Sud — la mer *lisse* — la perfection. »

Ici, l'imbécile, mâle ou femelle, hausse les épaules, cela ne veut rien dire pour elle ou pour lui. D'un commun accord, ils trouvent même ce genre de propos ridicule. Ils sont comme leurs parents ou leurs grands-parents, paysans, prolétaires, bourgeois ou petits-bourgeois, leurs réflexes sexualisés pavloviens sont d'emblée anti-aristocratiques, ce qui est « aristocratique par excellence » n'ayant d'ailleurs rien à voir avec un fait de naissance ou d'hérédité.
Mais alors, qu'est-ce qui est « aristocratique » ?
Ceci :
« Une mosaïque de mots, où chaque mot, par sa sonorité, sa place, sa signification, rayonne sa force, à droite, à gauche et sur l'ensemble, un *minimum* de signes en étendue et en nombre, atteignant à un point un *maximum* dans l'énergie des signes. »

Vous avez lu? Oui, non. Pourquoi, il y avait quelque chose à lire? Vous êtes sûr?

Une faiblesse de M.N. : s'inquiéter à l'idée de n'être pas lu.

Vous me dites : « C'est impossible, l'Humanité n'a pas pu se perdre *à ce point,* il va y avoir un sursaut, un tournant, un renversement, une apocalypse, une insurrection, une révolution. »

Eh non.

Vous qui entrez avec le mot « Humanité » à la bouche, perdez toute espérance.

En revanche, toi, là, petit animal mal domestiqué, tu as une chance, oh très minime, de t'en sortir. Tu penses que M.N. n'était pas fou le moins du monde, que son système organique (il le reconnaît lui-même) était mal fait pour supporter sa pensée. Tu connais la musique, l'éternelle bêtise, les petites femmes et les gros bonshommes, les prêtres, les philosophes, les chiffres, les rouages de la marchandise, l'opium des peuples, la médiocrité fanatique, les désirs de sang. Le disque continue à tourner, tu te lèves en douce, tu quittes la salle, tu trouves un coin tranquille dans les villes (il y en a toujours), une petite femme de couverture à la Ludi (il y en a toujours une), ou bien tu es seul, là-bas, dans un trou de campagne, loin dans le Sud.

Tu manges peu, tu bois le moins possible, tu marches et tu dors beaucoup, tu franchis les chausse-trappes de tes rêves. Un matin, très tôt, tu contemples une araignée dans la douche de tes toilettes. Tu vas l'écraser à regret, elle te gêne. Si tu voulais raconter le flot instantané d'informations et d'évaluations qui passe à travers toi (années, mois, semaines, jours, nuits, avant-hier, hier), tu sais que tu n'y arriverais pas. Tout se présente à la fois, visible, audible. Tu es devant un abîme surpeuplé, tu es débordé. En un sens, l'araignée vient de te sauver la vie, tu aurais pu décider d'en finir, puisque ton revolver est là, dans ton sac de voyage. Tu te serres la main gauche avec la main droite, tu attends que le gouffre se referme. Il va se refermer, il se referme toujours. Tu *vois* tomber des cataractes de crânes (et le tien parmi eux), tu *vois* couler des fleuves de cendres (et les tiennes parmi elles). Tu t'entends gémir, et puis rire. Voilà, c'est passé une fois de plus, ça reviendra, ça revient toujours.

Tu ne dis rien, et encore rien, toujours rien. Tout serait à dire, c'est trop. Tu comprends pourquoi, incapables de se taire vraiment, ils parlent, ils parlent. Ils écrivent même des poèmes, des essais, des romans. Ils vont jusqu'à discourir sur le silence ou la mort. Tu te tais. Tu prends délicatement entre deux doigts et du papier hygiénique le cadavre recroquevillé de l'araignée, et tu le jettes dans les chiottes. Tu viens d'être écrasé par l'Être lui-même. L'Être? Même pas. Rien. Rien, vraiment? Mais non, puisque tu es là.

On dit que le philosophe grec Empédocle a laissé ses sandales sur le bord du cratère, avant de se jeter dans l'Etna. L'épisode fait un peu mosquée. M.N., lui, avant de s'élancer dans le feu, a laissé derrière lui son corps devenu un volcan éteint, crucifié mentalement par des idiots et des dingues. Ça ne les convertira pas pour autant.

C'est le 30 septembre 1888 que M.N., qui signe *L'Antéchrist*, promulgue sa *Loi contre le christianisme*.

Il l'appelle une « guerre à outrance contre le vice ».

Ce 30 septembre est la date finale du « faux calendrier ».

Voici le « jour du Salut, premier jour de l'an 1 ».

À Turin.

Nous sommes donc, en ce moment même, en 116 après le premier jour du Salut. Les Évangiles chrétiens, eux, ont été écrits à la fin du 1er siècle de ce que nous appelons encore l'ère chrétienne. C'était tout nouveau. C'est de nouveau tout nouveau.

M.N. regardait assez souvent sa montre. Les aiguilles le fascinaient. Il attendait chaque fois, avec un battement de cœur, la conjonction des deux flèches sur midi et minuit. Midi moins une. Minuit une. En numérique, 12 et 0. Douze apôtres, et puis un qui font treize. Rien et un. Midi plein, minuit vide. Ou le contraire.

Dieu et Dieu font quatre : Matthieu-Marc-Luc-Jean. Mamaluje. Dieu, on l'a remarqué, n'écrit pas lui-même. Il dicte ou se fait raconter. Il est dans l'éclair, les nuées, le tonnerre, la brise, les armées. On table sur lui, on le commente à n'en plus finir, on brode, on déchiffre, on interprète, on improvise. C'est accablant, renversant, inspirant, transfigurant, fatigant. Vos dates de naissance et de mort sont déjà prévues au programme. Le calendrier chrétien a sa loi. Il est contesté par les Juifs, les Musulmans, les Francs-Maçons, les Indiens, les Chinois ; il a été révoqué en France au moment de la Révolution (puis rétabli presque en cachette), mais personne, sur la planète, n'irait signer un chèque, un contrat, un traité, autrement que selon lui. On n'y fait plus attention, d'ailleurs c'est écrit en haut ou en bas, à gauche ou à droite. Les cimetières sont complets, les fours crématoires sont débordés, les bébés et les morts n'ont plus d'âge.

Je n'irai pas crier sur les toits, par exemple, que je suis né en 48 de la nouvelle ère du Salut, et qu'en 116, il serait quand même temps de se demander de quoi il s'agit. Vous me dites que ce nouveau Messie était fou et que vous en avez les preuves. À quoi je vous réponds par l'évidence d'une planète en folie où le « christianisme », le « judaïsme » ou l'« islamisme » se disputent la palme du délire (vous avez l'embarras du choix). Les visages d'un prédicateur protestant américain et de sa femme en extase suffisent à démontrer ce que je dis.

Les preuves décisives du Fondateur du « christianisme » manquent. Elles sont en revanche flagrantes pour l'Imposteur connu sous le nom de M.N. Le Fondateur, d'ailleurs, passait pour le Blasphémateur auprès de ses Frères. On peut aussi soutenir que l'Imposteur aurait eu un compte à régler, trop violent, avec le Fondateur. Tout cela fait une histoire très embrouillée, où on voit un imposteur dénoncer un autre imposteur qui, lui-même, dénonçait une imposture. Négation de la négation d'une négation. Cependant, le dernier venu n'arrête pas de dire qu'il est le *oui* par excellence, l'affirmation et l'approbation sans limites, le Crucifié dépassé, le Ressuscité Dionysos en personne. Il saute dans la folie, on le boucle, il meurt en l'an 12 de son propre calendrier, que personne, du coup, ne semble vouloir adopter.

Cependant, il a écrit des livres et il les a publiés. Je les lis, je les vis, je les relis, je les revis, j'appelle ça *Une vie divine*, roman écrit en l'an 116 de l'ère du Salut, autrement dit au début de ce que le faux calendrier s'obstine à appeler le 21ᵉ siècle. Si on persiste à dater en siècles (mais rien n'y oblige), on est donc au commencement du 2ᵉ siècle après la Révélation. J'ai ici toute ma raison, les autres livres me paraissent superflus et plats, prouvez-moi que j'ai tort. Vous ne prouvez rien, vous mentez, *vous êtes forcés de mentir*. Vous êtes des employés de la mort. Vous attendez que je meure, c'est tout. Des témoins ? Faux témoins. Des contemporains ? Mon œil. Mes seuls témoins, aujourd'hui, sont les montagnes, les prés, ce lac, ce rocher, cet océan, ces mouettes. L'espace est fait de points de densités et de méditation (là où quelque chose s'est vraiment passé, en réalité des trous dans l'abîme). Le temps se mesure autrement. Il se démesure, plutôt, ni trop tard ni trop tôt. Il vide.

Voyez comme les phrases s'écrivent toutes seules. Ce que M.N. a vécu comme un triomphe abyssal (d'octobre à décembre 1888 du faux calendrier), vaut pour trois mille ans, au moins (si on continue à compter par années). Il n'y a aucune raison de découper son expérience sur le modèle de l'ancienne horloge. Le nouveau sablier renversé est invisible, toutes les plages de la planète ne pourraient pas le remplir. Et le premier qui prétend l'avoir connu, « bien connu », ment. Personne ne l'a connu, sauf lui-même.

M.N. a traversé le miroir, la machine. Il sait que les rêves se vengent, qu'un intoxiqué depuis deux mille ans ne peut pas être réveillé pendant son sommeil, qu'il faut revivre indéfiniment les mêmes poursuites dans les souterrains, les oublis d'adresses, les féminisations suggérées, les difficultés de transport, les recherches inutiles et exténuantes. Certains matins, il est furieux contre ses cauchemars, et puis il décide d'en rire. Des persécuteurs à ses trousses ? Des blocages voulus ? Des figurines de cire à son image criblées d'épingles ou de clous par des cinglées à chaudrons ? Des retards, des couloirs barrés, des voitures disparues, des téléphones inutilisables ? Classique, banal.

Voilà, ça a encore recommencé la nuit dernière, il n'en peut plus, il titube en se levant, il se trompe de gestes, il oublie d'un moment sur l'autre ce qu'il voulait faire, il a un mal de *crâne* à casser les pierres, il entend encore les mauvaises voix de la nuit (« Toi ? Surhomme ? Tu parles ! »). Et dire qu'il faudra éternellement revisiter toutes ces cases, souffrir et désespérer à nouveau, appeler au secours sans être entendu (« Pourquoi me suis-je abandonné ? »), ritournelle, rengaine. Est-il le premier à vivre ça en direct ? Non, sans doute, mais le premier à l'écrire, procès, château menaçant, existence de chien ou d'insecte écrabouillé dans un coin, oui. Et il faudrait *approuver* tout ça ? En pleine conscience ?

Oui.

Le monde qu'on laisse derrière soi est folie. Le prouver physiquement et le dire est impardonnable.

Après le Crucifié, nous n'avions déjà plus droit au martyre. Après M.N., nous n'avons plus droit à la folie. C'est le monde humain lui-même qui est dévoilé comme martyre et folie. Fardé d'intérêts débiles et déments, comme de grimaces menteuses, il peut continuer morbidement comme ça, mais on n'en est plus là.

Pas de doute, il n'y voit plus bien, ou bien il voit double. Ce sont des amibes dans les yeux, de petits cercles superposés, des bactéries en transit, des loupes minuscules et animalcules. Il regarde, au microscope dans son regard. Le ciel est un couvercle, les nuages capitonnent un énorme cercueil. Il va tomber, il se redresse, jambes en béton, front de béton. Il vomit, il ne peut plus supporter ce sac d'organes et de viscères. Il étouffe dans sa cage thoracique, ses poumons sont de trop, tout ce qui le constitue est de trop, sang, moelle, lymphe, tendons, os, merde, pisse, salive. Pourtant bite raide au matin, boussole étonnée d'être là. Il doit y avoir de l'aimant quelque part. Plus de suite dans les idées, pas d'idées, flux, tourbillon, reflux. Impossible, évidemment, de lire ou d'écrire.

Et puis, ça revient. Vite à la plume, à l'encre, au papier, c'est urgent, ça presse. L'horizon est radieux, le soleil brille, jamais un jour n'a été plus beau. Les mots sont des cailloux frais, l'eau les caresse. Ça court, ça coule, ça roule, ça vole, ça va de soi. Mais alors *qui* est-il? Le même? Pas le même? Un moi? Un pas moi? A-t-il le droit de se prendre pour l'Humanité tout entière, son destin? Est-il encore humain, ex-humain, sous-humain, post-humain, surhumain?

Il est dans un jardin, maintenant, il se retourne, il voit un tombeau vide, il perçoit comme pour la première fois les arbres, l'herbe, les pâquerettes, les fleurs. Ne serait-il pas préférable d'en profiter pour *se tirer* en douce? Sans prévenir personne? De se déguiser, de prendre une autre identité, de se taire, de voyager et de naviguer? De se faire commerçant de n'importe quoi dans un pays improbable? *D'attendre que ça passe,* ni vu ni connu, débrouillez-vous entre vous, chers criminels, chers bavards?

Mais non, il remonte dans sa chambre, papier, plume, encre, il est fou, *il y croit*, il est sûr de se relire un jour, exactement à la même place, même chaise, même fenêtre, même lumière, mêmes mains (une pour tenir la feuille, l'autre pour tracer les lettres à toute allure). Ça s'écrira et ça se réécrira éternellement, le ciel et la terre auront disparu ou changé complètement de formes, mais lui sera toujours là, encore là, puisqu'il s'agit de lui, de lui seul. Trois heures comme ça, descente pour manger à la table d'hôtes (bêtise infinie, cris d'enfants), et puis trois heures de marche en forêt, pas rapide.

Ça va beaucoup mieux.

Pas pour longtemps?

Pour maintenant, en tout cas, autrement dit pour toujours.

Nelly, aujourd'hui, est de nouveau remontée contre Kant, ce fils d'un sellier-bourrelier de Königsberg, quatrième enfant d'une Anna Regina qui en a eu onze, et qui est morte à 40 ans.

Ce philosophe est, comme on sait, l'inventeur de la morale sous sa forme universelle, tout cela à cause de l'*Émile* de Rousseau, où on peut lire ce genre de déclaration propice à une saillie d'enfer :

« Conscience, conscience, instinct divin, immortelle et céleste voix, guide assuré d'un être ignorant et borné, mais intelligent et libre, juge infaillible du bien et du mal qui rend l'homme semblable à Dieu ! »

Parfait.

Ce genre de divertissement a manqué à M.N. au moment où il en aurait eu le plus besoin. Voici quel aurait pu être le programme de son salut, théâtre ou lectures :

Les Après-midi de Dionysos, opérette française. Ou bien : *La Soubrette philosophe*. Ou bien : *Les Petites Femmes au secours de Dieu*. Ou bien : *La Dissolution du contrat social*. Ou bien : *L'Éternel Retour*, version priapique, avec planches, dessins, peintures et gravures, volume imprimé à Venise en 116 après Z. Ou encore : *Les Impasses de la conscience*, encyclopédie théorique et pratique. Et ainsi de suite, dans les siècles des siècles, amen.

Nelly aime ces jeux où elle devient sans rire, l'espace d'un instant, une prostituée sacrée ou une bacchante (le rire est pour *après*). Elle n'oublie pas pour autant sa formation philosophique. Ainsi, après la mise en scène Rousseau, elle attire mon attention sur un passage de Plutarque à propos d'Héraclite, dans *Sur les oracles de la Pythie* :

« Ne vois-tu pas quelle grâce ont les chants de Sappho qui charment et enchantent les auditeurs ? Mais la Sibylle à la bouche délirante, comme dit Héraclite, profère des mots sans sourire, sans ornement, sans fard, et cependant sa voix se fait entendre, grâce au dieu, à mille ans de distance. »

Amusant, non, d'être en même temps à Delphes et, au début du 21ᵉ siècle, dans un appartement parisien donnant sur un parc ? Avouez que la situation n'est pas si courante. Nelly est ma femme philosophe, Ludi ma femme tout court. Une mère blonde épanouie (Ludi), une sœur brune sauvage (Nelly), qui sont aussi des filles. Inceste bouclé ramassé. Plus rien à apprendre sur le sujet.

Sappho vit au 7ᵉ siècle avant notre ère (celle du faux calendrier). Elle est petite, noiraude, les cheveux en ailes de corbeau, mais c'est un grand poète. Denys d'Halicarnasse dit d'elle que « ses phrases s'écoulent avec facilité et détente, sans que rien, dans l'ajustement des mots, ne vienne rider la surface lisse ». Son *Hymne à Aphrodite* est célèbre : « Boucles violettes, sourire de miel... »

La déesse apparaît dans un miroitement et un chatoiement, son char est tiré par des milliers de moineaux, elle flotte sur l'eau, c'est la mer mêlée au soleil. Ces dieux grecs sont dans la lumière et le son, tout scintille, tout bruit, tout brille. Aphrodite naît des vagues ou du sperme d'un dieu (c'est pareil), un dieu châtré par son fils qui trouvait qu'il étouffait sa mère. Le Ciel pesait trop sur la Terre, Ouranos couvrait sans arrêt Gaia, Cronos lui coupe les couilles et les jette à la mer, Aphrodite surgit de l'écume de foutre, on respire. Elle passe par des îles, elle est inséparable d'Éros et de Dionysos, elle trame, elle ruse, elle tisse, elle complote, elle ourdit. Elle est pleine de grâce, elle a un regard très vif.

Son sourire est un rire silencieux, elle s'amuse. Les peintres vont la rabaisser en Vénus trop blonde, lui collant sous les pieds une coquille absurde, une longue mèche pudique sur le sexe, comme si c'était la question. Ils oublient sa ceinture violette, pourtant indispensable. Ils n'ont pas vécu sa présence comme Sappho.

Pour être au courant, en effet, il faut, très jeune, avoir senti le bruit de l'eau fraîche à travers des branches de pommiers, avoir vu des roses et le sommeil coulant des feuilles agitées, s'être retrouvé dans un pré avec des chevaux en train de paître, un pré fleuri des fleurs du printemps sur lequel soufflent doucement des brises respirant le miel. Ça vous est arrivé ? Oui ? Non ? Une fois ? Deux fois ? Plusieurs fois ? Jamais ? Racontez.

Sappho, dit Demetrius, est « plus d'or que l'or ». Il faut lire ses fragments comme on boit un vin « infusé de joie ».

Et voici l'immédiat, dans « l'évidence de la lumière » :

— veiller en fête pendant toute la nuit...

— vous vous rappellerez... que nous aussi, dans notre jeunesse... nous faisions ces choses... car c'était beaucoup de belles choses...

— vole autour de toi, la belle...

— et brillance et... avec bonne fortune... gagnant le port... de la terre noire...

— tant que ton beau visage renverra sur moi sa lumière...

— nous vivons... oser... à la voix douce...

— l'oiseau à la voix claire... le rossignol...

— Andromaque pleine de grâce, sur les vaisseaux, à travers la mer salée...

— les dons splendides des Muses...

Et encore :

— la colère, ne pas l'oublier...
— mais moi j'aime la grâce, et l'amour du soleil m'a rendu splendide...
— danse scintillante de joie...
— voix de miel... chante... mouillée de rosée...
— fleur... désir...

Il est une heure du matin, ici, à Paris. Pas un bruit.

— la lune dirige sa lumière sur la mer salée, comme sur les champs riches en fleurs, et la belle rosée s'est répandue, et la rose est fleurie, et le tendre cerfeuil, et le mélissot épanoui...

On y voit beaucoup mieux la nuit.

— comme la jacinthe sur la montagne, que les bergers hommes foulent aux pieds, et par terre la fleur de pourpre.
(ici, défloration d'une jeune fille en fleur, avec sang sur le drap bleu clair).

— arrête-toi, mon ami, et déploie la grâce sur tes yeux...
— les dieux, aussitôt...
(c'est toujours soudain, furtif, radieux et rapide).
— il y aura quelqu'un, je l'affirme, pour se souvenir de nous...
(Ludi est en train de dormir).
— sur les yeux le sommeil noir de la nuit...

— mêlée de couleurs de toutes sortes...
— il apparaît à lui-même, celui-là...
(c'est Dionysos).

— la lune a plongé avec les Pléiades, la nuit est à
son milieu, et moi je dors seule...
(elle est vraiment là).

— la terre aux nombreuses couronnes, de toutes les
couleurs...
(l'apparition neuve des couleurs signe l'arrivée
divine).

— vigne... fossé... aurore...
(les villes seront splendides demain).

— Éros, tisseur de fables...
(jamais trop).

Sappho a une fille, Kléis. Celle-ci commence à se
lamenter et à pleurer quand sa mère se meurt. Alors,
la mourante :
« Il n'est pas permis que dans la chambre des servantes des Muses soit entonné le chant funèbre : cela
ne nous convient pas. »
(Nous y voilà.)

Conseil pratique : si vous êtes un mâle, arrangez-
vous, quand vous donnez votre foutre, pour que votre
partenaire féminin ait l'impression de vous arracher

les couilles. Aphrodite sera immédiatement là. Quant à Sappho qui, en principe, ne peut pas supporter les hommes, elle vous aimera.

Tout cela en douceur et poétiquement, bien sûr.

N'oubliez pas qu'Aphrodite, née des vagues et d'une écume de sperme, fait ensuite, sous ses pieds légers, croître le gazon.

Quant à Éros, vous avez le choix entre deux définitions :

« Éros, le plus beau parmi les dieux immortels, celui qui rompt les membres, et qui, dans la poitrine des dieux comme de tout homme, dompte le cœur et le sage vouloir. »

Ou bien :

« Éros, le désiré, au dos étincelant d'ailes d'or, semblable aux rapides tourbillons du vent. »

Il y a longtemps que vous avez compris, comme M.N. lui-même, comment toutes les religions et la philosophie, depuis Platon, procèdent à une captation et à une confiscation d'Éros au profit de l'homosexualité masculine, dans un but politique et social reléguant les femmes dans la répétition de procréation.

Vous relisez *Le Banquet*, un des dialogues platoniciens les plus comiques. Ces moitiés qui voudraient se rejoindre, ce pauvre Éros rabaissé par Socrate déguisé en femme (Diotime) au rang de *démon* (fils d'Expédient et de Pauvreté), cette apologie du manque s'excitant vers la Beauté au gymnase vous laissent de marbre. Vous ne faites pas de différence entre le sensible et l'intelligible. Vous avez traversé ce miroir.

Une séance avec Nelly, nue, *Le Banquet* en main.
Voici :

« Quand donc, en partant des choses d'ici-bas, en
recourant, pour s'élever, à une droite pratique de
l'amour des jeunes gens, on a commencé d'apercevoir
cette sublime beauté, alors on a presque atteint le
terme de l'ascension. Voilà quelle est en effet la droite
méthode pour accéder de soi-même aux choses de
l'amour ou pour y être conduit par un autre : c'est,
prenant son point de départ dans les beautés d'ici-bas
avec, pour but, cette beauté surnaturelle, de s'élever
sans arrêt, comme au moyen d'échelons : partant d'un
seul beau corps de s'élever à deux, et, partant de deux
de s'élever à la beauté des corps universellement ; puis,
partant des beaux corps, de s'élever aux belles occupations ; et, partant des belles occupations, de s'élever
aux belles sciences, jusqu'à ce que, partant des
sciences, on parvienne, pour finir, à cette science
sublime, qui n'est science de rien d'autre que de ce
beau surnaturel tout seul, et qu'ainsi, à la fin, on
connaisse, isolément, l'essence même du beau. »

La voix de Nelly est devenue un peu étouffée à partir de « belles occupations ». J'ai commencé à jouir à
partir de « belles sciences ». « Essence même du
beau » a été presque inaudible, fondu dans les
bouches, les langues, les gémissements, les souffles.
C'était très beau.

Il ne s'agit pas d'introduire la philosophie dans le boudoir (aucune passion cruelle), mais le bordel dans la philosophie. Il le mérite. Quant au banquet à la chinoise, voici comment il se déroulait selon une des plus anciennes élégies (de quoi révulser Platon et Socrate) :

« Hommes et femmes, pêle-mêle, sont assis sans distance,
Cordons et rubans sont dénoués, les groupes se confondent,
Les jolies filles de Zhang et de Wei font les putes,
Et viennent se mêler à nous. »

Je suis à Turin avec Ludi, elle a une présentation de mode. Nous venons de Rome et de Milan, on finira par un week-end à Venise. C'est l'hiver, mais il fait très beau. L'avion plonge sur les Alpes blanches, et voici la ville.

Elle a ses rendez-vous, je marche dans ces rues où M.N. a été si heureux et si tragiquement malheureux. Étrange cité, où le fabuleux Joseph de Maistre est mort en 1821, à 68 ans (il est enterré dans l'église des Jésuites), où le Saint-Suaire, serré dans son coffre, vous regarde depuis son énigme scientifico-théologique, où il est difficile, aujourd'hui, d'imaginer un fiacre, un cheval, un cocher brutal. Voici donc le lieu où M.N. est tombé. Silence. Turin, an 1.

On me dit que Turin est un lieu particulièrement satanique, que les sociétés secrètes y pullulent, qu'on s'y livre encore, la nuit, à de douteuses cérémonies sexualisantes, qu'on y officie sous le contrôle de la

Congrégation du Sale Sacrement, inversion parodique de celle, ancienne et disparue, du Saint Sacrement. Tout cela est amusant, le plus cocasse étant la montée simultanée d'incrédulité et de crédulité (le dernier best-seller vous raconte les péripéties des enfants que Jésus-Christ a eus avec Marie-Madeleine, les Américains, et surtout les Américaines, raffolant de ce genre de conneries).

Le comte de Maistre, qui comptait tellement sur la Providence et les ressources intra-maçonniques de la tradition catholique, serait-il surpris de l'évolution en cours ? Mais non, il tiendrait bon, il poursuivrait sa démonstration grandiose sur l'erreur inconsciemment au service de la vérité. Quant au Suaire, est-il authentique ou faux ? La question semble encore suspendue entre la Palestine du 1er siècle du faux calendrier et le Moyen Âge du même. La science affirme que c'est un faux tardif (mais tardif par rapport à quoi ?), mais est encore incapable d'expliquer comment l'empreinte sanglante d'un crucifié aussi exact que solennel a pu s'imprimer sur ce linge. Est-ce LUI ? Vraiment LUI ? Le négatif photo est impressionnant, et, en effet, ce serait énorme. M.N. n'a jamais vu ce négatif, mais il savait que le Suaire était là, il ne pouvait pas ne pas y penser même s'il n'en parle jamais. Le Christ et l'Antéchrist dans la même ville, Dionysos et le Crucifié dans le même quartier, ça ne peut pas s'inventer. Ricanez si vous voulez, moi j'écoute.

L'époque, à vrai dire, s'en fout. Rien n'est plus loin d'elle que cette histoire de dieu se sacrifiant dans un épisode de torture sanglante pour la rédemption des péchés. Si on montre ça au cinéma de façon un peu crue (coups, crachats, flagellation, mise en croix), tout le monde se convulse, se récrie, proteste, comme si ça n'avait jamais eu lieu, mauvaise plaisanterie porno et antisémite. D'ailleurs, Dieu lui-même... Vraiment ? Vous y croyez ? Créateur du ciel et de la terre ? Des choses visibles et invisibles ? Avec sa Loi et son peuple élu ? Avec ce Fils sanguinolent, tordu, inhumé et ressuscité ? Écoutez, ça ne marche plus, *mais ça marche de plus en plus*. Paradoxe ? Non, routine.

Le soir, il y a un dîner. Ludi, en fin d'après-midi, veut faire l'amour rapidement, et tout à l'heure elle sera très belle. À table, elle s'ennuie, me fait de temps en temps un petit signe de la main, par-dessus les notables locaux, les patrons, les journalistes, les galeristes et les faux artistes dont la moitié, au moins, est électriquement formée d'homosexuels. J'ai mon identité masquée habituelle de professeur de philosophie. *Professore* ? Avec cette élégante femme d'affaires ? Mais oui, elle est bizarre, ce doit être une question de cul. *Professore* : M.N., en son temps, a dû entendre ce mot plusieurs fois par jour. *Professore* : personne n'a envie d'approfondir la question, c'est commode. À côté de moi, une jeune brune agréable, visiblement excitée par Ludi, me fait du pied sous la table. Qu'est-ce qu'elle fait dans la vie ? Ah oui, bien sûr, elle peint. Je la calme en me lançant dans une improvisation sur le Saint-Suaire, avec détour par saint Augustin. Ça jette un froid. Je bois.

En rentrant à l'hôtel, la télé diffuse les images terribles d'un raz-de-marée en Asie du Sud-Est. 150 000 morts, cadavres sur les plages, misère des pauvres, tourisme en miettes. « Grand élan de solidarité mondiale », dit-on partout. Grande vague morbide. Les miraculés témoignent, les disparus ont disparu, Dieu est mort, mais la Nature, par brusques secousses, le remplace. Il en faudrait plus pour déranger le trafic.

Ludi :

— Tu as l'air préoccupé. C'est le raz-de-marée ?

— Non, la bêtise.

— La bêtise de qui ?

— La mienne, la mort.

— Tu charries. C'est bête, la mort. Tu as fait quoi aujourd'hui ?

— Un petit tour dans la ville.

— Musées ?

— Ouais.

— C'était bien ?

— Parfait.

— Tu as trop bu ?

— Je crois.

— Dodo, bébé.

Le Saint-Suaire de M.N. Ainsi dormait Zarathoustra. Le Pape de Joseph de Maistre. La Providence à travers le sang. Tombeau vide, linge plié. Marie-

Madeleine au jardin. La belle jardinière. Le divin jardinier. Ne me touche pas, je remonte. Éternel retour dans le vin, le pain. Heureux ceux qui ont cru sans voir. Il y a plus d'une chambre dans l'hôtel de mon Père. Massacres et catastrophes. Tournant tourbillon. Aphrodite et ses moineaux flottant sur l'océan, rapide. Puis faisant pousser le gazon. Éros, Himeros, Dionysos, clin d'œil dans la nuit violette.

Le matin, je rouvre mon exemplaire des *Considérations sur la France*, par M. le comte Joseph de Maistre, Ancien Ministre de S.M. le Roi de Sardaigne à la Cour de Russie, Ministre d'État, Régent de la Grande Chancellerie, Membre de l'Académie Royale des Sciences de Turin, Chevalier Grand-Croix de l'Ordre Religieux et Militaire de S. Maurice et de S. Lazare.

L'exemplaire dont je dispose a été publié par les Éditions Slatkine, Genève, en 1980, pour le Centre d'études franco-italien et les Universités de Turin et de Savoie. Il m'a été envoyé, en mai 1983, par l'auteur de l'Avant-propos, Jean Boissel (Montpellier, 1979), avec la dédicace suivante : « À vous que je pressentais devoir un jour rencontrer sur ma route. »

Je lis donc ce qu'écrit Joseph de Maistre en 1793 :
« Il y a dans la Révolution française un caractère *satanique* qui la distingue de tout ce qu'on a vu et peut-être de tout ce qu'on verra. »
(On a vu bien pire par la suite).

Je continue :

« Qu'on se rappelle les grandes séances ! Le discours de Robespierre contre le sacerdoce (15 Frimaire an II, 7 décembre 1793), l'apostasie solennelle des prêtres, la profanation des objets du culte, l'inauguration de la déesse Raison, et cette foule de scènes inouïes où les provinces tâchaient de surpasser Paris ; tout cela sort du cercle ordinaire des crimes, et semble appartenir à un autre monde. »

Et plus loin :

« Les temples sont fermés, ou ne s'ouvrent qu'aux délibérations bruyantes et aux bacchanales d'un peuple effréné. Les autels sont renversés ; on a promené dans les rues des animaux immondes sous les vêtements des pontifes ; les coupes sacrées ont servi à d'abominables orgies ; et sur ces autels que la foi antique environne de chérubins éblouis, on a fait monter des prostituées nues. Le philosophisme n'a donc plus de plaintes à faire : toutes les chances humaines sont en sa faveur ; on fait tout pour lui et tout contre sa rivale. Il peut battre des mains et s'asseoir fièrement sur une croix renversée. »

(Je rappelle à tout hasard au lecteur ou à la lectrice d'aujourd'hui que Joseph de Maistre était, avec Edgar Poe, un des auteurs préférés de Baudelaire. Sade et Lautréamont l'ont certainement lu, et M.N., bien qu'il n'en parle jamais, sans aucun doute.)

Dieu sait ce que Ludi, pendant le dîner de la veille, a raconté sur moi à son voisin de droite ou de gauche (je revois vaguement un barbu poivre et sel à sa gauche, et un jeune énervé très brun à sa droite). Elle a dû balancer que, philosophe, je m'intéressais de près à Nietzsche, d'où la visite que je reçois au bar désert de l'hôtel. Je descends, ils sont trois, comme d'habitude, les signes de reconnaissance ne sont pas nécessaires, le troisième, 50 ans ou plus, a l'air, presque comme d'habitude, d'un commissaire de police. Il s'ensuit une proposition.

Comme nous sommes tous *athées*, n'est-ce pas (*n'est-ce pas ?*), une opération subversive d'envergure pourrait avoir lieu à Turin, et il serait souhaitable que je puisse en répercuter les effets en France. En gros : forçage du tombeau de Joseph de Maistre, ce pape de l'ultraréaction, et dispersion de ses restes aux cris de « vive la révolution ! » ; commando armé sur la cathédrale avec rapt du Saint-Suaire brûlé ensuite sur le lieu où M.N. est tombé dans sa crise finale ; distribution simultanée dans toutes les églises de Rome d'un tract virulent, *Dieu est mort*, reproduisant la *Loi contre le christianisme (Guerre à outrance au vice : le vice est le christianisme)*, en soulignant les articles 3 et 6 :

« Article 3. Le lieu digne d'exécration où le christianisme a couvé ses œufs de basilic sera rasé et cet endroit *maudit* de la terre inspirera l'horreur aux générations à venir. On y élèvera des serpents venimeux. »

« Article 6. On donnera à l'Histoire "sainte" le nom qu'elle mérite — celui d'histoire *maudite* ; on emploiera les mots de "Dieu", "Messie", "Rédempteur", "Saint", comme des injures, et pour désigner les criminels. »

Dans ce texte fameux, signé *L'Antéchrist*, Nietzsche s'amuse et n'y va pas de main morte. Au passage il joue sur les mots, *basilic* pour *basilique*, le basilic étant un reptile fabuleux auquel était attribué le pouvoir de tuer par son seul regard. Son argumentation est simple : la contre-nature est vicieuse et le prêtre *enseigne* la contre-nature : « contre le prêtre, on n'a pas de raisonnements, on a les travaux forcés ».

L'article 2 est un chef-d'œuvre d'humour :
« Toute participation à un service divin est un outrage aux bonnes mœurs. On sera plus dur avec les protestants qu'avec les catholiques, plus dur avec les protestants libéraux qu'avec ceux de stricte observance. Être chrétien est d'autant plus criminel que l'on se rapproche le plus de la science. Le criminel des criminels est en conséquence le *philosophe*. »

(L'« outrage aux bonnes mœurs » est particulièrement bien trouvé, ainsi que la gradation subtile, antiprogressiste, culminant par le « philosophe ».)

L'article 4 n'est pas moins réussi :
« Prêcher la chasteté est une incitation publique à la contre-nature. Mépriser la vie sexuelle, la souiller par la notion d' "impureté", tel est le vrai péché contre l'esprit saint de la vie. »
(On ne voit pas très bien comment la vie sexuelle irait dans le sens de l'« esprit saint de la vie », mais cela n'a aucune importance.)

Bref, « il faut mettre le prêtre en quarantaine, l'affamer, le bannir dans les pires déserts ».
(N'est-ce pas *trop* penser à lui ? On peut le craindre.)

Qu'est-ce que j'en pense ?
J'essaie d'expliquer calmement à ces braves illuminés, de style plutôt bavarois, que leur projet aurait eu probablement toute ma sympathie vers la fin étouffante du 19ᵉ siècle, et peut-être encore, allez dada, en 1916 au cabaret Voltaire à Zurich. Quant à Nietzsche, son cas me semble plus complexe qu'ils n'ont l'air de le croire. Ensuite, franchement, ça devient délicat. Il s'est passé bien des choses, et la profanation systématique n'est pas mon fort. Je suis désolé, bien qu'*athée* (*n'est-ce pas ?*), de ne pas pouvoir les aider dans cette superbe et courageuse entreprise, dont je ne doute pas qu'elle soit déjà connue au commissariat central de

Turin. Non, non, qu'ils se rassurent, je ne serai pas leur Judas. Mais il y a peut-être plus urgent et plus *significatif* à faire.

— Quoi donc? me demande le petit brun énervé.

— Écrire un livre, par exemple. Un livre tellement étonnant qu'il ne soit plus un livre.

— Un livre? Mais tous les livres sont périmés! Seule l'action compte!

— Vous êtes sûr?

Les autres se taisent de façon très hostile. C'est évident, je suis un intellectuel dégonflé maqué avec une salope de luxe, un faux athée, un luciférien ou un sataniste raté, un très mauvais philosophe, peut-être même un adepte de la contre-nature et du vice (je ne leur présenterais sûrement pas Nelly). Je ne peux que laisser se perpétuer l'imposture du dieu mort, qu'il faudrait pourtant, si je les comprends bien, faire revivre pour l'assassiner de plus belle.

Ils sont rejoints, maintenant, par une petite femme en noir, genre poétesse surréaliste livide. Elle doit sortir de son cercueil tous les huit jours vers midi. Elle me demande aussitôt ce que je pense de Sade. Le plus grand bien, évidemment. Elle blêmit au-delà du livide. Mais un des types lui parle à l'oreille.

— Donc vous ne voulez rien faire? dit-elle dans un sifflement.

— Eh non, ça m'ennuie.

— Comment ça, *ça vous ennuie*?

— Eh, merde.

Ils se lèvent tous d'un bond. Le petit brun énervé crache sur la moquette du bar, la poétesse folle court vers la porte-tambour. Le barman ne remarquera pas le crachat, l'occulte s'occulte.

Je finis mon café, Ludi me rejoint dans le hall.
— Ça s'est bien passé avec tes poètes ?
— Mais oui, très sympathiques.
— Ils voulaient quoi ?
— Me lire leurs poèmes.
— C'était bon ?
— Eh non. N'importe quoi.
— Comment trouves-tu ce nouveau tailleur ?
— Ravissant.

L'étape suivante est au Danieli, à Venise. C'est un beau janvier glacé et bleu sec.

J'ai beaucoup vécu, autrefois, en Espagne et en Italie. Bien malin celui ou celle qui pourrait dire *exactement* ce que je faisais à l'époque à Madrid, Barcelone, Rome, Naples, Milan, Turin, Venise. Puis ce que je faisais *exactement*, par la suite, à Nankin, à Shanghai et Pékin. Et puis à New York, Londres, Jérusalem, Jéricho. Et puis à Amsterdam, Zurich, Berlin, Cologne, Francfort. Sans parler de Copenhague, Stockholm, Oslo. Sans parler non plus des environs de Bordeaux et de certains châteaux de la région de Margaux.

C'est toujours la même chose : qui a la bonne version des faits, qui *s'approprie* la vie des autres dans un racontar restreint et mesquin. Ce ne sont pas les vainqueurs qui écrivent l'Histoire, mais les vaincus de la vie réelle, ceux qui ont survécu dans la fausse vie officielle. Récit des *entourages* qui n'ont jamais rien su d'essentiel.

M.N. a vu monter cette vague :
« Les hommes ne haïssent rien de plus que l'apparition soudaine d'une *distance* rendue visible, là où ils s'imaginaient avoir des droits égaux. »

Il faut alors subir, dit-il encore, « des mains pleines de rage et de venin en plein visage ». En réalité, de la merde. C'est l'insurrection du *micmac*, du mélange, du faux, du pourri, de l'oblique, à travers la puanteur des épiciers, le frétillement des ambitions, la mauvaise haleine de la racaille. « Désir lubrique, bilieuse envie, rancune aigrie, orgueil de plèbe : tout cela me saute au visage. »

L'ennuyeux, c'est que, désormais, la plèbe est aussi bien en haut qu'en bas.

La plèbe d'en bas est « cette racaille qui lance sa puanteur contre le ciel ».

Mais la plèbe d'en haut, les riches, est une « plèbe falsifiée, couverte d'or, dont les pères étaient des voleurs ou des charognards ou des chiffonniers dociles aux femmes lubriques et sans mémoire — car en tout cela ils ne sont pas très éloignés des putains ».

La plèbe ? « Elle est retorse *innocemment*, elle ment toujours. »

Elle encourage les *cloques* de l'abattement, la tristesse de ceux et celles qui broient du noir, et que M.N. appelle les *purulents*.

Le danger, ici, est le dégoût, le « grand dégoût ». C'est pourquoi Z, le héros de M.N., « celui qui connaît la mort » est aussi « le vainqueur du grand dégoût ».

Venise est précisément le lieu où cette victoire pourrait se lever sur l'eau. M.N., on le sait, a beaucoup aimé Venise : « un seul endroit sur terre, Venise ». En mai 1888, il écrit encore, très étrangement, depuis Turin : « Le doux son des cloches sur la cité de la lagune se confond avec ma notion de "Pâques". »

N'oublions pas qu'il a dit aussi :

« J'ai une tendance désagréable, presque nerveuse, au dégoût, qui m'a beaucoup compliqué l'existence. »

Ludi, qui a gagné beaucoup d'argent à Turin (c'est-à-dire, elle le sait, *rien*), est fatiguée et reste à l'hôtel pour dormir. Je prends un bateau et je vais au large.

Le soir, petit restaurant tranquille près de la Fenice. Ludi, un peu ivre et soudain tendre, me prend la main :

— Finalement, on s'amuse, non ?

En septembre 1888, dernier mois et dernière année du faux calendrier, M.N. habite à Turin au 6, via Carlo Alberto, au troisième étage, en face du puissant palazzo Carignano, avec vue sur la piazza Carlo Alberto et, au-delà, sur un paysage de collines.

Il parle d'une « grande victoire », car il vient d'achever son *Inversion des valeurs* (inversion d'une inversion), et dit se trouver comme au « septième jour, avec le loisir d'un dieu désœuvré le long du Pô ».

« Jamais je n'avais vécu pareil automne, ni cru qu'une chose semblable fût possible sur terre, chaque jour de la même irrépressible perfection. »

Il sort avec, dans sa poche, les poèmes de Sappho, un petit Héraclite qui ne le quitte jamais, et les *Bacchantes* d'Euripide. Du grec, toujours du grec, du fleuve grec, du soleil grec. Il connaît la plupart des fragments par cœur, mais le papier imprimé le rassure. Les dieux sont là, sur la place, dans les rues, derrière les façades, dans les blancs entre les lignes, les passages manquants, les vers ou les sentences méconnus. C'est vraiment un automne grandiose, l'an 1 du Salut. Fin d'un Temps. Fin d'une Histoire. Apocalypse, Réveil, Recommencement général.

L'ennui, c'est que personne ne semble s'en apercevoir, sauf lui. La nuit dernière, il a fait un rêve effrayant : il devenait fou *de ce côté-ci du temps* (l'ancien temps), il tombait entre les mains de sa mère et de sa sœur, de plus en plus paralysé, amnésique, aphasique, éteint, sans issue. Ça commençait ici dans la rue, ça passait par des tremblements, des cris, des rires déments et des pleurs, ça finissait sans en finir dans une nuit grise stéréotypée, butée. Quel jour est-on ? Quelle année ? Quelle heure ? Est-ce là le grand danger qui rôdait ? La coupe à avaler ? Le prix à payer ?

Il va donc être catalogué comme « fou » dans le faux calendrier, celui où ils ne peuvent rien savoir, où ils dorment. Mais quel est le visiteur à qui il pourra faire signe qu'il n'en est rien *de l'autre côté* ? Il faudrait quelqu'un venant d'un autre futur, et, pour l'instant, il n'y a personne. Peut-être, d'ailleurs, n'y aura-t-il jamais personne. Alors, cela voudra dire qu'ils sont tous, effectivement, devenus fous. Sans s'en rendre compte, bien sûr, d'où un immense et inaudible fou rire.

M.N. n'est pas le premier à penser que les hommes sont naturellement fous, et que l'existence ressemble à un énorme asile d'aliénés. Mais il est certainement le premier à prendre sur lui la folie, à la vivre jusqu'au bout dans le non-sens et sa nuit.

Au réveil, il a en face de lui ce destin tragique. Il peut le refuser ou l'accepter. Le dieu antérieur lui souffle de refuser. Le sien, au contraire, le pousse, le bénit, l'enveloppe. Il est absolument lucide, là, à l'instant, en pleine tempête. Il connaît son dieu comme son dieu le connaît. Son nom a été et reste le bruissant, le frémissant, l'oublié des siècles, et on lui a fait tort en le refoulant, en l'excluant, en le rabaissant. Acceptes-tu, donc, de devenir chez eux fou clinique pour manifester ton dieu au plus haut degré ? Oui, s'il le faut. Eh bien, il le faut.

M.N. achète à une marchande de fruits, dans la rue, une grappe de raisin noir. Il s'attable au soleil à une terrasse, et commande un café serré et un grand verre d'eau fraîche. Il détache les grains un à un en articulant intérieurement les vers grecs. C'est son repas du soir, son dîner de gloire, sa Cène. On pourrait l'entendre murmurer : « Je sais d'où je suis venu et où je vais, mais eux ne savent pas d'où je viens ni où je vais. » Et aussi : « Ils ne connaissent ni moi ni mon dieu, car s'ils me connaissaient, ils connaîtraient aussi mon dieu. » Des choses de ce genre. Il est de très bonne humeur, la lumière l'environne. La mort lui paraît de plus en plus une mauvaise farce et une imposture. La mort ne touche pas à ce qu'on appelle, *de ce côté-ci*, la folie. Je deviens fou, donc je ne meurs pas : surprenant constat. Je deviens fou, donc ce qui meurt n'est pas moi : étrange bénédiction divine par enlèvement hors de moi. Malédiction du côté humain, dans le faux calendrier de l'esprit de vengeance et des larmes, bénédiction du côté divin, dans son chaos insondable. Je suis catalogué fou par eux, ils sont fous pour moi.

M.N. prend son carnet et note :
« Est-il nécessaire de préciser qu'un dieu doit se tenir en tout temps au-delà de tout bon sens ? »

Il paye, il se lève, il reprend sa marche. Il ramasse un caillou blanc et le met dans sa poche. Dans une ruelle déserte, il esquisse un pas de danse que personne ne peut voir.

Arrivé sur une petite place, il s'assoit sur un banc, et note encore :
« Je suis assez fort pour que tout, *nécessairement*, tourne à mon avantage. »
Les phrases montent en lui, maintenant. Il est pressé de rentrer pour les moduler.

C'est du grec rythmé, comme au théâtre. Il se récite seulement des fragments, des bribes.
« Quelle joie sur la montagne... se laisser tomber par terre... manger la chair crue. » Ou encore : « Le sol ruisselle de lait, de vin, de miel... l'odeur et l'encens

de Syrie... » Ou encore : « Louange à l'homme heureux qui connaît les divins mystères... le taureau couronné de serpents... » Ou encore, pour parler comme le prudent devin Tirésias : « Je suis le seul à être sensé, tous les autres sont fous... » Ou encore : « Il parcourt la terre sur des ailes d'or... il met fin à tous les soucis... il hait ceux qui refusent de couler dans la joie les jours et les nuits... »

À présent, M.N. n'est plus à Turin mais à Thèbes. Il en sait long sur cette ville maudite où son dieu philosophe est né d'une mère mortelle foudroyée par son amant divin, Zeus lui-même. Ou plutôt, puisqu'il n'était qu'un embryon de six mois quand sa mère a été brûlée, il est né une seconde fois du séjour que son père lui a ménagé, pendant trois mois, dans sa cuisse (sa *cuisse*?).

Dionysos est un dieu qu'on voit face à face. On le *devient*. Il est ce qu'il lui plaît, surtout la nuit ou en plein midi. Un devient deux, et c'est le même. L'initié peut dire comme lui : « Ma raison voit le mieux ce qui compte le plus. » C'est le plus redoutable des dieux, mais aussi le plus doux. Il déclenche la folie des femmes et des massacres, mais il verse aussi, de l'autre main, le vin, le sommeil, la paix, l'oubli.

M.N. s'arrête dans un petit parc. Il entoure sa canne de lierre (il y a, dieu merci, du lierre un peu partout). Il la coiffe d'une pomme de pin. Il voit un mur devant lui, mais les dieux sont-ils arrêtés par les murs? Il se récite intérieurement ce passage, après avoir enlevé ses sandales :

« Je peux donc enfin, dans des danses nocturnes,
poser mes pieds nus pour la bacchanale
offrant ma nuque renversée à la fraîcheur de l'air. »

Il respire par les pieds. Un frisson descend de sa nuque :

« Y a-t-il une autre sagesse
et les dieux aux mortels ont-ils rien accordé de plus
     beau
que de pouvoir écraser de la main
la tête de son ennemi?
Et ce qui est beau nous est précieux. »

Il marche très lentement, à présent, en pensant que la puissance divine s'ébranle avec lenteur et s'embusque habilement dans la grande lenteur du temps. Il a tout le temps : ce moment reviendra éternellement, et c'est l'occasion de se couler dans son fluide.

« Apparais, taureau!
Montre tes mille têtes, dragon!
Révèle-toi, lion flamboyant! »

M.N. rit tout seul, mais salue pourtant sa logeuse avec la plus grande courtoisie. C'est une grosse femme imposante qui ressemble à sa mère. À sa sœur, plutôt. À Lou. À Malwida. À Cosima. À l'enfer des femmes, là-bas. Soudain, il les imagine toutes, devenues ménades hurlantes dans une bacchanale. Le résultat est affreux. Il les voit distinctement en train de déchiqueter et de démembrer un homme habillé en femme. Des lambeaux de viande sanguinolents volent dans les rochers, les arbres, les taillis. Le bras gauche s'envole avec la jambe droite, ça gicle, les côtes lacérées sont mises à nu, la tête, enfin, est plantée au bout d'un bâton, et, là, M.N. reconnaît sa propre tête, son *crâne*, brandi victorieusement par sa propre mère. Comment a-t-elle pu faire ça, cette pauvre veuve de pasteur? Comment sa sœur a-t-elle pu lui arracher rageusement un œil et une couille? Comment peut-elle maintenant offrir sa canne à un mâle déguisé en folle vociférante? Pourquoi sont-elles maintenant réunies au pied d'une croix en train de tricoter? Et de tricoter encore en bavardant sans arrêt près d'une guillotine, pendant que les têtes tombent? Quelles scènes infernales! Et ça continue. Les voilà en train de pousser des rangs de corps nus vers des chambres d'asphyxie, de présider un peu partout à des exécutions de masse. Elles surveillent des camps, elles couvrent la planète de camps. Décidément, Dionysos est très irrité d'avoir été nié et méconnu à ce point. Il se venge.

Et ça continue. Il se voit maintenant, lui, le serviteur du dieu, paralysé sur un divan, incapable de parler, tenant un livre à l'envers, avec toujours ces deux sorcières masquées à son chevet, sa mère, sa sœur, pleines de fausses bonnes intentions. C'est l'horreur définitive de sa vie sur terre. L'éponge de vinaigre, la trahison, l'abomination, la crucifixion. Bromios, Bromios, pourquoi m'as-tu abandonné ? Il s'entend crier ça du fond de l'abîme. Cette fois, c'est pour de bon, béton. Photo tombe.

Il fait un geste bref de désenvoûtement. Il se dresse. Il murmure la conclusion de la tragédie confiée au chœur :

« Les choses divines ont bien des aspects,
Souvent les dieux accomplissent ce qu'on n'attendait pas,
Ce qu'on attendait demeure inachevé,
À l'inattendu les dieux livrent passage. »

Il s'endort.

Le sommeil, on ne le sait pas assez, est un puissant remède contre la mort et la *servilité* de la mort. M.N. est un virtuose du sommeil, un expert de son délire contrôlé, de ses bacchanales absurdes. Il sait dormir, il sait être éveillé, il se couche parfois avec l'air amusé de celui qui est curieux de savoir ce que ses cauchemars lui réservent. Rien de nouveau, toujours la même mécanique humaine, trop humaine. Il note d'ailleurs qu'il s'approche de plus en plus d'une métamorphose ininterrompue :

« Tu dois te glisser, en un court intervalle de temps, dans la peau d'un grand nombre d'individus. Le moyen en est la lutte *perpétuelle*. »

C'est bien une lutte à mort, sans cesse, contre les amis et les amies de la mort, les obscurantistes, les mécontents, les grincheux, les fascinés par l'échec, la dégradation, la misère. Et en même temps contre les satisfaits, les importants, les notables, les salariés de la falsification, les banquiers et les banquières du vide. Avec eux et elles, le faux n'est que le moment d'un faux supérieur. Pas de limites au faux, la roue tourne. Mais alors, où est la vérité ?

« À chacun des plus petits instants de notre existence se joue une nécessité absolue de l'événement. »
Petits instants, petits gestes, petites choses... C'est là... Plus que jamais là...
« Placez autour de vous de bonnes petites choses parfaites. »

Je viens de le faire. Je l'ai beaucoup fait. Je le referai.

Nous sommes à Sainte-Anne. Dialogue entre deux femmes psys du service public :

— Il a pété les plombs. Il se prend tantôt pour le Christ, tantôt pour Dionysos.

— Dioniquoi ?

— Dionysos, un dieu grec de l'Antiquité.

— Il se justifie comment ?

— Il ne se justifie pas, il trouve ça naturel.

— Que disent sa mère, sa femme, sa maîtresse, sa fille, sa sœur ?

— Effondrées.

— Ses amis ?

— Il n'a plus d'amis.

— Son employeur ?

— Il n'en a plus depuis longtemps.

— Son fils ?

— Il se prend pour son fils. Il dit qu'il est lui-même son père et son propre fils.

— Et aussi le Saint-Esprit, je suppose ?

— Eh oui.

— Mais que vient faire Dionysos dans ce cirque ?

— Là, il se tait, il prend des airs entendus.
— Son problème sexuel ?
— Ça n'a pas l'air de le tourmenter.
— Il est vraiment cinglé.
— En même temps, il a son charme.
— Tu n'as pas peur qu'il t'agresse ?
— Ça se pourrait. Pour l'instant, il est plutôt doux.
— Pas de couteau sous la main ?
— Tu penses.

La scène se passe n'importe où, un jour ou l'autre. Un écrivain se présente à la Direction Générale des Ressources Humaines et prétend qu'il est dieu. Il s'ensuit le Décalogue de négation suivant (c'est le Pouvoir qui parle) :

1. Il n'y a pas de question.

2. La question ne se pose pas.

3. La question n'a pas à se poser.

4. Je ne vois pas comment la question pourrait se poser.

5. J'interdis que la question se pose.

6. La question se pose : faisons comme si elle ne se posait pas.

7. La question se pose toujours : mobilisons-nous pour qu'elle ne se pose plus.

8. La question se pose encore : faisons traîner en longueur, il finira bien par mourir.

9. La question est décidément posée : trouvons-lui la solution la plus économique possible.

10. C'est nous qui, de tout temps, avons posé la question et sa solution.

Ce Décalogue figure dans les maisons d'édition du monde entier et leurs médias associés. Une dernière instruction secrète préconise de favoriser toutes les doublures directes ou indirectes de ce prétentieux prétendant si, par malheur, la censure n'arrivait pas à être complète. Nous ne savons que trop qu'elle ne l'est jamais (suivent quelques noms, dont, bien entendu, celui de M.N., considéré, à juste titre, comme le plus dangereux).

M.N., ce matin, se sent d'attaque. Il sort de nouveau dans Turin, il n'a emporté que son petit volume d'Héraclite, toujours le même livre et jamais le même, on peut y revenir sans cesse comme si c'était la première fois. Les mots sont imprimés, mais, au fond, ils auraient pu ne pas l'être. On dirait que ça se passe directement dans l'air. Exemple : la guerre est le père de toutes choses, la foudre gouverne, le feu juge, les saisons *apportent*, le soleil est nouveau chaque jour.

Cette histoire de feu éternel, s'allumant et s'éteignant en mesure, intéresse beaucoup M.N. Trois ou quatre fois, au bord du sommeil, il s'est senti saisi par ce feu, rapté, emporté, flambé, consumé, mais curieusement, pas réduit en cendres. À la fois disparu et là. Indemne. Intact. Mais là *où*? Pas de nom pour cela, pas de mots (trop lents), mais une sorte de sceau, de tampon, d'empreinte. Trait de feu. Quand il voit que ce Grec a dit : « Le savoir est séparé de toutes choses », il comprend, il pense que ce fragment lui est personnellement destiné.

— Héraclite vous parle directement, M.N. ? Après

2 000 ans ? Sans obscurité ? Sans commentaires universitaires ?

— Mais oui.

Les professeurs haussent les épaules. Mais voici les sentences qui les concernent :

« Éveillés, ils échouent à comprendre ce qu'ils font. Ils oublient de même ce qu'ils font pendant leur sommeil. »

Ou bien :

« Ignorants alors qu'ils écoutent » (M.N. ajoute « qu'ils lisent »). « Présents, ils sont absents. »

En somme :

« Ils ne savent ni écouter ni parler » (encore une fois, M.N. ajoute « lire »).

Écoutez, espèce d'amateur, vous feriez mieux d'aller suivre le Séminaire de Mme Salomé, à l'École Pratique et Psychanalytique des Très Hautes Études.

M.N., c'est un fait, organise son Séminaire (quel mot !) seul au bord du Pô, fleuve dans lequel il se vante maintenant de pouvoir se baigner mille fois en restant le même, comme s'il était devenu cet Un qui coïncide avec lui-même en différant de lui-même. Vous trouvez ça difficile à comprendre ? Vous avez peur de prendre froid ? Vous ne voyez pas quel avantage peut vous procurer cet exploit ?

Poursuivons :

« Si on n'attend pas l'inattendu, on ne le trouvera pas, car il est difficile à trouver. »

Je suis difficile à trouver. Je m'attends et je me surprends. C'est toujours inattendu, calmant, renversant. En réalité, il s'agit d'une connaissance qui s'accroît d'elle-même, d'une pensée qui gouverne toutes choses à travers tout. Tout brûle, tout est transformé, tout coule, mais je pense, *donc* je traverse le temps, le feu, l'eau, la terre, les saisons (vieux truc initiatique).

Là-dessus, M.N., à la suite de son penseur grec, veut mettre l'accent sur le *nez* :

Héraclite :

« Si toutes choses étaient fumée, on les discernerait par le nez. »

M.N. :

« Le nez est l'instrument le plus délicat que nous ayons à notre service : il est capable d'enregistrer des différences minimes dans le mouvement que même le spectroscope n'enregistre pas. »

On peut se déplacer et même lire avec le nez.

Ici, dans la rue, M.N. achète une rose blanche.

Il la respire sur fond de néant.

Elle sera présente, *celle-là*, pas une autre, dans tous les bouquets futurs. Elle se recomposera d'elle-même.

Il n'a pas peur, dans ces petits gestes, de passer pour un insulteur de la foule. On le lui répète depuis longtemps. On dirait même qu'il en rajoute dans le défi aristocratique. Il jubile quand il voit les yeux se plisser, les lèvres se pincer, les anus frémir, les vésicules biliaires se creuser, les sourcils se froncer, les narines se rétrécir. Il pourrait écrire, sur la porte de sa chambre, cette sentence de l'un des *aristoi* grecs, Héraclite :

« Un en vaut pour moi dix mille s'il est le meilleur. »

(En grec, bien sûr, pour ne choquer personne, de même que, par *politesse*, dit-il, il lui arrive parfois de dire « nous ».)

Il va de soi que M.N. a une *âme sèche* (« éclat de lumière, la plus savante et la meilleure »). Il se méfie de l'humidité qui entraîne, dit le Grec, une chute dans la jouissance et la génération. La destruction de soi, comme c'est curieux, fait jouir dans l'humide. Nous vivons ainsi la mort des âmes alors qu'elles vivent la nôtre. La vie est une mort, la mort est une vie. L'âme sèche, au contraire (vous voyez très bien ce que je veux dire), sort du corps comme l'éclair de la nuée.

Résumons : la vie et l'univers tout entier sont un enfant qui joue au tric-trac, la royauté d'un enfant. Absurde, dénué de sens, fascinant.

L'oracle ne dit rien, ne cache rien, il donne des signes (M.N. s'adresse un clin d'œil dans le miroir).

Poussons le blasphème à son comble : M.N. va aux chiottes en murmurant, comme son vieux Grec, dit l'Obscur, plus jeune et plus clair que jamais :

« Ici aussi, les dieux sont présents. »

Je lève la tête, ce jour de l'an 117. C'est le moment de noter :

Personne ne lit jamais la même phrase.
Personne ne lit jamais la même phrase.
PERSONNE NE LIT JAMAIS LA MÊME PHRASE.

Un livre pour tous et pour personne.
Pour tous et aucun.
Pour toutes et aucune.
Pour certaines.
Pour certains.

« J'écris, je *vis*, pour le plus petit nombre. Ils sont partout, — ils ne sont nulle part. »

Les papiers de M.N., on le sait, ont été trafiqués après son effondrement. La mère veillait, la sœur surveillait, les amis étaient plus ou moins en veilleuse. Rien de plus instructif que les aménagements ou les censures qui ont visé son ultime chef-d'œuvre, *Ecce Homo*. Le sous-titre, on s'en souvient, est *Comment on devient ce que l'on est*. Bizarre formule, qui conjugue à l'envers être et devenir. En principe, on naît, on est, et puis on devient autre chose que ce qu'on était. C'est la vie, comme on dit, en croyant dire quelque chose. « Meurs et deviens ! », la formule est connue. Mais devenir ce que l'on est (en découvrant, donc, peu à peu, ce qu'on est, criminel, idiot, négligeable, sage, saint ou, qui sait, dieu lui-même) reste mystérieux. Rien ne dit qu'on en soit capable. Il faut traverser une multitude de situations ou d'événements qu'on *n'est pas*. On ne devient pas forcément ce qu'on est. Les fausses directions abondent. Voilà pourquoi la plupart des humains deviennent ce qu'ils ne sont pas. Ils sont violemment encouragés dans ce sens par l'illusionnisme familial et social à travers les âges.

En devenant ce qu'il est (et qui, pour lui, doit se répéter éternellement), M.N. trouve sur son chemin une objection terrifiante : sa vertigineuse pensée d'abîme (l'éternel retour) implique aussi le retour de sa mère et de sa sœur, qu'il traite directement de « canailles » et de « venimeuses vermines » :

« La manière dont, jusqu'à l'instant présent, ma mère et ma sœur me traitent, m'inspire une indicible horreur : c'est une véritable machine infernale qui est à l'œuvre, et cherche avec une infaillible sûreté le moment où l'on peut me blesser le plus cruellement — dans mes plus hauts moments... car aucune force ne permet alors de se défendre de cette venimeuse vermine... »

Les « plus hauts moments » sont donc à la merci d'une machine infernale, d'une morsure automatique des femmes les plus proches de l'événement. Éternellement le plus haut, mais éternellement *aussi* la canaille, la mesquinerie, la vermine. Pas moyen de faire autrement.

La sœur, donc, a détruit certains passages qui seraient pour nous extrêmement précieux. Elle s'en explique ainsi :

« À cette époque, il a écrit quelques pages où, en d'étranges fantaisies, se mêlent la légende de Dionysos-Zagreus, la passion des Évangiles et ses contemporains les plus proches : le dieu déchiré par ses ennemis erre, ressuscité, sur les rives du Pô, et voit alors tout ce qu'il a jamais aimé, ses idéaux, les idéaux du temps présent en général, loin au-dessous de lui. Ses amis et ses proches sont devenus ses ennemis qui l'ont mis en pièces. Ces pages sont dirigées contre Richard Wagner, Schopenhauer, Bismarck, ses plus proches amis : le professeur Overbeck, Peter Gast, Madame Cosima, mon mari, ma mère et moi... Même dans ces pages, il y a des passages d'une beauté saisissante, mais dans l'ensemble elles se caractérisent par un délire maladif. Dans les premières années de la maladie de mon frère, lorsque nous nourrissions encore l'espoir trompeur qu'il pourrait guérir un jour, ces feuilles ont été en grande partie détruites. Le cœur aimant et le bon goût de mon frère auraient été trop gravement blessés si de telles notations lui étaient un jour tombées sous les yeux. »

Si on comprend bien cette merveille d'hypocrisie de la venimeuse vermine, les pages détruites l'ont été pour que M.N., guéri, ne puisse pas les lire. Elles auraient trop choqué son « cœur aimant » et son « bon goût ». Il a été ainsi protégé contre lui-même. Tout le monde sait que Dionysos a un cœur aimant et se conduit toujours avec tact et bon goût. Même topo pour le Christ, sauf pour l'épisode de la Croix qui n'est peut-être pas du meilleur goût. Mais enfin, c'était par amour, et, même si ça saigne trop, tout baigne.

Plus concrètement, dès qu'un homme a tendance à penser à la première personne (en dehors des critères religieux ou universitaires admis), il est fort possible que sa mère et sa sœur (sans parler de ses femmes) trouvent qu'il est dans un état de *délire maladif*. Ce qui ne veut pas dire qu'un vrai penseur ne délire jamais. Mais, permettez, ce que vous appelez « délire » nous intéresse au plus haut point. Dionysos délire et, après tout, le Christ aussi. L'Antéchrist pas moins. Les Prophètes, de même. Les très grands poètes sans arrêt. Et puis les romanciers, les artistes. C'est délire *contre* délire. La sœur de M.N. est tout simplement un très beau cas, parmi tant d'autres, de délire *institué* frigide.

Le rapprochement opéré par l'Antéchrist de Dionysos et du Christ ressuscité sur les bords du Pô laisse rêveur. Ce fleuve, né à 2 042 mètres d'altitude, se retrouve à 212 mètres à Turin. C'est le plus grand cours d'eau d'Italie, ses crues sont redoutables, sa plaine est la plus vitale du pays. Il développe des lacs superbes (Majeur, Côme, d'Iseo, de Garde), traverse Plaisance et Crémone (violons et musique), avant de constituer, au sud de Venise, un delta de 652 kilomètres sur l'Adriatique. C'est au bord de ce fleuve, où personne ne s'est jamais baigné deux fois dans le même courant, que M.N. aimait marcher en automne. Des montagnes au delta, la voie est accidentée, sourde, violente, sinueuse. Ce fleuve, comme un livre, devient ce qu'il est, mais certaines de ses phrases ne sont pas lisibles.

« Les plus forts individus seront ceux qui sauront résister aux lois de l'espèce sans pour autant périr, les isolés. C'est à partir d'eux que se forme la *nouvelle noblesse*. Mais, durant qu'elle se forme, d'innombrables isolés *devront* périr, parce qu'isolés ils perdront la loi qui conserve et l'air habituel. »

Supposons que je tombe : mes papiers iront là où ils doivent aller. Ludi ne détruira rien car, sur ce point elle est désormais comme tout le monde : *elle s'en fout.* Voilà la sécurité.

Dans le même passage d'*Ecce Homo*, retrouvé grâce à une copie, M.N., tout en récusant le fait d'avoir la moindre parenté avec ses « parents », affirme (énorme blasphème) que « les natures supérieures ont une origine qui remonte infiniment plus loin ». Il insiste : « les grandes individualités sont les plus anciennes », parce que, pour les obtenir, il a fallu très longtemps accumuler, retenir, amasser. On ne naît pas de la dernière pluie, question de fleuve. Et pas non plus d'une éjaculation hasardeuse ou d'une pipette pressée.

À peine a-t-il dit ça qu'il ajoute brusquement :

« À l'instant même où j'écris, la poste m'apporte une tête de Dionysos. »

Vous voyez la scène. M.N. est en train d'écrire que Jules César, sans qu'il comprenne pourquoi, pourrait être son père, ou, aussi bien, Alexandre, « ce Dionysos fait chair ». On frappe à la porte de sa chambre. C'est le facteur. Il est peu probable qu'il apporte avec lui une tête sculptée. C'est donc une photo de sculpture.

Mais qui la lui envoie ? Venue d'où ? Se l'est-il commandée à lui-même ? S'agit-il de la même photo qu'une certaine Rosalie Nielsen, de Bâle, prétendait avoir reçue de M.N. lui-même en l'offrant à un étudiant du nom de Kurt Hezel ? Ou bien M.N. a-t-il là, soudain, une hallucination ?

J'écris le mot *Dionysos*, et on sonne : Dionysos m'envoie sa photo.

J'écris *Le Crucifié*, et on sonne : photo du négatif du Saint-Suaire.

Bien entendu, c'est moi dans les deux cas, mais *tout autre*.

On sonne. Des photos ? Non, seulement Ludi, comme ça, qui me fait porter, pour mon anniversaire du faux calendrier, une rose blanche.

J'ai repris mes dérives sans but dans Paris, quartier par quartier, boulevards, avenues, quais, rues, impasses. Deux ou trois heures *pour rien*, le jour, la nuit. Je prends un autobus, je descends n'importe où, je vais de son départ à son arrivée à travers la ville. J'observe les voyageurs, les filles, les mères de famille, les garçons, les étrangers, les enfants, les vieux. J'aime les endroits déserts, une joie sourde les habite dans la misère. Je me retrouve ensuite sous ma lampe rouge, lisant M.N. :

« Il pourrait venir un jour un tyran qui se rendrait maître de la plèbe et noierait le temps dans des eaux peu profondes. »

Le tyran est désormais invisible, partout, nulle part. Le temps est *noyé*, pas de doute. La plèbe dort, c'est encore ce qui peut lui arriver de mieux.

J'emporte avec moi mon portable et une petite radio. Le portable, pour écouter de temps en temps, avec ravissement, la voix féminine enregistrée me dire « vous n'avez pas de nouveau message, menu principal, etc. ». La radio pour les infos et les voix énervées de la publicité en boucle. On peut tomber aussi, en plein terrain vague, sur une suite pour piano de Bach. L'effet est puissant, surtout sur les vieux pneus, les déchets, les tôles. Si on est en hiver, au petit jour des poubelles, encore mieux. Mais les soirs d'été, parfois, sont très riches. Quelques nuages rouges, et c'est le triomphe de l'air. Trois merles dans les marronniers touffus, des ombres avec leurs chiens, des postes de télévision allumés derrière les fenêtres, des plafonds entrevus, des bibliothèques, des volets, des porches anciens. J'entre dans des cours, toujours pour rien, j'écoute. Je prends des ascenseurs, je traverse des parkings souterrains. Je sonne n'importe où, on ouvre, je m'excuse. Je compose sur mon portable quelques numéros au hasard. J'invente n'importe quel prénom : « Est-ce que Valérie est là ? » — « Non, erreur. » C'est souvent amusant, ça marche. Mais c'est beaucoup mieux quand c'est carrément ennuyeux.

L'ennui est une ivresse. Je ne comprends pas sa mauvaise réputation. Il est possible d'en faire une drogue de fond, sa gratuité de marée m'enchante. L'ennui voulu et choisi, s'entend, pas celui du social où on se retrouve coincé à *crier d'ennui*. On est là, on subit, on se retient à peine de dégueuler sur place. On pourrait hurler longuement *à la mort*. Ils puent et elles puent la mort, il ne faut surtout pas le leur dire. Je pense à M.N., à demi paralysé, en train de se faire baigner par sa mère, le visage tourné vers le carrelage blanc. On

ne le sort plus dans la rue, à cause de ses cris, justement, et de sa manière de s'agripper au premier venu
pour l'embrasser comme s'il le connaissait depuis toujours. Il se met aussi à courir droit devant lui jusqu'à
ce qu'il bute contre une clôture ou un mur. C'est
pénible, il faut rester à la maison. M.N. pleure un peu,
il passe de longues heures allongé sur le canapé, il est
triste. Les visiteurs, de plus en plus rares, se lassent
qu'il ait oublié leurs visages, leurs noms. Il va s'asseoir
près de la fenêtre, le ciel change. Parfois, il tient ouvert
devant lui un livre à l'envers. Dix ans comme ça, avant
qu'il s'éteigne en août de l'an 12 de son propre calendrier (25 août 1900 de l'ancien). L'an 1 ouvrait l'« ère
du Salut ». Mais qui veut vraiment du Salut ? Et
d'abord, de quoi s'agit-il dans le mot *Salut* ?

Un dieu se déguise volontiers en mendiant ou en
étranger pour venir étudier les hommes. Celui qui est
assis en bas de chez moi, très jeune, a écrit sur une petite
pancarte devant lui : « Pour vivre. » Il n'a pas grand succès. Une bourgeoise vient de l'insulter : « Vous feriez
mieux d'aller travailler. » Il ne répond pas, genre Tibé-
tain vide. « Pour vivre », c'est tout. S'il pleut trop, il
s'abrite sous la tente de la confiserie aux vitrines rouge et
or étincelantes, *Jadis et gourmande*, pleine de chocolats
multiformes. Il est possible que quelqu'un demande
d'appeler la police pour embarquer ce gêneur qui fait
peur à la clientèle, surtout aux petites filles sensibles.
« Pour vivre. » *Jadis et gourmande*. Tableau.

M.N. note :

« Pour vivre seul, il faut être une bête ou un dieu, dit Aristote. Reste un troisième cas : il faut être les deux à la fois... philosophe. »

Ne dites pas à ma mère et à ma sœur que je suis philosophe : elles me croient journaliste, correspondant étranger d'un magazine de mode. Elles ont vu, dans l'avion, ma signature à propos d'un défilé-choc à Turin.

Des philosophes ? Il y en avait encore récemment, paraît-il, et voici un recueil qui le prouve. On peut voir leurs photos. Ça dit tout. Quelques tronches campagnardes vicieusement honnêtes, une série de cadres dans une entreprise de pharmacie ou d'humanitarisme mondial, des silhouettes *morales*, l'horrible habillage du Bien aseptisé avec sa grimace forcée habituelle. Quelques-uns essaient de faire compliqué, mais le but est bien le Bien, aucun doute. On ne les voit pas assis au coin des rues avec une pancarte « Pour penser », ce serait pourtant drôle, ces deux pancartes côte à côte, « Pour penser », « Pour vivre ». On comparerait les recettes en fin de journée pour avoir une idée plus précise de la solidarité ambiante. Après tout, il n'y a pas que les tremblements de terre, les raz-de-marée, les réfugiés, les forçats de la faim, les damnés de la terre. On pourrait aussi ajouter d'autres pancartes : « Pour éviter des révoltes », ou bien : « Ma mort est aussi la vôtre », ou bien : « Faites-vous pardonner. » Que disent les philosophes ? Que la vie est dure, la pensée difficile, le visage de l'autre infini et sacré (pas celui du mendiant, là, sous leurs yeux, mais une image, la plus lointaine possible). Des généralités, toujours, et pas drôles. On sent chez eux, comme a osé le dire M.N., « une *débilité intestinale* et une *neurasthénie* fatalement inhérente aux prêtres de tous les temps ». Ce nouveau clergé a eu son heure de puissance et de gloire. Lui aussi est en cours de disparition digérée.

Quant à la littérature sérieuse du temps, elle ne peut être que floue, perturbée, irrémédiable, irracontable, insaisissable, mémoire perdue, nostalgie fœtale, cerveau troué comme un vieux chandail. L'eau monte, la mort arrive, une vieille femme confond les prénoms de ses petits-enfants, la lumière baisse, Vénus, dans le ciel, brille comme un reproche. Les écrivains *authentiques* sont rongés par la culpabilité, le doute, le remords, le regret. Le temps est une immense clinique. « Très bien, dit la Production, excellent ghetto spontané. » Pendant ce temps-là, *de l'autre côté* (le même), on peut vendre à toute allure le Mystère des pyramides, le complot des moines de Sion, les Mémoires d'une actrice encore très en forme (65 ans, l'âge où une femme vient d'accoucher dans les Balkans), l'histoire des enfants que le Crucifié, avant son obscène prestation sur le Golgotha, a eus avec sa compagne Marie-Madeleine, enfants dont je suis peut-être, excusez du peu, le descendant direct à travers les siècles. Ça va, ça roule, ça se filme, ça renforce le puits du néant.

Ludi :

— Et ton philosophe préféré, ça se vend?

— Peu à peu. Édition française de poche : en vingt ans, *Zarathoustra* 106 000, *L'Antéchrist* et *Ecce Homo*, 36 000.

— C'est pas fort. Moins qu'un Goncourt.

— Ou la Bible.

— Là, pas photo.

Le corps déserté de M.N. disparaît donc à l'âge de 56 ans, pendant que sa pensée et son langage se retirent lorsqu'il en a 44. On ne le voit pas (et c'est son côté christique) avancer en âge comme un vieux philosophe répétitif, scolaire, de plus en plus gâteux. La vieillesse lui est épargnée, le blanchiment, le ralentissement des fonctions, les hésitations, les oublis, la mauvaise rumination. Les derniers jours de Voltaire ou de Hegel sont glorieux, ceux de Kant pathétiques, les siens sont terribles. Il s'est beaucoup occupé de sa transmission écrite, la transmission était sa mission. Il était pressé, il *savait*, le Salut était l'Écriture. Écrire *agit*, propulse dans une autre dimension, et la publication, même sans aucun retentissement, agit cette action. Le « moment N » est cette fine pointe rapide qu'il fallait — et qu'il faut toujours — imprimer et diffuser même à très peu d'exemplaires. Le Crucifié n'écrit pas, sauf une fois, sur le sol, pour délivrer de la lapidation une femme adultère (énorme démonstration). Quant à Dionysos, il vit entre les lignes et se fait sentir ou entendre un peu partout pour qui a du nez, des oreilles. En musique, surtout. Le Crucifié ne chante pas, il parle, il tranche, il cite, il récite, quelques miracles et puis voilà. Ce n'est pas lui qui se serait écrié :

« Le monde rit, l'affreux rideau se déchire. »

Ou bien :

« Ô midi de la vie, ô seconde jeunesse, ô jardin d'été ! »

Et encore moins (mais sait-on jamais) :

« Quiconque a jamais bâti un "nouveau ciel", de quelque époque que ce soit, n'a trouvé la puissance à cela que dans son propre enfer. »

Sûrement pas, en tout cas :

« Conserver trois cents façades et garder aussi ses lunettes noires. »

Mais le doute est permis pour :

« Si vous saviez comme je suis seul sur cette terre ! »

Et peut-être aussi pour :

« Tout ce qui est *bon* sort de l'instinct — et c'est par conséquent léger, nécessaire, libre » (formule qu'aucun prêtre ou prêtre masqué philosophe n'acceptera jamais).

À la fin d'octobre 1887 (un an, donc, avant la nouvelle ère du Salut), M.N., venant de Venise, arrive à Nice et loge à la Pension de Genève, petite rue Saint-Étienne. Il a très mal à la tête et a avalé de travers une arête de poisson :

« Depuis hier soir, j'ai une arête de poisson en travers de la gorge, la nuit a été atroce, elle est toujours là malgré mes efforts répétés pour vomir. C'est curieux : je décèle une quantité de symboles et de sens dans cette misère physiologique. »

Nice vient de sortir à ce moment-là d'un tremblement de terre. *L'arête de poisson* s'en souvient.

Le 3 novembre de la même année tombe un jeudi. Voici ce que M.N. pense de sa chambre :

« Elle a été tapissée à neuf hier, conformément à mon mauvais goût, avec des rayures et des marbrures rouge-brun. En face d'elle, une bâtisse badigeonnée d'ocre, assez loin pour que son reflet soit délassant. Et par là-dessus, pour contribuer au délassement, la moitié du ciel (d'un bleu, bleu, bleu !). En bas, un beau jardin toujours vert sur lequel tombe mon regard quand je suis assis à ma table. Le sol de la chambre est recouvert d'une natte, là-dessus un vieux tapis, et par-dessus un gentil tapis neuf, un grand guéridon, une chaise-longue bien capitonnée, une bibliothèque, le lit disparaissant sous une couverture noir et bleu, de même la porte, pourvue de lourdes portières brunes. Plus quelques meubles dissimulés par des étoffes d'un rouge vif (la toilette et le porte-habits). Bref, un pêle-mêle sage et coloré, formant un ensemble chaud et sombre. »

M.N. ajoute qu'il attend un poêle pour se chauffer. Mais aussi :

« Le professeur Deussen m'a envoyé d'Athènes une feuille de laurier et une feuille de figuier, cueillies le 15 octobre à l'endroit même où s'élevait jadis l'Académie de Platon. »

M.N. est né un 15 octobre. C'est son anniversaire.

Résumons : tremblement de terre, violents maux de tête, arête de poisson, une feuille de laurier et une feuille de figuier, Platon *retourné* ; en route, sur la page, pour une nouvelle ère.

Sur la page? Mais oui, il faut écrire vite et faire composer le plus rapidement possible. M.N. ne croit qu'à ça. L'état dans lequel il se trouve à la pointe de sa pensée et de sa plume doit être objectivé sans délai comme un phénomène naturel ou comme s'il devenait lui-même n'importe qui en train de se lire. Il bouscule ses éditeurs, en change quand il faut, envoie ses manuscrits très nets, corrige instantanément les épreuves, rajoute des feuillets nouveaux, renvoie le tout en souplesse, s'intéresse de près au service à faire aux journaux, aux revues. Le bureau de poste est l'endroit où on le rencontre le plus souvent. C'est urgent, ça n'attend pas, l'avenir en dépend, le passé aussi. Le présent est pressant, et personne avant lui n'a mis autant l'accent sur l'acte de composer dans la fulgurance (dix jours pour des centaines de pages) et de publier simultanément. Il marche, lit, médite, écrit et s'édite. L'écrit se déploie dans un nouveau temps, modifie l'espace, dispose des paysages, transforme l'Histoire. C'est absurde, fou, prétentieux? Mais non, le Salut est là, nulle part ailleurs, une vraie découverte, une monumentale invention. Personne n'y comprend rien? Aucune importance. Aux heures sombres, il est vrai, le moindre témoignage d'intérêt bouleverse M.N., il en pleurerait d'émotion. Ainsi, peut-être... Et pourtant non, rien, jamais rien, des silences, des malentendus, des indifférences... C'est fatal : la nouveauté de l'expérience est trop radicale, trop vaste. L'ancien dieu est mort, le nouveau pense et écrit, et en même temps c'est un homme. Donc, impossible. Dieu fait écrire, il n'écrit pas lui-même, on ne l'a jamais vu se balader sa Bible à la main, ou bien en train de corriger les épreuves de son dernier livre en attendant la suite. Et tout cela, un comble, pour dire que rien jusqu'à présent n'a été réellement compris, et que, dès cet éveil, date une pensée révolutionnaire :

« À partir du moment où cette pensée est là, toutes les couleurs se modifient et il existe une nouvelle *histoire*. »

Et encore :

« L'histoire future : *cette pensée* triomphera toujours plus — et ceux qui n'y croient pas devront finalement, selon leur nature, *disparaître*! Seul *subsistera* celui qui considère que son existence est apte à la répétition éternelle : pour des êtres *pareils*, un mode de vie est possible auquel aucun utopiste n'a encore pensé. »

Peut-être, peut-être, M.N., mais vos livres seront bientôt interprétés, déformés, dilués, noyés. Une bibliothèque *sur vous*, voilà votre peine. Vous serez haï, rejeté, copié, faussement admiré, rapetissé, aplati, réfuté. Des colloques vous dissoudront, des commémorations vous recouvriront. On jouera du Wagner sur votre tombe. Vous êtes totalitaire, diabolique, raciste, nazi, nul, fou. Sans vous, pas de camps de concentration ou d'extermination, de terroristes, de machistes, de sadiques. Votre surhomme est un sous-homme, démonstration avérée. Le vieux dieu revient, M.N.! Et il enchante toujours la *plèbe*, M.N.! La vulgarité est mondiale, M.N.! Vous êtes déjà oublié, M.N.! Quelle idée, aussi, d'avoir voulu sauver l'humanité! Quel drôle de fantasme hystérique! L'humanité veut se perdre, M.N.! Vous vous êtes excité et crevé pour rien! Nous n'avons pas l'intention de nous répéter éternellement M.N.! Cette vie nous suffit! Nous la contrôlons, nous la dominons, nos enfants en répondent! Nos enfants, nous les *fabriquons*, M.N.! Plus nous sommes riches, et moins nous avons besoin d'éternité, M.N.! Et si nous sommes pauvres, encore moins! C'est *vous* qui disparaissez avec votre délire antidémocratique, M.N.! Vos livres sont peut-être là, mais plus personne n'est là pour les lire, M.N.! D'ailleurs plus personne ne lit depuis longtemps, M.N.! Ah, ah!

Le nihiliste de service a tort de se réjouir trop vite : *la chose ne se passe pas dans les livres*. Je vous accorde que vous avez ici un livre entre les mains. *Apparemment*. Vous le lisez, mais en êtes-vous sûr ou sûre? Quelqu'un qui ne le lit pas, ne l'a pas lu, ne le lira jamais, n'a-t-il pas une meilleure compréhension de ce qui s'y passe? Voilà une hypothèse sérieuse, vertigineuse, joyeuse. Traduit en espagnol ou en chinois, le résultat est déjà plus convaincant, plus fort. Mais quittons l'imprimé, sortons à l'air libre. Si ce livre était fumée, vous le connaîtriez par le nez. Vous êtes enrhumé ou enrhumée? Dommage. Mais peut-être pouvez-vous *écouter*?

Dans une autre lettre, du 23 octobre 1887, M.N. s'arrête un instant sur un passage musical qui est pour lui « comme un défi blasphématoire lancé au destin dans un sursaut de vaillance et d'outrecuidance » :

« Chaque fois que je vois (et entends) ce passage, un petit frisson me secoue le corps. On dit que les Érinyes ont des oreilles pour une "musique" semblable. »

Ici, n'est-ce pas, nous touchons aux Enfers. Ai-je besoin de préciser que les Érinyes (appelées aussi Euménides, « Bienveillantes », d'un surnom destiné à les flatter pour éviter d'attirer leur redoutable colère) sont des déesses violentes que les Romains, toujours simplificateurs, ont identifiées avec leurs Furies ? Elles sont nées des gouttes de sang dont la mutilation d'Ouranos a imprégné la terre (et, là, il vaut mieux aller immédiatement sur mer avec Aphrodite, la Femme-née-des-vagues, ou plutôt du sperme du même dieu). Attention : le sang et la terre d'un côté, le sperme et l'eau salée de l'autre.

Sacrées Érinyes : elles sont semblables aux Parques qui n'ont d'autres lois qu'elles-mêmes, et auxquelles Zeus lui-même doit obéir. Vous connaissez leurs noms : Alecto, Tisiphoné, *Mégère*. Cette dernière ne se laisse pas apprivoiser comme ça. Elle personnifie l'envie et la haine, et poursuit sur la terre et jusqu'aux Enfers les coupables ou les malheureux qui ont attiré sur eux la colère divine. Les Érinyes sont représentées comme des génies ailés dont les cheveux sont entremêlés de serpents. Elles tiennent à la main des torches ou des fouets. Quand elles s'emparent d'une victime, elles la rendent folle et la torturent de toutes les manières. Souvent, on les compare à des chiennes dont la demeure est l'obscurité. Inutile de dire que, protectrices de l'ordre social, elles châtient tous les crimes susceptibles de le troubler mais aussi la démesure, l'*Hybris*, qui tend à faire oublier à un homme sa condition de mortel. Elles interdisent ainsi aux devins et aux prophètes de révéler trop précisément l'avenir, et donc de retirer à l'aventurier son incertitude, en le rendant, du même coup, semblable aux divinités.

Transposez, traduisez, et vous avez aujourd'hui l'Hystérique dans toutes les communautés, les entreprises et les appartements du monde.

Vous êtes tombé sur une Mégère : en bateau, vite, et foncez. Quand il parle de « défi blasphématoire lancé au destin dans un sursaut de vaillance », M.N., dans sa lettre, se réfère expressément au « maximum de l'*Hybris*, au sens grec du mot ». Il sait que les Érinyes de tous les temps et de tous les lieux l'entendent. Une fois frappé de ce qu'il faut bien appeler sa folie, il les verra sous les traits *possédés* de sa mère et de sa sœur qui, au-dehors, ont l'air si sérieuses, si dévouées, si gentilles, si tendres. C'est une Érinye qui le soigne en l'enfonçant, c'est une Érinye qui falsifie ses papiers et offre sa canne à Wagner-Hitler. Des serpents sifflent sur leurs têtes, mais il est le seul à les voir. Il a voulu avoir une vie divine, il est puni et, au fond, tout le monde approuve cette sanction et ce retour à l'ordre. La même aventure est arrivée au Crucifié, raison pour laquelle on ne dira jamais assez de bien de sa Sainte et Vierge Mère. Stabat Mater ou Stabat Érinye ? Dionysos, avec sa mère brûlée par son père (mais qu'il va rechercher aux Enfers) s'en sort mieux, semble-t-il. À moins d'ajouter foi à la résurrection du Crucifié (crucifié par les Érinyes locales, et sauvé par son père). Personne, hélas, ne parle de la résurrection de M.N., sauf lui-même, mais ce passage a été détruit par sa mère et sa sœur. De quoi donner une épouvantable migraine. Enfin, lisez, lisez mieux (mais une Érinye, ici, vous empêche de lire), ou plutôt écoutez, *éprouvez* de quoi il s'agit dans ce drame au bord de l'abîme. Une *Mégère*, autour de vous ou en vous, vous l'interdit ? Encore plus loin sur l'eau, dans les vagues. Prudence : en ce moment même, les Érinyes m'entendent. Il n'y a pourtant, dans cette chambre, que l'imperceptible bruissement d'une plume d'or sur du papier velouté.

Dante au bord de l'Arno.
Hölderlin au bord du Rhin et de la Garonne.
M.N. au bord du Pô.
Les fleuves sont impassibles, mais ils peuvent aussi se changer en mots. Ils coulent sur la page, ils se propagent.

« Je nage et me baigne et barbote, si l'on peut dire, constamment dans l'eau, ou dans tout autre élément limpide et étincelant. »

Ou bien :

« Quand j'essaie de m'imaginer le portrait d'un lecteur parfait, cela donne toujours un monstre de courage et de curiosité, et en outre quelque chose de souple, de rusé, de prudent, un aventurier et un explorateur-né. »

Et, plus loin, cette dédicace :

« À qui s'est jamais lancé sous des voiles rusées sur de terribles mers. »

L'expérience est la suivante :

« On entend, on ne cherche pas ; on prend sans demander qui donne ; une pensée vous illumine comme un éclair, avec une force contraignante, sans hésitation dans la forme — je n'ai jamais eu à choisir. »

« Les pas, inconsciemment, tantôt se précipitent, tantôt ralentissent ; un emportement "hors-de-soi" où l'on garde la conscience la plus nette d'une multitude de frissons ténus irriguant jusqu'aux orteils... »

« Tout se passe en l'absence de toute volonté délibérée, mais comme dans un tourbillon de sentiments de liberté, d'indétermination, de puissance, de divinité... »

Ecce Homo a été commencé le 15 octobre et achevé le 4 novembre à Turin. M.N. avait d'abord retenu comme exergue *en français* une citation de Galiani tirée d'une lettre à Mme d'Épinay datée du 24 novembre 1730 :

« Planer au-dessus et avoir des griffes, voilà le lot des grands génies. »

Finalement, il écrit :
Comment on devient ce que l'on est
                    Turin, le 15 novembre 1888.

Il vient d'avoir 44 ans.

Manque, à la fin du manuscrit, une *Déclaration de guerre* (comme annonce d'une « grande politique », notamment antiprussienne) supprimée par sa mère et sa sœur.

Ce grand chef-d'œuvre a donc été écrit en trois semaines dans le premier mois du vrai calendrier, an 1 de l'ère du Salut. Nous sommes aujourd'hui en 117, et le ciel est blanc-bleu. Rendez-vous en 417.

On comprend ce que je fais ici : je dégage M.N. du mauvais roman de son temps et du nôtre, je garde la nervure, le choc, la révélation de l'éternel retour comme principe d'affirmation et de sélection malgré les pires épreuves. Il y a encore des imbéciles pour s'étonner que ce malade ait fait l'apologie de la « grande santé », alors qu'il était, dans sa vie, la démonstration du contraire. Comme si, en plus, un dément terminal pouvait prétendre incarner la raison nouvelle. Mais justement.

Ce n'est pas lui qui était malade, mais le temps humain. Voici venir, dit M.N., « la barbarie domestique », « l'époque de la bêtise magistrale ».

« Malade, malade, malade ! Que peut la vie la mieux réglée quand, à chaque instant, la *véhémence* de ce qu'on éprouve frappe comme un éclair et bouleverse toutes les fonctions corporelles (je crois d'ailleurs que cela *modifie* même la circulation sanguine). »

Ou bien :

« Je n'ai aucune aide, personne n'exprime des idées qui pourraient me réjouir et me réconforter, rien n'intervient qui me délivrerait de toutes les impressions blessantes dont ces dernières années m'ont accablé. »

Mais, quand même :

« Ce n'est pas un livre, mais l'ultime rupture des ponts, un vent de mer, un lever d'ancre, un grondement de roue, un changement de barre. L'océan rit, le monstre ! »

M.N., ou la roue sur l'eau qui avale les bâtons qu'on lui met en travers. Voilà un sport nouveau, d'un grand avenir.

« Je suis de force à modifier le calendrier. »

Ou bien :

« L'éternel retour contre la sensation paralysante de dissolution générale et d'imperfection. »

Ou encore :

« *Si cette idée est vraie*, ou plutôt si on la croit vraie, *tout* sera bouleversé, et *toutes* les valeurs passées seront dévaluées. »

C'est lui qui souligne.

Voyons ça :

« "Tu me sembles avoir de noirs desseins, dis-je un jour au dieu Dionysos : à savoir détruire les hommes?" — "Peut-être, répondit le dieu, mais de telle sorte que j'en tire quelque chose pour mon profit." — "Quoi donc?" demandai-je avec curiosité. — "*Qui* donc? devrais-tu demander." Ainsi parla Dionysos, puis se tut de la façon qui lui est propre, de sa façon tentatrice... Vous auriez dû le voir! C'était au printemps, et tous les arbres étaient dans la jeunesse de leur sève. »

Je sors. Je vais m'offrir du printemps.

J'ai rendez-vous avec Nelly pour une de nos *séances de temps*. Elle est très gaie, elle rentre de Berlin d'où elle me rapporte, en cadeau, une feuille de lierre cueillie, au cimetière des Français, sur la tombe de Hegel. L'esprit absolu est mort là-bas du choléra en 1831. Le feuillage de Dionysos pousse sombrement sur ses restes. On sait qu'il y a eu au moins un très curieux discours lors de son enterrement. Il avait son secret.

Nelly, cette fois, a décidé d'ouvrir un peu les énormes archives du christianisme. La question est la suivante : pourquoi les chrétiens et les autres sont-ils incapables d'aborder à fond ce qu'il faut bien appeler le vice catholique ? L'exemple vaut en général, mais surtout pour le protestantisme, Luther ou Calvin. Ce dernier, surtout, est caractéristique. C'est un petit Français doué pour le droit et la théologie, mais presque aussitôt puritain dans des proportions déraisonnables. Son cousin allemand, celui que M.N. appelle « le moine fatal », était révulsé par l'immoralité éclatante de l'Église de Rome. Calvin, de même. Son action contre les libertins est connue. Les réformateurs, en général, ont un grand embarras physique et sexuel. Ils fantasment, ils n'en peuvent plus, ils veulent confisquer les mœurs, se glisser dans les lits, occuper les têtes. Ce sont déjà des socialistes ou des sociomanes, qui ne peuvent pas supporter ce qui se trame de louche ou de tordu dans les intimités. Au contraire, c'est connu, le catholique s'en repaît, pousse au péché pour mieux l'absoudre, déclenche, dès qu'il le peut, des débauches de formes, de spirales et d'ambiguïtés.

Les philosophes, qu'ils soient idéalistes, matérialistes, athées, hédonistes ou rationalistes sont tous des protestants déguisés. Ils adorent la morale, mais ils sont curieux des grandes productions vicieuses, c'est-à-dire romaines. *Que se passait-il réellement dans les couvents et les monastères ?* Quelle effarante gratuité de lubricité cachée ? Vous avez des bibliothèques sur la question, il s'agit de la renouveler en acte.

Que risque-t-il de se passer aujourd'hui entre deux individus incontrôlables, n'appartenant pas à l'Église sociale, qu'elle soit hétéro ou homosexuelle, et cela au cœur d'une grande ville occidentale du troisième millénaire ? Serait-il possible qu'une femme soit ici la même qu'au 13e, 14e, 15e ou 16e siècle de l'ancien calendrier ? Qu'elle jouisse de la même intensité vécue avec un homme ayant la même disposition pour transformer le vice en vertu ? Des milliers et des milliers de corps ont éprouvé ces délices. Le mot *dieu* vous gêne ? Pas elles, pas eux, pas moi, pas elle. En réalité, les dévots comme les athées veulent vous empêcher d'éprouver la profondeur sensuelle de cette dimension. Mais il suffit de lire, d'avoir un peu d'imagination, d'appuyer sur certains mots, d'opérer à leur suite. L'érotisme, ici, est beaucoup plus excitant que n'importe quelle marchandise érotique ou pornographique faite pour vous dégoûter d'y regarder de trop près.

Voici, par exemple, ce que dit la voix de Nelly, après que nous nous sommes longuement embrassés et caressés tout en nous chuchotant des obscénités. Elle est nue, propre, nette, parfumée, en feu. Elle est ravissante :

« Alors l'âme tout entière s'étend dans la lumière infinie : elle est si lumineuse, si amoureusement, si étroitement accouplée ou liée à la divinité au-delà de l'essence, à l'unitaire Trinité au-delà de la félicité, qu'elle ne ressent rien d'autre et ne perçoit plus sa propre action, mais fond d'elle-même et coule à sa propre source, ravie dans les richesses de la gloire, brûlant dans le feu de l'amour incréé, de l'amour démesuré, plongée, engloutie dans l'abîme de la divinité, si bien qu'elle semble, en quelque sorte, se dépouiller de son être créé et revêtir de nouveau l'être incréé, le premier modèle essentiel, non que sa substantialité se transforme ou se défasse de son être propre — mais parce que son mode d'être, sa vie particulière et ses qualités sont déifiés, c'est-à-dire s'égalant surnaturellement, par la grâce, à Dieu et sa félicité au-delà de la félicité. »

Vous venez d'entendre un certain Denys le Chartreux, 1402-1471, originaire de Liège et auteur d'une œuvre monumentale. On voit, par la répétition du beau mot de *félicité*, qu'il ne s'est pas ennuyé.

Mais vous préférez peut-être Louis de Blois, né dans les Flandres en 1506, mort en 1566, et son *Institution spirituelle* :

« Dans l'union mystique, l'âme amoureuse s'écoule, s'échappe à elle-même et tombe comme si elle s'anéantissait dans l'abîme de son amour éternel, où elle est morte à elle-même et vit pour Dieu, ne sachant rien, ne sentant rien, sinon l'amour qu'elle goûte ; car elle se perd dans l'immense désert et l'immense ténèbre de la divinité. Mais se perdre ainsi est mieux que se trouver. Et là, en vérité, ce qui dépouille l'humain et revêt le divin est transformé en Dieu, de même que le fer, dans le feu, prend la forme du feu et se change en feu. Mais l'essence de l'âme ainsi déifiée demeure la même, comme le fer brûlant ne cesse pas d'être fer. C'est pourquoi l'âme jusqu'alors froide est à présent brûlante, l'âme obscure autrefois désormais lumineuse ; elle était dure et maintenant elle est tendre, tout entière dans les couleurs de Dieu, parce que son essence est pénétrée par l'essence de Dieu, tout embrasée du feu de l'amour divin, toute fondue

240

en Dieu, passée en Dieu, unie à Lui sans médiation, devenue un seul et même esprit avec Lui, tout comme l'or et le minerai sont fondus ensemble en un seul lingot de métal. »

Avouez que ce *lingot* est particulièrement bienvenu et fait sauter la banque. Cogito, bando, éjaculo, lingot sum. Ma partenaire est une caissière de rêve. Notre *casse* est légendaire. On s'est amusés, on est fatigués, on va dîner.

Nelly a trouvé pour moi ce passage de M.N. : « Danger aux époques démocratiques. Mépris absolu comme mesure de sécurité. »

— Comment est Berlin ?
— Comme n'importe quelle ville de là-bas. Dévastée, reconstruite, réunifiée et artificielle. C'est étrange de penser aux hurlements qui ont eu lieu dans ce lieu. De toute façon, on comprend mal ce que cette ville est venue faire là autrefois. Heureusement, il y a les tableaux de Watteau, c'est ce qu'il y a de moins faux.
— On sent la folie derrière ?
— Oui, mais bétonnée, pseudo-mémoire bétonnée, l'enfer. Pareil à Moscou, l'enfer.

La séance suivante nous ramène au 14e siècle, avec le Bienheureux Henri Suso (1295-1386), de son vrai nom Henri de Berg (montagne). C'est un dominicain qui semble avoir vécu une grande passion divine avec une dominicaine de Zurich (heureux temps !), chroniqueuse de son monastère sur les rives de la rivière Töss, près de Winthertur, en Suisse. Elle s'appelle Elsbeth Stagel ou Staglin. Héloïse et Abélard, c'est bien, mais Suso c'est mieux. Il faut lire son *Horloge de la Sagesse*, un best-seller pendant deux siècles (rien à voir avec les charlataneries protestantes américaines d'aujourd'hui, *Code da Vinci*, etc.). On est là dans le grand style de jouissance de Dante ou de Maître Eckhart. Henri et Elsbeth ont vécu ensemble une « chaste symbiose spirituelle » (comprenne qui veut) de 1336 à la mort de cette dernière en 1360. Suso, mort six ans après, à Ulm, a été proclamé bienheureux le 16 avril 1831 par Grégoire XVI, soit cinq siècles après sa disparition. L'horloge de la sagesse prend son temps, ses chiffres et ses aiguilles sont d'une autre nature que les nôtres. Le jour viendra où les séances de temps avec Nelly seront reconnues comme ayant participé d'une chasteté et d'une spiritualité nouvelles, rendues claires et nécessaires dans le calendrier du Salut. Une chasteté au carré, au cube, enfin débarrassée de toutes les croyances délirantes dans la sexualité, cette névrose. Un autre roman de la rose fleurit après l'effondrement des névroses. Ce n'est qu'un début, continuons le jardin.

Suso s'est moins fait repérer qu'Eckhart, condamné le 27 mars 1329 par une bulle pontificale de Jean XXII, *In agro dominico*, où on peut lire que cet expérimentateur de génie « a voulu en savoir plus qu'il n'en fallait ». On le soupçonnait d'hérésie cathare, style « un "parfait" ne doit craindre aucun péché ». Il est vrai qu'il y a de quoi se frotter les yeux quand on tombe, chez Eckhart, sur la proposition suivante : « Si un homme avait commis mille péchés mortels, et que cet homme fût bien disposé, il ne devrait pas vouloir ne pas les avoir commis. » Vous vous rendez compte.

Le style de Suso est différent (mais, avec des images d'aigle, assez proche de M.N.).

« Dans cette montagne sauvage où réside la super-vision, se trouve un abîme dont le prélude est sensible à tous les purs esprits : ils entrent alors dans une vertu ineffable d'une sauvage étrangeté. »

Il fait de curieuses rencontres en montagne, Suso (je rappelle qu'il s'appelle « montagne »). Un personnage ambigu, par exemple, qui vient de nulle part, n'est rien, ne veut rien, et décline son identité ainsi : « Je m'appelle la chose sauvage sans nom. » Qu'en pensait sa « fille spirituelle » ? Ces mystiques rhénans, comme on les appelle par commodité, n'arrêtent pas de s'envoyer en l'air dans des noces « de la plus haute allégresse ». Ils poursuivent une « science sans images » qui consiste à « chasser les images avec des images » (rien pour Hollywood, donc). Le Néant leur convient, les comble. La « Déité nue » est leur plaisir quotidien. Ils s'anéantissent pour mieux renaître. Ils jouissent dans « l'esprit dévêtu de la lumière ténébreuse ». Ils sont fous, ils sont extrêmement raisonnables, ils ont trouvé l'accès aux cavernes de la vie. On a eu bien raison de se méfier d'eux et de leurs orgies démoniaques à l'ombre des couvents, des cloîtres, des vitraux, des orgues, des fleurs. La police veillait, elle en brûlait un ou une de temps en temps, alors qu'à notre époque la psychiatrie et la chimie s'en occupent. Éradiquer la volupté et la félicité, et surtout la « vertu ineffable d'une sauvage étrangeté », est le programme sociomaniaque. Suso et sa fille mystique seraient, de nos jours, vite *normalisés*. Leur vice est évident : on le jalouse, on n'y arrive pas, on le diffame, on le ridiculise, on le frappe. Rome, unique objet de tous les ressentiments ? Normal.

Que voulez-vous faire de ces gens qui, en douce, s'établissent dans « le Néant essentiel sans nom » (ruine de la télé, du cinéma, de l'université, des chansons), et prétendent atteindre « une resplendissante vérité cachée qui s'engendre dans la mise à nu de la vérité cachée » ? Le mot *nu*, ou *nue*, revient d'ailleurs sans cesse, vous voyez ce que je veux dire. Exemple :

« le non-devenir nu du Néant » (une insulte à toute productivité laborieuse).

Ou bien :

« Cette unité dénudée est un ténébreux silence et une sérénité tranquille que personne ne peut comprendre hormis celui en qui l'unité brille dans la connaissance de soi-même. » (On imagine ce qu'un général penserait d'un simple soldat qui lui déclarerait que la guerre est un secret que seuls connaissent les combattants.).

244

Quelle prétention chez ces gens! Quel insupportable orgueil! Quel égoïsme! Quelle intolérable interruption de l'industrie de distribution! Et ça continue :

« Dans cette montagne, au plus haut sommet secret, surinconnu, suréclatant, on entend dans un murmure secret merveille sur merveille. »

Il est aussi question d'une « ténébreuse obscurité translumineuse », sans parler des « plus hauts secrets de la plus haute vérité nue ».

C'est effrayant.

Faut-il insister? Je crois. Ces vies divines ont eu lieu sous le voile, au milieu de mille petits détails domestiques, la plus extrême pudeur étant de rigueur, prudence, silence, discrétion, percées par-delà le bien, le mal, les naissances, les morts, les apparences, nirvana n'importe où, cellules, bibliothèques, chapelles, buissons. À part quelques interventions du Diable, changeant le lingot de félicité en étron ou en bassines de merde, sans parler des cauchemars de décomposition, personne ne se plaint. Rien à voir avec l'hystérie, la paranoïa ou la schizophrénie des asiles. Il y avait des cinglés, bien sûr, mais ceux-là sont très normaux, très calmes. Elsbeth meurt, et Suso la voit apparaître : « Elle était resplendissante dans un vêtement blanc comme neige, ornée de clarté lumineuse et comblée de joies célestes. »

Arrêtez d'être jaloux, c'est comme ça. Inutile d'aller crier sur les toits.

Et encore :

« Que le néant nous demeure, telle est la bonne grâce, la plus haute allégresse. Là, la nudité brille comme nudité. Cela veut dire : l'esprit vierge du devenir retourne dans la virginité incréée du non-devenir de son image éternelle. *Dans cette conception circulaire* (c'est moi qui souligne) se produit la haute unité, où tout est vrai, dans l'esprit comme dans sa nature, et se tient dans l'unité divine. Lorsque ces deux nudités sont réunies dans l'unité et *baignent pourvues et dépourvues d'esprit* (je souligne encore), cela est une vie bienheureuse. »

Relisez, appliquez. Aujourd'hui nous disons : *nous baisons parce que nous voulons rester vierges*. C'est peut-être insensé, mais il fallait y penser.

M.N. :

« Nous ne sommes quand même pas de stupides prêchi-prêcheurs de la chasteté : si on a besoin d'une femme, on trouvera bien une femme, sans qu'il faille pour cela rompre un mariage ou en conclure un. »

Une femme d'aujourd'hui peut d'ailleurs dire la même chose en changeant le mot *femme* en *homme*. Tout cela n'a plus grande importance, le soleil revient, c'est midi.

Précisions indispensables dans un roman, style petites annonces :

Nelly, 28 ans, brune, yeux noirs, cheveux courts, pas très grande, ronde, un peu garçonne, très intelligente.

Ludi, 33 ans, blonde, yeux marron, assez grande, mince, très féminine, très mode, très douée pour la vie.

Elles sont très jolies, et drôles.

Nelly se mariera, aura une fille, bonne chance.

Ludi a un garçon, Frédéric, en pleine évolution musicale. Je ne le vois pas souvent. Il m'appelle tendrement papa.

Les séances de temps ont des effets secondaires. Comme toutes les expériences risquées, elles bousculent les clichés, les réflexes, les lois, et, par-dessus tout, la morale et son couvercle de fer. La morale se venge, c'est sa nature. Mais il y a plus intéressant.

Ces révélations, par exemple. Tout à coup, dans un demi-sommeil, l'action fulgurante d'un big-bang, explosion, projection à une vitesse folle, chaos, cosmos, terre, existence, fusée tirée d'on ne sait où vers on ne sait où. Vitesse du son ? Non, bien plus. De la lumière ? Non, trop lente. C'est une propulsion instantanée à travers la matière, atomes et cellules, un coup de canon dans le vide, coup de semonce, coup de semence, avec pour seul résultat d'être là. Là, mais où ? Plus de *où*. Trouée dans le où. Et voilà une grande certitude sans rien ni personne. C'est là, c'est peut-être moi. Je reprends mon crâne et ma forme habituelle et, en effet, c'est moi.

J'allonge mon bras droit, je touche l'épaule de Ludi endormie à l'autre bout du lit, je ne vais quand même pas la réveiller pour lui dire que je viens de traverser l'univers en même pas un dixième de seconde. Trous noirs, étoiles, énergie noire, ellipses des galaxies, mais aussi la vie sous toutes ses formes, les espèces, les voix, l'Histoire. Je pourrais pourtant essayer de lui raconter ça d'une façon tranquille, elle gémirait un peu son « tu es fou » gentil, avant de me demander deux ou trois heures après ce que j'avais « pris » avant de dormir. H ? Coke ? Héro ? Ecstasy ? Mais non, rien, et d'ailleurs ce n'est pas de moi qu'il s'agit mais d'une déclaration de l'espace sortant du temps et avalé par lui. « Ah oui, bien sûr, tu es vraiment fou. »

Donc, silence. Le jour se lève, un beau jour d'hiver, ciel bleu et nuages de nacre, Ludi est pressée d'aller à ses rendez-vous, je me rendors un peu en tentant de retrouver une trace de mon voyage, coup de feu, coup de dés, hasard. Je respire, je m'étire, je pense, je suis qui je suis, je serai qui je serai, je peux parler, chanter, murmurer. Dix minutes ? Deux siècles. Un jour ? Trois mille ans. Une nuit ? Six mille ans. Et puis non, plus d'horloge. Contraction du temps sur lui-même, si cette formule a un sens. Pas de sens.

« Tu as été là un nombre incalculable de fois, et toutes choses avec toi — une longue, une immense année se retournant comme un sablier, inlassablement, de sorte que toutes ces années sont toujours égales à elles-mêmes, dans les plus petites et les plus grandes choses. »

De sorte que si je mourais dans quelques instants, je pourrais me dire que je vivrais non pas une vie nouvelle ou une vie meilleure ou une vie semblable, mais une vie absolument la même que celle dont je décide à présent.

Eh bien, je décide. Et je l'écris. Et rien ni personne ne peut m'en empêcher. Et tout est parfait. Et tout est gratuit.

Avertissement, cependant (je le répète) :

« Les plus forts individus seront ceux qui sauront résister aux lois de l'espèce sans pour autant périr, les isolés. C'est à partir d'eux que se forme la *nouvelle noblesse*. Mais, durant qu'elle se forme, d'innombrables isolés *devront* périr, parce qu'isolés ils perdront la loi qui conserve et l'air habituel. »

Je suis très isolé, mais je garde la loi qui conserve. Je viens de me regarder dans la glace : j'ai l'air habituel.

Ludi :
— Tu as l'air soucieux.
— Mais non, quelle idée.
— Tu as des ennuis ?
— Aucun.
— Tu n'es pas malade ?
— Je ne crois pas.

— Comment me trouves-tu ?
— En pleine forme.
— Tu m'aimes toujours ?
— De plus en plus.
— Arrête de plaisanter.
— Je suis très sérieux.
— On se voit après-demain ?
— Comme d'habitude.

Nelly (on passe du *tu* au *vous* après les séances) :
— Vous avez avancé ?
— Pas mal.
— Des difficultés ?
— Pas vraiment.
— Ça roule ?
— Ça roule.
— Toujours du côté de N. ?
— Il n'y a pas mieux.
— Les gens vous foutent la paix ?
— Ils sont très occupés à se détester.
— Ils vous oublient ?
— J'y veille.

Le lecteur, et surtout la lectrice, veut savoir si Ludi et Nelly ont d'autres aventures qu'avec moi. Je n'en sais rien et n'ai aucune envie de le savoir. Des amants de passage ? Sans doute. Des femmes ? Exclu pour Ludi, peut-être pas pour Nelly. Je fais ce que je veux, elles font ce qu'elles veulent. Si un jour je ne leur plais plus, bonsoir. Sur tout cela, motus. On ne parle jamais entre nous de « sexualité » : technique éprouvée.

Ce matin, dans la rue, une jeune femme, ni belle ni laide, pousse son bébé devant elle. Elle sourit dans le vague, tout étourdie d'elle-même. Elle se penche sur la petite forme tassée, l'embrasse sur le bout du nez, et se remet à pousser dans le fracas des voitures, promenant ainsi, ravie, son après-mort au futur.

Un homme qui, l'air de rien, a dépassé sa mère maniaco-dépressive, sa sœur mélancolique, sa femme acariâtre, ses maîtresses angoissées et ses filles revendicatives, peut être considéré comme presque sauvé. Longue histoire à travers les siècles. Pour aboutir où ? En province, toujours en province, éternellement en province, même dans les mégapoles les plus peuplées. Rumeurs, ragots, reragots, rerumeurs, c'est comme ça, le social, rien à faire. Envies, jalousies, réenvies et rejalousies, bref, l'ennui, l'éternel retour de l'ennui.

Vous me direz qu'une femme, aujourd'hui, doit aussi se débarrasser de son père humilié ou paranoïaque, de son frère mythomane, de son mari ronchon et radin, de ses amants fuyants et lâches, de ses fils plus ou moins délinquants ou drogués. Vous ajoutez sa mère lourde, ses sœurs et ses filles dans le bavardage et le voisinage, et la coupe de l'ennui est pleine, elle va déborder.

A-t-elle une chance de s'en sortir ? Pas sûr. Un homme non plus, d'ailleurs, condamné le plus souvent à mourir d'ennui en province.

Ce triste sort est évidemment préférable à celui qui aurait été celui de M.N. dans l'ex-Union soviétique. Vite repéré comme réactionnaire et fasciste, il aurait eu droit à une balle dans la nuque dans une cave de la Loubianka. Même règlement à Berlin, témoin gênant, déporté, gazé. Et depuis? Très mal vu sur les campus universitaires, sans cesse critiqué par les gay and lesbian studies, sa bourse est annulée, tous les éditeurs refusent ses livres. Mauvaise réputation partout, censure ou déformation systématique. À supposer qu'il revive son existence par-delà la folie où il s'est caché, il reste donc définitivement clandestin, comme l'Autre par-delà la mort. Cela dit, M.N. pense pourtant que *les temps sont venus*. Il s'agit d'une très énigmatique mise en place à l'insu de tous et de toutes. Il ne s'explique pas sa sérénité dans cette mutation, ni sa confiance impassible. Il n'a d'ailleurs pas besoin d'explication, *ça a lieu*.

La Direction des Ressources Morales :

— Vous ne reconnaissez pas la toute-puissance de l'argent?

— Non.

— Ni celle de la sexualité?

— Non plus.

— Vous êtes homosexuel?

— Non.

— Vous n'acceptez pas de dire « nous »?

— En effet.

— Vous ne craignez pas de devenir fou?

254

— Non.
— Vous n'avez pas peur de la mort ?
— Non.

Note du Directeur ou de la Directrice des Ressources Morales :
« Très mauvais sujet : Individualisme forcené, convictions antisociales, tendances schizophréniques et paranoïaques évidentes. Lourdé. »

Dans mes jeux avec Nelly, et par égard pour Ludi, j'évite de convoquer sainte Ludivine de Schiedam, morte en 1433 en Hollande. C'est sans doute elle qui a poussé le plus loin la folie divine avec une volonté intraitable. Après un accident de patins à glace (mais oui), elle passe à l'anorexie complète. Elle ne s'alimente plus, se ratatine sur place, transforme son corps stigmatisé en machine à effluves, émet des odeurs suaves, produit même du lait dont elle nourrit, d'après elle, l'ancien Crucifié. Les témoins, comme d'habitude, sont nombreux, les témoignages précis, les miracles irrécusables. Voilà de l'auto-érotisme sacrificiel affirmé à l'extrême, le phénomène étant d'ailleurs assez courant à l'époque, et se poursuivant sous des formes moins visibles de nos jours.

Les saintes s'aiment à mort, elles brûlent dans la pulsion de mort, elles récusent la reproduction des corps pour la plus grande gloire de la mort. Ce sont des call-girls de l'au-delà, de vraies militantes, des prostituées sacrées par désinfection sexuelle outrée. L'anorexique, on le sait, est inaccessible, elle obéit à une antigrossesse de fond. C'est une sportive spirituelle, une gymnaste de l'étreinte squelettique, une ménagère modèle du récurage intégral. Elle sait, elle, la sainte, que sous toutes les apparences charnelles, les rondeurs, les charmes, les santés, les robes, les produits de beauté, les bijoux, l'argent, le pouvoir, se tient l'os, la poussière, la cendre. Elle le dit en se taisant, elle agit, elle meurt et ressuscite à chaque instant dans un noir lacté. Elle perd des bouts de peau et d'organes, du sang, de la lymphe, mais sa virginité, dans un utérus verrouillé, tourne au lait. Elle vote déjà pour un futur exclusivement technique : l'ectogenèse, l'utérus artificiel, la fabrication embryonnaire immaculée. Elle s'approche autant que possible de cet idéal grandiose. Le curé de sa paroisse est ahuri, il la dénonce comme démoniaque, veut rester tranquille dans son petit boulot (mariages, baptêmes, enterrements), mais la ferveur populaire le bouscule, l'archevêque est convoqué, il exploite immédiatement le filon ; triomphe de Ludivine. Elle aurait pu être brûlée, elle est sanctifiée. Son culte s'impose pour un ou deux siècles. Elle finit par s'éteindre, mais, un jour ou l'autre, quelques adolescentes douées prendront le relais.

La boulimique est une sainte ratée, l'hystérique une sainte coquette. La première s'engrosse par dépression, la seconde se prend pour un garçon, ne sait plus de quel sexe elle est, ne sent rien, transpose sa frigidité dans le tourbillon social, fait même des enfants à sa grande surprise, est très étonnée qu'ils grandissent, se

calme un peu sur ses petits-enfants, se demande pourquoi tout ça, déteste bien entendu les hommes, devient
radine obsédée, ne croit plus en rien, reste petite fille
jusqu'au bout, éblouie de mensonge.

Inutile de dire que Ludivine de Schiedam aurait haï
Ludi, et se serait arrangée pour la conduire au bûcher
par tous les moyens possibles.

Je la regarde préparer la soirée pour ses clients américains, Sharon et Donald. Gros contrat, très bon
dîner. Le feu flambe dans la cheminée, le champagne
est frais, elle a fait venir un repas chinois (excellentes crevettes). Je me mets en pilotage automatique.
« Et vous, que faites-vous ? » me demande la jolie,
richissime et parfumée Sharon. Oui, au fait, que fais-
je ? Journaliste, voilà. Politesse. Oubli. Généralités sur
le Proche-Orient et le reste. Je pense distraitement que
M.N., de nos jours, pourrait s'amuser à écrire, sous
divers pseudos, des articles en anglais dans les magazines du temps, avec, chaque fois, un bref message
enrobé adressé à lui-même. Il sourirait de le retrouver
en kiosque, dans une gare ou un aéroport. Il pourrait
aussi envoyer des tas de mails ou de textos dans le
vide. Je parle maintenant, en plein confort, dans le
vide. Ludi se débrouille très bien. C'est un moment à
passer.

M.N., en douce :
« Pourquoi il est provisoirement nécessaire aujour-

d'hui de parler grossièrement et d'agir grossièrement. Le fin et le discret n'est plus compris, même par ceux qui nous sont proches. Ce dont on ne *parle* pas à *grands cris*, *cela n'existe pas* : douleur, renoncement, devoir, la longue tâche et le grand dépassement. La gaieté passe pour le signe d'un manque de profondeur : qu'elle puisse être le bonheur après une tension par trop rigoureuse, qui le sait ? — On vit avec des comédiens et l'on se donne bien du mal pour trouver malgré tout quelqu'un à vénérer. Mais personne ne comprend combien il m'est dur et pénible de vivre avec des comédiens. »

Aujourd'hui, autre chose : pour une longue, très longue, période de temps, il est nécessaire de se taire ou de parler à voix basse, d'agir en sous-main, tout en étant apparemment bavard, superficiel, léger, désinvolte. Être pris pour un comédien par des comédiens est un plaisir. Combien de temps ? Impossible à dire. Laissons venir le présent, l'inutile : c'est urgent. D'ailleurs, on ne peut plus parler avec personne (sauf pour information-désinformation).

M.N. vient de se souvenir, dieu sait pourquoi, que la vitesse de la lumière est de 300 millions de mètres par seconde. L'être humain a des yeux pour ça. Quant à visualiser ou imaginer cette vitesse (et bien d'autres choses avec elle), il ne faut pas y penser. M.N. porte sa main droite à ses yeux, il les enfonce un peu avec le pouce et l'index. Pouce contre index : 1 seconde,

259

300 millions de mètres. Photons. Il rouvre les yeux, il pleut, le temps est comme distendu par la pluie. Il recommence le même geste en faisant rouler doucement les globes oculaires pour atténuer sa migraine. Le temps pourrait s'arrêter là, brusquement, mais alors ce serait la mort. Une douceur inconnue envahit la chambre et l'espace. Pendant un quart d'heure, M.N. s'applique à ne plus être là *du tout*. Il y parvient, c'est divin.

Il pense maintenant que personne n'a encore décrit comme une expérience *personnelle* la vitesse de la lumière ou la dramaturgie cellulaire. Après tout, avant d'être surmonté, l'être humain, trop humain, doit d'abord être *décalé*, analysé, radiographié, sondé. Voilà le roman, pas la peine d'en écrire d'autres. Une passerelle pour l'avenir ? Non, plutôt une échappée instantanée, un saut, un intervalle seulement sensible par décloisonnements et saccades. Le cerveau (les yeux perçoivent, mais c'est lui qui voit) comporte un million de milliards de connexions, mais l'ensemble de la bibliothèque de nos gènes (je dis toujours *nous* par politesse) ne comprend que de trente à quarante mille volumes, presque rien. Un ordinateur comme *Deeper Blue* peut exécuter au jeu d'échecs plusieurs milliards d'opérations par seconde. Est-ce vraiment la peine de se perfectionner aux échecs ? Pourquoi pas, si ça vous amuse. Changeons apparemment de sujet : un petit ver, l'*elegans*, à peine visible à l'œil nu (un millimètre dans le sable), et dont la durée de vie, nourrie de bac-

téries et de levures, n'est que de deux semaines, persiste sur notre globe depuis un milliard d'années. Tout
ça, tout ça. Et ce globe minuscule lui-même, à la surface duquel, dans une chambre au soleil, je trace ces
petits caractères, tourne sur lui-même à la vitesse de
27 000 kilomètres par seconde. Une. Voilà. Et vous
voudriez que je m'intéresse aux convulsions sociales de
mon temps? Migraine.

Mais le plus baroque, et de loin, est notre condition
de vivant-mort et de mort-vivant, le suicide cellulaire
constant, de mieux en mieux découvert, l'*apoptose*. On
le sait, désormais : dans chaque cellule vivante, un
protecteur verrouille, enlace et réfrène l'activateur du
suicide, l'empêchant de déclencher le travail de l'extérieur. C'est seulement quand disparaît le protecteur
que la mort, soudain, apparaît.

En clair :
LA VIE RÉSULTE DE LA RÉPRESSION DU SUI
CIDE, DONC DE LA NÉGATION D'UNE NÉGA
TION.
LA MORT RÉSULTE DE LA RÉPRESSION DE
LA RÉPRESSION DU SUICIDE, DONC DE LA
NÉGATION DE LA NÉGATION D'UNE NÉGA
TION.

Vous n'êtes en vie que parce que vous résistez sans
arrêt au suicide de votre organisme. Familiarisez-vous
avec cette vision. Elle change tout.

Nous sommes ainsi un fleuve en état de disparition permanente. Au moment où j'écris ces lignes, ou pendant que vous les lisez, plusieurs dizaines de milliards de cellules me composent et vous composent, se dédoublent, se détruisent, se contractent, se dilatent à raison de plusieurs millions par seconde. Un cancer, par exemple, maladie de la fécondité cellulaire (grossesse à l'envers), est *une maladie du suicide*, c'est-à-dire de l'esquive, un corps devenu incapable de se dérober sans s'effondrer. Je renonce à mon suicide et à ma mort incessante, je perds ma mobilité défensive, donc je tombe.

La vie consiste à s'esquiver et à se dérober. Jeu d'escrime.

Conséquence pratique : au lieu, par exemple, de détruire un micro-organisme infectieux par attaque frontale, il vaut mieux tenter de découvrir la nature des signaux capables de le forcer à déclencher son suicide.

Incitez vos parasites à se suicider. Application dans la vie courante.

Définition : comme une cellule, je suis une entité fluide, dynamique, en équilibre instable, échappant sans cesse à l'effondrement.

Ici, je remonte de ces gouffres tourbillonnants où je ne me baigne jamais deux fois dans le même moi-même qui reste cependant le même, j'émerge, je reprends mon crâne en main, j'avance au soleil.

L'être humain, trop humain, vient buter sur la négation. Il se trompe à son sujet. Il croit être une positivité, il se gonfle, il s'affirme, grenouille qui se prend pour une vache ou un bœuf. Démenti, il en veut à la terre entière. Il rumine cette injustice, cette absurdité, voudrait tuer, se tue, va dans le même sens que son fourmillement cellulaire. Malentendu.

M.N. s'était endormi. Il se réveille en pleine inconscience tranquille. Son mal de tête a disparu. Il reprend sa plume et écrit. Il vient d'être monsieur Néant. Il vit son année-lumière.

Ludi m'invite à dîner aux Ambassadeurs, le restaurant du Crillon. Cuisine hyper, service hyper, clientèle hyper. Pour une fois, j'ai mis une cravate. La place de la Concorde brille à travers les fenêtres, c'est le début du printemps à Paris. L'argent se tasse sur lui-même, un ministre, dans un coin, s'exhibe avec sa maîtresse, un écrivain médiatique rit avec une jolie jeune femme brune, éblouie d'être là, dans l'hyper. Un pape hyperstar vient de mourir à Rome, la fausse émotion est générale, des centaines de milliers de pèlerins sont attendus place Saint-Pierre, mais l'hyper fonctionne au même moment dans toutes les grandes villes de la planète, acteurs et figurants tournant au caviar. Qui sait ? M.N., par goût de la provocation intime, aurait peut-être choisi, en passant, d'être serveur dans un palace à Paris, à New York, à Hong Kong. N'est-ce pas ce qu'il évoque une fois : « un petit emploi, quelque chose de quotidien, qui cache plutôt qu'il ne met en évidence » ? Or qui est plus caché qu'un serveur ? Et puis voilà un lieu d'observation idéal : un P-DG et sa Directrice des Ressources Inhumaines, un homme politique en ascension, des artistes déguisés en artistes, une animatrice de télé et un vieux chanteur, un publicitaire régisseur du spectacle, un requin de la finance pas encore démasqué, le tout sur fond de robes et de bijoux (regard perçant de Ludi sur les femmes), valse des garçons stylés dans le bavardage global.

M.N., après son service, fatigué mais mort de rire, revient dans sa petite chambre de bonne sous les toits. Il avale son sandwich du soir avec une bière, il se confie au sommeil et à ses conseils. Il est debout à 6 heures du matin pour écrire, et puis reprend sa place d'esclave, un mois comme ça dans les coulisses, pour voir. Mais c'est tout vu : le somnambulisme règne, ils dorment debout et assis, l'hypnose est leur respiration même, et on se demande comment, *entre images*, ils pourront se décider, après dîner, à se déshabiller et à se toucher. On imagine leurs rêves : cirque pénible, chevauchements des voix, reproches, accusations, cartes de crédit perdues, voitures ensablées, enfants criards, parents fantômes, pertes de cheveux ou de dents, hantise du vieillissement, rivalités obtuses, coïts subis, licenciements soudains, dettes, grossesses, cancers, grosseurs. Féerie des assiettes et des verres, cauchemars des lits. La richesse est une tempête, la pauvreté un désert. Voici, en revanche, la plus grande pensée à l'œuvre de façon invraisemblable, dans une pension de famille à Nice. Titre d'un livre envisagé par M.N. :

Dionysos
Essai de philosopher
d'une manière divine
par
F.N.

Il note :

« Un homme avec son goût propre, enfermé et caché dans sa solitude, incommunicable, non communicatif, un homme *incalculable*, donc d'une espèce supérieure, en tout cas *différente* : comment voulez-vous l'apprécier, puisque vous ne pouvez le connaître et le comparer à rien ? »

Et aussi :

« Mon histoire n'est pas seulement une histoire personnelle, je sers les intérêts d'hommes nombreux en vivant comme je vis. »

Là-dessus, il sort et marche deux ou trois heures. Pieds, jambes, cerveau, soleil, main, plume, encre, tel est son rythme. Il méprise souverainement, cela va sans dire, les auteurs qui fabriquent des livres en faisant semblant de ne pas les avoir écrits mot à mot. Les siens sont toujours en train de s'écrire. Du coup, pas une ride, pas le moindre ennui. C'est une musique, une danse, un art de la fugue, une offrande harmonique, une improvisation, une variation. Dieu est mathématique, il fait la roue, il roule, son mouvement perpétuel est un éternel retour. M.N. pense qu'il y a quand même eu un temps civilisé où un empereur, Frédéric de Prusse, interrompait un dîner de Sans-Souci, en disant soudain à ses invités, obligés de se lever de table comme lui : « Messieurs, le vieux Bach est arrivé. » C'est exactement ça : *il arrive*. Qui ? Lui.

C'est la raison pour laquelle M.N. ne se prend pas pour « Monsieur Nietzsche ». Il remonte dans sa chambre, le visage foncé par l'air sec, il embrasse sa table, sa chaise, son lit. Il est maintenant un savant au fauteuil sombre. Il médite. Toute son enfance lui revient en masse dans le front, mon dieu, quel drôle de petit garçon il était, ardent, malade, fiévreux, en pleine santé, rampant, courant, se cachant, voyeur, écouteur, insolent, très pieux, très lecteur, très décidé, très rêveur. Ultrasensible aux voix, point crucial :

« Je n'aime pas ma mère, et entendre la voix de ma sœur m'est désagréable. J'ai *toujours* été malade lorsque j'étais en leur compagnie. »

Quand il sera paralysé, ces deux-là lui mettront de la bêtise et du conformisme plein les oreilles. Le camp. L'enfer. Pour l'instant, il est encore libre, mais, au fond, il le sera toujours.

« Une aversion profonde pour le bruit, l'admiration, le journal, l'influence... »

Et ensuite, caché dans sa folie. Ailleurs.

M.N. a beaucoup bougé dans sa vie, tout en restant chaque fois à la même place, c'est-à-dire feuille de papier, crissement de plume, corrections, expéditions, réexpéditions. Entre 1885 et 1887, on le trouve successivement à Naumburg, Leipzig, Munich, Florence, Naumburg de nouveau, Leipzig de nouveau, Sils-Maria, Gênes, Ruta Ligure (« une solitude comme dans une île de l'archipel grec »), Nice, Cannobio (sur le lac Majeur), Zurich, Coire, Lenz, Sils-Maria de nouveau, Venise. On comprend qu'il ait écrit *Le Voyageur et son ombre*. Il suit son ombre, elle le prévient, elle l'entraîne, il a conscience d'être posthume en la précédant, ils sont deux à chaque instant, ils s'excitent, ils se surveillent. Il faut ici imaginer les difficultés des déplacements de l'époque. C'est long, lourd, malaisé, teuf-teuf, des trains, malles de livres, mal aux yeux, vomissements, vertiges. Les bons moments sont exceptionnels, mais ils ont la couleur des siècles. Et puis, il faut repartir. Une errance ? On dirait, mais c'est autre chose. La coïncidence avec soi n'a lieu que dans ces écarts. J'étais là, puis là, je serai de nouveau là, et encore là en passant par là. Il en aura vu, M.N., des *fenêtres*, la montagne, la rue, la place, la mer. Et puis des escaliers, des « tables d'hôtes », toutes les conneries du temps déployées. Et puis des chemins, des côtes, des vallées, des lacs. Il marche vite, il s'essouffle exprès pour sentir son souffle, il a un bon cœur (celui-là mettra du temps à lâcher). Il ne se plaint jamais de ses jambes, encore un beau jour, tant mieux.

« Il fait frais, la prairie est dans l'ombre, le soleil s'est couché. »

Maintenant, deux autres titres possibles :
Le Nouvel Âge des Lumières
Prélude d'une philosophie de l'avenir.

Ou bien :
Philosophie du savoir défendu.

Il y avait déjà *Par-delà bien et mal* (avec, en sous-titre, *Prélude à une philosophie de l'avenir*), mais on pourrait imaginer d'autres volumes. Par exemple :
Par-delà raison et folie.
Et :
Par-delà vie et mort.

En considérant qu'il ne peut plus être question de « philosophie », mais bien du roman enfin révélé à lui-même.

M.N. y revient sans cesse : en réalité, les philosophes, sans l'avouer, écrivent toujours leurs Mémoires, et leurs systèmes ne sont que des élucubrations de leurs corps. C'est la raison pour laquelle leur rapport aux femmes est si révélateur :

« À supposer que la vérité soit femme, — dites-moi, n'est-on pas fondé à soupçonner que tous les philosophes, dans la mesure où ils ont été dogmatiques, ne savaient pas s'y prendre avec les femmes ? »

Ils sont enfantins, puérils, niais, ces philosophes. Leur « effroyable sérieux », leur « sans-gêne » font que la vérité, comme femme, « repousse leurs avances ». Mais peut-être les femmes ont-elles aussi intérêt à ce qu'il y ait des philosophes qui ne découvrent jamais la vérité ? Qui maintiennent à leur sujet un pseudo-mystère ? Qui les laissent vierges, intouchées ?

Il faut tout revoir dans ces choses. M.N., aujourd'hui, aurait sa Ludi, sa Nelly. La première le protégerait à travers le carnaval de la mode et, avec la seconde, il poursuivrait, poussé par ses « exigences physiologiques », sa quête de la vérité. Pourquoi l'aimeraient-elles ? À cause de la vérité, justement, et de sa grande raison légère.

Évidemment, pas question de trouver ça sur la planète à la fin du 19ᵉ siècle. Au 18ᵉ, sans doute, et encore. Mais aujourd'hui, au début du 21ᵉ (c'est-à-dire vers la fin du 1ᵉʳ siècle du nouveau calendrier), la chose est possible, malgré le chaos et l'effondrement général, ou peut-être grâce à eux. La preuve. Il aura donc fallu traverser l'effroyable et l'épouvantable, des millions et des millions de morts, des massacres sans précédent, pour en arriver à une terreur et une confusion *pensables*. Nous y sommes, j'y suis, je poursuis.

Dieu était (et reste) un faux positif. Le Diable était (et reste) un faux négatif. Mais le vrai négatif est la même chose que le vrai positif. Une fois cette identité prouvée, le monde change.

Ce qui ne veut pas dire que le faux disparaît, au contraire. Il se met à suinter humainement de partout, il déborde, il envahit tout. C'est l'immonde permanent : « visages venimeux et désespérés », disait déjà M.N., « lamentable sentiment d'écrasement », « bassesse anxieuse », « jovialité moutonnière et anodine », « *marasmus femininus* ».

« Cette époque, dit encore M.N., est comme une femme malade : laissez-la simplement crier, se répandre en invectives, tempêter et briser tables et assiettes. »

D'où ce conseil :

« Fuyons, mes amis, devant ce qui est ennuyeux, devant le ciel couvert, devant l'oie dandinante, devant l'épouse respectable, devant les vieilles filles mûrissantes qui écrivent et "pondent" des livres — la vie n'est-elle pas trop courte pour qu'on s'ennuie ? »

Pas d'ennui avec la profonde et *honnête* frivolité de Ludi. Pas d'ennui non plus avec le sérieux vicieux, ironique et *honnête* de Nelly (la dernière séance de temps avec, de nouveau, Platon au programme, était épatante).

Voilà qui n'est pas humain, me dites-vous. Eh oui, je m'en flatte. Votre « humain » me casse les couilles depuis toujours. J'en vois le mensonge automatique, les recoins, les mesquineries, les petits profits, les jalousies, la suffisance, la nausée, le vomi, la *parcimonie*. Un de vos philosophes, d'ailleurs sympathique, a fini, pour vous plaire, par se définir ainsi : « Tout un homme, fait de tous les hommes, et qui les vaut tous, et que vaut n'importe qui. » Ce *vaut*, dans sa répétition, a l'air de plomb, mais il est d'or. Difficile d'aller plus loin dans l'hypocrisie démagogique. Imaginez une femme disant ça : « Toute une femme, faite de toutes les femmes, et qui les vaut toutes, et que vaut n'importe laquelle. » Vous aurez du mal à la trouver sous le soleil. Mais votre philosophe, en trouvant cette formule, a eu un vrai spasme de promiscuité, une ivresse sportive de salle de douche, une ivresse de nivellement achevé. Ils ont très peur d'être traités de fascistes ou de nazis, les philosophes d'aujourd'hui, ils ne se permettraient pas de se penser en surhommes, ils filent doux près de leurs matriarques locales, surveillantes du communautarisme intégré. L'un se sacrifiait à Dieu, l'autre se voue à l'Homme (sans parler de la Classe, de la Race ou du Parti). Un homme qui *vaut* ou un homme que *vaut*, voilà des valets du Veau mort. Grand cimetière cendreux sous la lune : les travailleurs de la mère, les travailleuses de la mort.

Tous les hommes naissent et meurent dans l'égalité de la mort. Je suis comme vous, vous êtes comme moi, aimez-moi.

Eh bien, non, ne m'aimez pas, et vous m'aimerez davantage. Ludi m'aime parce qu'elle ne m'aime pas, et qu'elle aime ça. Nelly, idem. C'est le contrat a-social, une nouveauté dans l'Histoire. La vie rancie s'oppose à la vie divine. Je suis mortel, sans doute, mais *par-delà*.

Il est singulier que M.N. ait évoqué, en son temps, un *marasmus femininus* comme danger menaçant l'Europe. *Marasme*, dit le dictionnaire, du grec *marasmos*, de *marainein*, dessécher. Maigreur extrême du corps. Par extension : perte des forces morales, apathie, dégoût de la vie. Exemple : l'insuccès conduit au marasme.

Mais que signifie ici « perte des forces morales » ? C'est plutôt de déperdition des forces immorales qu'il faudrait parler. À l'ombre des jeunes filles desséchées, marasme. Ludi la blonde et Nelly la brune, au contraire, sont des jeunes femmes plutôt rondes. Pas grosses, *rondes*. La vie les aime, et elles aiment la vie.

« Surtout n'oubliez pas le jardin, le jardin aux grilles dorées... »

Petite phrase à répéter sans arrêt.

L'expression « aimer la vie » est sans doute banale et courante, mais en réalité elle est très étrange. Ludi aime sa peau, ses articulations, ses chevilles, ses doigts, sa fossette de la joue gauche, son menton, son nez, sa bouche, son front, sa nuque, son cou, ses épaules. Elle est fière de ses petits seins, de ses cuisses, et, disons les choses, de son cul de soie. Elle ne s'aime pas *elle*, mais ce qui passe à travers elle, souvent à son grand étonnement, et qui n'arrête pas de l'éprouver, de la parcourir. C'est une circulation, un air. Elle sait qu'elle est belle, qu'une robe bien choisie ou un tailleur-pantalon noir peut la pousser à son comble, qu'une broche fait briller ses yeux presque verts, qu'un parfum derrière ses oreilles, comme dans un tour de magie des *Mille et Une Nuits*, lui ouvre toutes les portes. Les hommes sont sous le charme, les femmes la détestent d'emblée, les pédés l'adorent, les fonctionnaires financiers se la paieraient volontiers, mais, que voulez-vous, elle préfère son petit philosophe. Il est davantage *bébé*. Son vice est innocent, ses buts incompréhensibles, son détachement un encouragement. Ludi aime la vie en virtuose. Elle se repose avec moi, elle dort bien.

Pour Nelly, ce qu'on appelle la vie est une malédiction à exorciser. Elle mène cette guerre avec une gaieté nette. Elle a fait le tour de tous les bonshommes supposés penser, ne s'intéresse pas aux autres, a sondé ses penseurs bornés dans leurs petites manies, leur radinerie, leur lâcheté, leur viscosité, leur prêtrise. Ludi méprise les affaires auxquelles elle participe en fausse prostituée joyeuse, Nelly hait les curés du blabla philosophique, politique ou sociologique. C'est une sainte qui refuse l'Église et les confesseurs, elle aime en moi l'égoïsme, le cynisme, l'indifférence et, au fond, la conviction. J'aime une femme de mode, j'adore une philosophe de boudoir. Je ne deviens pas tout à fait fou grâce à elles, je profite de leurs silences. Peu importe ce que le temps fera de nous : tout se passe maintenant ici, et de nouveau maintenant ici, et encore maintenant ici, et encore.

Ludi et Nelly d'une semaine à l'autre ? C'est parfait. Un côté tendre, un côté dur. Mais dieu seul sait si la tendresse n'est pas plus dure que la dureté, et la dureté plus tendre que la tendresse. C'est selon, c'est variable, c'est désorientant, c'est bon. Cette organisation est donc possible au début du troisième millénaire, ou plutôt au début du 2e siècle de l'ère nouvelle qui n'a pas grand-chose à voir (sauf clandestinités ignorées) avec les expériences passées. Ludi et Nelly, finalement, *m'entretiennent.* Elles ont d'ailleurs de l'argent, situation pour Ludi, héritage pour Nelly. Si je n'étais pas tombé sur ces deux-là, j'en aurais trouvé d'autres. L'époque est étroite et compressée, mais riche, très riche. Il suffit, pour la surplomber, d'être souterrain et discret.

Mon site : Dionysos discret, point de non-communication, silence.

Rien à voir, en tout cas, et il serait heureux de le savoir, avec les souffrances qu'a été obligé d'endurer M.N. comme fondateur du nouveau calendrier du salut dans la liberté. Exemple (et on voit qu'il sait de quoi il parle) :

« La femme malade : nul être ne surpasse en raffinement pour dominer, opprimer, oppresser, tyranniser. Pour arriver à son but, la femme malade n'épargne ni les vivants ni les morts, elle déterre comme une hyène ce qui est le plus profondément enterré. Qu'on jette un regard sur ce qui se passe dans le secret de toutes les familles, de toutes les corporations, de toutes les communautés : partout la lutte des malades contre les bien-portants, une lutte silencieuse, dans la plupart des cas, une lutte au moyen de petites poudres empoisonnées, de coups d'épingles, de mines sournoisement résignées, parfois aussi avec l'aide de ce pharisaïsme morbide des attitudes *tapageuses* qui joue volontiers "la noble indignation". »

Toutes les familles, toutes les corporations, toutes les communautés... Y a-t-il là quelque chose de changé depuis un siècle ? Apportez vos témoignages. Ludi, lorsqu'elle est plutôt de mauvaise humeur, une fois par mois, à cause de ses règles, a l'habitude de me glisser à l'oreille avec un sourire : « Je suis malade. » C'est élégant, c'est bien dit.

Suivons le fil : une femme qui, comme on dit, *tombe* enceinte, aurait chaque fois l'impression de *guérir* d'une maladie chronique ? Alors qu'elle développe, dans sa grossesse, en elle et bientôt hors d'elle, le même processus qu'un cancer ? Pour produire, enfin, un corps à mourir ? Une maladie à la mort remplacerait ainsi une maladie à la vie ? Une maladie qui d'ailleurs ne *suffit* jamais, qui est sans cesse à recommencer, avec, chaque fois, oubli du transit ?

Il est vrai que je n'ai jamais vu Ludi aussi heureuse et en bonne santé que lorsqu'elle attendait (comme on dit) notre fils Frédéric. Mais, bientôt, l'utérus artificiel interrompra ces agapes millénaires. Il faudra bien cacher, par tous les moyens, aux nouveaux venus ahuris, le but de leur destinée fatale. À moins de les cloner dès leur arrivée, et de leur laisser ainsi envisager une transmigration identitaire immortelle. Certes, beaucoup d'accidents techniques auront lieu, mais pas plus que sur les routes. Les *Matrixcenters* sont les usines de l'avenir.

Il y aura les nombrilés et les nombrilées, caste sacerdotale ancienne et souveraine, au courant de tous les
mystères et de toutes les tragédies du passé, et les
innombrables anombrilés et anombrilées, toutes eth-
nies confondues, voués à être les esclaves des premiers.
On peut déjà prévoir des films par milliers. Un nom-
brilé nombriliste amoureux d'une anombrilette, ou le
contraire. Une nombrilée tentant d'expliquer à un
anombril le vieux monde terrestre et sa culture devenue incompréhensible, antique théâtre avec ses char-
niers, mais aussi ses charmes. Une sélection et une
éducation strictes présideront au nouveau royaume.
Tous les lycées s'appelleront Moïse, Mahomet ou Platon. Surveillance et virtualité à tous les étages. Tout
pour le futur de l'éternel présent. Plus de sommeil,
plus de perversions, plus de gaspillages. Qui osera dire
qu'il ne s'agit pas d'un progrès ?

Pas moi.

— Vous croyez que vous rirez encore dans cet
enfer prévu ?

— Mais oui, c'est ma nature. Et, d'ailleurs, je suis
déjà cloné dix fois. *Ecce Homo, Dionysos Philosophos.* Les
dieux n'en finissent pas de rire, il suffit de savoir les
entendre.

— Vous les entendez ?

— Parfois.

Je viens de voir à nouveau mon crâne dans le
miroir. C'est lui qui me regarde, pas moi. *Cogito, nego*

sum. M.N. pourrait être aussi M. Nego ou M. Nemo. Il n'ira pas mourir en Palestine sur le mont Nebo. Dix mille lieues sous les mers, c'est une moyenne. N est la quatorzième lettre de l'alphabet, la onzième consonne, et le son qui l'exprime est nasal. Il vaut mieux être né du côté du nez. Sans nez, mon crâne, pourtant joyeux d'habitude, a l'air inquiet. Je comprends qu'il n'a pas envie d'être réduit en cendres, autrement dit *urné*. Je tends la main, je le sors du reflet, je le berce un peu, je le console, je le rassure, je l'endors. Ce n'est pas si facile à réaliser, comme vous avez l'air de le croire. Je lui chuchote que N désigne aussi l'ensemble des nombres entiers naturels, zéro compris. Avec une petite étoile, en haut, à droite, ce sont les entiers naturels privés de zéro. Est-ce que N, symbole de l'azote, lui convient ? Oui, mais il préfère se souvenir de l'oxygène et de l'hydrogène. Et le *newton*, il connaît ça ? Évidemment, répond mon crâne, puisque c'est l'unité de mesure de force (N), équivalant à la force qui communique à un corps ayant une masse de 1 kilogramme une accélération de 1 mètre par seconde carrée. Et *nano*, noté n ? Mon crâne connaît aussi ce préfixe qui, placé devant une unité, la multiplie par 10^{-9}. Exemple : nM. Enfin, N. (avec un point) s'emploie dans les récits pour désigner quelqu'un qu'on ne veut pas nommer.

Ici, c'est le contraire : j'appelle N. quelqu'un que je veux nommer. Son nom est par ailleurs prononçable, mais je lui évite ainsi une cascade de clichés, de malentendus et d'interprétations vaseuses, sans parler des falsifications qu'on connaît.

Hier soir, pour suivre mon programme de contre-éducation naturelle (mon *Émile* à moi, renversé), tout en m'appuyant sur le fait bien établi (et barbant) que les fils veulent faire le contraire de leur père ou même, carrément, le tuer, j'ai emmené Frédéric au concert. Du Wagner, bien entendu, dont j'ai passé mon temps à lui vanter le génie, la profondeur, la respiration mythique. J'ai continué ensuite par une longue diatribe contre Nietzsche, cette brute blonde et suppôt de Hitler, responsable, comme son épigone abject, Heidegger, des plus monstrueux massacres expérimentaux du 20ᵉ siècle. J'ajoute l'abominable Céline dans mon discours, je siffle, je vitupère. Tous ces salauds sont à éliminer des bibliothèques, et j'espère que Frédéric évitera de les lire de peur d'être contaminé. J'insiste : une seule phrase suffit, parfois, pour attraper le virus. C'est comme les livres érotiques : on ouvre un livre, ce fou de Sade, par exemple, et le mal est fait, la gangrène gagne. Ici, je joue l'humaniste tolérant, posé, pondéré, le moraliste initié, le vrai père. Certes, je connais la faiblesse humaine, mais elle peut être surmontée par le dialogue, le respect de l'autre, l'accueil de l'étranger, la solidarité, la fraternité, la sororité. Je suis athée, cela va de soi, mais sans plus, démocrate inné, féministe et progressiste, homophile, négrophile, arabophile, judéophile, antipédophile mais gayphile. Conjugalophile mais sexophile. Je déteste le pape, je préfère n'importe quelle religion à la sienne, bien que toutes les religions soient à rejeter par principe. Je ne connais qu'une valeur : l'homme. Et puis après ? Eh bien, c'est tout simple : l'homme.

J'embête tellement Frédéric avec tous ces slogans du jour, que c'est bien le diable s'il ne vomit pas tout ça en vrac, en même temps que moi, dans sa tête. Œdipe *doit* fonctionner, c'est une loi. Veut-il baiser sa mère, oui ou merde ? Je serais à sa place, je n'hésiterais pas. Je tue ce vieux con, à moi la déesse.

Tout indique que M.N., fils d'un pasteur protestant fragile et mort jeune, n'a pas eu de mouvement libidinal très fort envers sa mère (mais sait-on jamais). Sa sœur non plus, on l'a vu, ne lui paraissait pas très désirable (mais allez savoir). Résultat : il a fini entre leurs mains de servantes tripatouillantes. Vaincu, donc, comme l'Autre qui, du haut de la Croix, essaie de calmer sa mère en lui offrant un autre fils avant d'expirer. Conclusion : échec aux femmes. Une fois, deux fois, ça ira comme ça.

Ludi, autrefois, très belle, en peignoir bleu, le matin :

— Tu es misogyne ?
— Absolument. Même pas.
— Je t'aime.

Nelly, dans les premiers temps, par terre, chez elle, tapis persan, coussins, feu de bois, une coupe de champagne à la main :

— Vous êtes misogyne ?
— Le mot est faible. Pas du tout.
— Je vous adore.

— Vos oreilles ont encore embelli.

— Merci.

M.N., qui n'a pas froid aux yeux, écrit, sans complexe :

« Je suis charmant aux yeux de tout ce qui est net. »

Voilà.

M.N. a-t-il vécu au jour le jour ? C'est peu dire : à l'heure l'heure, et même, le plus souvent, à la minute la minute (cette phrase m'a pris douze secondes, je viens de les voir partir). Au jour le jour, donc, à la nuit la nuit, par exemple entre 1 heure et 3 heures du matin, « ce moment où il n'y a plus de temps ». « Nous autres, les lève-tôt », dit-il encore. L'aiguille des secondes, la *trotteuse*, poursuit son égrènement de sable, ce qui n'empêche pas, au contraire, de mener des incursions et des raids dans les siècles et les millénaires. « Il faut, dit M.N., s'enfoncer hardiment dans la forêt du passé. » Et pourtant, « ni chez les vivants ni chez les morts, je n'ai personne dont je me sente proche ». Il lui faut par conséquent continuer seul. C'est le moment le plus dangereux, folie ou mort.

Conseil : « Ne jamais s'allier à des forces maladives et vaincues d'avance. »

C'est pourtant ce qu'on est obligé de faire neuf fois sur dix, mais c'est la dixième qui compte.

« Alors, dit M.N., viennent les hôtes royaux et divins, étrangers et inconnus, sans noms. »

Alors, on peut être « à l'aise au milieu des hasards comme au milieu des flocons de neige ».

Et encore : « J'ai compris la *force active*, la créativité au cœur du hasard. »

Et encore plus étonnant, comme un coup de dés stellaire : « Il n'y a plus de hasard dans ma vie. »

Ce qui nous paraît le plus étrange, aujourd'hui, c'est ce fantasme de M.N. de sauver « l'humanité » (mais son adversaire Crucifié nous semble, de ce point de vue, tout aussi bizarre). M.N. reste d'ailleurs ambigu sur ce point. Dionysos vient-il nous sauver ou nous perdre ? Les deux, peut-être, et qui peut se dire définitivement perdu ou sauvé ? Ça va, ça vient, ça s'occupe surtout d'autre chose. De quoi ? On reste en alerte, on écrit pour ne pas s'encroûter, s'abrutir, dormir, tituber, parler comme tout le monde pour ne rien dire, correspondre au temps, se veiller. Je me rêve, je me veille, je me rerêve et je me réveille.

Tout simplement :

« Je trouve en toutes choses une exubérance que je nomme divine. Et comme je la trouve aussi dans mon âme, j'appelle mon âme divine. »

Sans doute, mais la question, à partir de là, devient : comment se cacher ou se déguiser ? Vous ne vous voyez quand même pas revendiquer pour vous, publiquement, une « âme divine ». C'est exclu, il y a en plus des comédiens très peu convaincants pour ça. Voyons donc comment M.N. envisage une solution de repli à Turin, à la Noël 1888, soit trois mois après la proclamation de son nouveau calendrier, et huit jours avant son effondrement :

« Une des formes de déguisement les plus subtiles, c'est l'épicurisme et une certaine bravoure ostentatoire du goût qui prend légèrement la souffrance et se défend de tout ce qui est triste et profond. Il y a des "hommes sereins" qui se servent de la sérénité parce que cette sérénité les fait mal comprendre. Ils *veulent* être mal compris. »

Cela dit, plus le temps passe, et plus il met l'accent sur les refoulements de l'Allemagne, « cette vieille mijaurée puritaine ». Il va, par provocation, jusqu'à faire, contre Wagner et la wagnéromanie, l'apologie de la *Carmen* de Bizet, et, par allusions répétées, des « petites femmes », et même de la « soubrette parisienne » (devenue désormais la petite-bourgeoise âpre et pincée). Ce qui ne l'empêche pas de beaucoup penser à Cosima Wagner qu'il va mythifier et halluciner bientôt en Ariane prisonnière de son Maître-chanteur, de son Minotaure séducteur, le géant musical de son époque. Un des billets, dits de la « folie », envoyé à Cosima, en janvier 1889, va jusqu'au bout : « Ariane, je t'aime. Dionysos. »

Tête de Cosima, veuve depuis six ans de son grand homme, en recevant cette déclaration d'amour. Mais, après tout, ce billet a été conservé et c'est ça qui nous intéresse. C'est moi qui l'ai rendu fou, pense-t-elle, avec un petit frisson qui, à ce moment-là, vaut pour elle tous les opéras du monde. M.N., qu'elle a bien connu, devenu fou mais transformé en dieu? Qui sait si elle n'est pas capable d'opérer ce prodige?

M.N., dans ce film, s'appelle d'abord Thésée, un fil rouge le relie à la femme du monstre, il va le tuer, la rendre folle de lui, l'étreindre, prouver ainsi sa force, sa virilité, sa divinité. Il est déjà dans ses bras à la place de l'autre, à moins qu'il ait pris sa place contre le torse puissant de ce chef d'orchestre accablant, ce qui ne va pas sans un trouble intense puisque le Minotaure lui-même, avec l'âge, le sirop chrétien, l'assagissement et la morbidité ambiante, est devenu une sorte de bonne femme.

Le Crucifié d'un côté, madame veuve Wagner de l'autre, avouez qu'il y a de quoi perdre la tête pour un dieu grec égaré parmi nous, et qui, il le dit, aimerait mieux vivre à Paris, en pleine décadence expérimentale, qu'en Teutonie walkyrisée :

« Il faut quasiment que les femmes aillent jusqu'à la dépravation (comme à Paris) pour que les écrivains deviennent plus honnêtes. »

Je suis un des très rares écrivains honnêtes.

Quoi qu'il en soit, on n'imagine pas monsieur et madame Nietzsche (née Salomé), attendus à dîner chez le professeur Burckhardt ou le professeur Overbeck, voire, en plus drôle, chez leurs voisins à Sils, Gênes, Nice, Turin ou ailleurs. Monsieur Nietzsche touche encore sa pension de l'Université, mais il est en disponibilité, il écrit des livres fiévreux et déclamatoires, poétiques si vous voulez, mais aussi caustiques, sarcastiques, et, pour parler franchement, incorrects. Il n'est pas sûr du tout qu'il croie en Dieu, ni, cela s'ensuit, à la Femme. Il est brouillé avec le grand Wagner qu'il a fréquenté autrefois. Jalousie de philosophe et de musicien raté. Philosophe, d'ailleurs, c'est beaucoup dire, on ne voit pas à quel enseignement il prétend, pas d'étudiants, pas de disciples, pas de succès de librairie, un style entraînant, je veux bien, mais qui se perd bientôt dans des considérations archaïques sur les anciens Grecs, la décadence dont nous souffririons, et même des couplets antipatriotiques. Je ne sais pas si vous avez parcouru son pamphlet, *L'Allemagne moisie*, mais franchement, à l'heure où nous sommes, on pourrait parler de trahison et de passage à l'ennemi. Il n'aime pas notre peuple, parle sans cesse de noblesse, se prétend d'origine polonaise, attaque le Reich, déconsidère nos penseurs, attaque furieusement Luther (bien que non catholique). Il s'en prend à toute notre histoire et va jusqu'à prétendre que nous n'avons aucun avenir. Finalement, il ne s'est pas marié et n'a pas d'enfants, va d'une ville à l'autre, part sans arrêt en Italie ou dans le sud de la France, vit dans des pensions minables, a très peu d'amis, est souvent malade. Je plains sa mère, une très bonne personne, veuve assez tôt d'un excellent pasteur, et sa sœur qui fait déjà beaucoup, avec son mari, pour la renaissance de notre pays (« Ce maudit antisémitisme est la cause d'une rupture radicale entre ma sœur et moi »). On ne sait pas ce qu'il veut vraiment ? Abolir le christianisme ? Rome, ce centre d'iniquité et d'obscénité, pourquoi pas, mais, j'espère, pas nos pasteurs. Devenir un nouveau Messie ? J'ai essayé de lire son *Zarathoustra*, j'ai abandonné assez vite. Fumeux, nébuleux, exalté, ce « surhomme », que voulez-vous, me fait rire, n'est-ce pas, madame Schröder ? Ce type, à mon avis, est fou. Oh, très érudit, j'en conviens, mais d'une érudition *inversée*, vous voyez ce que je veux dire. Homosexuel ? Peut-être, ces amitiés masculines passionnées, cette passion pour le dionysisme grec... Vous me dites qu'il s'en prend à Platon, à Socrate, à la Sagesse elle-même ? Je vous dis qu'il est fou. Écoutez ça :

« Le caractère contre nature de la sagesse se révèle dans son hostilité à l'art : vouloir connaître là où l'apparence constitue justement le salut — quel renversement, quel instinct de néant ! »

Vous voyez bien, il veut nous renvoyer au néant. Ce qui le prouve, c'est son hostilité frénétique à toute morale. On me dit qu'humainement il se conduit bien (sauf avec Wagner et sa pauvre sœur). Pas de vols, pas de viols, pas d'escroqueries, pas de liaisons scabreuses, peut-être malgré tout des drogues (mais ce n'est pas sûr), une petite vie bien rangée de rentier baladeur, acharné sur ses écritures et uniquement sur elles, jamais découragé par le peu de retentissement qu'elles rencontrent, tout le monde, ou presque, s'en foutant royalement. Des prostituées ? Autrefois, dit-on, d'où, sans doute, une syphilis rongeante (cela expliquerait ses transports). Mais enfin, dans l'ensemble, rien à signaler, comportement courtois, voix douce, tenue soignée. Or c'est justement ce qui devrait inquiéter.

Ainsi vont les potins, les ragots, les suintements, le pus, la bile, les pertes blanches, la bave. Qui n'a pas connu ça est un plaisantin qui n'a jamais rien *pensé* dans son existence. Il a sans doute eu des idées, des opinions, des croyances, il a pensouillé sur les bords, mais pensé réellement, non.

« Celui qui, pour sentir, n'a pas seulement son nez, mais ses yeux et ses oreilles, devine, presque partout où il va aujourd'hui, l'atmosphère spéciale de la maison d'aliénés et de l'hôpital. »

C'est-à-dire :
« Une rumeur circonspecte, un chuchotement à peine perceptible, un murmure sournois qui part de tous les coins et recoins. On ment. Une douceur mielleuse englue chaque son. »

Et encore :
« Ici fourmillent les vers de la haine et du ressentiment, l'air est imprégné de senteurs secrètes et inavouables, ici se nouent sans relâche les fils d'une conjuration maligne. »

Qui est malade? M.N. ou la société tout entière? Qui est fou? Lui ou eux et elles? Vous répondez *lui*, mais il est curieux qu'à ce moment-là vous vous sentiez devenir *elles*, ou plutôt une de « ces vieilles grenouilles froides et ennuyeuses qui rampent et sautillent autour de l'homme, qui s'ébattent même en son sein, comme si elles étaient là dans leur élément, c'est-à-dire dans un *bourbier* ».

En plus précis, M.N. parle de « sensualité estropiée » (vous pouvez lire sexualité estropiée), ou bien de « l'état morbide de l'homme domestique », de « l'homme apprivoisé, irrémédiablement affligeant et médiocre ». Il va jusqu'à employer l'expression « basse vermine "homme". » Tout n'est plus, à ses yeux, qu'« abâtardissement, rapetissement, étiolement, air vicié, nivellement, lassitude ». Où est passée l'hypothèse Surhomme? On est dans le tunnel à perte de vue.

Amusons-nous un peu. Supposons que Lou Salomé accepte la proposition précipitée en mariage de M.N. (c'était évidemment impossible, et il le savait, mais faisons comme si). Après quelques étreintes passionnées à Venise, les voici de retour en Allemagne. Les premiers heurts ont déjà commencé pendant le voyage, et même dans les derniers jours de la lune de miel. M.N. voulait aller à Paris, mais Lou a préféré le voyage de noces traditionnel et avec gondoles. C'est étrange comme cette jolie jeune fille ardente, intelligente et plutôt géniale, s'est métamorphosée en quelques semaines en femme de mauvaise humeur. Elle se renferme, elle boude, elle trouve que M.N. est trop allant, trop joyeux, elle lui reproche déjà de dénier la douleur du monde. Il a vite perçu cette petite lueur qui s'allume dans ses yeux lorsqu'il y a une difficulté dans les voyages et qu'il a l'air embarrassé par les bagages. Petite lueur maligne qui s'aggrave lorsqu'il est préoccupé, déprimé ou seulement malade. Pas de doute : elle jouit qu'il soit dérangé, rappelé à la réalité, au mal-être, à la fatalité de la condition humaine.

Dans les premiers temps, elle fait l'amour avec conviction et fougue, elle se voit en train d'opérer une rédemption charnelle de M.N., si fragile, au fond, si délicat, si timide et hypersensible. Elle n'ose pas lui demander de raser sa moustache qui l'étouffe un peu, mais enfin, il a son charme comme ça. Et puis, bon, il a du génie (encore que souvent désordonné et fantasque), il sait un tas de choses, il manie l'Antiquité comme personne, on dirait qu'il sort d'Athènes et de la Rome d'autrefois, que les dieux vivent à ses côtés avec naturel, bref qu'il s'est fourvoyé dans le chaos moderne de notre civilisation. Ses improvisations (souvent fatigantes, il faut l'avouer) illuminent les dîners qui, tout à fait entre nous, sont plutôt maigres. On en apprend plus avec lui en une soirée qu'avec vingt professeurs en un an. Il a ses obsessions : Wagner (impossible de le faire changer de disque), le christianisme (il a raison, mais n'exagère-t-il pas), la Renaissance, Kant (« cette araignée funeste »), Luther (« ce moine fatal »), la Révolution française (« cette farce inutile et sinistre »). Il insiste beaucoup sur le mariage de Luther, en 1525, avec la religieuse cistercienne Katharina von Bora, en se demandant presque grossièrement quelles pouvaient être leurs relations intimes. Est-ce un message indirect ? Possible. Avait-il, ce curieux philosophe-artiste, des dispositions religieuses, une vocation messianique ? On dirait. Cela le rend d'ailleurs très attachant, d'autant plus qu'il est d'un athéisme inflexible, d'un antipapisme tonique, mais aussi, hélas, d'une misogynie exacerbée dont le mariage, espérons-le, saura le guérir.

Quoi qu'il en soit, lorsqu'il ne passe pas des heures à marcher seul dans la nature (quelle manie), ou à faire ses écritures à toute allure, c'est un partenaire charmant, doux, attentionné, et même un bon pianiste, pourtant un peu raide. L'ennui (à part sa salope de sœur), c'est qu'en général il ne veut fréquenter personne. Lou est sa sultane, d'accord, mais ce n'est pas une raison pour vivre dans un isolement aussi fanatique. La vie existe, quand même, et qu'y aurait-il de répréhensible à rencontrer plus souvent des amis, des relations intéressantes, des gens cultivés et sensibles, comme ce poète autrichien si fin, si ouvert, si proche de l'inspiration angélique, ou, mieux encore, ce nouveau savant dont on parlera, c'est sûr, qui explique tout par ce qu'il appelle la *libido* ? M.N. est réservé sur cette question, il la trouve réductrice et pathologique, et, pire que tout, égalitaire et démocratique. En somme, il voit des malades partout, et c'est plutôt lui qui devrait se poser des questions. Il ne s'installe pas, continue à vivre de sa modeste pension dans des pensions (la *pensée* dans des *pensions* !), oblige Lou à stagner ainsi dans une atmosphère provinciale, ne veut pas entendre parler d'enfants (sa formule : « ou des enfants, ou des livres »), bref, comme prévu, le mariage tourne à la catastrophe. Et, là, deux solutions : ou bien Lou s'enfuit, ou bien M.N., exaspéré par ses reproches, la tue et se suicide ensuite. Troisième possibilité : dans un geste ultime de noblesse romantique, elle lui propose, à la Kleist, de se tuer avec lui.

Amusons-nous toujours, M.N. poursuit clandestinement sa vie de Dionysos discret. Il se déguise en professeur de philosophie, et parcourt les universités, les colloques. Justement, il y a en ce moment, à Paris, deux journées d'études internationales consacrées à son œuvre. Il s'assoit sagement dans un coin, et écoute les intervenants. Il constate qu'avec le temps le brouillard et la bouillie se font de plus en plus intenses. Le voici précurseur du nazisme (il a l'habitude), misogyne impénitent (la routine), antidémocrate acharné (le disque classique). L'intervention la plus véhémente est celle d'une jeune femme blonde, très décidée, avec laquelle (on ne se refait pas) il irait volontiers prendre un verre dans la soirée. Un Jésuite de choc énumère tous les points, selon lui pathologiques, de sa pensée, mais de telle façon qu'il les fait *saillir*, dirait-on, et les rend presque sympathiques. Un psychanalyste ferme le ban, et évoque ses rapports avec Lou, sacrée Lou, elle tient le coup grâce à la libido viennoise. Le voici donc syphilitique (air connu), client de prostituées (martèlement continu), homosexuel larvé (refrain), impuissant (ça recommence). Et maintenant, les diapositives : M.N. aphasique et charbonneux paralytique sur son divan, entre sa mère et sa sœur. M.N. dans son suaire blanc, genre brahmane. M.N. entre deux infirmiers costauds qui doivent le maîtriser quand il a ses crises. M.N., enfin, nu, photo inédite, petite bite bien apparente et malheureusement non circoncise, ce que fait remarquer un participant nerveux, dont le sous-entendu est que lui-même a une plus grosse bite que ce pseudo-penseur cinglé et dégénéré.

Sur ce dernier discours, suivi d'un débat qui languit (toutes les questions sont déjà des réponses mille fois redites), M.N. s'éclipse, cherche sans succès à attirer l'attention de la blonde véhémente, laquelle écoute, fascinée, un gros philosophe allemand nébuleux à la mode. Ce dernier, visiblement imbibé de bière, prétend avoir dépassé M.N. en corrigeant ses erreurs. Il parle en anglais, il s'embrouille, il transpire. Prononcez le nom de Zarathoustra avec un accent allemand en anglais, vous verrez.

On ne saura pas la suite, puisque M.N., très gai, s'est dirigé vers un quartier chaud, où il espère bien monter avec une petite femme de Paris, indulgente et experte. Après tout, ses droits d'auteur mondiaux sont très conséquents, aucune raison de s'emmerder dans l'Université, cet asile de fous réputés normaux qui délirent. Cela fait des années et des années qu'il reçoit des thèses sur lui et son œuvre. Il feuillette, regarde les citations, les trouve excellentes, les relit encore, et puis jette le tout. Après sa séance de bordel, il va faire un tour à Notre-Dame de Paris, où le sermon de l'officiant de son vieil adversaire lui paraît correct, c'est-à-dire moral et déprimé à souhait, rempli de confortable souffrance. Pas un mot d'une Résurrection possible, rien qui puisse choquer les croyants incroyants courants. Le soir, à la télévision, un président appelle au sursaut, au rassemblement, à la solidarité, au progrès. Les cours de la Bourse sont un peu agités, mais rien de sérieux, comme d'habitude. La litanie des attentats reprend vite, entre les chansons et la publicité. Un débat d'intellectuels ? Tiens, encore un coup de pied contre lui, c'est forcé. Un film américain violent ? Pourquoi pas, ça détend. Ou plutôt la radio : encore du Wagner, avant un musicien finlandais d'un ennui sibérien, ou, une autre fois, l'opéra de Beethoven, *Léonore*, embryon du fastidieux *Fidelio*. Décidément, tout le monde s'y est mis, il y a deux siècles, pour faire oublier Mozart. Pas grave : ce « musicien frivole » (selon l'évangile de Bayreuth) devait revenir, il est revenu, il reviendra, et il reviendra encore.

M.N. note :

« Les trois grands stimulants des épuisés : la brutalité, l'artifice, l'innocence (l'idiotie, au sens de Dostoïevski). »

Et aussi :

« De nos jours, on ne fait de l'argent qu'avec de la musique malade. »

Les trois grands stimulants des vies musicales *ascendantes* : la douceur, l'ironie, le naturel, le vice (Ludi, Nelly). La musique, elle, s'est repliée à l'intérieur. Partout ailleurs, on fait de l'argent malade avec de l'argent malade.

Dans quel but, ce repli ?

« La volonté de poser dorénavant des questions plus nombreuses, plus profondes, plus sévères, plus dures, plus méchantes et plus silencieuses qu'on n'en a posé jusqu'ici dans ce monde. »

Mais en douceur :
« Un esprit qui est certain de lui-même parle doucement, il cherche l'obscurité, il se fait attendre. »
Et aussi :
« Je suis le plus dissimulé de tous ceux qui se dissimulent. »
Et encore :
« Ma vie se trouve actuellement, sous un rapport essentiel, comme en plein midi : une porte se ferme, une porte s'ouvre. »

Amusons-nous encore : M.N. entre dans une librairie (il y en a encore quelques-unes), et constate que ses livres sont bien là, à la disposition du public. Il aime se lire en français dans des collections de poche, « Folio », par exemple, même s'il se passerait de certaines images en couvertures, notamment celle d'un peintre américain décadent pour un de ses titres préférés, *Aurore*. Ne parlons pas de l'effroyable traduction du *Zarathoustra* encore en circulation ici, ni de l'invraisemblable *Portement de la croix* d'une laideur rebutante (œuvre d'un certain Derain, copie d'après Biagio d'Antonio) choisie pour illustrer *L'Antéchrist* suivi de *Ecce Homo*. Peu importe : les phrases sont là, dans la langue de Voltaire, on dirait même qu'elles ont été écrites par lui. Elles glissent, elles brillent, elles sortent à peine de l'encre. Il achète trois ou quatre de ses œuvres, regrette en passant qu'elles se trouvent dans le rayon « philosophie », alors qu'elles seraient tellement plus à leur place dans la catégorie « romans », à condition, bien entendu, d'enlever au moins 99 pour cent de la pénible production dans cette région décidément maudite. Il ouvre au hasard quelques exemplaires de romanciers contemporains, le plus souvent traduits et interchangeables, vérifie que les Français ont tous l'air de vivre dans un enfer gris, personnages moyens, décors moyens, désirs répétitifs et moyens, érotisme moyen, prose moyenne. Là encore, le sous-homme accompagné de ses sous-femmes a envahi l'espace. Partout chagrin, pitié, douleur, horizon borné, vallée de fausse excitation et de larmes. Il s'arrête un moment dans la travée « publics captifs », gay and lesbian studies, sciences sous-humaines, pornographie dure, beaux mecs, torses, bites, culs, proposés à la salivation des paumés. Le rayon « poésie » lui paraît le plus sinistré, marécage innommable. Heureusement, il y a quelques livres d'art : on peut se rincer l'œil avec Manet ou Picasso, par exemple. De ce dernier, Dionysos est assez content : de l'énergie, de la virtuosité, du courage. Sinon, cimetière abstrait.

Il va à la caisse avec ses propres livres, et demande à la jeune vendeuse brune si des trucs comme ça se vendent toujours. « Oh oui, monsieur, plutôt bien. » — « Et vous croyez qu'ils sont lus ? » — « Je suppose. » — « Malgré le monotonothéisme ambiant ? » — « Le quoi ? » — « Non, rien. »

Il s'assoit dehors sur un banc, c'est le printemps bleu sec, le soleil brille :

« Avec de tels êtres, on ne peut pas compter, ils arrivent comme la destinée, sans cause, sans raison, sans égard, sans prétexte. Ils sont là avec la rapidité de l'éclair, trop terribles, trop convaincants, trop « autres » pour être même un objet de haine. Leur œuvre consiste à créer intimement des formes, à frapper des empreintes, ils sont les artistes les plus involontaires et les plus inconscients qui soient. »

M.N. est toujours étonné quand il constate que son nom, au 20ᵉ siècle, a pu être associé à ceux de Marx et de Freud, ces poids lourds de la pensée mécanique. Il n'arrive pas à comprendre cette énormité. Pendant un certain temps, pour voir, il a fréquenté des marxistes, des freudiens, il a écouté leurs ruminations d'où il ressortait que lui, M.N., n'était que le représentant de la petite bourgeoisie ou de la bourgeoisie décomposée virant, par élitisme, au fascisme, avant de devenir le symptôme vivant du déni de la castration et du manque-à-être qui structurent tout être humain. Criminel en puissance d'un côté, psychotique et pervers de l'autre, la fatigue l'a bientôt submergé, et il est reparti, seul, se baigner en Italie. Les classes financières dominantes ont-elles pour autant apprécié sa pensée ? Eh non, pas du tout. On ne le célèbre pas plus en Amérique qu'en Russie ou en Chine, et quant à sa sœur, qui a offert sa canne à Hitler précipité à Bayreuth, elle a réussi à faire de lui un épouvantail pour l'Allemagne sortant des décombres. Ne pas oublier d'ailleurs cette formule atroce figurant dans son dossier de police :

« Nous jouissons de nos instants désordonnés, sauvages, fous, nous serions capables de commettre un crime juste pour voir ce qu'il en est du remords. »

Quelques Français déséquilibrés ont commencé à le lire (de travers). Il s'y attendait, le grand futur clandestin rectifié sera un jour ou l'autre en France. Sinon, aucun film sur sa vie (et pourtant quel chef-d'œuvre il y a à faire, Hollywood-Zarathoustra contre Hollywood-Sinaï-Golgotha), pas un pèlerinage sur sa tombe (on n'a pas envie de se recueillir sur les restes d'un fou), rien sur lui dans la presse rock et branchée (qui prêche sans arrêt l'autodestruction systématique), aucune sympathie de la part des Institutions et de la mouvance anarchiste (à part quelques cas isolés). Il est quand même allé dîner un soir, à Fribourg, avec son seul interlocuteur sérieux, qui a fait de lui le dernier grand métaphysicien, et qui, au moins, est un philologue hors pair, capable d'être interminable à propos de trois mots d'Héraclite ou de Parménide, sans parler de Sophocle, Pindare, Hölderlin, Homère. Très bonne soirée, calme et illuminée, un peu parasitée par l'épouse du lieu, qui exige qu'on n'oublie pas de prendre des *patins* en entrant pour ne pas salir le parquet. Ils ont parlé de la haine de plus en plus violente contre la pensée de la part des « fonctionnaires enragés de leur propre médiocrité ». L'autre l'a emmené les jours suivants faire du ski en montagne. Ont-ils évoqué Hitler dans la neige ? Très vite, comme figure de l'abjection criminelle retournée contre eux pour les rendre incompréhensibles. Le pire ennemi, tout près, dans la même langue, c'était fatal. M.N. a aimé que l'autre parle de « l'urgence de l'inutile », et affirme que « celui qui se trouve capable d'attendre surpasse toutes les performances et les réussites ». Et aussi : « Il nous faut nous départir de notre avidité du saisissable et apprendre à savoir que ceux qui vont venir exigeront ce qui est inhabituel et unique. » J'exige ce qui est inhabituel et unique.

Des choses comme ça, très simples, très sensées, mais très difficiles à comprendre. Avant le dîner (ma foi, universitaire), l'autre a emmené M.N. dans son bureau à l'étage, pour lui montrer presque en cachette, tirée d'un tiroir, sa photographie à moustaches. M.N. s'est emparé de sa propre image et l'a déchirée sur-le-champ : geste zen que l'autre a compris, croit-il.

Savoir attendre, tout est là. M.N. n'est plus qu'attente et mémoire. Il laisse venir ce qui vient, plus de hasards, roue libre. Il est en congé de lui-même. « Être toujours déguisé : plus l'homme est de type élevé, plus il a besoin de l'incognito. »

Et aussi :

« Nous nous asseyons au bord de la route, là où la vie passe comme un cortège de masques ivres. »

Et aussi, contre « les mélancoliques du goût » :

« Une aversion opiniâtre contre les tristes spectacles, une oreille dure et fermée à toute souffrance, une superficialité vaillante et rieuse. »

Et aussi :

« Reste à nos côtés, frivolité railleuse. »

Et aussi :

« Nous sommes sérieux, nous connaissons l'abîme : *c'est pourquoi* nous nous défendons contre tout sérieux. »

Et aussi :

« Nous nous *réfugions* dans le bonheur. »

Et encore, contre « l'absence nordique de naturel » :

« Nous avons besoin de tous les aspects du Sud, et d'une plénitude solaire effrénée. »

Et encore :

« Il ne faut plus se soucier de moi, mais des choses qui justifient mon existence. »

M.N., le dernier soir d'un séjour à Paris (il s'arrange pour être toujours à Paris le 30 septembre), s'offre un dîner seul au Grand Véfour. Comme d'habitude, il commande un excellent margaux (Dionysos choisit l'année à sa place). Il rentre un peu ivre à son hôtel. De nouveau, après avoir regardé s'il n'y a personne, il esquisse un petit pas de danse très singulier dans la rue déserte. Il dort très bien. Il ne rêve pas.

La proposition de film pour *Zarathoustra* finit par venir. Carte blanche à M.N., qui voit là l'occasion de réaliser un cinéma *tout autre* que les lassantes productions américaines mondialisées. L'époque lui semble favorable : effondrement des religions, règne du calcul sans partage, dévastation et néantisation par le jeu gigantesque des marchés financiers, mort de Dieu, mort de l'Homme, mort du lien social, ennui, crétinisme familial, violence, faux divertissement, terreur, panique à bord.

Il s'y met, ça le détend, ça l'amuse. Il s'assure d'abord d'une réconciliation secrète avec Rome, c'est-à-dire avec le vieil ennemi principal. Seuls les papes peuvent comprendre d'où il faut repartir pour modifier radicalement le calendrier. Deux mille ans de pratique ininterrompue, ça compte. De plus (il faut s'y faire, Lucifer), les efforts constants pour en finir avec Rome ont été des échecs. Beaucoup de bruit, de complots et de morts pour, finalement, pas grand-chose.

Ce qu'il faudrait, c'est un pape *allemand*, le premier depuis Adrien VI, mort de chagrin en 1523, devant la montée fulgurante du fatal Luther. Une vraie conversation au sommet s'impose. On vend un film *impie*, bonheur de l'homme sans Dieu au-delà de l'Homme, antéchrist désinvolte volant d'île en île (tournage en Grèce et en Italie), zoom sur Luther « paysan inculte et inauthentique », coup de poing sur la Réforme, « une des éruptions les plus hypocrites des instincts grossiers », table rase sur la Révolution française et la russe, « farces sinistres et inutiles », acide prussique sur le socialisme et, *bien entendu*, condamnation sans appel du nazisme et de l'antisémitisme comme effroyable erreur n'ayant eu pour but que de retarder les révélations du temps.

Zarathoustra, dans ce western, est beau, léger, marcheur, rieur, toutes ses rencontres sont autant de moments forts, captivants, tragiques, drôles. Évidemment, le christianisme est sans cesse moqué, dénoncé, comme vice contre nature, mais on est aux antipodes des vieilleries anarchistes ou anticléricales sur ce sujet, à vingt mille lieues de tout progressisme, sexualisme, biologisme ou féminisme. Un pape malin perçoit là, immédiatement, une chance de rebondissement. Après tout, le Concile de Trente a surgi en plein chaos et consolidé une Renaissance (Jules II, Léon X). Ce n'est plus de Contre-Réforme qu'il faut parler aujourd'hui, mais (l'informe étant devenu souverain) de Contre-Informe. Réunion des sciences, des lettres et des arts, réalisation du Surhomme, Zarathoustra, *dans le film*, est irrésistible, et seule la papauté paraît de taille à s'y opposer (démonstration facile). Pour *éviter* la liberté, l'humanité se rassemble à Saint-Pierre de Rome. On l'a échappé belle. D'ailleurs, le héros finit dément (dernières minutes poignantes, lorsqu'il refuse la communion eucharistique sur fond de la *Messe en si* de Bach).

Banco.

Mais M.N. est vite déçu. Des pressions de plus en plus obscures empêchent le financement et le tournage de son film. Le Diable, probablement. Il pose des questions à un vieux cardinal lettré qui vit dans le souvenir des Borgia, et n'obtient de sa part qu'un hochement de tête. On hoche beaucoup la tête, à Rome, dans certaines occasions. Que le Diable se déchaîne lorsque Dieu est en danger pour prouver que tout y *ramène* par des catastrophes, c'est prévu au programme. La Méthéologie connaît ce topo.

En réalité, le côté le plus gênant, dans la démonstration sèche et lyrique de M.N., est la mise en lumière de la solidarité automatique du Bien et du Mal. Plus l'absence de la moindre morale est évidente, plus la morale se renforce dans les discours. Plus la religion bat de l'aile, plus les sectes prospèrent et réacheminent, à travers le satanisme s'il le faut, vers la religion. Les damnés font tourner la roue de la Loi comme dans une colonie pénitentiaire. Ils s'attachent eux-mêmes à la machine et s'automutilent avec joie. Les sous-hommes *demandent* à être poussés vers la punition et l'abîme. Mais si on leur montre quelqu'un qui les *pousse* vers leur disparition et le dit loyalement, ils s'offusquent, ils protestent, ils s'indignent, ils deviennent moraux et sentimentaux (rien de plus sentimental et moral que le vice *raté* en insurrection contre la vertu hypocrite). Ils ne supportent pas qu'on leur dise froidement : « La morale est la faiblesse de la cervelle, c'est l'affaire de ceux qui sont incapables de s'en affranchir. » Esclaves ils sont, esclaves ils restent, c'est-à-dire, désormais, *subalternes* (y compris les maîtres) à tous les niveaux. Ils se foutent de la Résurrection du Crucifié, mais redoutent celle de Dionysos, qui jouirait de leur perte.

M.N. n'a donc aucune chance de se faire entendre. Mais pourquoi s'est-il raconté qu'il le voulait ? Entre nous, je peux révéler l'un des points essentiels de sa réconciliation ultra secrète avec Rome : surtout pas de mariage des prêtres, surtout pas de femmes dans le clergé. Les philosophes ont longtemps, pour la plupart, suivi cet exemple : « autant que possible, pas de femme, ou aussi peu de "femme" que possible ». Grand défaut des philosophes, donc. Mais l'embêtant, désormais, c'est que les philosophes (sans parler des poètes) sont tous ouvertement mariés ou homosexuels. Par conséquent *moraux*, la belle affaire. Seul le pape, en définitive, *doit* être moral. Quant à évoluer par-delà Bien et Mal, généalogies et idoles de tous les temps, dans une expérience passant par le plus de « femme » possible, c'est une autre histoire, et on la trouve ici.

Pour le coup, on peut parler de nouvelle philosophie, de toute nouvelle poésie, et même de nouveau roman philosophique. Cette révélation aura pris du temps. La voici.

La Terre tourne, l'argent tourne, les galaxies nous avalent, les cellules poursuivent leur course, les mégapoles s'allument dans la nuit, les foules se bousculent, les embryons pullulent, je respire encore et j'en suis surpris — bref tout est relatif, *et pourtant rien ne bouge*.

En 1945, trois semaines avant la chute de Berlin en ruine, l'orchestre philharmonique de la ville donne son dernier concert. Au programme : *Le Crépuscule des dieux*. Un peu après, vengeance logique, les soldats russes violent toutes les Allemandes qui leur tombent sous la main. La nuit répond à la nuit, le brouillard au brouillard, l'extermination à l'extermination, la Bombe aux bombes, le tout sous le haut patronage de la Technique.

M.N., à l'époque, se cache à Turin. Il a son jardin.

Sur toutes les images d'actualités du 20e siècle, de 1914-1918 à Hiroshima, en passant par Auschwitz, Shanghai, Varsovie, Stalingrad, Dresde, Berlin, on peut mettre de la musique de Wagner : ça marche, ça marchera toujours. Dans son film, *Looking for Zarathoustra*, M.N. a prévu le truc, d'autant plus que Zarathoustra lui-même (représenté par Clint Eastwood), assiste à ces grands concerts apocalyptiques en étant chaque fois celui qui se tient à l'écart, le visage fermé et intensément réprobateur, pressé de retrouver n'importe quelle clairière au bord d'un lac pour fuir la plébisation générale. Apocalypse now? Mon œil. Le vieux Minotaure rafle les femmes, la jeunesse, les puceaux, les pucelles, qu'à cela ne tienne, on va montrer sa femme, Cosima-Ariane, secrètement amoureuse de M.N., alias Zarathoustra, alias Dionysos. Un regard suffira, une main qui tremble légèrement en lisant une lettre. Plus les chanteurs et les chanteuses crient, plus l'orchestre rugit dans la fosse commune, plus le sirop revient pour endormir et hypnotiser les masses, plus les cadavres et les squelettes s'amoncellent, et plus l'acteur principal se réveille et considère le désastre avec un sourire imperceptible (et insupportable) qui en dit long. Pitié? Non. Dégoût? Non plus. Écœurement? Pas davantage. Les débris humains envahissent l'écran en même temps que des extases collectives, bras levés, poings tendus, petits livres agités, bougies allumées pour écouter le dernier androgyne à guitare, sans parler d'une lancinante litanie pour robes, dessous et produits de beauté, photos de bonheurs conjugaux divers avec enfants bien nourris. Une messe en passant, quelques prédicateurs hystériques, des pèlerinages, des rafales pornos, des fellations et des enculages à gogo, du sperme *visible*, des bocaux expérimentaux, des cultures d'ovules, des procès, des commémorations, des crémations, des mariages traditionnels, des tombes. Il s'agit de montrer, dit quelque part M.N. dans le scénario, « ceux qui vivent entre les cercueils et la sciure, les âmes desséchées, ensablées, des lits de cailloux ». Même les meilleurs, et, en un sens, surtout les meilleurs, sont dans cet état.

Alors ? Tout est fini, le désespoir et le néant triomphent ? *Presque*. Ce *presque* est la note fonda-mentale, inattendue, inespérée, gratuite, *donnée*. Ici intervient ce plan, devenu célèbre, où on voit M.N. attablé à un café au soleil, avec un crâne humain sur la table que personne ne semble remarquer alors qu'on ne voit que lui. M.N. lui-même n'a pas l'air de s'en apercevoir. Il lit une fois de plus *Le Crépuscule des idoles*. Il est midi.

On pourra, bien entendu, refaire le même film tous les dix ans, en changeant chaque fois l'acteur princi-pal, de manière que Zarathoustra soit sans cesse à la mode, type américain du moment, ou encore chinois, brésilien, africain, indien. Dans toutes les versions, on verra passer, à deux moments différents, deux jolies femmes, l'une blonde, l'autre brune, au bras du héros pensif. La scène, furtive mais essentielle pour comprendre le message de la superproduction, se déroule toujours à Turin en automne. La date ne change pas, encore un 30 septembre. Dans l'ancien calendrier, ce jour est celui de la Saint-Jérôme, un grand traducteur, mort à Bethléem en 420.

Supposons que M.N. ne s'effondre pas, ne devienne pas fou. Supposons qu'il ait résisté à sa vision effrayante, à l'indifférence bestiale qui l'entoure, à l'incompréhension du temps. On aura tout tenté pour le rendre dément; calomnie, dérision, usure, bâtons dans les roues, réduction à la misère, utilisation de son nom, oubli, falsification de ses écrits, rumeurs psychiatriques, camisole d'ennui. Il endure, il s'en fout, il respire. Il va régulièrement dans un petit square, a la nausée, vomit contre un marronnier dont il admire ensuite la puissance, l'âge, le tronc, le feuillage d'abri, les racines, le perpétuel retour, la neutralité, la bonté.

Bien plus, on découvre après sa mort qu'il se rendait toutes les semaines sous un autre nom dans un hôpital, où, comme aide-soignant dévoué, il veillait sur des incurables dans son genre, psychotiques, autistes, paralytiques. Penché pendant des heures sur l'idiotie, il paraissait se souvenir d'une de ses vies antérieures. Les témoignages concordent, c'était bien lui. Charité? Compassion? Non, quelque chose de bien plus profond, de plus grave. Un grand silence, avec regard au cœur de la folie. On peut introduire cet épisode dans un chapitre à part : *Tendresse de Dionysos*. Avec ce dieu philosophe, il faut s'attendre à tout, et surtout à des contradictions en apparence insolubles.

Quelques femmes sentent ça très bien. Ludi et Nelly, par exemple, contrairement à la porosité fémi-nine, pourtant générique, à l'existence sociale (la mode pour Ludi, la vieillerie universitaire pour Nelly conver-tie à la philosophie par-delà le boudoir). Elles main-tiennent leur choix sur moi par négativité de fond. Elles ont renoncé à m'*évaluer*, un comble. Elles ont leur idée restrictive, sans doute, mais on peut dire qu'elles pensent contre leur idée, grande démonstration inso-lite. Disons même qu'elles pensent contre elles-mêmes, comme l'a dit un philosophe têtu, pourtant à côté de la plaque, et fasciné par la littérature représentée à ses yeux par ce vieux garçon de Flaubert. Elles ont pris parti contre l'*inculqué*, c'est-à-dire, en définitive, la société et les mères. Enlever des filles à leurs mères, travail d'Hercule, quasiment impossible à travers le temps, mais jeu d'enfant, maintenant, si on le désire vraiment. Les nouvelles Ménades sont dénombrilisées. Bacchantes d'autrefois, femmes de joie.

Inculquer : latin *inculcare* : fouler, presser, graver, par répétition, dans la tête. Aussi : bourrer, intercaler. Voilà le *gavage* des canards et des oies par la morale. Suggérer, endoctriner, abrutir, formater, *plier*. Les inculqués et les inculquées sont légion (familles, clans, religions, travail, esprit d'entreprise, revendications et ruminations, ressentiment, vengeance), et, à travers eux, le grand parasitage augmente d'heure en heure. Pour peu qu'un animal humain ait une tendance innée à la liberté, il est vite parasité sur place. Les parasites, en toute innocence, pensent que l'animal c'est eux, qu'ils sont chez eux, que tout ce que l'animal possède est à eux.

Dans ces conditions, on peut très bien imaginer les derniers jours sereins d'un M.N. resté conscient, en n'étant plus de ce monde. Comme il n'a plus besoin, avec le temps, que d'automatismes positifs, il choisit une fille gentille, pure, très gaie, qui, autrefois, aurait fait une sainte excellente. Il l'adopte, elle veille sur lui, ils parlent, il est heureux.

En somme, la question n'est pas de savoir ce qu'on pense ou non du christianisme, mais de se demander *pourquoi il a marché* (plus de deux mille ans, c'est quand même une référence). L'expérience a eu lieu, vouloir l'éradiquer, on l'a vu, conduit au pire. Conclusion, on peut procéder à une translation.

C'est ici une correction de vol, effectuée dans les années 113-117 de la nouvelle ère.

Il n'est pas non plus interdit de parler en physicien, comme un Big Brother du Big-Bang. Quel est cet océan dont la lumière est le rivage? Très tôt, la lumière s'est séparée de la matière, laissant cette dernière libre de se structurer. Ou bien : le fond du ciel est rouge, hyper-rouge, si rouge et si froid qu'on ne le voit pas. Il grelotte à l'oreille de nos radiotélescopes... Ce rayonnement fossile m'enchante pendant que je contemple les racines noueuses de mon marronnier... L'univers est une histoire, un *roman*, ce qui n'empêche pas les humains de poursuivre leurs absurdités, avec, comme toile de fond, une nature qu'ils ne perçoivent plus (et encore) que par petites touches photographiques, jardins, herbe, lacs, pins, rochers.

La technique vit sa vie toute seule, la nature pousse de son côté, les humains sont assis entre deux chaises, et ils maintiennent, bon gré mal gré, leurs clichés. Ils ont peur du formidable passé qui surgit dans leur atmosphère. Éternel retour? Au secours.

M.N., à Turin, voit passer des filles en petites robes d'été, jambes nues, culottes discernables sous les tissus blancs ou jaunes. Elles sont contentes pour un rien, elles rient très fort. Elles perdent magnifiquement leur temps, elles le retrouvent, malheureusement, en rentrant chez elles. M.N., lui, vient de lire, dans un magazine, l'interview d'une jeune Chinoise à succès disant que les hommes sont comme des CD, qu'ils ne font pas de bruit tant qu'on n'appuie pas sur la touche *play*. Quoi qu'il en soit, elle a eu des centaines d'amants dont elle balance les noms sur Internet, curiosité générale, scandale porteur. Tout le monde (sauf des arriérés) trouve ça formidable, revanche des millénaires, nouveau code amoureux. M.N. sourit : s'il écrivait, lui, que les femmes sont comme des CD, pas de bruit si on n'appuie pas sur la touche *play*, vous imaginez le tollé. Pire : s'il écrivait qu'elles font du bruit jusqu'à ce qu'on appuie sur la touche *stop*. Oui, c'est ça : un long récit avec des centaines de *stop*.

M.N. tourne les pages de son magazine. Un article sur la relativité (1905 de l'ancien calendrier, cinq mois après sa mort), vulgarise la disparition du Temps absolu dispersé dans des Temps locaux, la vitesse ayant montré que le temps se dilatait en même temps qu'elle. Les horloges en mouvement retardent sur les horloges fixes. Plus on va vite, plus le temps est lent. $E = mc^2$? $V = Hd$? Vieux trucs, désormais, mais qui ont fait du bruit à l'époque (bombes à l'appui). Espace-Temps, Espace libre pour le jeu du Temps.

La masse, l'énergie, la vitesse, le temps? Mais voyons, rien de plus simple dans le compliqué, rien de plus normal pour celui qui a compris la vitesse de la pensée et de l'écriture. Comment, vous n'avez pas vu cette réserve de temps, là, sous vos yeux? M.N. sourit, il feuillette négligemment son *Z*. Il l'ouvre au hasard :

« Ô mon âme, je t'ai appris à dire "Aujourd'hui" comme on dit "Autrefois" ou "Jadis", et à danser ta ronde au-delà de tout ce qui est Ici ou Là ou Là-bas. »

S'il écrivait ça aujourd'hui, pense-t-il, il supprimerait ce « Ô mon âme ». Il serait plus familier, plus froid, plus direct.

Exemple :

« À plusieurs reprises, je me suis levé à 2 heures du matin, "poussé par l'esprit", pour noter ce qui venait de me passer par la tête. J'entendais alors mon hôte ouvrir avec précaution la porte de la maison pour partir furtivement à la chasse au chamois. Qui sait ? Peut-être étais-je moi aussi parti à la chasse au chamois ? »

De temps en temps, M.N. descend aussi dans les bas-fonds de la ville. Ce n'est pas drôle, mais il le faut. Soirée d'enfer, vérification de la décomposition. Bruit maximum dans les boîtes, alcool, coke, gesticulations, grimaces, vociférations, chiottes encombrées, hystérie plate. De là, partouzes ou clubs échangistes, soirées spéciales sado-masos, adresses discrètes, amateurs importants, exhibitions en tous genres. Sous le pont Mirabeau coule le foutre. Ça lui rappelle les écœurantes messes noires de Turin, la ville, comme on sait, la plus sataniste de la planète.

Dieu est mort, le vieux Diable ne va pas bien, il s'efforce, il *s'applique*. Les hommes, comme d'habitude, sont péniblement stéréotypés, les femmes, par intérêt, font semblant de façon forcée, une tristesse sépulcrale règne sur ces parodies de crimes. M.N. boit peu, ne consomme pas, observe comme un vétérinaire les prestations et les performances, résiste avec courtoisie aux invites gracieuses de quelques filles ambitieuses déjà appointées, ou de femmes du monde jouant les putains, se souvient avec indulgence de ses passages de jeunesse dans les bordels, constate que son projet de relèvement de la prostitution est de plus en plus impossible, bref que c'est encore une fois l'échec sur toute la ligne, la laideur et la vulgarité ayant tout submergé. Il rentre à son hôtel, dort un peu, se réveille à 3 heures du matin, et note :

« Qu'est-ce qui peut, seul, nous rétablir ? *Le spectacle de ce qui est accompli* : je laisse errer mon regard ivre autour de moi : quel chemin n'avons-nous pas parcouru ? »

Toujours ce *nous* écrit par politesse, mais il faut comprendre que le *je* de M.N. est un *je* dialoguant pluriel, une substance inconnue de *nous*.

Oui, quel chemin n'avons-nous pas parcouru ? Mais s'agit-il encore d'un *chemin* ? Et qui est réellement ce *nous* ? Je suis lui, il est nous, nous sommes lui, je suis nous...

Quelqu'un, en tout cas, qui a tendance à dire nous à ma place, c'est bien mon crâne, vu de nouveau en rêve dans le miroir. Il est là, irréfutable, neutre, collectif, vaguement comique, il me regarde depuis mon au-delà fatal. Hélas, pauvre toi, me dit-il, je t'ai bien connu, toi et ta drôlerie infinie, ta verve prodigieuse ! Où sont à présent tes fantaisies, tes canulars, tes insolences, tes improvisations, tes chansons, tes explosions de joie qui faisaient rire toute la table ? Pas une seule blague, maintenant, pour te moquer de ta propre grimace? Rien d'autre que cette mâchoire tombante? Dis-moi, crois-tu que Nietzsche fait cette tronche-là dans la terre? Est-ce que vous puez tous comme ça? Est-ce que vos cendres vous laissent dormir?

Bon, je tends la main, je ramène mon crâne de ce côté-ci, je lui tapote gentiment l'os, je le console, je le calme. Si vous croyez que c'est drôle d'être crâne dans cette vallée de larmes, oublié dans une fosse commune de Génocide City! Heureusement, mes vieux complices Rosencrantz et Guildenstern vont me tirer de ce mauvais pas. Il y a longtemps que je ne les avais pas vus, ces deux-là. Après cette parodie de Shakespeare, ils ont l'air de sortir d'un faux roman de Kafka. Il suffira de faire le contraire de ce qu'ils me disent.

J'ai rendez-vous au bar du Ritz avec Ludi. J'aime la place Vendôme, volume de la raison. Je pourrais y passer des heures, la pierre, l'architecture, la colonne abattue autrefois par les Communards, le rhinocéros des *Chants de Maldoror* arrivant soudain par une rue latérale, le blanc géométrique, la respiration des grandes fenêtres, l'absence, la présence, le luxe, la richesse, les bijoux.

Baudelaire, après une petite tentative de suicide (une égratignure soignée par sa maîtresse métisse Jeanne Duval), a habité ici, chez le général Aupick et sa mère, au numéro 7, à la fin juin 1845. Pas long-temps, on l'imagine. Assez longtemps pour se refaire en argent.

Au bar, les Américaines friquées sont déjà là, atten-dant leurs hommes. Ce sont des monstres innocents, jeunes ou vieilles, qui ne vivent que pour une caméra intégrée. Pubertaires prolongées, petites filles séniles, elles sont mariées, elles ont leurs enfants ailleurs, elles sont à *Paris*, pas de doute. Leur fausse gaieté, leurs voix saccadées ravagent la salle, mais on sent qu'il suffirait du moindre désagrément, du moindre petit choc (disparition des maris transformés depuis longtemps en vigiles sécuritaires) pour qu'elles s'effondrent. Ya-ya, ah-ah, rires nerveux, gesticulations sur cendres. C'est tellement faux que ce n'est même plus faux. Folie normale, angoisse.

Ludi est en retard, ça ne lui ressemble pas. À côté de moi, une Chinoise et un Américain d'entreprise. Elle est plutôt belle, lui est un porc. Il la questionne, note ses réponses, elle doit chercher un emploi majeur, il la scanne. Pouvoir.

Il est petit, râblé, propre, un peu transpirant, il a devant lui le vieil ennemi asiatique. Il sort des papiers de sa mallette, commande des jus de fruits, parle beaucoup, bombarde à côté, comme d'habitude. Elle l'observe avec sympathie (fausse), elle sourit, elle remercie, elle n'en pense pas moins, elle hoche la tête, elle feint de s'étonner, elle devient brusquement sérieuse et perçante, elle méprise, elle s'ennuie. Le type n'arrête pas, il doit faire miroiter l'immense importance mondiale de sa boîte.

Elle tente maintenant, dans un yankee parfait, de placer un petit discours professionnel. Le type écoute à peine, il boit un peu de jus, il s'inquiète. Derrière elle, la Chine, avec son mauvais sourire, Corée, Vietnam, Cambodge, Laos. Pas le Japon, hélas, la Chine. Elle garde la parole, maintenant, elle mitraille (oh, très gentiment, bien sûr, mais sans sourire). Elle a des rizières dans les yeux, elle est paysanne mais aristocratique universitaire. Pas le moindre rabbin ou pasteur en vue. Lui, quartier populaire de Newark, montée en puissance dans les cinquante dernières années du 20ᵉ siècle, un peu moins sûr de son destin planétaire depuis les Tours explosées, l'Irak, le Textile et autres babioles. Elle parle toujours, elle le regarde sans le voir, il regarde ailleurs. Ça va être plus cher que prévu. Il prend des notes, elle dicte, il écrit. On aura tout vu.

Il reprend son dossier, elle répond. Cette fois, elle lui fait du charme. Bordels de là-bas, on sait faire, elle est maternelle, elle fait très attention à lui. Parle-t-elle de ses parents et de son enfance ? En tout cas, avec ses petites lunettes, elle est irrésistible, à la fois prude, malicieuse, songeuse, authentique, soucieuse. Le type est complètement débordé. Elle finit par un plein sourire enjôleur direct.

L'Argent. Elle réfléchit, elle lève les yeux au ciel avec une petite moue de la bouche. Elle appuie, elle insiste, elle est convaincante. Le riz, le blé.

Le type porte une alliance bien visible à laquelle on n'est pas obligé de croire. Il a plutôt l'air gay coincé. Il se gratte la tête. Elle : chemisier bleu sombre, pas de bagues.

Elle reparle, il reprend des notes, dit *and, and, and?* J'aimerais lire les notes de cet interrogatoire.

Ludi arrive, m'embrasse.

— Pardon, les embouteillages. Tu as l'air intrigué par quelque chose.

— Un peu d'observation, c'est tout. Tu as changé de parfum ?

— Mais non.

Plus tard, elle est nue, elle se fait consciencieusement les ongles sous la lampe, vernis blanc, durcissant, etc. La télévision diffuse un match international de rugby, placages, débordements, touches, mêlées. Elle jette de temps en temps un coup d'œil sur les types en train de s'emboîter, de pousser, de s'effondrer, de s'entremêler sur l'herbe. Ils se redressent et se ruent à nouveau les uns contre les autres. Ça se passe en Australie, je crois. Tas de mâles en sueur, blonde assise à vernis à ongles. Rien à ajouter, c'est parfait.

Nelly, pour les séances de temps, s'est un peu lassée des textes mystiques, théologiques ou philosophiques. Platon, saint Augustin, sainte Thérèse d'Ávila, Luther, Kant, Marx, Freud, c'est bien, Baudelaire c'est mieux.

Plongée dans la mélodie profonde :

« Avec ses vêtements ondoyants et nacrés,
Même quand elle marche on croirait qu'elle danse,
Comme ces longs serpents que les jongleurs sacrés
Au bout de leurs bâtons agitent en cadence. »

322

Elle est le serpent, je suis le jongleur. Ça s'arrange. Ça s'arrange d'autant mieux que :

« Comme les longs réseaux de la houle des mers,
Elle se développe avec indifférence. »

L'indifférence, le détachement, la froideur simulée pourtant harmonieuse sont ici très importants.

« Et dans cette nature étrange et symbolique
Où l'ange inviolé se mêle au sphinx antique...
Resplendit à jamais comme un astre inutile
La froide majesté de la femme stérile. »

Contrairement, donc, à tous les stéréotypes contemporains (la petite salope en string qui fonce sur la bite du mec pour une fellation mécanique en lui pressurant les couilles), la fausse frigidité, l'ennui, le désagrément, la répulsion, l'accablement, tout cela joué, mais *senti*, est un puissant excitant parce que *vrai*. Il faut aller chercher les femmes là-bas, dans leur fermeture, les exciter dans leur refus, leur rejet, leur haine immémoriale du mâle. Un homme, dit un proverbe chinois, ne laisse pas plus de traces dans une femme qu'un oiseau dans le ciel. Bien sûr, mais on peut s'entraîner à être ce ciel.

Nelly récite, j'agis :

« Je t'adore à l'égal de la voûte nocturne,
Ô vase de tristesse, ô grande taciturne,

Et t'aime d'autant plus, belle, que tu me fuis,
Et que tu me parais, ornement de mes nuits,
Plus ironiquement accumuler les lieues
Qui séparent mes bras des immensités bleues. »

Nelly aime, pour commencer, simuler la mauvaise humeur, l'aigreur (faire l'amour? vraiment? encore? *la barbe*). Elle peut accumuler les remarques désagréables ou, mieux, se mettre à me faire la morale, ce qui a pour résultat apparemment paradoxal de me faire immédiatement bander. Elle a remarqué cette réaction insolite : tout ce qu'elle peut dire ou faire pour m'empêcher de bander provoque le contraire. Ça l'intrigue, ça l'agace, ça l'excite, ça la fait mouiller en secret. Mouiller de détestation, c'est la source. Elle se retrouve ainsi dans le rôle de l'éducatrice qui doit mater un petit vicieux qu'elle a surpris en train de se branler sous sa fenêtre (surpris? mais non, elle *regardait*, exaspérée, ulcérée, dégoûtée, derrière le rideau bougé). Eh bien, on va le dresser, celui-là, le dompter, l'asservir, le museler, le châtrer. Elle a parfaitement vu, dans son jardin, le foutre gicler sur les roses.

Il est inadmissible qu'il dépense ainsi sa substance à tout bout de champ, dans les chiottes, dehors, dans ses slips, et parfois même (horreur) dans ses propres petites culottes volées dans l'armoire de sa chambre. Qui sait si, de là, il ne va pas finir par aller, chien fou, grimper tout bêtement des femelles? C'est tellement absurde qu'elle aimerait bien en faire autant. Déjà sa main glisse entre ses cuisses, elle sent durcir cette tige, ce bouton, ce bourgeon, ce serpent, cette orchidée. Pas de doute, elle pourrait se faire branler, là, comme un homme, en offrant ses fesses à ce jeune insolent, non sans l'avoir préalablement *eunuquisé*, c'est-à-dire vidé de sa gêne de sperme. À la seringue, tiens, ce serait plaisant. À l'infirmière, dans une visite médicale spéciale. À la chirurgienne, s'il le faut, en faisant exprès de *se tromper* par moments (il crie, c'est très bon, on peut même boire ses cris dans sa bouche).

« Comme un flot grossi par la fonte
    Des glaciers grondants
Quand l'eau de ta bouche monte
    Au bord de tes dents,

Je crois boire un vin de Bohême... »

Ou bien :

« L'élixir de ta bouche où l'amour se pavane... »

Évidemment, il faut s'entendre sur l'odeur, la peau, les chuchotements, les gestes, les détails. Alors, les corps sont bien (merci Baudelaire) des vaisseaux qui roulent bord sur bord, et plongent leurs vergues dans l'eau.

Le mot *vergue* est ici à sa place. Les séances sont des navigations d'aujourd'hui, comme celles d'hier, comme celles de demain.

Une fois passée par le boudoir (dans lequel, d'ailleurs, on n'est pas obligé de s'éterniser, *au contraire*), la philosophie prend toute sa force de vérité concrète. Baudelaire a raison : « Dieu rend les farceurs, les menteurs et les charlatans crédules. » Autant dire que le dieu philosophe est l'incrédulité même. Autant Ludi est une merveilleuse virtuose du bon sens, autant Nelly est imbattable en mauvaise pensée dépassée, la seule qui compte. Il est délicieux de la baiser en l'entendant dire :

« Machine aveugle et sourde, en cruautés féconde !
Salutaire instrument, buveur du sang du monde,
Comment n'as-tu pas honte et comment n'as-tu pas
Devant tous les miroirs vu pâlir tes appas ?
La grandeur de ce mal où tu te crois savante
Ne t'a donc jamais fait reculer d'épouvante,
Quand la nature, grande en ses desseins cachés,
De toi se sert, ô femme, ô reine des péchés,
— De toi, vil animal, — pour pétrir un génie ?

Ô fangeuse grandeur ! sublime ignominie ! »

Éviter les fausses notes, donc, le rire mal placé (le rire est pour la fin, après les spasmes). Il faut surtout s'entendre sur les *baisers*. Embrasser longtemps, savamment, doucement, durement, et savoir parler tout en s'embrassant, voilà la partition de l'opéra de chambre. Il y a donc bouches, lèvres, langues, souffles, salives, mots.

« Elle croit, elle sait, cette vierge inféconde
Et pourtant nécessaire à la marche du monde,
Que la beauté du corps est un sublime don
Qui de toute infamie arrache le pardon,
Elle ignore l'Enfer comme le Purgatoire,
Et quand l'heure viendra d'entrer dans la Nuit noire
Elle regardera la face de la Mort,
Ainsi qu'un nouveau-né, — sans haine et sans
    remords. »

À moins de jouir intensément, comme pour lever
une malédiction dans un exorcisme, avec *De profundis
clamavi* :

« J'implore ta pitié, Toi, l'unique que j'aime,
Du fond du gouffre obscur où mon cœur est tombé,
C'est un univers morne à l'horizon plombé,
Où nagent dans la nuit l'horreur et le blasphème ;

Un soleil sans chaleur plane au-dessus six mois,
Et les six autres mois la nuit couvre la terre ;
C'est un pays plus nu que la terre polaire ;
— Ni bêtes, ni ruisseaux, ni verdure, ni bois !

Or il n'est pas d'horreur au monde qui surpasse
La froide cruauté de ce soleil de glace
Et cette immense nuit semblable au vieux Chaos ;

Je jalouse le sort des plus vils animaux
Qui peuvent se plonger dans un sommeil stupide
Tant l'écheveau du temps lentement se dévide ! »

Et ainsi de suite, ce qui donne aux *Fleurs du Mal* un relief racinien nouveau. M.N., on ne le sait pas assez, a beaucoup lu Baudelaire, mais sans s'arrêter, c'est dommage, sur les scènes voluptueuses. Il s'intéressait à ces Français *décadents*, « des torturés, dit-il, des nerveux et des maladifs, sans soleil ». Et plus rude : « Ils n'ont pas la musique dans le sang. » Mais si, mais si, Baudelaire les avait dans le sang, le soleil, la musique, mais c'est vrai que, dans la misère ambiante, il s'est mis à aimer Wagner. La femme de Manet (lui, aussi peu wagnérien que possible) est même venue lui en jouer au piano, après son effondrement, à la clinique du docteur Duval (Duval !), à Paris, près de l'Étoile.

Baudelaire a 21 ans quand il rencontre sa grande inspiratrice, Jeanne Duval (ou Prosper, ou Lemer), sa métisse adorée et haïe, vaguement actrice.

Il meurt à 46 ans, non sans avoir noté avoir senti passer sur lui « le vent de l'aile de l'imbécillité », de la même façon que Rimbaud dira : « J'ai joué de bons tours à la folie. Et le printemps m'a apporté l'affreux rire de l'idiot. »

L'aile de l'imbécillité, l'affreux rire de l'idiot, ce sont là des dangers que doit affronter, un jour ou l'autre, le génie philosophique. Mais M.N., s'il les avait eues entre les mains, aurait pu se reconnaître dans ces formules de Rimbaud :

« la race inférieure a tout couvert — le peuple, comme on dit, la raison ; la nation et la science. »

« la débauche est bête, le vice est bête ; il faut jeter la pourriture à l'écart. »

« je vois que la nature n'est qu'un spectacle de bonté. »

« je vais dévoiler tous les mystères : mystères religieux ou naturels, mort, naissance, avenir, passé, cosmogonie, néant. »

« aucun des sophismes de la folie, — la folie qu'on enferme — n'a été oublié par moi : je pourrais les redire tous, je tiens le système. »

« j'ai eu raison de mépriser ces bonshommes qui ne perdraient pas l'occasion d'une caresse, parasites de la propreté et de la santé de nos femmes, aujourd'hui qu'elles sont si peu d'accord avec nous. »

« les amis de la mort, les arriérés de toutes sortes. »

« le combat spirituel est aussi brutal que la bataille d'hommes. »

Ce que M.N. appelle « le génie du cœur » (Dionysos), l'autre le nomme « le cœur merveilleux ».

M.N., dans son existence historique de l'ancien calendrier, est né en 1844, comme Verlaine. En 1873, Rimbaud vient d'écrire et de publier, dans l'indifférence générale, les lignes qui précèdent. Il a 19 ans, M.N. 29. Après tout, ils auraient pu se rencontrer à Gênes, à Stuttgart, à Genève. Ils le font ici, dans ces pages. *L'ère du temps* s'en trouve changée.

En 1869, ayant renoncé à la nationalité prussienne, M.N. est désormais apatride (*heimatlos*). Il est encore en pleine passion wagnérienne : Cosima est « géniale », et dans l'île « lointaine et bienheureuse » de Tribschen, il passe « des journées de confiance, de gaieté, de hasards sublimes, de moments profonds ».

Écrivons ça à la Rimbaud (je vais vite, vous vérifierez vous-mêmes) :

« la fille aux lèvres d'orange, les genoux croisés dans le clair déluge qui sourd des prés. »

« la rumeur des écluses couvre mes pas. »

« nous savons donner notre vie entière tous les jours. »

« un vieillard seul, calme et beau, entouré d'un "luxe inouï". »

« la Mort sans pleurs, notre active fille et servante. »

« une mer troublée par la naissance éternelle de Vénus. »

« cette région d'où viennent mes sommeils et mes moindres mouvements. »

« le futur luxe nocturne. »

« le chagrin idiot. »

« moi pressé de trouver le lieu et la formule. »

« la mer de la veillée, telle que les seins d'Amélie. »

« des verges de rubis entourent la rose d'eau. »

« tels qu'un dieu aux énormes yeux bleus et aux formes de neige, la mer et le ciel attirent aux terrasses de marbre la foule des jeunes et fortes roses. »

« de toutes façons, partout. »

« sur le sable rose et orange qu'a lavé le ciel vineux. »

« le cœur terrestre éternellement carbonisé pour nous. »

Et encore :

« vent de diamants. »

« bien après les jours et les saisons, et les êtres et les pays. »

« l'occasion, unique, de dégager nos sens. »

« l'œuvre dévorante qui se rassemble et remonte dans les masses. »

« atmosphère personnelle, brume de remords physiques. »

« la planète emportée, les exterminations conséquentes. »

« à l'être sérieux de surveiller. »

« l'énorme passade du courant. »

« la fortune chimique personnelle. »

« le sang, les fleurs, le feu, les bijoux. »

« chassés dans l'extase harmonique. »

« dans des voyages métaphysiques. »

Vous avez bien lu : *dans des voyages métaphysiques.* C'en est un ici.

Dans le nouveau calendrier, de même qu'un parapluie et une machine à coudre, autrefois, pouvaient se retrouver ensemble sur une table de dissection, personne ne serait surpris de voir, sur un étal de boucherie en Chine, un ordinateur et un éventail.

M.N., dans l'ancien calendrier, prononce à 25 ans, à Bâle, sa leçon inaugurale sur la personnalité d'Homère. En 1870, c'est sa conférence sur le drame musical grec (la même année, il écoute deux fois la *Passion selon saint Matthieu* de Bach). 1870, c'est aussi l'année de la proclamation, par Rome, du dogme de l'infaillibilité pontificale, pendant que Wagner envahit l'espace sonore avec *La Walkyrie*. C'est encore l'année de la guerre franco-prussienne qui inspire à M.N. le commentaire suivant : « Toute notre civilisation, râpée jusqu'à la corde, se précipite dans les bras des plus terribles démons. »

L'année suivante, Commune de Paris, Semaine sanglante, incendie des Tuileries et, croit-on, à un moment, du Louvre (« c'est le pire jour de ma vie »).

En mai, M.N., toujours à Bâle, entend *Le Messie* de Haendel.

La musique, les Grecs, les Présocratiques. Rimbaud publie, en 1873, *Une saison en enfer*. 1874, Wagner : *Le Crépuscule des dieux*. 1875, pour M.N., c'est la découverte de la philosophie indienne (pour Rimbaud, remise du manuscrit des *Illuminations* à Verlaine, manuscrit qui va « disparaître » pendant dix ans). 1881 : manifestation de l'Éternel Retour du Même (« une pensée qui requiert des millénaires pour s'affirmer »). À cette date, Rimbaud est à Harar, il a poussé à l'intérieur du pays pour chercher de l'ivoire, revient même de Boubassa où aucun Européen n'a encore pénétré, et surtout fait venir de France un appareil photographique, ce qui nous vaut ses célèbres auto-portraits. Le climat lui semble « grincheux et humide », son métier « absurde et abrutissant », et les conditions de vie « généralement absurdes ».

M.N., lui, après sa révélation du mois d'août, habite en octobre Salita delle Battistine 8 (interno 6), à Gênes. Son horizon, en Sicile, est *Le Gai Savoir*.

« Une pensée qui requiert des millénaires pour s'affirmer » : nous ne sommes qu'en 117. Dans l'ancien calendrier, c'est la date approximative où les Évangiles commencent leur œuvre. Il faut attendre l'an 180 de notre ère (comme on dit) pour avoir le témoignage explicite de saint Irénée à propos de Jean :

« Ensuite Jean, le disciple du Seigneur, le même qui reposa sur sa poitrine, a publié lui aussi l'évangile pendant son séjour à Éphèse. »

« Évangile » veut dire « bonne nouvelle ». On semble l'avoir oublié.

M.N., l'Antéchrist, apporte une formidable et excellente nouvelle. Encore quelques millénaires, et le tour sera joué.

Des millénaires ? Mais oui, ici, tout de suite. Vous êtes donc immortel ? Non. Éternel ? Non plus. Ces vieilles conceptions sentent leur vieux calendrier falsifié. L'éternel retour est *tout autre chose*. Ici, tout de suite, oui. Là, maintenant, oui. Pas de fuite pour plus tard, au-delà, pas de plans sur la comète du temps, pas de subterfuge monétaire, psychique ou génétique. Pas *dans* le temps, *le temps*. Mais vous serez mort ! C'est vous qui le dites.

M.N. est à nouveau seul dans un jardin. Il fait très beau. Il esquisse son petit pas de danse connu de lui seul. Le bleu du ciel lui répond. Les fleurs jaillissent d'un seul coup ensemble.

Le poids des millénaires est léger, pense M.N., son crâne à la main, au milieu de la foule. Ces jours-ci, il est à Shanghai, ville monstre, devenue un tourbillon gigantesque. « Le Diable est à Shanghai », lui a dit un ami banquier, avec une grimace vorace. Dans le temps humain, le Diable est partout, si on suppose du moins qu'il s'intéresse à la vibration de folie et de corruption qui pétrit la Terre. Pas sûr, ça tourne tout seul.

Évidemment, pense encore M.N., le Crucifié-Ressuscité n'a jamais songé à fonder un calendrier, *au contraire.* Il annonçait l'imminence du Royaume de Dieu, son Père, ne faisant qu'un avec lui, mais restant réservé sur ses intentions temporelles. « Vous ne savez ni le jour ni l'heure, c'est pourquoi vous devez rester réveillés. » Ainsi parla-t-il, puis il s'en fut. Mais les autres, ne voyant rien venir, alors qu'il fallait se tenir dans le *venir*, se sont rendormis dans l'horaire. Toutes les transactions de la planète se libellent ainsi en fonction d'un troisième millénaire supposé, temps pour tous et pour personne, spectacle de survie, temps mort. Les spéculations sur l'avenir (très en vogue, autrefois, à travers des marées de squelettes et de cendres), ont fini par paraître grotesques et vides, vengeance contre le passé, abrutissement du présent, pollution clonée du futur. À l'instant, des foules d'agités réclament, sur fond de pop-rock, l'abolition de la pauvreté, pendant qu'une pauvre conne, aussitôt excommuniée, se fait ordonner prêtre à bord d'une péniche. Vous en avez assez vu, coupez la télé.

À Shanghai, rien de tel : cynisme absolu et sourire dément dans les Tours. La Tour du Temps, disent-ils, et Ludi est là, quelque part, pour une dixième présentation de mode. Le soir, elle négocie un projet publicitaire ambitieux : une Goy Pride à Jérusalem. Après quoi, on doit rentrer par Hong Kong.

Une fois à Paris, j'ai rendez-vous, en fin d'après-midi, au bar du Lutétia, avec mon vieil ami Daniel, cinéaste désormais mondialement célèbre, comme le prouve son dernier grand entretien dans *Destroy*. Il a l'air à la fois en pleine forme et très déprimé, résultat probable des tranquillisants et des somnifères qu'il absorbe à haute dose. Il boit des alexandras, parle peu, savoure le triomphe de son dernier film, *La Vie éternelle* (accueil mitigé en Asie, gros succès, en revanche, à Berlin, Madrid, San Francisco et Toulouse). Il glisse, les larmes aux yeux, sur la mort de son chien adoré, Trott, le seul grand amour de sa vie. Daniel est le type même du nihiliste actif et professionnel d'aujourd'hui, pornographe et sentimental. Il reste obsédé par la baise, frémit à la vue de la moindre jeune salope locale, a peur de vieillir, poursuit un rêve d'immortalité génétique, et a même donné son ADN, pour être cloné, à l'Église de la Vie Universelle (l'EVU), laquelle est partie à l'assaut des comptes en banque des déprimés du monde entier, tentés par le suicide et la réincarnation corporelle. La vie humaine, on le sait, n'est qu'une vallée de larmes, et la science en a établi la vérité fatale. La chair, pour finir, est triste, les livres sont inutiles, on ne peut fuir nulle part dans un horizon bouché, l'argent permet de vérifier tout cela, et le cinéma, lui-même inutile, l'exprime. Où sont passés Dieu, l'espoir d'une vie éternelle, toute la salade de jadis? Les religions sont balayées, vous qui entrez laissez toute espérance, faites-vous *prélever* pour plus tard, mais sans garantie absolue, car il se pourrait bien que le vieux Dieu demi-mort irascible, qui a déjà confondu les langues au moment de la Tour de Babel, reprenne du poil de la bête, et utilise un jour des terroristes pour foutre le bordel dans les laboratoires, mélanger et brouiller les codes des sinistres tarés du futur.

Daniel souffre, et il lui sera donc beaucoup pardonné socialement (c'est-à-dire fémininement), « à la chrétienne », comme d'habitude. Nous n'allons pas recommencer notre ancienne polémique vaseuse pour savoir s'il faut préférer Schopenhauer (lui) ou Nietzsche (moi). De toute façon, la question est réglée : Schopenhauer a vaincu, Nietzsche est définitivement marginal. Il me demande quand même si je crois à la vie éternelle, et il sait que je vais lui répondre bof, que c'est là encore un fantasme humain, trop humain, que l'éternel retour est tout autre chose, qu'il vaudrait mieux parler d'éternité vécue. Il me jette un drôle de regard, à la fois plombé, apeuré, vide. Je ne suis même pas digne d'être un chien, pense-t-il comme un banal humaniste, non, je ne suis même pas digne d'être un chien, et il n'a pas tort. Allez, encore un alexandra pour lui, un whisky pour moi, et basta. On ne parle même pas de l'objet du rendez-vous pris par son agent : une petite évaluation philosophique de son œuvre, par mes soins, mais sous pseudonyme, dans une revue confidentielle et radicale, douze lecteurs pointus, un record. Il est vrai que la pige aurait été misérable. Il est vrai aussi que je n'en ai pas envie. J'ai été content de revoir Daniel, son courage et sa détestation provocatrice, glauque, drôle et fanatique du genre humain. Mais précisément : humain, trop humain...

Le coup de la vie comme sans issue, à cause du péché originel, de la vieillesse, de l'aliénation sociale, du malentendu entre les sexes, de la névrose inévitable, — bref, le coup de la vie de chien avec promesses de paradis, de messie, de justice ou de trip technique, on connaît le disque, c'est toujours le même, avec rengaine sur l'argent qui ne fait pas le bonheur, la vie des stars évacuables, l'existence s'améliore quand même, nos produits sont toujours meilleurs. Reste l'angoisse des fins dernières, la mort, les enfants, l'âme, le mal.

Il est vrai qu'après la chute du Monotonothéisme (pour parler comme M.N.) — mort toute relative, d'ailleurs, et riche de massacres renouvelés —, les sectes se sont mises à proliférer, chacune avec son programme initiatico-intégrateur : *être ensemble*. L'esprit, a dit quelqu'un, a horreur des rassemblements, mais *le contre-esprit*, lui, les aime. J'ai pu ainsi constater au cours du temps plusieurs approches plus ou moins discrètes, des demandes à peine déguisées d'affiliation, temples nocturnes ou galactiques, offres de vie perpétuelle (à condition de signer un abandon de tous vos biens), cellules préservées, code déposé, lumière au bout du tunnel. Ces fantaisies sont évidemment idiotes et, le plus souvent, pathétiques. L'hameçon est en général sexuel (l'offre immédiate d'argent est beaucoup plus rare). Vous êtes un corps désirant, vous êtes classé hétérosexuel, on vous envoie donc une ou plusieurs Sœurs actives. L'une réussit sa pénétration, elle agit, elle vous cerne, elle vous circonscrit. Plus loin, c'est la première porte, mais on vous suggère qu'il y en a beaucoup d'autres. Vous êtes curieux de nature, et toujours désirant (car le Sexe n'est-il pas tout-puissant ?). Justement : on vous fait sentir à quel point vous êtes encore prisonnier de votre écorce terrestre, fruste, animal, indigne des millénaires maîtrisés radieux.

Ici, vous avez deux solutions : soit la résignation humaniste classique (« nous sommes tous solidaires puisque nous allons tous mourir »), avec progrès et ascension sociale automatique, soit la poudre de perlimpinpin cosmico-biologique. Si vous manifestez que vous êtes très bien tout seul, et que votre plus grand bonheur est de demeurer seul en votre compagnie dans une chambre, vous êtes classé « irrécupérable », comme autrefois dans les régimes totalitaires durs. Ici, heureusement, tout est mou, vous vous en tirerez avec une mauvaise réputation, quelques entraves et des censures régionales, rien de grave. À moins que vous fassiez le malin, bien sûr, et, là, pan dans la caisse, réduction à la misère, oubli.

Le vendredi 13 avril 2029 (où serez-vous ?), l'asté-
roïde, ou plus exactement le *géocroiseur*, 2004 MN 4,
approchera dangereusement de la Terre. On connaît
son diamètre : 300 mètres. C'est beaucoup plus que la
météorite de la Toungounska qui, en 1908, a dévasté
plus de 2 000 kilomètres de la taïga sibérienne, en
dégageant une énergie mille fois supérieure à la
bombe de Hiroshima. 2004 MN 4 occupe maintenant
le niveau 4 dans l'échelle de Turin (formée à partir du
colloque de 1999). Ce n'est pas rien, mais inutile de
paniquer, nous verrons ça le vendredi en question.
Nous savons que les cataclysmes majeurs, tel celui qui
a provoqué la disparition des dinosaures il y a 65 millions d'années (mon épine dorsale en frémit encore),
n'arrivent qu'une fois tous les 100 millions d'années.

De quoi voir venir à Turin, avec ou sans échelle.

Ce soir, séance de temps avec Nelly.

Je suis son dinosaure.

J'aurai quand même, pense M.N., incarné la *raison*
dans ce monde confus, calculateur et bavard.

En principe, on ne sort pas du camp de la Vallée
de Larmes. Toutes les tentatives d'évasion ont été,
jusqu'à présent, sévèrement sanctionnées. Inutile de
répéter la liste des martyrs les plus récents (mais il y en
a eu bien d'autres) : le Crucifié, Sade (27 ans de prison), Hölderlin (fou), Nerval (suicidé), Baudelaire

(aphasique), Manet (jambe coupée), Rimbaud (jambe coupée), Van Gogh (suicidé), Nietzsche (fou), Artaud (fou), sans parler de tous ceux qui ont été contraints au silence.

On ne sort pas, c'est clair ?

Alignement des urnes, des tombeaux, des asiles.
M.N., en visite au Saint-Sépulcre, hoche la tête.
Il pense qu'il faut *quand même* un nouveau calendrier.
Pour qui voudra.

Il ne serait pas étonnant, par exemple, qu'un prochain livre soit publié à Paris, avec comme date, extraordinairement insolente, le 30 septembre 118.

Vers la fin du 20e siècle de l'ancien calendrier, en tout cas, c'est-à-dire en plein nihilisme aggravé (dont notre ami Daniel est un résultat récent), on pouvait lire des trucs de ce genre écrits par un prix Nobel de littérature unanimement respecté :

« De sa couche elle voit se lever Vénus. Encore. De sa couche par temps clair elle voit se lever Vénus suivie du soleil. Elle en veut alors au principe de toute vie. Encore. Le soir par temps clair elle jouit de sa revanche. À Vénus », etc.

C'est un homme qui écrit ça, mais une vieille femme qui parle, un homme devenu vieille femme, vieille folle Vénus autrefois basculée en vieux femme. Inutile de préciser qu'elle est droite et raide, tout de noir vêtue, assise sur une vieille chaise, dans un paysage désolé.

« Se dirigeant vers un point précis, souvent elle se fige. Pour ne pouvoir repartir que longtemps après. Sans plus savoir ni où ni pour quel motif. »

On est indubitablement dans un pavillon de banlieue, entouré de cailloux et d'herbes mauvaises :

« Comme si elle avait le malheur d'être encore en vie. »

Et même :

« La folle du logis s'en donne à cœur chagrin », etc.

Je pourrais en recopier, de celui-là ou d'un autre, et aussi de celle-là ou d'une autre, des pages et des pages, cabanons, campagnes, deuils, âmes grises, rages, paralysies et acrimonies. La mort de Vénus, les embarras de Vénus, la chute de Vénus, la mélancolie de Vénus, la vieillesse de Vénus, le corps abîmé de Vénus, la toux de Vénus, les pertes de Vénus, les cauchemars de Vénus, les grossesses de Vénus, les avortements de Vénus, les bouderies de Vénus, les soins de beauté de Vénus, la liquéfaction de Vénus.

Résumé : l'humanité n'est pas faite pour le sexe. Elle s'obstine. Elle a tort. Elle se met à croire à la mort, se demande comment lui échapper, progrès technologiques, contorsions diverses, argent, procréations, divertissements, nausées, échec. Retour à la Vallée de Larmes.

Nouvelle génération, corruption.

Et ainsi de suite.

Je repense à Daniel, son cas est révélateur. Mauvaise enfance, corps peu désirable, intenses masturbations, premières relations féminines peu enthousiasmantes, découverte tardive de partenaires plus jeunes attirées par sa célébrité et son argent et, à ce moment-là, sentiment de vieillissement, satisfactions combattues par la jalousie et le manque — donc douleur. Dans ces histoires, il faut commencer très tôt, enfance vicieuse, action dualisée vers 13-14 ans avec des professionnelles de 30 ans, connaissance approfondie de la chose (putes, partouzes, énamorations, illusions magiques et désillusions), bref être *immunisé* à 35-40 ans, blindé à 50, dégagé ensuite. On est sur la rive, on regarde les bateaux appareiller, pavoiser, faire la fête, se mélanger, s'user, se saborder, couler. Être fasciné par la jeunesse, vouloir la posséder, la poursuivre, est un fantasme de vieux qui a toujours été vieux. On peut mettre ici dans le même sac pédophiles, homos, nymphomanes frigides, séniles coureurs, c'est-à-dire un fonds de population indéfiniment renouvelable, obsédé par la *jenèse* non vécue à temps.

Un petit Bédouin affole les uns, la jeune salope en
fleur terrasse les autres, le bétail s'agite et se vend,
changements d'acteurs et d'actrices, disparition vers la
Vallée de Larmes. Heureusement, j'ai mon chien, il
comprend tout, il est innocent et fidèle, sa mort me
bouleverse davantage que celle d'aucun être humain.

M.N., en 1874, tout en rendant hommage à la solitude héroïque de Schopenhauer (qu'il va critiquer par
la suite) écrit, et il n'a que 30 ans :

« Tous les traits, où Schopenhauer ne laisse pas
voir la dignité du philosophe, montrent précisément
l'homme qui souffre, inquiet de ses biens les plus
sacrés. C'est ainsi qu'il était tourmenté par la crainte
de perdre sa petite fortune et de ne plus pouvoir
conserver une attitude véritablement antique vis-à-vis
de la philosophie ; c'est ainsi que, dans son désir de
rencontrer des hommes absolument confiants et
compatissants, il fit souvent fausse route, revenant toujours avec un regard mélancolique à son chien fidèle.
Ermite, il l'était absolument ; aucun ami partageant ses
idées ne le consolait. Entre un seul et aucun, comme
entre un rien et le néant, il y a ici un infini. »

J'envoie ce passage à Daniel. Il le connaît sans
doute, et sa suite. Il y a si peu de vivants qui savent de
quoi nous parlons.

Le vieux et génial Mao, ce grand criminel d'une époque supérieurement criminelle, mais très supérieur aux autres cinglés sanglants de son siècle, organisait ses plaisirs terminaux dans un coin de la Cité interdite, à Pékin, dans son Bureau au Parfum de Chrysanthèmes. Tous les samedis soir, comme à la grande époque militaire de Yan'an, il y avait une soirée dansante. Mais maintenant, les partenaires du vieux pachyderme matérialiste et suprêmement dialectique (rien à voir avec le curé défroqué morbide à vodka, Staline — voir la photo de sa mère orthodoxe en voiles noirs —, ou avec la folle tordue Hitler si bien diagnostiquée par Genet dans *Pompes funèbres*), sont des jeunes danseuses de la division culturelle de l'Armée populaire de libération. On les lui choisit, ils dansent un peu, puis vont s'affaler dans le bureau du monstre épanoui (si bien peint comme une lanterne vénitienne, par Andy Warhol). Tout le monde s'éparpille sur le vaste lit à côté de montagnes de volumes empilés les uns sur les autres (tous les témoins sont d'accord : la vieille tortue vivait très simplement au milieu d'un entassement de livres).

345

Les danseuses sont cinq, six, sept — il est le seul homme. Une de ses partenaires (mariée ensuite, comme les autres, à un bon communiste) raconte que Mao était un danseur et un amant un peu maladroit (elle ne donne pas de détails), mais, je cite, « un technicien sexuel varié et inlassable » (toujours pas de détails). Les jeunes Chinoises s'activent pour soutenir la révolution, elles annoncent déjà, sur ce plan, leur suprématie planétaire. La Blanche a fait son temps, elle est devenue jaune de rancœur. La Chinoise, en revanche (pas la Japonaise), est d'une bonne humeur systématique, raffinée et terrible. La Révolution culturelle, avec ses millions de morts, avait donc son Bureau Sexuel Central : le Parfum des Chrysanthèmes, entouré de lacs, soirées spéciales.

Les livres d'histoire et de littérature classique encombrent la pièce. Le lit est grand comme dix lits. Les danseuses s'aiment entre elles, et se ressourcent à la vieille tortue. On se croirait chez les Han ou les Tang, quelque part en 117 avant notre ère, ou au 8ᵉ siècle du faux calendrier occidental. C'est l'art de la chambre intérieure, et Mao n'a qu'à tendre le bras pour atteindre un de ses livres taoïstes préférés, *Les Méthodes secrètes de la jeune fille ordinaire* :

« L'union d'un homme et d'une femme est semblable à l'accouplement du Ciel et de la Terre. C'est grâce à leur accouplement correct que le Ciel et la

Terre sont éternels. Cependant, l'homme a perdu ce secret. S'il peut l'apprendre, il obtiendra l'immortalité. Le principe de cette méthode est d'avoir de fréquents rapports sexuels avec des jeunes filles, mais d'éjaculer seulement en de rares occasions. Cette méthode allège le corps de l'homme et expulse les maladies. Tous ceux qui cherchent à prolonger leur vie doivent chercher la source même de la vie. »

Sept *yin*, un *yang*. Mao et ses groupies. Un lit, des livres, des filles.

Rumeurs incrédules dans les chancelleries. Scandale à New York, Moscou, Tokyo et Londres. Sourires à Paris et à Rome.

Les photos de ces amusements nous manquent. Si elles existent, calculez leur valeur marchande en dollars.

Est révolutionnaire, finalement, le geste qui *ouvre* le temps. Réactionnaire, celui qui le ferme.

Il y avait bien d'autres livres dans le bureau du dragon Mao, notamment sur l'art de la guerre. Mais le plus étonnant reste qu'il les pratiquait pour les lire, et qu'il les lisait pour les pratiquer.

M.N., à Turin, aurait dû pouvoir disposer, pour sa santé, d'une dizaine des jeunes danseuses chinoises. C'était trop tôt. Voilà ce qu'on risque quand on est en avance.

Même topo pour plein d'autres de leur temps qui n'était pas *leur* temps.

Au passage, on ne soulignera jamais assez à quel point des visionnaires comme le Crucifié, Rimbaud ou M.N., ont *marché* dans la nature. De là des plans et des vues variées, un rythme sûr, le don des formules qui semblent tomber du ciel. Il grêle : « Le vent de Dieu jetait des glaçons aux mares. » Ou bien : « Mais que salubre est le vent ! » Ou bien : « bouchon fait pour la lumière et la surface de la mer. » Ou bien : « affable avec tout le monde et même avec les herbes. » Ou encore : « Je bénis toute chose, feuillage, herbe, bonheur, bénédiction et pluie. »

J'étais, il y a deux minutes, sous un figuier, sous la pluie.

Le 14 juillet 1884 de l'ancien calendrier, soit près de quatre ans avant l'ère du Salut, Meta von Salis rencontre M.N. à Zurich :

« Il se nommait, très caractéristiquement, alcyonien, et les moments passés ensemble furent en effet alcyoniens, de nature à répandre sur le restant de ma vie leur reflet doré. »

M.N. est très calme. Il a quelque chose d'un goéland, mais c'est un oiseau fabuleux d'heureux présage.

« Le caractère étranger, non allemand, de son visage s'accordait avec son allure modeste, qui ne traduisait en rien le professeur allemand. Une profonde assurance rendait toute pose inutile... Une voix feutrée, douce et mélodieuse, une élocution extrêmement posée, un visage basané par le grand air du Sud, des yeux inoubliables, brillant de la liberté du triomphateur, élevant leur deuil et leur protestation de ce que le sens de la terre et la beauté aient été tournés en nonsens et en laideur. »

Meta, évidemment, n'évite pas les clichés féminins idéalistes et maternalistes. M.N. a parfois un sourire « d'une touchante puérilité », on sent qu'il « a beaucoup souffert », qu'il a « le cœur lourd », qu'il a connu « les gouffres de l'existence ».

Peu importe, son témoignage est important. Elle a 29 ans, lui 40. Le 23 juillet, il écrit à un de ses amis :

« Ma doctrine selon laquelle le monde du bien et du mal n'est qu'un monde d'apparence et de perspective constitue une telle innovation que j'en perds quelquefois l'ouïe et la vue. »

Meta peut-elle comprendre ça ? Bien sûr que non. Cela dit, elle parle avec lui pendant deux heures. Il fait très chaud, mais l'appartement où elle le reçoit est frais, la lumière est modérée, c'est bon pour ses yeux où elle voit briller « la liberté du triomphateur ». De quoi a-t-il triomphé ? Heureusement, elle ne se risque pas à le dire.

Pendant ce temps-là, Malwida von Meysenbug (« l'idéaliste ») poursuit ses recherches d'entremetteuse obsédée. Il *faut* marier M.N., mais, que voulez-vous, il n'est jamais content. L'une (Bertha Rohr) est jolie, mais pessimiste et mélancolique. L'autre (Teresa von Schirnhofer) est gaie mais laide :

« Dommage qu'elle soit si disgracieuse de sa personne ! Je ne peux pas supporter longtemps le spectacle de la laideur (cela m'a déjà coûté des efforts sur moi-même relativement à Mlle Salomé). »

(C'est ainsi qu'on apprend qu'en définitive M.N. trouvait Lou *laide*.)

Resa vient le voir à Sils, et il lui fait le coup de la visite du rocher de Zarathoustra au bord du lac de Silvaplana. Il lui parle de la rapidité incompréhensible avec laquelle il a écrit ce livre. Est-ce qu'elle comprend pourquoi ? Bien sûr que non, mais elle le décrit, un matin, hagard et livide, se plaignant d'avoir des hallucinations dès qu'il ferme les yeux pour dormir :

« Une profusion de fleurs fantastiques se nouant et s'entrelaçant dans un perpétuel jaillissement, surgissant l'une de l'autre dans un ballet de formes et de couleurs d'une exotique luxuriance. » « Je n'ai pas une minute de répit », lui dit-il. Et il ajoute : « Est-ce que ce n'est pas là un signe de folie naissante ? Mon père est mort d'une maladie cérébrale. »

Cette indication a son importance, puisque la version familiale officielle, répétée par sa sœur Elisabeth, est que le père pasteur est mort après une chute accidentelle. Elisabeth, elle, n'a pas peur de devenir folle : elle l'est froidement et naturellement.

Autre indication : M.N., à l'époque, se fait à lui-même des ordonnances qu'il signe Dr N. Il s'étonne que les pharmaciens obtempèrent et que personne ne lui demande jamais s'il est vraiment médecin. *Donc, il a l'air médecin.* Il achète ainsi du chloral hydraté et peut-être d'autres substances qu'il avale avec des bières anglaises, *stout and pale ale*. Étrange docteur, on dit qu'il écrit.

Voici maintenant Hélène Druscowitz, féministe de choc, se proclamant « docteur en sagesse ». Elle est morte folle, et on comprend pourquoi en parcourant ses livres : *La Sainte lutte, Une tentative moderne pour établir un succédané de religion, L'Au-delà sans Dieu, Le Pessimisme éthique*, et autres conneries où elle s'efforce de concurrencer M.N. Elle n'est pas la seule dans ce cas, chaque époque apporte son flot de voyantes ou de Sœurs Suprêmes préposées au parasitage spiritualiste intellectuel. M.N. est lapidaire : « La petite oie littéraire Druscowitz n'est rien moins que ma "disciple". » Et revoici Lou avec son livre *Le Combat pour Dieu*. Là, M.N. est encore plus concis : « Que le diable l'emporte ! »

Bref, « les mouches du marché » vrombissent. M.N., de retour à Nice, note : « Je préfère mille fois ma totale obscurité à la compagnie de médiocres apologistes. » En revanche : « Je fréquente en ce moment un Hollandais qui me parle beaucoup de la Chine. »

Résumé :

« Une espèce amoindrie, presque risible, un animal grégaire, quelque chose de bienveillant, de maladif et de médiocre, l'Européen d'aujourd'hui. »

Pendant l'été 1917, un jeune Chinois de 24 ans, au milieu de la confusion et de la violence extrême dans lesquelles est plongé son pays, cherche sa voie. Ses sympathies sont anarchistes, mais ses réflexions sont nourries de pensée poétique, taoïste, anticonfucéenne classique : le monde est un changement permanent, un monde meurt, un autre naît et, par conséquent, la naissance n'est pas une genèse et la mort n'est pas une destruction. Plus étrangement, il écrit :

« Je dis : le concept est réalité, le fini est l'infini, les sens temporels sont les sens intemporels, l'imagination est pensée, la forme est substance, je suis l'univers, la vie est la mort, la mort est la vie, le présent est le passé et le futur, le passé et le futur sont le présent, le petit est le grand, le yang est le yin, le haut est le bas, le sale est le propre, le mâle est la femelle, ce qui est épais est mince. Fondamentalement, ceux qui sont nombreux ne font qu'un, et le changement est permanent. »

Pas mal. Plus naïvement, il rêve d'un monde paradisiaque en souhaitant partager sa transformation avec tous les êtres humains. C'est là que les choses se compliquent.

Le nom du Chinois ? Mao. Activité : révolutionnaire professionnel et superstratège militaire. Il sera aussi dictateur et inspirateur d'une terreur sociale sanglante et abrutissante, débouchant, pour finir, sur un hyper-capitalisme frénétique. N'oublions pas, circonstance aggravante, le Bureau au Parfum de Chrysanthèmes. Le paradis est l'enfer, l'enfer est le paradis, la terreur est la liberté, le socialisme est le capitalisme. Toute chose, portée à son extrême, se renverse en son contraire, et ainsi de suite.

M.N. trouve ce cas curieux, et en tout cas très démonstratif du nihilisme porté à son comble. Il a été nihiliste lui-même, il sait de quoi il s'agit.

La pensée n'est pas un dîner de gala, le combat spirituel est aussi brutal que la bataille d'hommes, et aucun Dieu n'est là pour assurer la justice.

Voici ce que personne ne veut croire : « Les plus grandes pensées sont les événements les plus grands. »

Allons, allons, dit le responsable de la télévision locale.

Avec Meta von Salis, M.N., à Sils, recommence son coup des promenades. Il lui dit qu'il a écrit *Zarathoustra* allongé au soleil sur la mousse et la bruyère. Elle veut le croire, elle le croit :

« Il possédait le talent le plus prononcé pour dénicher les coins privilégiés de la Terre. »

Cette notation nous importe au plus haut point. Une nouvelle vie dans le Temps s'accompagne automatiquement de « coins privilégiés » découverts sans le moindre effort. Le paradis terrestre est où je suis : c'est très simple. Jardin ou banlieue invivable, tour à Shanghai ou pont de bateau, prison ou hôtel de luxe, auberge minable ou palais, autoroute ou station sous un figuier, c'est tout comme. Meta a senti ça, c'est bien de sa part. Elle est pratiquement la seule. Après tout, c'est une aristocrate, ceci explique cela.

Et voici M.N., en octobre, à Ruta Ligure :

« Jamais je ne me suis autant prélassé, insulaire et oublieux de tout, comme un véritable Robinson. Souvent, aussi, je fais flamber devant moi de grands feux. Voir la flamme pure et nerveuse s'élever, avec sa fumée d'un gris blanchâtre, vers le ciel sans nuages, — les bruyères alentour et cette béatitude d'octobre qui sait cent différentes nuances de jaune —. »

Il est à ce moment-là, dit-il, comme sur « une île de l'archipel grec ».

J'ai souvent allumé des feux autrefois. Je suis allé me recueillir à Ruta Ligure. Je sais où aborder dans l'archipel grec.

En juin 1887, à Sils, M.N. note sèchement qu'il a encore un reste d'avalanche sous sa fenêtre. En juillet, Meta von Salis et son amie Hedwig Kym viennent le visiter, et il les emmène en barque sur le lac. Aucune allusion sexuelle, on ne sait rien, tout simplement parce que les gens de cette époque *se taisent*. Aujourd'hui, comme on voit, ils parlent beaucoup. Dans un roman réaliste contemporain, Meta ferait une pipe à M.N., pendant qu'il caresserait négligemment Hedwig, ou le contraire. On y gagnerait sans doute en organes, mais on y perdrait en intensité.

C'est Meta qui parle :

« Nous avons passé des heures dans une chambre fleurie, moi un ouvrage à la main, lui parlant de ce qu'il avait pensé, lu, ou vécu. »

Sans doute, sans doute, mais *quoi* exactement ? Ah, les femmes. On peut penser ici à l'excellente épouse de Dostoïevski notant dans son Journal que Fédor, la veille, pendant le dîner, s'est lancé dans une improvisation éblouissante. Laquelle ? On ne le saura jamais. Le lendemain, elle n'oublie pas de noter qu'elle a porté du linge à laver. Pauvre Fédor, trop content qu'elle ne s'alarme pas trop de son visage en sang après les chutes que provoquent ses crises. C'était Fédor, vous comprenez, un homme quand même domestique. Quant à Élisabeth, la sœur de M.N., elle appelle son frère « Fritz ».

C'est à 72 ans, en 1965, alors que tout le monde le pense usé et fini (il a lui-même la ruse élémentaire de le laisser croire), que Mao, avec une subtilité de chat jouant au go par la bande, déclenche sa Grande Révolution culturelle, précipitant la Chine entière dans le chaos, la guerre civile et des exactions inouïes. C'est l'abîme. Il s'ensuit un culte de la personnalité comme on n'en a pas vu depuis les empereurs de jadis (là encore, Staline et Hitler font figure de vulgaires bouchers de province). Le monde est ahuri, pendant que lui se montre un peu et flotte, impassible, au-dessus de la tempête (le Bureau au Parfum de Chrysanthèmes n'y est pas pour rien). Crimes, persécutions et vandalisme déferlent sur le pays, des millions de jeunes fanatisés brandissent le Petit Livre rouge, accablant recueil de poncifs qui finissent par être cocasses par leur simplisme même. Il s'agit bien, notez-le, de *pensée*, le mot est répété sans arrêt. Mao a recommandé à la jeunesse de « faire feu sur le Quartier général », autrement dit sur le Parti communiste lui-même. Ils se déchaînent, il les bénit. Il faudra les réprimer plus tard, la dialectique suit son cours normal, tragédie et farce grandioses. Comme Mao est un virtuose de la contradiction (voir son étonnant essai de 1937), on peut penser qu'il a voulu inaugurer, par son contraire poussé à bout, une phase entièrement nouvelle du capitalisme mondial, à condition qu'il soit chinois. Plus prophète du capitalisme que Mao, tu meurs. Prophète paradoxal, sans doute, mais les résultats sont là. Tout voyageur qui est passé, il y a trente ans, à Pékin ou Shanghai ne reconnaît plus ces villes. Au-dessus de la Cité interdite, un observateur inspiré voit parfois passer, au clair de lune, suspendu en l'air, le Bureau au Parfum de Chrysanthèmes. Il faut pour cela être sans préjugés et avoir une bonne vue, je sais.

Mao s'était gravement planté avec son « Grand Bond en avant ». Il a repris la main dans une sorte de suicide apocalyptique, véritable saut dans le vide pardessus le temps. Malgré des émeutes, chaque fois réprimées dans le sang, son portrait est toujours là, place de la Paix Céleste. Un grand tremblement de terre, on s'en souvient peut-être, a pour ainsi dire célébré la mort de ce Chinois adoré et haï.

L'eau, depuis, a beaucoup coulé dans les fleuves. Je viens de faire un saut au Temple du Ciel, à Pékin, très tôt, avant l'arrivée des touristes. Le toit bleu resplendissait au soleil.

M.N. décide de se divertir, et se rend dans un festival de théâtre où opère, dit-on, un nouveau génie qui était déjà un enfant génial. Il lit d'abord un entretien du génie, encensé partout dans la presse progressiste. « Pour moi, dit le génie, la présence des femmes-fontaines qui urinent sur scène est très poétique. Certains y ont vu quelque chose de sale, de pornographique, mais ce sont des gens d'extrême droite, des néo-nazis. »

Mais non, voyons, rien de choquant dans le fait que des femmes urinent sur scène. *Par les temps qui courent,* c'est banal.

Elles ne chient pas en même temps ? C'est frustrant.

Après quoi, le génie nous dit qu'il faut « réapprendre à pleurer » :

« Ce sont les larmes en tant que larmes qui m'intéressent, larmes érotiques, larmes d'extase, larmes de l'urine, mais aussi larmes de la peau, sueur. Concernant la sueur, je me suis livré à des recherches personnelles, car il y a peu d'écrits sur ce sujet. Il y a aussi les gouttes de la pluie qui sont les larmes de Dieu. »

Bien sûr, bien sûr, mais voici ce qui intéresse davantage M.N. :

« Il y a trois semaines, j'ai regardé fixement la reproduction d'un Christ d'une peinture flamande primitive, et j'ai pleuré. Ces dernières années, j'ai beaucoup dessiné avec mes larmes. »

Le génie a aussi énormément dessiné avec son sang et le sang menstruel de son ex-petite amie.

Femmes qui urinent sur scène, larmes, sang, sueur, sang menstruel, Christ primitif flamand : nous y sommes.

Sur une autre scène, M.N. aperçoit en passant une femme nue en slip noir qui danse, ou plutôt se contorsionne, en piétinant un drapeau français. Pendant ce temps, une actrice récite sur un ton saccadé un texte contre la bourgeoisie, en se demandant, de façon très petite-bourgeoise, ce qu'est la *bourgeoisie*, et si la *bourgeoisie* est encore la *bourgeoisie* comme la *bourgeoisie* qu'on dit. Mon dieu, mon dieu, pense M.N. en hochant la tête.

Dans la rue, il se surprend à avoir l'air *soucieux*. Immédiatement, il a honte. Il rentre dans sa chambre d'hôtel, et écoute *clandestinement* du Mozart.

En 1887, le soir, M.N. mange quelques petites tranches de jambon, deux jaunes d'œufs et deux petits pains. C'est tout.

Le 21 septembre de la même année, à 7 h 30 du soir, il arrive à Venise. Il va y rester un mois. Il habite près de San Marco, calle dei Preti 1263 (une rue des Prêtres pour M.N., c'est presque trop). Le temps est « clair, frais, pur, sans nuages ». Je connais ce temps vénitien par cœur : il pousse à l'invincibilité, à l'audace.

M.N. imagine là un jeu satyrique, mettant en scène son histoire compliquée avec Wagner et Cosima.

Les personnages sont Dionysos, Thésée, Ariane.

Ariane (Cosima) se plaint de Thésée (Wagner) :

« Le héros s'admirant lui-même devient absurde. Thésée devient absurde, il devient vertueux. »

Il faut donc célébrer les noces de Dionysos et d'Ariane.

« On n'est pas jaloux quand on est un dieu, dit Dionysos, si ce n'est envers les dieux. »

À quoi Ariane répond par cet aveu :

« Je suis lasse de ma compassion, je dois être la reine de tous les héros. »

Au moment où M.N. écrit ce petit opéra intime, Wagner, Wagner-Thésée, Wagner-Minotaure, est mort depuis quatre ans (précisément en 1883, à Venise). On se souvient qu'un des derniers billets « fous » de M.N., début 1889, est adressé à Cosima, maintenant veuve depuis six ans, et qu'il est rédigé ainsi : « Ariane, je t'aime. » Le plus surprenant est quand même qu'elle ait gardé ce papier.

Par ailleurs, on ne peut pas ignorer que M.N. pensait que Cosima (suivant en cela son père, Liszt, entré, pour finir, dans les ordres) avait infecté Wagner de catholicisme (d'où *Parsifal*).

Dionysos épousant plutôt une catholique, ça ne manque pas d'air. C'est pourtant évident.

À Nice, en octobre, il fait froid. Le 23 novembre, M.N. note :

« Je suis assis ce matin, pour la première fois dans une pièce chauffée. »

Puis :

« Je me promène une heure le matin, trois heures l'après-midi, à pas vifs — le même chemin jour après jour : il est assez beau pour cela. »

Quatre heures de marche par jour, voilà comment ça s'écrit : à pas vifs, toujours le même chemin et jamais le même. Éternel retour du chemin.

« Après le dîner, au salon, jusqu'à 9 heures, je suis ssis à une table, sous l'abat-jour de ma lampe, avec des Anglais et des Anglaises pour compagnie presque exclusive. »

Les Anglais et les Anglaises parlent distinctement et font peu de bruit, contrairement aux Américains et

surtout aux Américaines, ces sourds et ces sourdes. J'ai
failli, plusieurs fois, à Venise, en étrangler cinq ou six.

Boussole de la pensée :
« La morale est à l'origine du pessimisme et du nihilisme. »

Regardez bien, aujourd'hui, un ou une pessimiste,
un ou une nihiliste. Pas les anciens modèles, les nouveaux. Personne n'a l'air aussi « immoral », et ils vont
se récrier très fort si vous leur dites que c'est justement
par morale. Les femmes qui urinent sur scène sont
morales. Dessiner avec son sang, ses larmes, sa sueur,
son sperme ou sa merde, idem. Attaquer sans arrêt la
morale est profondément *moral*, comme rien n'est plus
humain que de détester le genre humain. Le programme « destroy » est *moral*. Le satanisme est *moral*.
La baise, la perversion, l'alcool, la drogue, le cinéma,
le rock, la techno, l'autodestruction sont des hom-
mages à la morale. La morale encourage d'un côté ce
qu'elle fait semblant de condamner de l'autre. Avec un
peu d'instinct, on s'en aperçoit au coup d'œil. M.N.
est tout sauf « immoraliste ». Il pense sans *moraline*,
dit-il, et en marchant beaucoup.

L'institution la plus amorale à travers les siècles ?
Bien entendu, l'Église catholique. Tout le monde le
sait, le pressent, et, *par morale*, s'en préoccupe ou s'en
indigne. Le catholicisme définit la morale de façon tellement absurde qu'on voit bien qu'il s'en moque, et
qu'il se situe, c'est son secret, par-delà le Bien et le

Mal. Luther (comme toutes les autres religions ou les Sectes) ne s'est pas trompé sur ce point crucial. C'est exactement ce que nous démasquons, Nelly et moi, dans les séances de temps, quand elle est censée me « faire la morale ».

Le 20 décembre (toujours en 1887), c'est la fameuse déclaration de M.N., qu'on ne se lasse pas de relire :

« Ma vie se trouve actuellement sous un rapport essentiel, comme en plein midi : une porte se ferme, une porte s'ouvre. »

On se croirait à la roulette, au Casino de l'Univers. Il est midi, l'heure de l'ombre la plus courte. Le passé se ferme, l'avenir s'ouvre, le présent est une porte-tambour.

M.N. est ici au cœur lumineux du temps où il reviendra. Il le sait, il le dit, il le redira.

N'écoutez jamais quelqu'un qui vous parle d'un futur réalisable, surtout s'il est collectif. C'est ici, tout de suite, que cela se passe. Comme dans l'amour, en somme, et pas par hasard.

M.N. lisait attentivement les journaux de son époque pour avoir des nouvelles de l'ennemi. Il ne peut pas s'empêcher de se trahir, l'ennemi, question de style et d'oreille. Aujourd'hui, après la marche, M.N. passerait une heure ou deux à lire la presse, les magazines, à écouter la radio, à zapper à travers la télévision mondiale, à repérer les nervures de la propagande incessante (et innocente) du nihilisme officiel. Le gros animal bavard s'offre ainsi jour et nuit, il ne se doute pas une seconde qu'il fournit des armes qu'on peut retourner contre lui.

Prenons ainsi deux femmes propagandistes actuelles. L'une est déguisée en critique littéraire, elle écrit dans un hebdo branché, elle se pâme devant un romancier américain :

« Il écrit par le menu des dialogues sans fin (aussi hilarants que glaçants), la vie vide, sans humanité, d'une humanité rompue aux objets, écrasée par la consommation, réifiée en produits, corps parfaits consommables eux aussi. Marques de fringues, restaurants, plats alambiqués à l'absurde, conversations creuses : grégarisme social et culte du fric pour se payer la panoplie du moment, soit la panoplie du voisin. Clonage social, avec monstruosité à la clé : tuer ne signifie plus rien, les êtres étant devenus interchangeables, sauf peut-être de quoi susciter chez l'autre la peur et la souffrance, ultimes séquelles d'humanité dans un monde marchand. »

Ouf. Remarquez, sous le ton fasciné et admiratif, la leçon *morale*, digne de n'importe quelle gazette chrétienne. Pourtant, l'essentiel n'est pas là : tout est dans la lourdeur d'expression.

L'autre annonce un colloque estival, très intellectuel. Sujet : la peur. En voici le style :

« Nous avons vécu, ces temps derniers, le retour de la peur. Allons-nous vivre, de nouveau, sous le règne de l'ère de la peur ? La peur, c'est ce conglomérat affectivo-politique, ce nœud de tensions, à la fois intime et collectif, qui fait que nous n'avons plus confiance en nous-mêmes, donc un peu moins confiance en l'Autre, et que nous appréhendons l'avenir, car nous nous sentons trop faibles pour pouvoir l'affronter.

La peur, est-ce la régression ? La peur, est-ce une maladie de notre démocratie de plus en plus gangrenée par sa possibilité à nous faire plus égaux ? La peur, est-ce le repli sur soi devant la montée des inégalités, la montée du chômage, la difficulté à faire accepter une citoyenneté ébréchée, entaillée de tous côtés ?

Le cycle de la peur ne se déploie plus seulement dans le domaine de la géopolitique, mais infecte — le terme n'est pas trop fort — nos cerveaux et nos corps dans cette ère de globalisation. Que faisons-nous de toutes ces peurs ? Rien ne sert de les taire. Mieux vaut les mettre au clair, les cartographier, les élucider, les disséquer pour mieux les conjurer. »

Ouf, rien à ajouter. Demain et après-demain, même rengaine sur Radio-Morale.

Dans *Zarathoustra*, le meurtrier de Dieu, « le plus laid des hommes », n'a plus de forme, il bredouille, il gargouille, il fait glouglou. Il dit de lui-même :

« C'est moi le plus laid des hommes, celui qui a les pieds les plus grands et les plus lourds. Partout où moi j'ai passé, le chemin est mauvais. Je défonce et détruis tous les chemins. »

M.N., c'est dommage, ne s'interroge pas sur la *mère* du plus laid des hommes. Comment était-elle, *est-elle* ?

Affreuse, énorme, graisseuse, vindicative, violente, méchante, absurde, bornée, barbouillée ? Ou bien, au contraire, jolie, coquette, idiote, hystérique, mélancolique, avare, médisante, butée ?

Zarathoustra ne nous parle pas non plus de sa mère et de sa sœur. Comme on l'a vu, elles l'attendent au tournant. Il n'a pas su mettre, entre elles et lui, une ou plusieurs femmes. C'est pourtant la solution, qui peut se transformer aussi en régression. Le coup de la Vierge Marie, lui, est une percée à haut risque. De toute façon, la place est prise, n'en parlons plus.

M.N., ne l'oublions pas, est fils de pasteur, élevé dans la stricte tradition luthérienne. Il s'indigne dès qu'il apprend une conversion au catholicisme, soupçonne, non sans fascination, Cosima sur ce point, finit par souhaiter l'abolition radicale du christianisme, ce qui ne l'empêche pas, à Rome, de faire une confidence énorme à Lou Salomé. C'est elle qui raconte :

« Au cours d'une conversation où nous parlions de ses métamorphoses, Nietzsche déclara un jour, en plaisantant à moitié : "Oui, c'est ainsi que la course commence, et elle se poursuit jusqu'où ? Où court-on quand toute la route est parcourue ? Qu'advient-il lorsque toutes les combinaisons sont épuisées ? Ne devrait-on pas revenir à la foi ? Peut-être à la foi *catholique* ?" Et il dévoila l'arrière-pensée qui lui avait dicté cette remarque en ajoutant d'un air grave : "En tout cas, l'achèvement du cercle est infiniment plus probable que l'immobilité." »

On peut ici faire confiance à Lou qui aura été bien des choses, mais sûrement pas « catholique ». Sacré M.N. : s'agissait-il là d'un *test* ?

Allons jusqu'au bout : M.N., à Turin, dans un état de grande exaltation créatrice, sort de chez lui et voit un cocher s'acharner contre un pauvre cheval. Il est bouleversé par la bestialité humaine et la brusque humanité de l'animal. C'est comme si celui-ci lui parlait sur une croix : « Mon Dieu, mon Dieu, pourquoi m'as-tu abandonné ? » M.N. se précipite contre ce légionnaire romain abruti et abominable, retient son bras prêt à flageller encore le cheval, et s'effondre sur le trottoir. Il vient de se jeter dans le volcan de la folie. C'est fini.

L'ami musicien de M.N. Heinrich Köselitz (Peter Gast) dira plus tard :

« J'ai vu N. dans des états où — c'est horrible ! — il me faisait l'effet de *simuler* la folie, comme s'il était content que cela finisse *ainsi*. »

Réflexion d'un humaniste d'aujourd'hui : « Si la mort et la folie ne *prouvent* plus rien, où allons-nous ? »
Bonne question, sans réponse.
Ou alors, il faut avoir plusieurs vies *riches*. Au moins trois : une pour la mort, une pour la folie, et une troisième pour *tout autre chose*. Mais *quoi* ? C'était Dieu autrefois, mais maintenant *quoi* ?

Cela dit, il est facile d'imaginer quelle aurait été l'attitude de M.N. lors de la guerre de 1914-1918, la première grande boucherie européenne et mondiale *légale*. D'abord, il aurait été révulsé par le fait qu'on puisse trouver des exemplaires de son *Zarathoustra* dans les affaires des soldats allemands tués dans les tranchées (même réaction d'épouvante convulsive de Hölderlin apprenant que les pilotes allemands de la Seconde Guerre mondiale avaient ses poèmes dans leurs poches). Ensuite, devant le désastre européen annonciateur d'un désastre pire (qu'il a prophétisé avec la plus extrême lucidité), on peut penser qu'il se serait forcément et discrètement rapproché du Saint-Siège, au point de proposer ses services au pape Benoît XV, le pape pacifiste de cette époque, injurié à la fois par les Allemands et par les Français. Qui sait, d'ailleurs, s'il n'est pas à l'origine de cette encyclique de 1921 rendant hommage à Dante pour le 600e anniversaire de sa mort ? Puisqu'on est en pleine régression mortifère, pas de Zarathoustra tout de suite, Dante d'abord.

On le voit sans mal, par la suite, modérer Pie XII, inspirer Jean XXIII, garder de bonnes distances avec Paul VI, applaudir enfin, lui qui se voulait aristocrate polonais, à l'élection de Jean-Paul II, pour mettre fin à l'écœurant ex-Empire soviétique. Un Polonais ? Comment donc ! Enfin, pourquoi pas un pape allemand, Benoît XVI, pour en finir avec la hideuse hérésie de Luther, le « moine fatal » ? Tout cela, bien entendu, hautement tactique et stratégique, mais enfin la pensée profonde consiste à savoir choisir le meilleur malentendu possible. M.N. renonce donc au salut de l'Humanité : elle est foutue dans son ensemble, et seule l'escroquerie loufoque des Sectes lui proposera désormais une issue dans le futur. Le christianisme existera tant qu'il y aura des pauvres, du mensonge sexuel, de la corruption, de la misère et de la souffrance, autant dire, sauf effarante idiotie, qu'il est éternel. En vérité, tout le monde en est plus ou moins conscient, et c'est pourquoi l'athéisme doit rester par définition aristocratique (c'est bien ce que redoutait Robespierre en essayant, pour combattre l'athéisme, de fonder une nouvelle religion). *L'athéisme démocratique n'existe pas.* Le christianisme est une illusion, soit, mais universelle, enracinée dans la reproduction de l'espèce et son impasse, quelles que soient les promesses délirantes des apprentis sorciers de la génétique, héritiers, en cela, des pires totalitarismes. L'athéisme pour tout le monde est une imposture : le manque de goût et la laideur y prolifèrent aussitôt, et c'est l'exploitation recommencée des forts contre les faibles, c'est-à-dire, pour finir, un affaiblissement et un empoisonnement des forts.

M.N., plus tard, en convient : l'athéisme est réservé à très peu d'individus, tellement peu nombreux (puisqu'il faut qu'ils sachent d'abord de quoi « Dieu » a été fait) qu'on peut même se demander s'ils existent. L'athéisme doit être une conviction personnelle et ésotérique, profondément occulte, sans qu'aucun clergé, intellectuel ou autre, puisse en décider. C'est la liberté.

Un athée conséquent doit, bien entendu, être incollable sur les questions théologiques les plus difficiles, sinon c'est un esprit faible, servile, grégaire. Le positif qui ne connaît pas son négatif veut, inconsciemment, son humiliation, sa disparition, sa défaite. Le Dieu mort vit très bien de l'ignorance à son sujet, il s'en repaît, il revit à chaque instant sous le nom de *Société*.

Du point de vue du nouveau divin, c'est-à-dire du Social, M.N. est un petit-bourgeois apatride, professeur de philosophie et philologue en disponibilité, perdu dans des gribouillages sans succès, sans argent, sans public, promis à une obscurité définitive, sauf à influencer quelques illuminés néo-nazis comme lui, des terroristes qu'on aura vite fait de réduire. Il se veut « Surhomme », il est malade. Volonté de puissance, et il n'est rien. Prophète, et il est fou. Les asiles sont pleins de gens comme lui, qui se prennent pour César, le Christ, Napoléon, l'Antéchrist. Un peu de chimie les calme assez vite. De là à dire qu'ils peuvent être *améliorés*, il y a un grand pas. Vous avez regardé ses écrits ? N'est-ce pas ? La barbe. Depuis son trop fameux *Zarathoustra*, les signes de démence sont partout présents, indubitables, palpables. Triste histoire. A-t-on idée de déclarer que la Société est morte, et que ce message mettra peut-être des millénaires à être compris ? Dieu est mort, c'est entendu, mais la Société, tu parles. Demandez à nos mères, à nos sœurs, à nos femmes, à nos filles, à nos petites-filles. C'est bien l'hypothèse la plus folle qu'on ait jamais formulée.

Et pourtant la Société est morte, ainsi que toutes les contre-sociétés ou communautés. Seule, *au bout du rouleau*, persiste la surréaliste Église catholique, à contre-courant permanent, refusant tout, niant tout, c'est-à-dire défendant la raison dans la déraison globale.

M.N. sourit aujourd'hui d'avoir ainsi plaisanté avec Lou (l'intelligente mais disgracieuse Lou) sur la place Saint-Pierre de Rome. Elle a eu une petite moue déçue, elle a trouvé, à ce moment-là, M.N. *peu scientifique*. L'Éternel Retour la laissait froide, et, décidément, elle ne se souvient toujours pas si elle a embrassé ou non cet esprit doué mais sans avenir. Freud, plus tard, à qui elle a légué sa fameuse formule du « vagin loué à l'anus », n'a pas vraiment osé comprendre pourquoi. Il avait des problèmes personnels avec M.N. et Rome, Freud. En réalité, il adorait Rome et l'Italie, mais il ne fallait pas que ça se sache trop dans son entourage. Docteur, que pensez-vous des 7 millions d'exemplaires vendus en un jour de *Harry Potter*, le livre infantile qui a le plus de succès après la Bible et le Petit Livre rouge ? N'est-ce pas *étrange* ? Le Docteur ne répond rien, il caresse une de ses petites statuettes égyptiennes. Il soupire un peu, c'est tout.

Des femmes pour supporter l'insupportable? Mais
oui, il s'agit de s'organiser, c'est simple. Ludi, Nelly, ou
une autre combinaison de ce genre. Sans doute
j'aurais préféré vivre avec mes deux musiciennes (la
pianiste, la chanteuse), si la vie concrète, quotidienne
ou à peu près, avait été possible avec elles. Mais non,
on ne peut être que leur coussin, leur maman, leur
frère, leur maître d'hôtel, leur secrétaire, leur facto-
tum. Quelques étreintes inouïes, et puis le désert.
Leurs mains, leurs rhumes, leurs voix, leurs obliga-
tions, leurs contrats, leurs concerts, leurs enregistrements, leurs voyages. Rien à leur reprocher, à ces
merveilleuses chéries, mais enfin ce sont elles ou vous.
Et qui êtes-vous donc pour vouloir être *vous*? Un philosophe? On s'en passe. Un écrivain? Allons donc, où
sont vos tirages? Un être exceptionnel, doué d'une
sensibilité exceptionnelle, avec une connaissance
exceptionnelle de la musique et de ses organes les plus
intimes? Ça oui, personne n'a une oreille comme
vous. Alors, quoi? Impresario? Conseiller technique?
Caisse de résonance? Où vous mettez-vous? Sous le
piano, dans la salle de bains, dans le placard de la

loge, au garage ? Que vous fassiez jouir l'artiste de sa propre jouissance narcissique, bien. Mais vous n'attendez tout de même pas qu'elle s'occupe de vous bercer dans ses bras déjà retenus dans les salles du monde entier deux ans à l'avance ?

J'écoute, une fois de plus, des enregistrements de mes deux déesses de jeunesse, voix pour l'une, piano pour l'autre. Haendel et Bach, deux corps nouveaux... Éternel retour dans les notes... Leurs doigts, leurs respirations sont là. J'entends un sanglot que je connais bien, dans l'ombre.

Je suis de nouveau à Londres avec Ludi, dans la même suite que j'ai habitée quinze ans plus tôt avec ma pianiste. Les fenêtres donnent sur Hyde Park. J'étais amoureux de ma musicienne (autres nuits), mais j'aime Ludi qui, bien entendu, ne sait rien de cette superposition de lieux, de sensations et de dates. Nous ne parlons jamais de nos passés, très peu de nos affaires (elle en a des tas, mais elle en a déjà tellement parlé dans la journée qu'elle préfère se taire). Sait-elle ce que je fais ? Non, et c'est très bien comme ça. Vous imaginez une conversation sur M.N., l'éternel retour et les péripéties aggravées du nihilisme, entre un type plutôt effacé et une femme superbe, *in*, mode, publicité, robe noire moulante, dessous parfumés, au bar du Mandarin Oriental à Londres ? Plutôt des choses comme ça :

Ludi : — Tu as bien travaillé ?

— Pas mal. Tes réunions?
— Good. Le vent tourne.
— C'est-à-dire?
— Oh, tu sais. Comment me trouves-tu?
— Top. Tu embellis de jour en jour.
— Arrête.
— Mais non, je n'arrête pas, je t'aime.
— Arrête.

Rires, blagues, champagne, dîner huîtres et poisson au Green's à Saint-James, retour, lit, sommeil.

Ludi gagne beaucoup d'argent, maintenant, mais, que voulez-vous, elle reste fidèle à son philosophe, au point qu'elle pourrait m'entretenir royalement, malgré ma participation substantielle aux frais (l'argent diagonal continue de tomber). Comme quoi les questions essentielles sont mieux perçues aujourd'hui par des virtuoses féminines de la surface qui ont eu l'occasion de voir *à travers*. Ludi, ma belle gaie, rusée et sauvage amie, si bien habillée et déshabillée, et qui sent si bon, Ludi.

Avec Nelly, c'est différent, mais on peut appeler ça aussi de l'amour. La discipline des séances de temps n'a rien de contraignant, au contraire. Nelly est à la beauté brune ce que Ludi est à la blonde. On peut être interminable sur ce sujet, à condition de bien en pénétrer les mystères. Mystères très simples, au demeurant. La blonde aux cheveux courts, une fois *fixée* (ce qui n'est pas rien), devient appropriative, dynamique et sportive pour deux, généreuse, maternelle, *fille* (*daddy*), et finalement, malgré son activisme incessant, et, bien entendu, si elle a eu un enfant (un garçon de préférence), calme, reposante, *anglaise*.

La brune (cheveux un peu plus longs) est plus intellectuelle, stricte, délicieusement dissimulée, hyperdélicate et hypersensible, toujours sur le qui-vive dans la guerre implacable des sexes, vicieusement informée, caustique, ironique, *sœur*, apparemment réservée et douce, mais, sur le fond, ardente comme dix sorcières déchaînées. Elle appelle :

— Vous avez bien travaillé ?

— Pas mal. Où êtes-vous ?

— À Madrid. Je rentre la semaine prochaine. Séance jeudi ?

— Mais oui.

N'ayons pas peur des clichés : Nelly est aussi une fée, *son âme est blonde*. L'âme rayonnante de Ludi, elle, est noire comme la nuit.

Encore plus précis : Ludi jouit de m'incorporer et de me dissoudre. Je suis son supplément d'esprit détesté et, pour cette raison même, aimé. Nelly, au contraire, veut que la guerre soit radicale, mais jouée, elle jouit dans la récusation et la castration. Autrement dit, elle a le courage d'*avouer* la coulisse des rapports hommes-femmes. Ses baisers sont profonds puisque je vais être sa victime. Son amour est d'autant plus fort qu'elle peut dire, en détail, le dégoût et la haine dont tout homme, pour elle, est l'objet. Je passe sur le côté extrêmement concret des séances pour ne pas les démagnétiser et les rabaisser, comme *veut* le faire l'industrie porno quotidienne. Tout ce que je peux dire est que ce *non* est enfin un *oui*.

Quoi qu'il en soit de ces épisodes organiques, le sujet de la connaissance se retrouve toujours aussi détaché, aussi neuf. C'est un goéland de la certitude sur lequel peuvent passer dix tempêtes sans déranger ses plumes. Une telle impassibilité d'oiseau, on se demande où l'étrange et lourd être humain a pu la faire sienne. C'est très ancien, tout récent, et la *gorge* s'en souvient, comme si elle avait sifflé et chanté avant de rugir, meugler, murmurer, parler. Oiseau, autrefois, dans un autre monde? Pourquoi pas? *Vogelfrei*? *Vogelfrei*, libre comme l'oiseau, veut dire, en allemand, « hors-la-loi ». Ce sont ces *Chants du Prince hors la loi* que M.N. a ajoutés dans la deuxième édition du *Gai Savoir* en 1887. *Vogelfrei*, dans l'ancien droit allemand, signifie « sans protection juridique ». Un homme qui est banni et mis hors la loi peut être librement abattu, comme un oiseau. C'est le chant et le savoir de cet oiseau qu'on a envie d'entendre. Dionysos est un dieu hors la loi.

Il y a bien des épisodes cocasses ou tragiques dans une existence, joies, attentes, sables mouvants, chutes, maladies, déceptions, ennuis — mais il y a aussi les souvenirs honteux, ceux qui vous font monter le sang au visage. Consternantes niaiseries, égoïsme, mensonges idiots, mauvaises actions, lâchetés, bêtises. C'est là que la Commandeuse Morale vous rejoint, se redresse, se gonfle, veut vous juger, réécrire l'histoire à votre place, vous rapetisser et vous écraser. Eh bien non, vous n'allez pas être écrasé, mais *rire*. « Repens-toi, scélérat ! » — « Non ! » — « Si ! » — « Non ! » — « Si, si ! » — « Non, vieille infatuée, non ! »

Et là, retournement : vous allez, au contraire, vous louer et vous féliciter de vos fautes, de vos moments perdus, beuveries, bordels, débauches, de tout ce que vous avez fait de faux, de pas net. Vous êtes fier de vos côtés louches ou minables, vous vous approuvez sans remords, sans regret. Vous congédiez ce tribunal qui vient vous chercher jusque dans vos rêves. Vous allez, s'il le faut, en enfer, avec mépris et sans discuter — *et vous en sortez*.

M.N. s'émerveille chaque jour de l'eau courante, de l'électricité, du chauffage central, de la climatisation, du téléphone fixe ou portable, de la radio (les informations, certains concerts), de la télévision (météo, matches), des taxis, des avions, du fax qui lui permet des allers-retours sensationnels, dans la journée, avec son éditeur. Il n'est pas passé à l'ordinateur, ses yeux sont trop vulnérables, et il a besoin de sa main courante, parfois presque à l'aveugle, sur le papier. Il habite le plus souvent Turin, la ville lui plaît, les petites femmes y sont encore faciles, après tout c'est là qu'il est ressuscité après sa chute de cheval. Il fait, de temps en temps, printemps et automnes, un saut prolongé à Venise, où, dieu merci, on joue désormais davantage Mozart que Wagner. Mais Paris lui convient aussi, son petit hôtel discret près du Palais-Royal, pour les complots d'envergure. Il dîne assez souvent au Marly, où on l'a vu, penché sur la cour intérieure du Louvre, visiblement fasciné par les sculptures baroques du 17e siècle. Il a peu d'interlocuteurs français, dont, neuf fois sur dix, il déplore la décadence, la vulgarité, le mauvais goût, encore plus palpables à deux pas de la grandeur Louis XIV. Il a laissé tomber New York, les Américains sont trop fous, et Shanghai, merci, les Chinois sont en plein délire. Finalement, l'Italie, Paris.

Sa nouvelle, jeune et ravissante amie brésilienne emmène M.N. à Rio. Très bien, mais trop de bruit. Il la laisse là-bas et rentre en France pour l'été, au bord aéré de l'Atlantique. Un matin, très tôt, il se surprend à nouer les lacets de ses chaussures de tennis (il avait oublié qu'il faisait maintenant du tennis). Il fait très beau, léger vent nord-est, des papillons blancs se pressent sur les buissons de lavande. Les acacias sont joyeux d'accueillir un soleil rouge disparu la veille, et qui, de nouveau, monte sur l'océan.

M.N., à midi, attrape une grande serviette jaune et va se baigner. Des mouettes planent au-dessus de lui, et même un faucon, arrêté en vol, ailes battantes, prêt à l'attaque.

Plus tard, il note :

« Je suis de nouveau seul et je veux l'être, seul avec le ciel clair et avec la mer libre ; et de nouveau l'après-midi est autour de moi. »

Pour en revenir aux histoires amoureuses, érotiques, etc., la question est finalement de savoir si ça embrasse *pour de vrai* ou pas. On n'arrive pas comme ça aux « baisers comme des cascades, orageux et secrets, fourmillants et profonds ». Au commencement sont les bouches, les langues, les appétits, le goût, les salivations discrètes. Il est révélateur que la lourde et laide industrie porno insiste sur les organes pour détourner l'attention de la vraie passion intérieure, celle qui se manifeste d'une bouche à l'autre. Manger et boire l'autre, être cannibale avec lui, respirer son souffle, son « âme », parler la langue qui parle enfin toutes les langues, trouver son chemin grâce au don des langues, c'est là que se situe la chose, le reste s'ensuit. La mécanique organique peut produire ses effets, elle n'est pas dans le coup oral et respiratoire. Les prostituées n'embrassent pas, et leur cul, de même, reste interdit, réservé au mac. Une petite salope, d'aujourd'hui, en revanche, peut branler, faire la pipe à fond, et même se laisser enculer, mais n'embrasse pas, ou pas vraiment, et ça se sent tout de suite. Embrasser vraiment, au souffle, prouve le vrai désir, tout le reste est blabla.

Dire que qui trop embrasse mal étreint est un préjugé populaire. Une femme qui embrasse à fond un homme (ou une autre femme) s'embrasse elle-même et se situe d'emblée dans un hors-la-loi aristocratique. Rien n'est plus sérieux, vicieux, délicieux, incestueux, scandaleux. Il faut mêler la parole à cet élan, ceux qui ne parlent pas en baisant s'illusionnent, quelles que soient les prestations machiniques et le vocabulaire obscène. Un baiser orageux et soudain avec une femme par ailleurs *insoupçonnable* vaut mille fois mieux qu'un bourrage vaginal primaire ou une fellation programmée. On s'embrasse encore sans préservatifs buccaux, n'est-ce pas, c'est possible.

Possible, mais, logiquement, en voie de disparition. C'est trop généreux, trop gratuit, trop enfantin, trop intime. Le baiser-cascade est en même temps un hommage hyperverbal : on embrasse le langage de l'autre, c'est-à-dire ce qui enveloppe son corps. Mais oui, c'est une eucharistie, une communion, une hostie, une pénétration sans traces, ce qu'a bien compris le fondateur du banquet crucial. Le narrateur enchanté de la *Recherche du temps perdu* note, lui, dès le départ, que le baiser tant attendu de sa mère, le soir, est comme une « hostie », une « communion », une « présence réelle » qui vont lui donner la paix du sommeil. Mme Proust est-elle allée peu à peu jusqu'à glisser légèrement en tout bien tout honneur, sa langue entre les lèvres de son petit communiant ? « Prenez, mangez, buvez. » Il est amusant que les Anglo-Saxons, si puritains, aient inventé l'expression « French kiss » pour désigner le baiser à langue. Frisson du fruit défendu, rejet.

La réticence à embrasser dit tout, et révèle la fausse monnaie. Le moindre recul, la moindre hésitation, le plus petit détournement de tête, la plus légère répulsion ou volonté d'abréviation ou d'interruption (pour passer à l'acte sexuel proprement dit, c'est-à-dire, en fait, *s'éloigner*) sont des signaux dont l'explorateur avisé tient compte. Il sait aussitôt s'il est réellement admis ou pas. « Ceci est mon corps, ceci est mon sang », l'au-delà de la mort parle. Bite, couilles, foutre, clitoris, vagin, cul, tout le cirque vient *en plus*, jamais le contraire. Une femme qui ne vous embrasse pas vraiment ne vous aime pas, et ce n'est pas grave. Elle peut poser sa bouche sur la vôtre, vous embrasser à la russe ou à l'amicale, aller même jusqu'au patin appuyé cinéma, mais la présence réelle, justement, ne sera pas là. Une expression apparemment innocente comme « bisous », de plus en plus employée, en dit long sur la désertification sensuelle. Plus de pain, plus de brioche, plus de vin, et surtout plus de *mots* : c'est pareil.

« Ai-je embrassé M.N. sur le Monte Sacro ? » répétait sans cesse l'impayable Lou avant d'impressionner pour cette raison Rilke et Freud (parmi d'autres). M.N., gentleman, n'a rien dit, mais rêvait pour finir de petites Françaises anti-walkyries et, pourquoi pas, d'Espagnoles à la Carmen, les meilleures. Et pourquoi pas aussi, dans le même esprit, des Brésiliennes, des Mexicaines, des Colombiennes, des Vénézuéliennes, des Honduriennes, des Équatoriennes, des Chiliennes, bref, des catholiques, rompues, dès leur enfance, aux troubles de la communion ? La véritable initiation sélective est là, elle opère en douce. Une femme bien branlée rit. Une femme bien embrassée rajeunit. N'est-ce pas, Ludi ? N'est-ce pas, Nelly ?

M.N., naturellement, se tient au courant des publications littéraires. Il reçoit plein de livres, en se faisant passer, sous un autre nom, pour chroniqueur dans un magazine culturel. Il ouvre les paquets, il parcourt, il jette. De temps en temps, il s'arrête aux descriptions sexuelles ou aux histoires fantastiques de science-fiction. Dans l'ensemble, la crédulité la plus stupéfiante règne. Ça va des mystères supposés du Vatican aux évocations de sorcières, en passant par les voyages intergalactiques ou les manipulations génétiques. Peu de cul nouveau, mais parfois un type plus direct et plus audacieux s'y colle. On a droit alors à de bonnes scènes animales de sous-hommes avec les ingrédients nécessaires, drogues comprises. L'ensemble bascule vite dans une pesante mélancolie et un pessimisme apocalyptique, avec variations sur les derniers jours catastrophiques de l'humanité. La chair excite, soit, mais elle est triste, elle mène au désespoir, à la honte du vieillissement, au suicide sur fond de planète dévastée. On retrouve donc là, transformées et inversées, toutes les absurdités de l'idéal ascétique et de la prédication religieuse.

Exemple :

« Il y a toutefois quelque chose, quelque chose d'affreux, qui flotte dans l'espace, et semble vouloir s'approcher. Avant toute tristesse, avant tout chagrin ou tout manque nettement définissable, il y a autre chose, qui pourrait s'appeler la *terreur pure de l'espace*. Était-ce cela, le dernier stade ? Qu'avais-je fait pour mériter un tel sort ? Et qu'avaient fait, en général, les hommes ? Je ne sens plus de haine en moi, plus rien à quoi m'accrocher, plus de repère ni d'indice ; la peur est là, vérité de toutes choses, en tout égale au monde observable. Il n'y a plus de monde réel, de monde senti, de monde humain, je suis sorti du temps, je n'ai plus de passé ni d'avenir, je n'ai plus de tristesse ni de projet, de nostalgie, d'abandon ni d'espérance ; il n'y a plus que la peur. »

Où l'on voit, par l'utilisation subtile du point-virgule, que l'auteur connaît sa rhétorique par cœur. C'est bien, c'est convaincant, et, surtout, c'est éminemment *moral* (d'où approbation sociale, hypocritement effarouchée mais automatique).

On ne quitte donc pas l'idéal ascétique, c'est-à-dire ce que M.N. a depuis longtemps diagnostiqué comme désir d'anéantissement. Une nouvelle religion se cherche à travers la décomposition des autres ? C'est probable.

« Toutes les grandes religions ont pour objet principal de combattre une pesante lassitude devenue épidémique. On peut tout d'abord présumer que, de temps à autre, à certains points du globe, un *sentiment d'inhibition physiologique* doit nécessairement se rendre maître des masses profondes. »

Et voici donc :

« Un *narcotique* qui fait vivre le présent aux dépens de l'avenir. »

C'est-à-dire :

« Le commencement de la fin, l'arrêt, la lassitude qui regarde en arrière, la volonté de se retourner contre la vie, la dernière maladie s'annonçant par des symptômes de sentimentalisme et de mélancolie. »

En réalité, nous retrouvons là, toujours elle, la plèbe, dont l'ennemi du genre humain et la rancune sacerdotale viscérale ont tôt fait d'orienter l'inlassable animosité. Une aristocratie apparaît, domine, édicte ses lois, impose ses goûts, et puis elle pâlit, elle s'effrite, succombe au milieu des mélanges. Et ça recommence.

Une nouvelle noblesse est nécessaire, pense M.N., une noblesse qui ne doive rien à la généalogie ni à la richesse. Une noblesse du tout petit nombre. Une noblesse d'esprit dans un monde sans esprit.

Elle démasque la volonté d'anéantissement qui préfère vouloir le néant que ne rien vouloir. Elle est animée, elle, par une volonté de vérité devenue consciente d'elle-même. Elle prend acte de la mort de la morale, c'est-à-dire du « spectacle grandiose en cent actes réservé pour les deux prochains siècles à l'histoire européenne, spectacle terrifiant entre tous, le plus douteux, et peut-être aussi le plus porteur d'espoir ».

Histoire européenne veut désormais dire histoire mondiale. Spectacle en cent actes ? Nous sommes à peine au quatrième. Terrifiant entre tous ? On l'a vu, à travers des massacres inouïs. Douteux ? C'est le moins que l'on puisse dire. Porteur d'espoir ? Mais oui, *du plus grand espoir.*

Cette nouvelle noblesse ne peut être ni religieuse, ni philosophique, ni artistique, ni scientifique. Prêtres et philosophes c'est vu. Artistes, la prostitution est générale (sauvons quand même quelques exécutants musicaux). Savants, malgré la nécessité *absolue* de la science, il y a un problème : leur position est souvent un « refuge », « le manque d'un grand amour », une « tempérance *forcée* ». « Les savants sont des gens qui *souffrent* sans vouloir s'avouer ce qu'ils sont, qui s'étourdissent, se fuient eux-mêmes, et n'ont qu'une crainte : prendre conscience de ce qu'ils sont. » (Ici, galerie de portraits de savants à commencer par Einstein et Freud.)

« Nous sommes autre chose que des savants, bien qu'il soit inévitable que nous soyons *aussi* des savants. »

L'espoir porte donc sur une lumière jamais faite sur l'*inhibition* et, par exemple, sur ce « domaine si inexploré et si obscur, le domaine de la *physiologie de l'esthé-tique* ».

Étude en cours.

Deux siècles, à partir du moment où parle M.N., cela donne 2087 de l'ancien calendrier. Ça s'approche. Pour faire bonne mesure, rajoutons trois ou quatre siècles, au moins.

La nouvelle noblesse est surprenante. On ne sait pas d'où elle vient. Elle n'est pas définissable en termes d'« origine » (ethnie, religion, classe sociale, sexualité, etc.). *Elle ne sait même pas qu'elle existe.* Elle est irrepérable, inassimilable, et ne peut être consciente d'elle-même qu'au singulier. Comme prévu, quelles que soient sa situation et sa localisation, quelles que soient les difficultés de son temps, elle mène une vie divine.

Parfois, des chiens ou des chiennes, la sentant venir, se mettent à grogner de jalousie, à se raidir, et même à hurler à mort, mais personne ne comprend ce qu'ils veulent dire. Quant à l'ombre en train de passer, elle s'en fout.

M.N. décide, pour son plaisir, d'acheter quelques lettres manuscrites du marquis de Sade. Les sommes vont de 9 000 à 13 000 euros, ce qui n'est pas si cher pour la graphie d'un des esprits les plus libres qui aient existé. Libre, c'est-à-dire suprêmement aristocratique et, pour cette raison, emprisonné par la vengeance plébéienne de son temps.

« Je serai doux et honnête quand on le sera avec moi, écrit Sade à sa femme, mais très vert et très correctif quand on me manquera. »

Ce français *vert* et *correctif* écrit d'une large écriture noire dans un cachot, surveillé par « un méprisable atome connu sous le nom de geôlier ».

Il a demandé des livres à sa femme, et voici le résultat :

« Qu'est-ce que c'est que ces vieilles brochures traînassées et couvertes de boue que vous m'envoyez ? Où diable prenez-vous ça ? Apparemment sur les quais, car les libraires ne les vendent pas ainsi, et ce ne sont pas des livres des quais que je vous demande. C'est votre mère sans doute qui choisit ça, et son goût pour les ressemblances va au point de me vouloir envoyer en livres ce qu'elle est en femme. »

M.N. sourit en voyant le marquis traiter sa belle-mère (qui l'a fait enfermer pour des histoires de putains) de « furie », de « mégère », d' « infernale coquine », de « détestable bête ». Tout le mépris physiologique de la vraie noblesse contre la couche boueuse qui monte éclate ici :

« Votre cul-de-jatte de mère, qui n'a jamais su déglutiner ses vilaines fesses de dessus un fauteuil. »

Comment cette *glu* ignorante pourrait-elle comprendre que son gendre haï réclame, pour les lire, les volumes suivants : *Bibliothèque orientale*, *Histoire des conjurations*, *Histoire du Bas-Empire*, le *Newton* de Voltaire, *La Jérusalem délivrée* ? Sait-elle seulement qu'il décrit tout l'Enfer humain avec délices ? Oui, elle le sait, ou plutôt elle le pressent, puisqu'elle rêve chaque nuit qu'il s'est échappé et qu'elle est à sa disposition horrible avec ses deux filles. Ah maman, si tu savais ce qu'il fait, ce qu'il dit !

Le marquis, lui, c'est plus simple, aimerait pouvoir *se promener* :

« Ce n'est pas de deux heures par jour de promenade que j'aurais besoin, ce serait de six. »

On l'empêche donc de marcher et de respirer. On lui donne une nourriture de merde et des fruits avariés. On en veut à sa santé.

En 1782, depuis le donjon de Vincennes :

« Dieu merci, je n'ai encore rien eu d'essentiel que cette colique d'octobre, des chiffonnages de nerfs et mes rhumatismes. »

Ces *chiffonnages de nerfs* sont bien connus de M.N. Il admire la formule. Ces Français...

« J'attends ma redingote *marron noir*, envoyez-la-moi, je vous prie, parce que je suis tout nu et qu'il fait froid. »

D'habitude, avec beaucoup de gentillesse (et Dieu sait !), le marquis finit par embrasser sa femme (qui n'est pas une mauvaise bourrique et qui, en plus, l'aime bien malgré sa mère et le fait qu'il ait couché avec sa sœur) « de tout son cœur ». Mais ici, pour la redingote et le froid, et c'est sublime, il termine par : « Je vous embrasse assez tièdement. »

Il a aussi besoin, mais elle est en retard, de « quatre cravates d'une mousseline point trop claire ».

Pour écrire des énormités en prison, il faut être élégant. Et puis, vite, un colis :

« 2 douzaines de biscuits plus gros, quatre douzaines de meringues, deux douzaines de pastilles de chocolat vanillées + 6 paires de petites bougies de lanterne. »

Et puis des confitures : « surtout qu'il y ait de la framboise ».

Et puis (car il envisage d'écrire ses Mémoires), les *Confessions* de Jean-Jacques Rousseau, son ennemi intime, mais dont le livre est interdit par l'idiote Administration.

Sade est malade, il a mal aux yeux : « Je ferais frémir quelqu'un qui verrait comme je passe mes nuits. » Un médecin imbécile vient le voir : « Il tourne, il tourne, il tourne. »

« Si je ne souffrais pas, je serais tenté de rire comme un fou, tant c'est plaisant. »

Toujours plaisamment, il réclame *une* garde plutôt qu'*un* garde, ce dernier étant « un vieux soldat sale et puant, avec mes délicatesses, mes vapeurs, et mes inquiétudes quand je suis malade ».

« Mes délicatesses, mes vapeurs... » M.N. sourit de nouveau. En voilà encore un dont la tête n'aurait pas déparé la sciure. Il voudrait « un jardin, au moins ». Et puis quoi encore ? Ah, ça ira un jour à la lanterne, un de ces jours *on le pendra*. Et puis toujours ce style qui a, *en lui-même*, de quoi rendre fou de rage un plébéien stipendié, toujours sous la coupe de sa tricoteuse :

« Vous devez voir, au style de cette lettre, qu'elle est écrite avec tout le sang-froid possible... Je finis en vous donnant et signant ma parole d'honneur la plus authentique et la plus sacrée. »

Et en effet, pour une fois, il signe *De Sade*.

Le 12 décembre 1784, il est à la Bastille :

« On me refuse généralement tout, sans aucune

396

exception, et cela avec l'entêtement le plus décidé et le plus imbécile. »

Le marquis est obligé de faire transiter ses lettres à sa femme par un certain M. Martin, « premier commis des bureaux de la police, pour faire tenir à Madame de Sade, s'il lui plaît ». L'abruti en question peut donc lire des choses de ce genre :

« Je vous connaîtrai, scélérats, je vous connaîtrai, et vous aurez un cruel ennemi dans le marquis de Sade. »

Ici, on rêve : il est plus qu'étrange, finalement, que ces lettres aient été conservées (comme le billet de M.N. à Cosima Wagner : « Ariane, je t'aime »). Il est vrai qu'à cette date les aristocrates ne sont pas encore passés à la moulinette nationale et patriotique. Un individu à sang bleu, même blâmable et odieux, a encore quelque chose de « sacré ». Et puis, on ne sait jamais, le vent peut tourner, un grand seigneur méchant homme pourrait plus tard *se venger*. Ça s'est vu, et alors on pourrait être enfermé à sa place, voire pendu, voire écartelé. C'est beaucoup plus tard que la destruction ou la falsification des lettres, des textes ou des documents pourra se faire en toute impunité démocratique et le plus souvent féminine (manuscrit et lettres de Rimbaud par Mme Verlaine, lettres de Gide par son épouse, lettres de Georges Bataille par sa veuve avec l'assentiment du *milieu*, etc.).

Madame de Sade, que voulez-vous, est comme presque toutes les femmes à travers les siècles, portant la croix de sa mère qu'elle a eu, cependant, le courage de défier. Les mères se vengent à travers leurs filles de la haine des hommes qu'elles ont normalement contractée (c'est une maladie normale et inguérissable). Elle n'est donc, cette fille, de nouveau soumise, que la « vile esclave de la rage maternelle », « l'imbécile messagère de son épouvantable venin ».

La mère ?

« Quel commérage, quelle imbécillité, quelle platitude ! Et comme cette femme se ressemble d'un bout à l'autre de son roman ! »

Plus vif :

« Ma haine est poussée jusqu'à la superstition. »

Encore plus vif :

« Je voudrais aller si loin, si loin de cette odieuse créature qu'il devienne impossible à l'air même d'apporter jusqu'à moi les globules de celui qu'elle respire. »

(A-t-on jamais mieux écrit ?)

De plus en plus vif (le marquis parle ici de ses enfants par rapport à sa belle-mère, qu'il traite aussi de « bohémienne ») :

« Que ne puis-je sucer dans leurs veines le sang qu'ils ont à elle et les en purifier. »

(A-t-on jamais osé dire des choses pareilles ?)

Sans oublier de revenir, chaque fois, aux demandes concrètes :

« Un pot de pommade de moelle de bœuf, un de pommade commune, une livre de poudre et non de plâtre comme la dernière, et une paire de gants de veau pareils aux derniers envoyés. »

Sur de tels sujets, il peut même arriver que le marquis aille jusqu'à dire à sa femme : « Je vous embrasse de toute mon âme. »

Il a donc une âme ? Nous n'en doutions pas. Cela ferait d'ailleurs un beau titre de livre insolite : *L'Âme de Sade*. Une âme en prison, c'est-à-dire :

« En un mot, c'est un enfer, et il est impossible d'imaginer à quel point l'injustice, la vilenie, l'espionnage, le tatillonnage, l'infamie, et toutes les autres vertus qui caractérisent les imbéciles et les traîtres, y sont dans leur empire. »

M.N. a lu Sade sans s'y attacher outre mesure, l'obsession sexuelle et criminelle, trop humaine, n'étant pas son horizon naturel. N'empêche, l'air, ici, est salubre, on n'y entend pas le moindre gémissement de Wagner. Même salubrité dans la petite écriture noire et serrée du duc de Saint-Simon dans ses *Mémoires*, grandes feuilles de beau papier, pas une rature, on écrit la vérité, en toute légitimité, comme si on était posthume :

« Il faudrait qu'un écrivain eût perdu le sens pour laisser soupçonner qu'il écrit. Son ouvrage doit mûrir sous la clef et les plus sûres serrures... »

M.N. aime aller lire ce genre de phrases, en hiver, à la Bibliothèque nationale, sur les quais de la Seine, à Paris. L'endroit est futuriste et sinistre, le vent souffle autour des tours. Il s'installe et ouvre un des grands portefeuilles du duc, frappés à ses armes, avec son chiffre. En contrebas, très bas, coulent le fleuve gris et la circulation incessante. S'il osait, il demanderait de pouvoir lire à la bougie, parce qu'il *voit* Saint-Simon éteindre son chandelier et poser sa plume. Il est 3 heures du matin, c'est la fatigue, personne ne sait encore que l'encre noire est en réalité du sang bleu.

Ou bien, pour se fouetter un peu l'imagination, il rouvre *Justine* ou *Juliette*. C'est ainsi qu'il a acheté 52 000 euros l'édition de *Justine*, 1791, publiée « en Hollande chez les Libraires Associés », en réalité chez Girouard, à Paris (l'honnête Girouard bientôt guillo-

tiné comme royaliste). Voilà ce qu'on a le droit
d'appeler un *livre* :

« maroquin noir, dos à nerfs orné de têtes de mort
argentées, ces mêmes emblèmes macabres étant répétés en écoinçon des plats, filets d'argent sur les coupes,
dentelle intérieure, tranches dorées sur marbrures. »

Sade, à l'époque, a 51 ans. En 1795, période plus
calme, *Aline et Valcour* paraît chez l'honorable veuve
Girouard. La même année, voici *La Philosophie dans le
boudoir*, « À Londres, aux dépens de la Compagnie »,
c'est-à-dire toujours à Paris, ville qui, cette année-là au
moins, est la capitale du monde. Ici, pour les mains et
les yeux :

« basane teintée de noir, dos lisse orné, pièces de
titre et de tomaison de veau rouge, coupes décorées,
tranches jaspées. »

Les gravures érotiques sont gravées sur cuivre, et le
volume est présenté ironiquement comme « l'ouvrage
posthume de l'auteur de *Justine* ». Nous sommes en
compagnie de Mme de Saint-Ange, laquelle aurait
été bien incapable d'imaginer une future Madame
Bovary, ou la moindre Walkyrie, sans parler, ulté-
rieurement, des tonnes abrutissantes de littérature
réaliste, socialiste, naturaliste, sentimentaliste ou féministe. Françaises, encore un effort si vous voulez vous
appeler Saint-Ange.

Et enfin, 200 000 euros, les 10 volumes de *La Nouvelle Justine, suivie de l'histoire de Juliette, sa sœur*, imprimés en Hollande en 1797 (en réalité toujours à Paris en 1801-1802) :

« veau granité, dos lisses ornés, pièces de titre et de tomaison de maroquin rouge, plats teintés en vert et encadrés d'une roulette dorée, coupes filetées or, bordure intérieure décorée, tranches dorées. »

Le tout avec 101 figures gravées sur cuivre.

Quelques jours après la parution de ce chef-d'œuvre, le 6 mars 1801, Sade est arrêté et conduit à Charenton. Il n'en sortira pas jusqu'à sa mort, en 1814.

Quant au célèbre rouleau de 12 mètres de long des *Cent Vingt Journées*, perdu par le marquis à la Bastille, et miraculeusement conservé avant d'être retrouvé en Allemagne, il a été publié par Maurice Heine, entre 1931 et 1935, pour les membres de la *Société du Roman Philosophique*. Personne ne semble avoir remarqué que, parmi les sociétaires discrets de cette obscure entreprise, figurait M.N. (sous un autre nom, bien sûr). La formule « Roman Philosophique » est de lui. De qui d'autre pourrait-elle être ?

Tous les livres du divin marquis sont désormais trouvables en éditions de poche dans les librairies, l'édition la plus sûre et la plus savante, avec notices et reproductions de gravures, étant même disponible sur papier bible. D'où vient que ces pages de feu ne provoquent plus le moindre remous ? C'est que, pour les lire et s'en indigner, il faudrait que la plèbe imagine la possibilité d'une aristocratie redoutable, une survivance terrible qui risquerait de l'éliminer, hypothèse désormais absurde. Tout cela, comme Versailles, le Louvre, Vaux-le-Vicomte, les châteaux de la Loire, c'est du musée sans fantômes. Sade a-t-il existé ? Pas sûr. Vous trouverez même à la pelle des cons et des connes pour vous dire que ce qu'il a écrit est monotone et très ennuyeux. La plèbe a ses plaisirs, elle peut même, parfois, se réclamer vaguement de Sade, ça s'est vu au théâtre, au cinéma, ou dans la rubrique étiquetée « littérature érotique ». C'est pourquoi il faut lire les livres, le cœur battant, dans leurs éditions originales, Baudelaire, Lautréamont, Rimbaud, ou l'un des 40 exemplaires de la quatrième partie de *Zarathoustra*, tirage privé réservé à quelques amis, l'ensemble n'ayant été publié qu'en 1891 (en l'an 3), soit plus de deux ans après l'effondrement de M.N.

Tout le monde, aujourd'hui, se fout des livres essentiels ? Parfait, leur règne recommence dans l'ombre, ou plutôt *commence* : pattes de colombe, rosée, souffles, comble du discret... La formule « Ainsi parlait Zarathoustra » vient du sanscrit « *iti vutta kam* », « ainsi parlait le saint ». Il y a, ces jours-ci, mes renseignements sont formels, douze saints terroristes à l'œuvre. C'est amplement suffisant, puisqu'ils sont beaucoup mieux que des saints.

Dernière information de l'an 117 : pendant que le Judaïsme, l'Orthodoxie, le Protestantisme, le Bouddhisme, et les sectes de tous ordres explosent, le pape Benoît XVI se repose dans le Val d'Aoste et prend soin de faire savoir qu'il joue de temps en temps, au piano, son compositeur préféré, Mozart. Les montagnes sont magnifiques, nos prières l'accompagnent.

Ludi, un matin d'été, buvant son thé dans le lit :
« C'est bête, la mort. »
Nelly, gentiment :
« Vous comprenez, avec vous, c'est différent. Même si on ne parle de rien, on parle de quelque chose. »

Un témoin assez froid de la Terreur raconte :
« À chaque pas, je rencontrais des furieux qui portaient des têtes au bout des piques et poussaient des

cris atroces. Dans la rue Saint-Honoré, en face des Feuillants, gisaient dans le ruisseau douze cadavres nus, dont les corps étaient percés d'une quantité incroyable de coups de piques ; c'était une patrouille royaliste commandée par l'infortuné Suleau... Sur la place Louis XV, on pouvait voir les cadavres décapités des Gardes Suisses. Le peuple en avait enlevé les têtes pour les mettre au bout des piques et promener dans les rues ces horribles trophées. Des femmes, des enfants, dépouillaient les morts, et, les pieds dans le sang, se battaient pour des lambeaux de vêtements arrachés aux victimes. Cette rage de cupidité était encore plus horrible que le meurtre... Vers le soir, la ville fut couverte d'une fumée noire, décoration digne de ce jour d'horreur et de crimes ; tous les quartiers se trouvèrent infectés par une affreuse odeur : le peuple avait élevé un monceau immense de cadavres et s'amusait à les brûler... Le soleil du 11 août éclaira de nouveaux forfaits. Les hommes de sang parcouraient les maisons voisines des Tuileries et du Louvre, pour y chercher des Suisses qu'on supposait s'y être réfugiés. Beaucoup périrent. Une affreuse anarchie régna plusieurs jours dans Paris, et des meurtres nombreux furent commis. Chaque sans-culotte pouvait tuer impunément dans la rue l'homme qui lui déplaisait. Il lui suffisait, pour obtenir l'impunité, de crier : *C'est un Suisse* ; ou : *C'est un aristocrate*. Des vengeances particulières et des passions plus ignobles encore parvinrent ainsi à se satisfaire. »

Ce n'était qu'un début.

Ensuite, viendront pêle-mêle : c'est un prêtre, un koulak, un propriétaire foncier, un Juif, un Tzigane, un homosexuel, un Polonais, un bourgeois, un intellectuel, une vipère lubrique, une hyène dactylographe, un prostitué notoire, un dissident, un terroriste, un Arabe, un homme.

Ainsi serpente, à travers le temps, la grande Tricoteuse au travail.

Nous voici maintenant devant le Portique.
Son nom, nous dit M.N., est « L'Instant ».
Derrière les innombrables instants, il y a *L'Instant*.

On n'y arrive pas comme ça, au Portique. Il faut marcher longtemps au crépuscule parmi des éboulis de montagne. L'esprit de lourdeur et de pesanteur, votre démon, votre ennemi mortel, est un nain assis sur vos épaules, il vous tire sans cesse vers le bas, il s'insinue à travers votre crâne jusqu'à votre cerveau, en vous versant dans l'oreille, goutte à goutte, des pensées de plomb. Il chuchote en détachant les syllabes, il vous prédit votre chute, il met votre crâne devant vos yeux et il le compare à une pierre qui va dévaler la pente.

Bon, il faut s'arrêter. Maintenant commence l'épreuve de l'éternel retour.

Le Portique est là, la route du passé vient de l'infini jusqu'à lui, celle de l'avenir s'étend à l'infini au-delà de lui. Cet instant se répétera éternellement, où que se trouvent le passé, le présent, l'avenir, le voyageur, le

Portique. Cette page, par exemple, est un Portique électronique. D'autres viendront.

Mais, pour l'instant, la scène est dramatique. C'est une nuit de lune, un chien hurle à la mort, et, dans un coin, un jeune berger, épouvanté de dégoût, se tord et râle. Pendant son sommeil, un serpent est entré dans sa bouche et s'est enfoncé dans sa gorge. Essayez donc de tirer ce serpent par la queue, rien à faire, il se gorge de gorge, il veut aller aussi loin que possible, bouffer de la langue humaine, et, si possible, de la cervelle plus loin.

« Alors, quelque chose se mit à crier en moi, mon épouvante, ma haine, mon dégoût, ma pitié, tout mon bien et mon mal se mirent à crier en moi d'un seul cri : "Mords ! Mords-le ! Arrache-lui la tête ! Mords-le !" »

(Ludi :
— Ça ne va pas ? Ça ne va pas ?
— Si, pourquoi ?
— Tu viens de crier en dormant.)

Le jeune berger mord et crache la tête du serpent. Il se relève et il *rit*. Ce n'est plus le rire d'un berger ni d'un homme. Mais alors, le rire de *qui* ?

« *Qui* est l'homme dont la gorge subira l'atteinte de ce qu'il y a de plus noir et de plus terrible ? *Qui* est celui qui doit venir ? »

Voici donc un tout nouvel Adam, qui, d'un coup de dents, évite la dévoration et la chute : il recrache comme une pomme la tête du serpent. La vipère ou le boa du Temps, comme une bite, se voit châtré de son gland ou de sa tétine. Fellation ratée, cul sec. Échec à la mort, échec à la merde.

M.N., dans ce passage, n'a pas pensé à faire du nain une naine assise sur les épaules du voyageur, pas plus qu'il n'a pensé à montrer la *bergère* en train d'engouffrer le serpent dans la gorge de son berger pendant son sommeil. La naine qui verse des gouttes de plomb dans l'oreille, c'est évidemment Gertrude, reine du Danemark, dans *Hamlet* (ou, si on veut, Clytemnestre), Claudius n'étant que son instrument. Quant à la bergère, maintenant, pauvre vieille Ève, la voilà qui pleure et se lamente au bord du chemin. Quelle idée, aussi, d'avoir cru qu'il n'y aurait pas de témoin de ce crime parfait accompli sur le conseil de Dieu déguisé en serpent lubrique. Ruse grossière, mais qui semble-t-il a marché et marche encore dans le vieux calendrier à martyrs.

Conclusion :

« La volupté, débordante reconnaissance de l'avenir pour le présent, nargue et éconduit tous les maîtres d'erreur et d'errance. »

N'est-ce pas là un comble d'égoïsme ? Mais oui :

« Cette vie se protège elle-même comme si elle s'entourait d'un bois sacré. »

Et cela en toute lucidité :

« Qui donc a jamais entièrement compris à quel point l'homme et la femme sont *étrangers* l'un à l'autre ? »

Pas seulement *compris*, mais *entièrement compris* ?

C'est pourquoi :

« Nous vénérons ce qui est muet, froid, noble, lointain, passé, toute chose enfin qui ne force pas l'âme à se défendre et à se nouer, — une chose à qui l'on peut parler sans *élever* la voix. »

Ce soir, le ciel saumoné, par exemple.

M.N. a depuis longtemps constaté à quel point il trouve sur sa route des obstacles accumulés par des gens très différents et de bords opposés — *du moins en apparence* —, comme s'il s'agissait de le freiner, de le handicaper, de l'empêcher de s'échapper. Ça finit par l'amuser. L'époque est de plus en plus à la parodie, à la fausse spiritualité, à la pseudo-initiation couvrant la contre-initiation, à la pseudo-Tradition couvrant la contre-Tradition, à la solidification, au chiffrage, à la sélection à l'envers, au mauvais goût, à la laideur, à l'accélération et à la contraction du temps. Rien que de prévu, fin d'un cycle, fin d'un monde, fin d'une illusion, surtout, et préparation, pour très peu de corps et d'esprits, d'un nouvel âge d'or du monde.

Il y a des lueurs, comme ce matin, très tôt, venant d'on ne sait où, ces six cygnes sur le lac de Silvaplana.

On dirait qu'ils traînent derrière eux le char du soleil, ou celui d'Apollon, ou celui d'Aphrodite. Après les ténèbres, la lumière. Après le chaos, l'ordre. Que la lumière soit, et elle est. Vibration sonore inaudible dans l'invisible. Clarté intérieure sans fin présente.

« Aujourd'hui, dit encore M.N., les petites gens sont devenus les maîtres, ils prêchent tous la résignation et la modestie, la prudence, l'application, les égards, le long ainsi-de-suite des petites vertus. »

C'est ce qu'il appelle « le micmac plébéien ». Mais il convient d'aggraver désormais son diagnostic.

Après une phase de violent masochisme sacrificiel totalitaire, les petites gens prêchent sans arrêt l'ambition, l'argent, l'arrogance, l'insolence, le bordel, l'ignorance satisfaite, la vulgarité, l'à-vau-l'eau des vices *imités*, et, s'il le faut, la violence. Les terroristes suicidaires encouragent ce plan : ils travaillent à une surveillance et à un contrôle renforcés. Le collectif avait tendance à disparaître, le revoici policier.

Allongé sur son lit, M.N. pense en riant que cracher la tête du serpent n'est pas à la portée de toutes les dents. J'écarte le passé, pense-t-il encore, je chasse l'avenir, je troue le présent.

Écarter le passé : il écarte le bras gauche et la jambe droite. Chasser l'avenir : il pousse devant lui le bras droit et la jambe gauche. Trouer le présent : il donne un coup de tête dans son oreiller.

Après quoi, avant d'aller pisser, et toujours désinvolte, il se récite un peu d'Euripide :

« Elle a du mal à prendre son élan
la force des dieux, mais
elle est sûre. Les dieux cachent de mille manières
la longue marche du temps. »

Il réfléchit ensuite trente secondes, montre en main, à l'expression « en ce moment même ». Puis il se demande s'il a toujours fait ce qu'il fallait quand il le fallait. Réponse : oui. Erreurs comprises ? Oui encore.

C'est bien, il va pouvoir revisiter sa vie en détail.

M.N. est de nouveau dans sa bonne ville de Turin :
« Qui se sent ici chez lui devient roi d'Italie. »

On est en avril 1888, l'année décisive. Tout
s'annonce pour le mieux. L'air est sec, vivifiant,
joyeux, une sorte de rire parcourt les montagnes, le
fleuve, les femmes. En voici une, « jeune, aux yeux
noirs et riants, comme je n'en ai que rarement rencontré ». La ville est spacieuse et claire. « Les Alpes
sont au bout de la rue. »

« Par beau temps, il souffle ici une brise exquise,
légère, capricieuse, qui donne des ailes aux pensées les
plus pesantes. »

Cela peut paraître secondaire ou insignifiant, mais
la sensibilité au temps qu'il fait est devenue, chez
M.N., d'une acuité extrême. Il lève le nez au moindre
souffle, c'est un marin d'altitude. La pluie, la neige, la
brume, les vents, la lune comme ci ou comme ça, le
soleil comme ci ou comme ça, la position des étoiles et
de *son* étoile (Zarathoustra veut dire « étoile d'or »), les
arbres, les fleurs — tout cela roule en lui et agit sur lui,

413

il n'est nullement spectateur mais acteur. Il en vient tout naturellement à penser qu'il est pour quelque chose dans l'organisation des paysages. Il se sent les moduler, les teinter, les éclairer, les éteindre. C'est un art nouveau et spécial, très différent de ce qu'on a appelé jusqu'ici « l'art » :

« L'art comme seule force de résistance à toute volonté de nier la vie... L'art comme activité métaphysique de l'existence. »

Ce qui veut dire : à chaque instant fonctionne une volonté de nier la vie, oui, oui, à chaque instant, minute par minute. L'obsession du contre-art est fanatique et constante. Il faut donc nier cette volonté de négation de façon instinctive, la dissoudre dans un élément qui la divise et l'égare. Il faut *percevoir* autrement ce qu'on appelle la vie. *Le temps qu'il fait*, oui, quel qu'il soit, voilà un allié, et c'est d'ailleurs ce que M.N., à l'automne, veut dire, en s'extasiant sans arrêt sur le soleil, les arbres explosant en jaunes, le ciel et le fleuve bleu tendre, les raisins de la plus brune douceur :

« J'ai révisé toutes les idées que j'avais sur le compte du "beau temps". »

Et au diable, donc, tous ceux qui, pour une raison ou pour une autre, souffrent de la réalité :

« Souffrir de la réalité veut dire être une réalité manquée. »

On comprend mieux la réflexion d'un des amis de M.N., qui note, pendant cette période, que celui-ci semble se mouvoir « dans une atmosphère d'indescriptible étrangeté, comme s'il venait d'une région que personne n'habite ».

En effet.

Ici, des voix bien connues s'élèvent à travers les siècles. M.N. va vers la folie, sa paranoïa et sa mégalomanie augmentent, comme le prouve cette déclaration :

« Il se pourrait qu'au cours des prochaines années les circonstances extérieures de ma vie connaissent une mutation si radicale que cela affecte jusqu'aux moindres détails et à la mission essentielle de mes amis. »

(Ici, on peut souligner *dans les moindres détails*.)

En réalité, l'expérience est si nouvelle et si singulière qu'elle porte à considérer que l'expérimentateur, comme malgré lui, en toute modestie, et sans exagérer le moins du monde, *retrouve son rang*. Le premier, bien sûr, comme le prouve cette lettre à Meta von Salis :

« Le plus étonnant est la véritable fascination que j'exerce ici, à Turin, dans tous les milieux. À chaque instant, on me traite comme un prince, il y a une véritable distinction dans la manière dont on m'ouvre la porte, me présente un plat. Tous les visages changent

415

quand je pénètre dans un grand magasin. Et comme je n'ai pas la moindre prétention et, avec la plus parfaite sérénité, reste égal avec tous, et arbore le contraire d'un visage renfrogné, je n'ai besoin ni d'un nom ni d'un titre, ni d'une fortune, pour être toujours et partout le premier. »

Ce document est important, parce qu'il précède de peu ce qu'on a pris l'habitude d'appeler l'« effondrement » de M.N. On a compris qu'il ne se prend pas ici pour un prince, un archevêque, un magnat, un mafieux local, un notable, une star du cinéma ou de la chanson, un présentateur-vedette de télévision. Alors ? Il est en train d'écrire plusieurs heures par jour, et quelque chose doit sortir de lui, le nimber, l'auréoler, l'irradier, et se laisse animalement sentir dans son environnement populaire. Il est dommage que personne n'ait enquêté, par la suite, auprès de la population locale. On aurait pu avoir le témoignage d'un tailleur, d'un coiffeur, d'un cordonnier, d'une marchande de fruits, d'un vendeur de journaux. Un serveur ou une serveuse de restaurant auraient été les bienvenus. « Le *professore* à moustaches ? Ah oui, il était là tous les jours, dans ce coin, souvent avec un livre, très gentil, très discret, un monsieur vraiment distingué. »

M.N. projette son état sur les autres ? Oui, mais « en toute sérénité ». Il est élu, il n'impose pas son élection, son autorité se manifeste d'elle-même et convainc les braves animaux ambiants. On comprend, au passage, la fureur que ce genre de propos provoque chez le petit-bourgeois prétentieux. M.N. ne produit ni servilité ni obséquiosité (il n'a aucun pouvoir social), mais une forme de respect et de considération instinctive. Voilà un solitaire qui n'a pas l'air de se plaindre de sa solitude, au contraire, on pressent qu'il sait ce qu'il veut et n'a pas de temps à perdre. Ce qu'il fait exactement ? On n'en sait rien, mais justement. Respect religieux ? Oui, quelque chose comme ça. Les cléricaux anticléricaux éprouvent là une gêne et même une détestation immédiate, physique, génétique. On sait qu'ils veulent à tout prix occuper la *place* de l'ancien clergé et que, comme de bons plébéiens à travers les âges, ils rêvent d'être *curés*. Ce dont ils ne se rendent pas compte, c'est que l'aristocratie (surtout française) considérait le type qui entrait dans les ordres comme inapte à occuper un rang plus élevé (cavalier de guerre ou commis aux affaires du royaume). Les prêtres étaient des *domestiques*, voilà tout. Mais c'est cela que les bons plébéiens veulent être : domestiques. De quoi ? Du tissu social. De l'égalité.

Que sentent, au contraire, les braves gens de Turin ? Que M.N. vit dans un temps différent, très différent, incommensurable. Ils meurent sur les saisons, eux, et lui les enjambe. Un jour pour lui, c'est un mois pour eux, deux jours donnent un trimestre, un mois des années. Bref, c'est comme s'il était là depuis une infinité de temps et pour une infinité de temps. Là, sur place.

Pas de nom, pas de titre, pas de fortune... Mais c'est précisément quand il bascule *de l'autre côté* que M.N. revendique des noms prestigieux, une supériorité reconnue, et des titres. Là est le signe de la folie. Le désir social est folie.

Le Christ était-il fou ? Après tout, c'est possible. Quelle idée aussi de se dire Dieu, en province occupée, devant le clergé local.

On connaît le film : les billets dits « de la folie », où M.N. signe « Le Crucifié », « Dionysos », « Nietzsche-Caesar », « Le Monstre », « Le Phénix ». Il passe dans une souveraineté hallucinée qui, d'ailleurs, servira à le faire tenir tranquille pendant le voyage d'internement à Bâle. On lui raconte qu'une foule l'attend pour l'acclamer, qu'une grande réception va être donnée en son honneur, qu'il faut, au sortir de la gare, qu'il s'engouffre vite dans une voiture, enfin des boniments de ce genre. Comme M.N., d'un côté, est persuadé, *semble-t-il*, d'agir dans la dimension de « la grande politique », ça marche sur le moment, au plus fort de la crise.

La crise ? Elle est racontée par son ami Overbeck qui, alerté par Burckhardt, se précipite à Turin début janvier 1889. M.N. est effondré sur le sofa de sa chambre, les épreuves de son *Contre Wagner* à la main.

Il pleure, il est saisi de convulsions, il chante bruyamment, se livre à des improvisations forcenées au piano, tape dessus comme un sourd, se met à danser et à exécuter des bonds grotesques. Bien entendu, tout en parlant de « trivialités », Overbeck, terrorisé, ne raconte pas tout.

Vu du dehors, M.N. est saisi par une « fureur sacrée » faisant de lui un martyr de Dionysos, comme le Crucifié, en somme, l'a été de son Père. Tout se mélange : M.N. est, dit-il, « le successeur du Dieu mort », mais aussi « le bouffon des éternités nouvelles ». Il martèle, en hurlant, les touches de son piano avec les coudes, mais il parle aussi, avec tous les signes de la terreur, d'une voix étrange et étouffée. On l'abrutit un peu au bromure. Plus tard, à cause de sa continuelle agitation motrice accompagnée de cris (« à tue-tête »), ce sera le sulfonal. Laconique, Overbeck note : « Ce héros de la liberté en est arrivé à ne même plus penser à la liberté. »

Pour la plus grande satisfaction des dévots, des dévotes, des ratés et des ratées de la terre entière, commence donc le *calvaire* de M.N. Insomnies, agitation perpétuelle, cris effrayants, doublés, c'est curieux, d'un « solide appétit ». Les médecins sont étonnés, mais ils en ont vu d'autres, et notent que la mère de M.N., qui est arrivée à Bâle, « donne l'impression d'une femme bornée ». Bornée, peut-être, mais très utile au quotidien, comme la suite va en donner la preuve. Le docteur Wille diagnostique aussitôt, avec la syphilis, une « paralysie progressive ». Elle se fera jour peu à peu.

Pendant que le logeur de M.N. à Turin s'occupe d'expédier ses papiers et ses livres, une caisse de 116 kilos heureusement « forte et bien assurée », on doit livrer l'encombrant paquet qu'est devenue son apparence physique à Iéna, à la clinique de Binswanger. Le voici, à la gare, entre deux accompagnateurs, marchant vers un fiacre dans le hall violemment éclairé. Il marche d'un pas rapide mais mal assuré, le visage pareil à un masque, le maintien extraordinairement raide. Dans le train, il a eu à nouveau des crises furieuses, notamment contre sa mère (« un accès de rage contre moi, dit-elle, qui ne dura qu'une minute, mais terrifiant à voir et à entendre »). Mettez ici les injures que vous voulez. « La mort aurait mieux valu », pense raisonnablement Overbeck. Qui sait ?

M.N. est très irritable. Il se plaint d'hallucinations auditives et de violents maux de tête. Il ne sait pas où il est. Son alimentation est toujours solide et régulière, mais son sommeil agité. Il se sait malade, mais pense qu'on le *rend* malade. Physiquement, donc, et c'est le paradoxe, il va plutôt bien. Il dit des choses de ce genre : « C'est ma femme, Cosima Wagner, qui m'a amené ici. »

Cela dit, il multiplie les révérences, entre d'un pas majestueux dans sa chambre, garde le regard fixé au plafond, s'attend toujours à un « accueil grandiose », gesticule, parle d'un ton affecté, module des phrases pompeuses, se faufile dans du mauvais italien, veut sans cesse serrer la main des médecins (comme, à la gare, il voulait embrasser tout le monde), insiste pour qu'on exécute ses œuvres musicales, prétend être le duc de Cumberland ou l'empereur, etc.

La nuit, se sentant insulté, il écrit sur les murs des choses illisibles, et casse une vitre.

Il demande ensuite un revolver contre les « cochon-neries » que la grande-duchesse (paix à ses cendres) commet contre lui, et se plaint, à nouveau, de tortures nocturnes. Les infirmiers observent qu'il saute comme un cabri et fait beaucoup de grimaces. Il persiste à cas-ser des vitres, et se couche presque toujours par terre, à côté de son lit. Regardant l'asile depuis la cour, il demande : « Quand sortirai-je de ce palais ? » La mère le récupère enfin, et l'installe chez elle, à Naumburg.

Là, nous avons la version maternelle. Elle parle d'accalmie, d'espoir. M.N. est bien l'homme aimable d'autrefois, mais devenu *puéril*. Il joue « à ravir » la 31ᵉ sonate de Beethoven, il va s'en sortir « avec l'aide de Dieu » :

« Il a l'air si naturel, à présent, il rit si naturelle-ment », dit-elle. Dans la rue, il va moins serrer la main des passants, mais c'est quand même pénible. Elle lui fait la lecture, et assure que ce murmure lui plaît. Elle lui passe la main sur le front et, voyez comme il est gentil, il la regarde de ses beaux yeux profonds, et lui dit : « Je t'adore, ma petite mère chérie. »

Il faut l'accompagner aux Bains, mais là, à plusieurs reprises, sa nudité agressive fait scandale. Heureuse-ment, il y a les promenades en forêt, et les « hêtres le transportent chaque fois de joie ». Elle lui lit des psaumes (quelle scène), mais il lui réclame la lecture de la quatrième partie de *Zarathoustra*. Quel passage ? Imaginons la vieille et pieuse mère de Nietzsche mettant ses lunettes et lisant à son fils dément les lignes suivantes :

« Toute joie veut l'éternité de toutes choses, elle veut du miel, du levain, une heure de minuit pleine d'ivresse, elle veut des tombes, elle veut la consolation des larmes versées sur les tombes, elle veut le couchant doré —

— *que* ne veut-elle pas, la joie ! elle est plus assoiffée, plus cordiale, plus affamée, plus épouvantable, plus secrète que toute douleur, elle se veut *elle-même*, elle se mord *elle-même*, la volonté de l'anneau lutte en elle, —

elle veut de l'amour, elle veut de la haine, elle est dans l'abondance, elle donne, elle jette loin d'elle, elle mendie pour que quelqu'un veuille la prendre, elle remercie celui qui la prend. Elle aimerait être haïe, —

— la joie est tellement riche qu'elle a soif de douleur, d'enfer, de haine, de honte, de ce qui est estropié, soif du *monde*, — car ce monde, oh ! vous le connaissez !

Ô hommes supérieurs, c'est après vous qu'elle languit, la joie, l'effrénée, la bienheureuse, — elle languit après votre douleur, vous qui êtes manqués ! Toute joie éternelle languit après les choses manquées.

Car toute joie se veut elle-même, c'est pourquoi elle veut la peine ! Ô bonheur, ô douleur ! Oh ! brise-toi, cœur ! Hommes supérieurs, apprenez-le donc, la joie veut l'éternité,

— la joie veut l'éternité de *toutes* choses, *veut la profonde, profonde éternité* ! »

Elle n'a rien compris à ce qu'elle a lu, mais ça n'a aucune importance. Elle se demande même s'il l'a entendue. Il semble s'être endormi dès les premières phrases.

Les amis attendent sans y croire une guérison, ou du moins une amélioration mentale, un signe de « vie spirituelle ». Mais non, M.N. glisse plutôt vers le crétinisme et l'apathie.

Deussen dira plus tard :

« Ses intérêts étaient redevenus ceux d'un enfant. Il suivit longuement des yeux un jeune garçon battant du tambour, et le va-et-vient de la locomotive retint particulièrement son attention. À la maison, il restait le plus souvent assis dans une véranda ensoleillée et festonnée de vigne, perdu dans une silencieuse méditation. »

Soleil, vigne... Autre beau titre possible : *La Véranda de Nietzsche.*

Les visiteurs ont chacun leur idée. Köselitz (Gast), lui, note que si on pose une question à M.N., on obtient en guise de réponse « un éclat de rire, ou un simple hochement de tête ». Il ajoute : « C'est très singulier. »

Ou bien, la réponse est « un sourire avec une expression d'étonnement démesuré ».

En effet, c'est très singulier.

M.N. reste chez sa mère, à Naumburg, de 1890 à 1897, soit de l'an 2 à l'an 9. Sa sœur est là, maintenant, rentrée de son aventure cinglée au Paraguay avec son abruti de mari antisémite qui, d'ailleurs, a fini par se suicider. Elle va s'occuper de « Fritz ».

Fritz n'est pas brillant. Il joue toujours du piano, mais « tout est faux et embrouillé ». Dans la rue, c'est pire :

« Il marche sans but conscient. Laissé à lui-même, il marcherait droit devant lui indéfiniment, aussi longtemps qu'il ne rencontrerait pas sur son chemin d'obstacle insurmontable. »

Ou bien :

« Il se montre extrêmement agité en lisant, le sang lui monte à la tête, sa voix se fait aboyante et fracassante. Le mieux est alors de lui retirer le livre des mains. Quant à comprendre ce qu'il lit, cela est maintenant hors de question. Il lit le numéro de la page, la première ligne, une ligne au milieu de la page, après quoi il passe à la page suivante, et ainsi de suite jusqu'à la fin. »

On l'emmène prendre des bains couverts trois fois par semaine. Mais le mieux, ce sont toujours les « promenades », trois ou quatre heures par jour. Cela dit, l'attention et les soins (vêtements, toilette) doivent être continuels. Tout indique que la mère s'y emploie comme une mère.

En général, M.N. se tient dans l'angle du sofa. Il regarde beaucoup ses mains, comme s'il s'étonnait qu'elles lui appartiennent. Le plus éprouvant, c'est sa façon de répéter inlassablement, comme un perroquet, des phrases comme « Je suis mort parce que je suis bête », ou « Je ne sème pas les chevaux », ou « Plus de lumière » (la phrase d'agonie de Goethe), ou, plus brutalement, « somme toute, mort ».

Il a toujours ses manières emphatiques, et reste très agité. Un visiteur note :

« J'ai eu l'impression qu'il pourrait un jour, dans un tel état, assommer ou étrangler sa mère. » La raideur générale s'accentue, ainsi que les cris et les hurlements. Chose curieuse :

« Il hurle sans que le visage perde son expression joyeuse et sereine, sans aucune manifestation de douleur, avec un air de parfait contentement. »

De juillet 1897 à fin août 1900, M.N., après la mort de sa mère, est entièrement entre les mains de sa sœur à Weimar. Celle-ci comprend déjà l'intérêt d'exploiter la situation et de fonder un culte autour de son frère. Elle y mettra beaucoup d'énergie (comme la sœur de Rimbaud), et une volonté de falsification qui touche au génie (la canne offerte à Hitler). Il s'agit de réconcilier tout le monde sur le dos du penseur foudroyé. Nietzsche et Wagner, finalement, même combat.

Désormais, c'est étrange, on voit M.N. beaucoup plus calme, et lisant, par exemple, un livre à l'envers. On l'entend même murmurer : « J'ai écrit beaucoup de belles choses. »

Köselitz-Gast note :

« Il est devenu très paisible, et vous regarde d'un air rêveur et très interrogateur. »

Que faites-vous en ce monde? Que lisez-vous? Dans quel temps vous déplacez-vous?

On lui joue du piano? Il applaudit. Les témoins sont très émus. Nous le sommes.

Sa sœur, peut-être malgré elle dans la mise en scène, a ce qu'on peut appeler le mot de la fin :

« Pendant les dernières années, il portait une longue tunique d'épaisse toile blanche, semblable aux habits des prêtres dans les ordres catholiques. »

Une *aube*, donc.

Le 25 août 1900, vers midi, après une pneumonie suivie d'une apoplexie, le corps de M.N. meurt. Il est enterré le 27, à Röcken, dans le caveau familial, avec un peu de musique (Brahms, Palestrina). On peut visiter sa tombe en été, à midi, avec un livre de lui dans la poche (*Ecce Homo*, par exemple). Et penser à ce passage de *Zarathoustra* qui s'intitule justement *En plein midi* :

« Comme un vent délicieux danse invisiblement sur la mer étale, léger, léger comme une plume, ainsi le sommeil danse sur moi. »

Aucun crétin fanatique n'a pensé — et c'est heureux — à taguer sur la pierre tombale de M.N. les mots « Satan », « Lucifer », « Saint-Sépulcre », « Nazi », « Antéchrist », avec tous les symboles réunis d'usage (étoile de David, croix gammée, croix chrétienne, faucille et marteau, croissant islamique). Pourtant, nombreux sont ceux qui pensent encore qu'il a bien mérité son martyre en se mettant à la place du seul vrai Dieu, le créateur jaloux avec son peuple élu à travers les âges, le tout-amour propriétaire du calendrier officiel, sans parler du Dieu seul Dieu avec sa bombe explosive au nom du Prophète. Martyre bien mérité, aussi, comme réactionnaire, misogyne, homophobe, et surtout *cultivé*. Ce dernier point, brûlant, doit automatiquement provoquer la fureur populaire.

M.N., pas de doute, a bel et bien écrit un livre qui s'appelle *L'Antéchrist*. Sur ce terme, et malgré un cinéma intensif de science-fiction ou de fantastique, les avis sont partagés, les images floues, les connaissances simplistes. Tout le monde semble avoir oublié que, malgré ses origines bibliques lointaines, la vraie carrière contrastée de l'Antéchrist commence surtout à l'aube des Temps modernes, au 17ᵉ siècle, dans la foulée de la guerre de Trente Ans. Luther a déjà frappé, Calvin de même : l'Antéchrist, c'est le pape en étroite alliance avec la Grande Prostituée de Babylone, c'est-à-dire l'Église de Rome débordante d'abominations et d'iniquités.

La profession de foi des Huguenots du synode de Gap, en 1603, est formelle : le « fils de perdition » n'est autre que le pape (quel qu'il soit), associé à la « paillarde vêtue d'écarlate » (Rome). Luther avait déjà lancé, dans ses apologies du mariage, que « les gens de Rome sont devenus des trafiquants qui veulent uniquement des matrices et des verges » (traduisons en langage courant : « des cons et des bites »). De façon couramment reçue pendant longtemps, un protestant est quelqu'un qui jure que le pape est l'Antéchrist et qu'il faut manger de la viande le vendredi (passons sur les histoires de saints et de Vierge). Toute une tradition laïque et républicaine en a rajouté des tonnes dans le même sens. Pour les vrais croyants, et même pour les athées ou les humanistes craintifs, la Rome catholique est un centre pervers qui a pris la suite de l'Empire romain. On y célèbre sans arrêt tous les vices, c'est « une tanière de l'Antéchrist » (Milton), et son changement de calendrier du julien au grégorien, en 1582, est une indication supplémentaire de cette perversion. M.N., enfant, a beaucoup entendu ce genre de discours. Ils sont tous d'un puritanisme furibard.

De là des délires et des élucubrations innombrables, des proliférations apocalyptiques autour du chiffre de la Bête, 666, des prophéties à n'en plus finir. Un grand mathématicien écossais, très célèbre, prévoit ainsi pour 1639 la chute du pape antéchrist, et le retour du vrai Christ dans les années 1688-1700. Son opuscule est traduit en hollandais, en français, en allemand, et connaît un succès considérable. C'est un best-seller de l'époque, il faudrait comparer avec les best-sellers d'aujourd'hui : de ce point de vue, si on peut dire, la courbe d'obscurantisme est constante.

Un autre visionnaire annonce la chute de Rome et la conversion des Juifs pour 1650, et, de là, le commencement d'un second *millenium*. Tous ces vœux pieux (que le père pasteur et la mère de M.N., et tous leurs ascendants, ont bus comme du lait) vont toujours, évidemment, dans le sens d'une fin du monde, prédite aussi par leurs adversaires (il faut bien assurer la concurrence). Bref, ça ne peut pas durer, tout le monde est d'accord : il n'y a plus de saisons, le soleil se refroidit ou se réchauffe outre mesure, les pluies se raréfient, la terre tremble, les inondations se succèdent, les mines sont épuisées, les fruits n'ont plus la même saveur, tout s'écroule, il n'y a plus ni honneur ni vertu, etc. On comprend qu'au milieu de cette bouillie un cavalier français ait surgi, Descartes (1637). C'était la bonne carte, il fallait respirer un peu.

L'Antéchrist change de nom dans le temps, mais il est toujours là, inversion parodique de son prédécesseur. Il s'appelle tour à tour l'Empereur, Louis XIV (mais oui), Mahomet, Napoléon, Staline, Hitler, et même, atroce décadence, Bush ou Saddam Hussein. Pour le reste, c'est toujours la même chose : les glaciers fondent, le pétrole s'épuise, la planète se fâche, les fruits sont trafiqués, tout est faux, je suis déprimé, les barbares sont à nos portes, ma femme ou mon mari m'abandonne, la vie a-t-elle un sens, je n'en suis pas sûr.

Moralité : c'est à se tordre de stupeur (on s'égorge, on s'explose) ou de rire (on est régulièrement chez les fous). M.N., avant sa crise terminale, en se découvrant explorateur de ce continent de démence *pour en sortir*, a bien senti en quoi la bouffonnerie des millénaires pouvait se mêler à l'horreur. En novembre 1888 (deuxième mois de l'an 1), il note la recrudescence, chez lui, de grimaces et de ricanements continus :

« Pendant quatre jours, il ne m'a pas été possible de donner à mon visage une expression sérieuse et posée. »
Et aussi :
« Cet automne, aussi peu habillé que possible, j'ai assisté deux fois à mon enterrement. »

Deux fois, c'est beaucoup, surtout *aussi peu habillé que possible*.

Fallait-il mourir et ressusciter pour prouver que la mort n'est *rien* ? Devenir réellement fou pour montrer que tout le monde est fou, et que la folie elle-même, toujours sexuellement et romantiquement surestimée, n'est *rien*? Possible.

Quoi qu'il en soit, la mort et la folie continuent à mener la danse, et il n'y a pas de raison que ça change. Mais pourquoi s'occuper de changer quoi que ce soit? La question n'est pas là.

M.N. se réveille. Il a très mal à la tête. Ses souvenirs sont pourtant précis. Les grimaces, les ricanements, l'enterrement, le cheval, les cliniques, les hallucinations, les cris, les promenades, les bains, la véranda, le soleil, la vigne, le silence. Est-ce qu'ils ont compris le message? Tant pis. Voici de nouveau le grand temps divin. Une saison en enfer? C'est cher.

Tout revient, c'est entendu, mais pas dans le même temps ni avec la même intensité, c'est là la surprise. Désormais, la douleur passe vite, le plaisir se dilate, le malheur et l'enfermement sont sans poids, la joie se déploie. J'ai été chameau, pense M.N., puis lion, et me revoilà enfant. Le temps enfantin n'a pas de fin, je le retrouve, je le recommence. Devais-je devenir un noble vieillard? Mais non, ce n'était pas mon destin. J'ai choisi d'être, comment dit Baudelaire déjà, ah oui, un « hardi amant de la démence ». Après tout, la folie et la mort sont deux aimables filles (ici je remplace le mot *débauche* par celui de *folie*). Et que dit l'autre, Rimbaud, dans sa confession que personne ne prend vraiment la peine de lire?

« Aucun des sophismes de la folie, — la folie qu'on enferme, — n'a été oublié par moi : je pourrais les redire tous, je tiens le système. »

Je tiens le système.

Ce crâne-là, posé sur la table, en plein soleil, est bien le mien.

Il voit la vérité comme elle est à l'instant : « une femme aux yeux de miel, tantôt profonds et voilés, tantôt verts et lascifs ».

Il est midi. Elle vient de pleurer. Elle rit.

« Bonheur bref, soudain, sans merci. »

À un moment de sa *Généalogie de la morale*, M.N. dit envier Héraclite, qui pouvait disposer, pour sa méditation, des portiques et des péristyles de l'immense temple de Diane (Artémis) à Éphèse. Pourquoi, demande-t-il, ne pouvons-nous pas disposer, *nous*, philosophes de l'avenir, de temples pareils ?

Mais il se reprend aussitôt : il a eu son temple pour penser, et c'est « ma plus belle chambre de travail de la piazza di San Marco, à condition que ce soit le printemps et le matin entre 10 heures et midi ».

Je connais cette chambre, ce printemps, ces heures. Pour l'instant, près du quai, j'écris ces lignes en attendant Ludi aux yeux de miel, tantôt profonds et voilés, tantôt noirs et lascifs. Elle téléphone : non, elle ne pourra pas tout à l'heure, on se retrouvera ce soir. Je m'enfonce donc dans mes lignes, ou plutôt dans la masse des révélations muettes qu'elles laissent passer. J'entends les bateaux, l'eau bat contre la pierre, je suis seul comme personne dans ce quartier.

Je lève les yeux, les mâts de bois brillent au soleil, *les dieux sont là*.

Une fois de plus, je regarde la photo (envoyée par Nelly) de l'éblouissante sculpture de Praxitèle, si mystérieuse, *Hermès portant Dionysos enfant*. Elle date du 4e siècle avant l'ère du Crucifié-Ressuscité, qui n'a jamais voulu, lui, définir une « ère ». Elle se trouve à Olympie. Dans le grand bazar des dieux, Artémis n'est pas Diane, Hermès n'est pas Mercure, Dionysos n'est pas Bacchus, Zeus n'est pas Jupiter. Voici donc le grand Hermès soulevant le petit Dionysos : une indication, une paire. Iahvé et l'enfant Jésus, autre paire. En l'an 117, nous pouvons poser ce constat.

On embarque demain, Ludi et moi, sur l'*Aurora*, pour un petit tour dans les îles grecques. J'emporte *Aurore*, de M.N., avec moi :

« Qu'est-ce que les Grecs admiraient dans Ulysse ? Avant tout, la faculté de mentir et de répondre par des représailles rusées et terribles ; puis d'être à la hauteur des circonstances ; paraître, si cela est nécessaire, plus noble que le plus noble ; savoir être *tout ce que l'on veut* ; la ténacité héroïque ; mettre tous les moyens à son service ; avoir de l'esprit — l'esprit d'Ulysse fait l'admiration des dieux, ils sourient en y songeant — : tout cela constitue l'idéal grec. Ce qu'il y a de curieux, dans tout cela, c'est que l'on ne sent pas du tout la contradiction entre *être* et *paraître* et que, par conséquent, on n'y attache aucune valeur morale. Y eut-il jamais des comédiens aussi accomplis ? »

Et puisque les dieux sont là, tout tombe à pic, ma musicienne chanteuse donne ce soir, à la Fenice, un récital Vivaldi-Mozart. Quelle histoire si M.N. avait pu l'écouter et la voir réaliser ses rêves les plus fous de résurrection en musique. Aphrodite est là, c'est la reine du jour, elle déchire la nuit, et sanctionne, avec Artémis, le long oubli où elle a été refoulée, cachée, persécutée, défigurée. Et Dionysos est là, lui aussi, « le génie du cœur », « l'antique, l'éternel poète des comédies de notre existence », il souffle sa folie hyperraisonnable aux bois, aux cuivres, à la voix. La chanteuse est une flamme, les musiciens un brasier, Ludi une beauté lascive, M.N. un spectre *réel*. Actéon, cette fois, ne sera pas dévoré par ses chiens, la déesse se laisse regarder nue dans sa baignoire, elle sourit, elle détourne la tête, elle est indulgente, elle est très intelligente. Comme disent les auteurs récents, voilà qui nous change des pétasses, des pouffiasses, des radasses, des rombières et des vieilles toupies d'aujourd'hui.

Tout le monde est debout et acclame la chanteuse dans sa belle robe rouge sombre. On lui lance des roses de partout. Elle m'aperçoit dans les premiers rangs et me fait un petit signe de la main. « Tu la connais ? » dit Ludi. — « Un peu. » — « Elle est inouïe. »

Il faut être à bord le lendemain à 9 heures. La Grèce est déjà là, au loin, sous la main.

Ludi pour la préservation et la tranquillité dissimulée de l'espace.

Nelly pour l'expérience du temps.

Dans l'expérience du temps, il faut du rituel. La
moindre familiarité engendre le mépris, puisque
l'introduction plébéienne dans les questions sexuelles
entraîne l'amertume, le ressentiment, l'esprit de vengeance, le méli-mélo psy. L'affaire sexe, comme celle
de l'athéisme, doit être résolument aristocratique.
Encore une fois, il s'agit d'une aristocratie d'esprit, pas
de musée ou de magazine, l'éducation enfantine ayant
ici toute son importance : si pas de bonheur enfantin
passé, pas de vraie jouissance future. Évidemment,
dans un monde sans esprit, plus d'aristocratie.

Une jeune femme très réservée, sérieuse, qui ne fait
des horreurs que par *exception*, et qui non seulement les
fait mais les dit en les faisant, voilà Nelly, sa peau, son
cou, ses oreilles, ses seins, ses fesses, ses jambes, ses

yeux, ses mains, sa bouche et son souffle. Et surtout sa voix, bien entendu, mélodieuse, pudique, basculant d'un seul coup dans l'obscène, murmures et chuchotements. Pénombre et venin. Les lectures activées ne doivent pas être trop fréquentes, il suffit de vérifier que toute la bibliothèque religieuse et philosophique pourrait y passer. Plus c'est *moral*, on l'a déjà dit, mieux c'est. Plus s'exprime, d'une manière ou d'une autre, la rancune sacerdotale la plus viscérale, plus l'effet est garanti. À partir de ce moment-là les siècles défilent, et ça pourrait entraîner un fou rire d'inhibition, mais non, l'excitation domine, et la voix de Nelly, habilement professorale et dogmatique, fait tout passer à la trappe puisqu'elle est nue et très désirable en situation.

Des sommets de la démence humaine à travers ses discours, on repasse posément au réel le plus quotidien, le plus *ménager*, pour puiser dans la mauvaise humeur et l'aigreur féminines, constantes et immémoriales, des satisfactions poivrées. Les rôles sont faciles à trouver : bourgeoise teigneuse et avare persécutant son domestique tout en le baisant en douce ; maîtresse d'école châtiant, en le branlant, un élève vicieux insolent ; bouchère exploitant la viande de son apprenti ; fonctionnaire butée qui épluche vos comptes tout en vous lorgnant la braguette ; directrice des ressources humaines qui vous donne le choix entre la troncher ou être viré ; urologue souhaitant aller un peu plus loin dans vos couilles ; chirurgienne qui se délecte à l'idée de vous faire passer un sacré moment ; dévote rentrant de la messe avec une tartelette qu'elle vous demandera de signer au foutre ; femme d'affaires qui veut vous *examiner* avant de vous engager ; actrice qui veut vous *essayer* avant de se décider ; lingère qui s'intéresse beaucoup à vos slips ; chef de rayon de grand magasin qui contrôle sur vous la qualité des dessous ; femme mariée confortable qui *fait son marché* ; — bref, l'éventail est large, l'air amusant circule, l'ennui est conjuré, c'est la gratuité. Voilà une véritable association de malfaiteurs, et rien, naturellement, n'est plus *honnête*.

Et ne me dites pas que l'association d'un philosophe de fond avec une belle professionnelle de la mode n'a pas le même caractère. Définition de l'amour, à l'heure de la vidéo-surveillance et des SMS stéréotypés : association de malfaiteurs en vue d'une action terroriste. Contre quoi ? La Terreur.

Il faut croire que cette vision du monde a son charme, puisqu'elle trouve ses partenaires.

« Tout n'est que jeu, tout n'est que temps sans but. »

Ou bien :

« La force et la puissance des sens : ce qu'il y a de plus essentiel. »

Ou bien :

« L'animal qu'on doit être pour le dieu qu'on est. »

Ou bien :

« La gaieté comme délivrance. »

Ou bien :

« Inconscients, moqueurs, violents. »

Ou bien :

« Raillerie sur le "divin", symptôme de guérison. »

Ou bien :

« La noblesse croît selon son degré d'indépendance à l'égard du lieu et du temps. »

Ou encore :

« Plus, mieux, plus vite, plus souvent. »

Tout s'explique, aujourd'hui, il suffit de suivre le guide. Voici une charmante chimpanzée blonde à cheveux courts, sourire et dentition très blanche, mâchoire énergique, qui vous expose le fonctionnement chimique de l'amour :

« Le comportement amoureux est né afin d'assurer la reproduction de l'espèce. Pour survivre, le bébé humain a besoin de deux parents, de deux protecteurs, pendant une période de trois ans, c'est-à-dire jusqu'à ce qu'il sache marcher et puisse cueillir un fruit pour se nourrir, échapper à un prédateur. Le seul phénomène qui puisse obliger deux parents à rester ensemble pour assurer la survie de leur enfant, c'est la dépendance l'un de l'autre qui correspond à la toute première phase de l'amour. »

Bon dieu, mais c'est bien sûr, et voilà pourquoi l'amour ne dure que trois ans, sauf production ultérieure d'*ocytocine*, un neurorégulateur qui vous régule sans que vous vous en doutiez.

« Quand un couple s'embrasse, se caresse, fait l'amour, mais aussi lorsqu'il parle, échange des idées ou rit, il y a libération d'ocytocine, hormone du lien et du bien-être, que le cerveau sécrète à volonté. Cela stimule le système immunitaire et ralentit le cœur. Avec l'ocytocine, un couple dure. C'est un peu une paire de lunettes roses qui nous fait voir la vie avec bonheur. »

L'évolution nous a formés pour l'amour, ajoute cette riante créature anglaise, dont l'optimisme nous renverse d'espoir. Pendant deux millions d'années, ajoute-t-elle, nous avons vécu dans un environnement sauvage (tu te souviens, chérie ?), mais regardez-moi, mon ocytocine fonctionne, mon couple est en rose, nos pilules sont en cours de fabrication. Ton ocytocine va dans le même sens que mon ocytocine. Ton ovocytocine tend les bras à ma spermotycine. C'est l'amour, et le Big-Bang voulait arriver jusqu'à nous. Passe-moi l'ocyte, je te rends l'ocine. Traversons le Cocyte avec l'ocytocine. Maintenant, excuse-moi, chéri, mon ocytocine vient de flasher sur quelqu'un d'autre. Désolée, qu'y puis-je, mon cerveau commande, il sécrète, il m'induit, je lui obéis puisque nous sommes prisonniers de ses singeries.

C'est bien ça, nous baignons dans l'ocytocine. Que veut dire Ludi, lorsqu'elle me glisse « je t'aime » ? Ocytocine. Et Nelly, quand elle se laisse aller à me chuchoter après les séances « je vous adore » ? Ocytocine. Au lieu de leur répondre, de façon parfaitement sincère « moi aussi », je leur dirai désormais « ocytocine ».

Comme l'a noté judicieusement M.N., « le positivisme est du romantisme déçu ». Cela ne m'empêche pas de me rédiger à moi-même une ordonnance d'ocytocine, que ma pharmacienne (extrêmement sexy, soit dit entre nous) me validera avec un clin d'œil. J'ai besoin de baisers fourmillants et profonds, de parfums, de caresses, d'échanges d'idées, de rires, d'excitations latérales, de mots décalés, de couleurs.

M.N., ce n'est rien, on va vous *réguler*. Vous avez juste un petit stress passager. Vous travaillez trop, vous écrivez trop, vous pensez trop, votre santé en souffre, vous risquez un cataclysme mental. En réalité vous voulez sans le savoir de l'harmonie hormonale, de l'*hormonie*, et ce n'est pas cette pauvre Lou qui pouvait vous l'offrir avec ses scènes stupides. Son ocytocine ne fonctionnait pas pour vous, voilà tout. Venez par ici, laissez-vous soigner et doser, vous verrez un jour un autre M.N. délivré de vous-même, aplani, pacifié, bouddhisé, normal. Votre éternel retour n'est qu'un retour d'âge. Votre fantasme de Dionysos à la fois bouc et dieu est pénible. Vous voulez dormir sans insomnies torturantes ? Voici. Éviter les migraines épuisantes et les douleurs oculaires ? Voici. Trouver la petite ocytocine porcine qui vous ira comme un gant ? Voici. Devenir enfin un bon humaniste démocrate comme un bon faux Grec éclairé du 19e siècle, sans poésie excessive ni tragédie ? Voici.

La jeune et jolie Ocytocine 1, petite fille très branchée d'une comtesse ruinée, sonne à la porte de M.N. à Turin. Elle enlève aussitôt son tee-shirt et son jean, elle n'a évidemment pas de culotte ni de soutiengorge, elle se précipite sur le vieux philosophe, le renverse sur son sofa, en chassant de la main les papiers accumulés, les épreuves à corriger, les livres.

Ayant bien dégagé la bite célèbre, elle la suce avec science et passion, en prenant soin de lécher partout et en pressant les couilles de la main gauche. Elle n'oublie pas de guider la main droite du penseur un peu fébrile sur sa chatte pour qu'il puisse vérifier que cette performance la fait *mouiller*. Après quoi, elle reçoit religieusement le foutre philosophal, sourit, babille un peu, se rhabille, empoche ses billets, et s'en va.

La non moins jeune et jolie Ocytocine 2 se prête volontiers à la pénétration, aime bien l'axe de l'éternel retour se mouvant en elle, se sent, à ce moment-là, le Portique du Temps. Il lui semble retrouver sa virginité dans cette étreinte puissante où le redoutable penseur des éternités nouvelles devient son bébé-douceur. Elle jouit beaucoup, et, chaque fois, s'en étonne. Après quoi elle va rejoindre dans un café son jeune fiancé, qu'elle épouse bientôt, avec trois enfants en perspective. M.N. fera un cadeau.

Après ces divertissements archéo-humains nécessaires, M.N. prend une douche et se remet au travail. Le lendemain matin, à 10 heures, arrive Ocytocine 3, une solide Piémontaise de 30 ans, qui vient faire le ménage avec une gentillesse et une gaieté *maternelles*. C'est encore un bon moment, à la campagnarde de jadis. Il la laisse s'occuper de son linge pour aller marcher (c'est-à-dire penser) dans la nature. Il trouve que les questions d'ocytocine sont sous-estimées dans la civilisation (le docteur viennois de Lou est ici loin du compte), et qu'il vaudrait mieux procéder, avant les actes, à des tests précis. Vous êtes O + ou O – pour tel ou tel O, on peut l'établir par une sécrétion comparée des cerveaux. Un homme ou une femme doivent pouvoir décliner leur histoire d'O. Beaucoup de malentendus et d'hypocrisies seraient ainsi surmontés. Comment, vous prétendez ne pas désirer M.N. ? Votre taux d'O révèle le contraire. C'est plus fort que vous, reconnaissez-le.

Tout en marchant, M.N. pense au vieux Schopenhauer qui a traité la sexualité en ennemie personnelle, allant jusqu'à faire des femmes, l'innocent,
des « instruments du Diable ». Instruments du
Diable ? Et alors ? Il faut savoir en jouer, voilà tout.
Sacré Schopenhauer, une erreur utile. On connaît ses
rengaines : le plaisir n'existe pas en tant que tel, mais
uniquement comme cessation de la douleur, le génie
de l'espèce parle à travers nous, donc ce n'est jamais
moi qui parle, tout n'est qu'illusion et voile de Maya,
une vie heureuse est impossible, reste la vie héroïque,
etc. Des formules d'épicier : la vie est une entreprise
qui ne couvre pas ses frais, etc. Il a influencé tous les
dix-neuviémistes à travers les âges, ceux que M.N.
trouve maintenant aussi absurdes que comiques, Dar-
win, Freud, et même Marx (qui est mort la même
année que Wagner, 1883, alors qu'un audacieux
Irlandais catholique, un certain Joyce, vient de
naître). Cette brume de résignationnisme *moral* est
encore à la mode chez les déçus du réel, les mal-
aimés de leur mère, les empêtrés physiologiques, les
ascètes forcés, ceux qui prêchent, en prêtres masqués,
une « Morale de la vie tragique ».

Toutes ces salades sont attirantes un moment
quand on est jeune, donc agité pessimiste, mais ne
résistent pas au printemps italien. Le voici autrefois
dans sa promenade, le vieux grigou célibataire, le
tableau est connu : Arthur Schopenhauer et son
chien Atma (Atma, « âme du monde » en sanscrit),

Atma, son chien, son seul amour, qu'il a d'ailleurs couché sur son testament. Enfin, sa mère, Johanna, était une romancière à succès, tout s'éclaire. Celle de M.N., femme de pasteur, en dit long aussi sur les croix humaines à porter.

M.N., de très bonne humeur, envisage d'ajouter une cinquième partie à son *Zarathoustra*. On se souvient que la quatrième, et dernière, s'achève quand le lion rugissant a fait fuir les invités de la caverne, les douze apôtres potentiels terrorisés par cette explosion de fureur. Zarathoustra est seul : « Lève-toi donc, lève-toi, ô grand Midi ! »

« Ainsi parlait Zarathoustra, et il quitta sa caverne, ardent et fort comme le soleil du matin qui surgit des sombres montagnes. »

Bon, et après ?

Justement, le soleil de ce matin, à 6 h 30, a surgi comme le temps lui-même (on dit toujours que le temps passe, on ne dit jamais qu'il *surgit*), jaune et rouge, en pleine gloire. Il faut inventer le verbe *glorier*. *Ça gloire*. Bon, il quitte sa caverne, et que lui arrive-t-il maintenant ?

Même projet pour *Ecce Homo* : il est question de lieux, de nourriture, de divertissements, mais le chapitre plus détaillé et cru sur les « petites femmes »

447

manque. Tout indique que M.N., de plus en plus libre, allait s'y mettre. Du moins, c'est ce qu'il pense aujourd'hui. La ridicule affaire Lou, la mise en scène mère-et-sœur ne peuvent pas en rester là, il est temps, il est grand temps, d'être plus précis, plus détendu, plus rude. Chaque penseur, n'est-ce pas, doit s'expliquer un peu sur son cas : on manque de renseignements sur Mme Hegel, c'est dommage. Mme Marx n'est pas nette, Mme Freud est floue, les poèmes que Heidegger envoie à Hannah Arendt sont lourds. Le philosophe homosexuel plus ou moins débridé, c'est bien, c'est logique, mais un peu étroit. Tout cela sent ses petits garçons à maman, tantôt géniteurs domestiqués (dits normaux), tantôt homos récalcitrants (faisant tourner la machine). On attend un *par-delà*.

Une fois encore, l'éternel retour n'a rien d'idéal, d'abstrait, d'éternel exsangue, ce n'est pas non plus un projet, un programme, un « futur ». C'est *là*, et toute la question est de savoir si vous êtes écrasé par ce là, ou pas. Comment le vivez-vous, dites-nous. Quand le Crucifié-Ressuscité parle d'une « nouvelle et éternelle alliance », il reste dans le collectif, les douze, le nouveau peuple universel du salut. M.N., lui, est seul, il pense à ses *enfants*, c'est-à-dire, il le dit, à son œuvre. Ses livres, si vous voulez, *mais qui sont tout autre chose que des livres.*

« Les écrits cités, soigneusement et longuement interrogés, pourraient être utilisés comme moyens d'ouvrir, peut-être, l'accès à la compréhension d'un type encore plus élevé et plus difficile que ne l'est même le type de l'esprit libre. »

Pas « peut-être », sûrement.

M.N., on le sait, a vécu plutôt pauvrement de sa pension universitaire de professeur en disponibilité. Ses contrôleurs, de toute évidence, n'ont jamais mis le nez dans ses publications discrètes. Tête du comptable parcourant *Par-delà bien et mal*.

Mes commanditaires, eux, demandent à être de temps en temps rassurés sur l'avancement de mon projet de philosophie mondiale. J'envoie des résumés branchés en empruntant, ici et là, aux consternantes publications internationales. Les remous du Net n'ont pas de secrets pour moi. Je donne du style au bafouillage, je retourne une fois sur deux les idées. Il convient maintenant que, sous les décombres de l'Histoire, toujours menaçante, clignote une proposition rosâtre indiquant un avenir vigilant et meilleur. Au passage, je prends soin de montrer les limites de tous les penseurs antérieurs, en réfutant particulièrement le plus dangereux, M.N., et son commentateur particulièrement inspiré, donc nocif, Heidegger. Ma synthèse est solide, brillante. J'annonce des développements inouïs grâce à la Technique, en insistant sur les difficultés transitoires pour maîtriser tous les savoirs en cours de mutation (physique, génétique, religieux, économico-politique). L'essentiel est d'apparaître (de préférence traduit de l'allemand, du japonais ou du tchèque) comme une *bête de colloque* à venir. Je vois déjà les interviews : classiques, sombres, non sans humour, très préoccupés au sujet de la planète, mais suggérant malgré tout une issue.

Ils seraient ahuris, mes commanditaires, de voir la façon dont je vis, entre mes papiers, mon roman, Ludi et Nelly, tout en poursuivant l'expérience de l'éternel retour, bricole qui, à leurs yeux (comme le salut de l'âme ou la résurrection des corps), n'a pu émaner que d'un esprit suspect et malade. Le *clergé*, prévenu, agirait vite, et, surtout, la Centrale me couperait les vivres. Mais non, rien à craindre, je suis ponctuel, besogneux, *effacé*, je ne sors presque pas de chez moi, on ne me voit nulle part, et ma liaison avec Ludi, strictement privée, ne provoque aucun écho dans la presse. Ludi est maintenant une star de la mode, soit, mais sa vie personnelle n'intéresse personne. Ce n'est pas une actrice ou une chanteuse (photos obligatoires, bébé en attente ou déjà là, radieux). Tout au plus est-elle cataloguée comme bizarre, son compagnon étant une sorte de philosophe obscur. Quant à Nelly, chef-d'œuvre de discrétion, elle est tout simplement inimaginable dans le tourbillon social.

Un peu d'argent tombant par malentendu, beau-coup de temps libre, et voilà. Je peux, ce matin par exemple, écouter attentivement les merveilleux opéras de Haydn, dont on s'est avisé, seulement en 1975, qu'ils existaient deux siècles après leur composition : *Le Monde de la lune*, *Armida*, *La Rencontre imprévue*, *L'Île déserte*, *La Fidélité récompensée*, *La Véritable Constance*. C'est invraisemblable, emporté, ça chante de partout, les voix féminines et masculines se chevauchent et se tordent, ça ne va nulle part, c'est dépensé sur place, c'est d'une lubricité scandaleuse (qu'on leur coupe la tête !), c'est fait pour revenir éternellement. Ce que ça raconte ? À peu près n'importe quoi, et ça n'a aucune importance.

Encore une fois :
« Les pieds ailés, l'esprit, la flamme, la grâce, la grande logique, la danse des étoiles, la pétulance intel-lectuelle, le frisson lumineux du Sud — la mer *lisse* —, la perfection. »

J'imagine les pleurs silencieux et ravis de M.N., entendant pour la première fois cette musique inconnue et absolument libre, dans sa véranda coin-cée, à Iéna.

« Un seul individu peut, dans certains cas, justifier l'existence de plusieurs millénaires. »

M.N. se demande si, Dieu étant mort, il se pourrait que, dans l'Éternel Retour, il revienne sans fin pour mourir. L'hypothèse est vertigineuse, mais le vertige ne lui fait pas peur. Tout ce qu'il demande, pour l'instant, est de garder le contrôle de sa main, ou plutôt que sa main-plume, sa main-pointe-de-Temps, garde son contrôle sur elle-même. Il vit étrangement chaque jour en compagnie de sa mort future, mais aussi de sa mort *passée*, il la voit dans le miroir, son silence catégorique l'inspire. Bon, se dit-il, le monde a été assez interprété, transformé, surinterprété, explosé, fouillé, émietté, usé, bouleversé, il s'agit maintenant de le laisser être.

Pour s'amuser un peu, M.N. décide de faire passer le début de l'Évangile de Jean de l'imparfait au présent. L'effet est considérable. Comme dit l'Autre à plusieurs reprises : « L'heure vient, et c'est maintenant. »

« Ici, maintenant, au commencement, est le verbe
et le verbe est avec dieu
et le verbe est dieu.
Il est sans cesse, sans commencement ni fin, avec
     dieu.
Tout est par lui,
et sans lui rien n'est.
Ce qui est en lui est la vie,
et la vie est la lumière des hommes,
et la lumière luit dans les ténèbres
et les ténèbres ne la saisissent pas. »

Comparez avec l'imparfait, qui appelle forcément un futur : ce n'est pas du tout la même chose. Ainsi parle, ici et maintenant, le verbe, le dieu, la vie, la lumière. Pas besoin de majuscules, ça ralentirait la percée. Tout le reste est ténèbres, ou, plutôt, *n'est pas*. Les ténèbres ne saisissent pas ce que je viens de dire. Le plus mystérieux, c'est le temps qu'il faut pour se dire : cette minute, je l'ai déjà vécue un nombre incalculable de fois, et je vais la revivre éternellement. Résultat : l'encre, la plume, le papier, l'encre en train de *sécher* sur le papier, merveille.

Là où je suis maintenant, la brise nord-est, ma préférée, apporte tout l'océan avec elle. Ne le répétez à personne, mais j'ai de plus en plus le sentiment que les arbres me parlent. Pas tous, certains. Les acacias, par exemple. Vous parlez l'acacia ? Couramment. Depuis quand ? Depuis toujours, mais de mieux en mieux, il me semble.

Le Crucifié-Ressuscité vient pour sauver les malades. M.N. vient pour sauver les bien-portants des malades.
— Mais vous *êtes* malade.
— Eh non.

Le vieux clergé parasite avait besoin du « péché » pour survivre, le nouveau a besoin, pour lui succéder, de la maladie du doute et du malheur. C'est là que le recrutement opère, le rôle des adeptes étant prévu : au moindre signe d'apaisement et de lumière, ils font bouillir la marmite. Et en avant pour le pauvre Diable réquisitionné pour ses travaux forcés, toujours les mêmes, bruit, fureur, désespoir, dépression, destruction, mort.

Deux beaux essais à écrire :
Histoire auto-terrorisée de l'Humanité,
ou encore :
Histoire masochiste de l'Humanité.

À 4 heures du matin, brusquement réveillé par une pensée qui s'échappe, M.N. sort dans le jardin, lève les yeux, et disparaît dans le ciel étoilé. Comment ça, *dans*? Il vient de sauter par-dessus son temps.

« Ma philosophie n'est plus communicable, du moins par le biais de la chose imprimée. »

Une des dernières notes de M.N. constate que *nous n'avons pas été assez silencieux pour ce vieux monde.* C'est ça : jamais assez silencieux.

Il faut savoir dormir, et se réveiller de temps en temps, à la belle étoile.

Et le cirque recommence. Lui aussi, il revient toujours. Et voici, de nouveau, « les obscurantistes, les mécontents, les grincheux, les amis de la mort fascinés par l'échec, la dégradation, la misère ». Après la foule esclave, la foule abrutie ; après les damnés de la terre, les damnés du spectacle ; après les forçats de la faim, les forçats du miroir. Aucune révolte ne tonne plus dans ce cratère, aucune éruption, mais plutôt une éternisation de la fin. Le monde, en effet, n'a plus de base, ce qui entraîne, dans la plupart des têtes, la vase. C'est bien de *leur* passé qu'il faudrait faire table rase. Tout le passé prisonnier l'exige, et les morts, par milliers, n'en finissent pas de supplier M.N. de donner ce coup de balai.

Il faudrait tout inverser avant que l'inversion l'emporte. C'est une course de vitesse perdue d'avance, d'où sa beauté, à un contre des millions, dans un coin du temps insurgé. Mais autant vouloir arrêter, avec une plume d'oiseau, des torrents d'ovocytes et de foutre. Et voici, de nouveau, « les blafards, les souffreteux, les fumeux, les hébétés ». Et ils reprennent leur litanie :

tout est pareil, rien ne vaut la peine, le monde est dénué de sens, savoir *étrangle*, détresse, tristesse, la vie quelle plaie. Et tout redevient, une fois encore, faux, oblique, monstrueux, plèbe en haut, plèbe en bas, marée noire des vieux sacs à deuil qui soupirent.

« Ce qu'un jour la plèbe a appris à croire sans raison, qui pourrait le lui faire rejeter par raison ? »

Plèbe dans les sexes et les cerveaux, plèbe dans les écrits : on dirait une montée générale et irrésistible de blattes promues et admirées par des blattes. De quoi écrire un traité, écœurant et drôle, de *blattologie*. Mais à quoi bon ? Il serait immédiatement blattérisé. Les blattes passent leur temps à déblatérer, bien que je n'aie pas inventé ce verbe en français.

Naturellement, après la publication de *L'Antéchrist*, M.N. a reçu des tas d'invitations en tous genres, tournées de conférences dans le monde entier, demande insistante des sectes. Il a fait quelques apparitions rapides à l'Orient des Loges, en France, en Angleterre, en Belgique, en Allemagne, en Italie, en Afrique, aux États-Unis. Il a encouragé partout les travaux qui, entre nous, lui ont paru bien faiblards. Il a donné son ADN ici, une partie de ses manuscrits là, la moitié de sa bibliothèque ailleurs, son Journal très intime et sa correspondance amoureuse insoupçonnée en Alaska. Son meilleur souvenir, soyons strict, reste quand même sa réception à la Grande Loge Unie d'Angleterre, la GLUA. La musique, surtout, était impeccable. Ailleurs, c'est plutôt philo-bouillie brouhaha.

On l'a bien entendu interrogé sur l'avenir de l'espèce humaine, la culture des embryons, le clonage, l'utérus artificiel. Sur ce dernier point, il a émis des réserves. Il faudrait pour cela, a-t-il dit en substance, que les femmes renoncent à obtenir, via la grossesse, un pénis de rétribution, qu'elles laissent tomber leur narcissisme primaire, qu'elles ne veuillent plus travailler, en enfantant, pour ce qu'elles considèrent comme le Maître absolu : la Mort. Cela dit, il n'est pas interdit d'agiter le cocotier imaginaire. Sur l'homosexualité, même réserve, mais il n'a pas échappé à ses questionneurs que M.N. était *réservé* sur toutes les questions dites « sexuelles » et, en général, sur tout ce qui concerne « l'Humanité ».

À vrai dire, il a l'impression que l'Humanité, comme on dit, ou, si vous préférez, l'*animal rationnel* (en réalité très irrationnel), est en train de se tromper d'Antéchrist. Ce n'est pas le bon, en tout cas, c'est-à-dire le *sien*. Le sien est encore méconnu, minimisé, ignoré, déformé, diabolisé, et, à la place, vient une sorte d'*Achrist*, quand ce n'est pas, pitoyable grimace, une *Antéchrista*. Mon dieu, quelle erreur ! Se tromper à ce point ! S'en remettre à la Publicité et à la Technique, au lieu de reconnaître la force calme du pouvoir aimant, c'est-à-dire du possible ! Déjà, dans son temps ancien, M.N. avait constaté qu'on ne *pensait* plus et qu'on discutait simplement de philosophie. Il a prévenu, en vain, que le corps humain était quelque chose d'essentiellement autre qu'un organisme animal. Rien à faire, ils foncent dans ce panneau. C'est tragique, ou plutôt comique. Le fait est qu'au comique près, il se sent (lui!) souvent d'accord, pour des motifs entièrement différents, avec l'Église de Rome sur ce sujet crucial. Un comble.

Après avoir évité les écueils de la vie humaine : soumission à la famille, à l'argent, à l'emploi (finalement, il n'a jamais « travaillé »), au mariage domestiqué, à la moisissure « vieux garçon », à l'obsession sexuelle, aux mondanités, à la marginalisation rancunière, M:N. peut légitimement dire de lui-même :

« Celui qui fait la lumière sur tout cela est une *force majeure* comme le destin, il est le destin lui-même. »

Les mots soulignés, *force majeure*, sont ici écrits en français, langue la mieux faite pour exprimer le nihilisme accompli, comme son contraire.

« La réalité la plus immédiate, la plus quotidienne, parle ici de choses inouïes. »
Et de quelle façon ? Avec :
« l'expression la plus immédiate, la plus juste, la plus simple ».

On l'a déjà remarqué, mais il faut insister : chaque fois que M.N. commence à s'électriser, à attaquer, à pointer, à s'envoler, à se libérer, *il va vers le français*. Les mots et les formules de cette langue constellent sa page. Il court vers Paris où, pourtant, il n'a jamais mis les pieds dans son ancienne existence, et où il n'aurait personne à voir aujourd'hui, sauf ses partenaires clandestins.

Exemple anecdotique : le 10 novembre 1887, il écrit à Köselitz-Gast qu'il vient de lire le *Journal* des Goncourt.

« C'est, dit-il, la plus intéressante des nouveautés. Elle concerne les années 1862-65. Y sont décrits, comme si on y était, ces dîners qui réunissaient deux fois par mois les Parisiens les plus spirituels et les plus sceptiques (Sainte-Beuve, Flaubert, Th. Gautier, Taine, Renan, les Goncourt, Scherer, Gavarni, Tourgueniev à l'occasion, etc.). Une alternance de pessimisme exacerbé, de cynisme, de nihilisme, avec beaucoup d'exubérance et de bonne humeur ; cette bande, je n'y aurais pas été déplacé — je connais ces messieurs par cœur, à tel point que j'en suis lassé. On se doit d'être plus radical : au fond, il leur manque à tous le principal — *la force* » (les deux derniers mots soulignés, en français).

Les noms de cette époque pourraient difficilement être remplacés au même niveau aujourd'hui. Le mot de *décadence* est devenu trop faible, et quant à l'épithète

« Goncourt », tout le monde sait qu'elle ne recouvre plus qu'une marchandise littéraire le plus souvent avariée. Restent peut-être le pessimisme exacerbé, le cynisme, le nihilisme, mais dépourvus désormais d'exubérance et de bonne humeur. L'absence de force est telle que l'expression « ventre mou » est encore optimiste, elle suppose au moins l'existence d'un ventre, d'une « gidouille » comme disait autrefois un spirituel parisien, mais, là non, trou gris, encéphalogramme plat, libido zéro, morne plaine.

M.N. y pense souvent. Comment ce pays, qu'on appelait autrefois « la grande nation », a-t-il pu en arriver là ? De tous les effondrements, celui-ci est le plus étrange. Il faut croire qu'un jour ou l'autre le plus haut se retrouve au plus bas, et ainsi de suite. Pourtant la France *reviendra*, comme toutes choses, et pour cela il suffira qu'un Français le veuille avec force, tout en ayant plus de souvenirs que s'il avait 1 000 ans. Saint-Simon et Voltaire d'une main, Baudelaire et Rimbaud de l'autre, on ne sait jamais, ça pourrait marcher.

Le 18 janvier 1889 (quinze jours après la crise majeure), Köselitz-Gast écrit :

« N. a été rendu fou par le triomphe de la raison humaine *en lui*, par l'achèvement de l'œuvre. »

La formule est belle, elle est même sympathique, mais « raison humaine » ne va pas. « Raison divine » aurait été plus intuitif. Mais Köselitz-Gast est un musicien moyen, très loin, comme M.N. voulait par moments le croire, de dépasser Wagner. L'aurore des dieux est bien le contraire de leur crépuscule, encore faut-il avoir avec eux un rapport. Des dieux, je dis bien, pas des idoles. Et que la raison divine s'incarne en folie « humaine » est tout autre chose que la « folie » (du moins celle, très répandue et promue, qui se croit intéressante). « Je ne suis pas un être humain, disait M.N., je suis de la dynamite. » Ce qui lui est arrivé est en somme un accident du travail (comme le prouve l'examen attentif de sa *boîte noire*).

C'était ça la raison ? L'explosion ? Eh bien, *encore une fois* !

Le mensonge consiste à présenter la vérité comme triste. L'erreur est la légende douloureuse. Autant ajouter foi à la routine des cauchemars ou à la plomberie des détails.

.

« Ma vie est tout simplement miraculeuse », n'hésite pas à dire M.N. Et aussi : « Mon principe est que tout ce qui compte arrive *malgré* quelque chose. »

Le *malgré*, à ce niveau, est un abîme où un danseur de corde risque de tomber d'un moment à l'autre. Des avions peuvent s'écraser, une navette spatiale prendre feu en rentrant dans l'atmosphère, la ruche humaine, en bas, n'en continue pas moins ses calculs. Tout ce qu'écrit M.N. est écrit *malgré*. Il est significatif qu'il énonce avec désinvolture (en excellent philologue, mais aussi en bon médecin), la formule de sa vitamine :

« L'Art de bien lire, qu'il s'agisse de livres, de nouvelles de journaux, de destins ou du temps qu'il fait. »

Le but ? Favoriser un automatisme :

« Automatisme parfait de l'instinct une fois atteint : condition de toute maîtrise, de toute perfection dans l'art de vivre. »

Un soir de printemps, à Turin, je suis allé dîner, avec Ludi, au 183 de la piazza San Carlo, palais qui est le siège actuel de la Société del Whist-Accademia Filarmonica. Si j'ai bien compris, la Société du Whist a été fondée par Cavour en 1848, sorte de club de notables comme il en existait, à l'époque, à Londres et à Paris. Cavour en est devenu président en 1860, mais c'est seulement après les bombardements de 1942 que la Société du Whist a fusionné avec l'Accademia. Les travaux de reconstruction datent de 1949.

Le salon pour les concerts s'appelle l'Odéon. L'intérieur du palais est superbe, escaliers, dorures, moulures, fresques, tableaux, sculptures, pavage noir et blanc, galeries, lustres. Tout laisse penser qu'à la fin de sa vie ancienne M.N. est venu là souvent.

Le dîner, très conventionnel et plutôt guindé (j'avais dû mettre une cravate), était plus qu'étrange. Ma question concernant une trace possible de la présence de M.N. dans les archives de la Société a jeté un froid. Après quoi, une femme brune d'une cinquantaine d'années, assez belle, robe noire moulante et ayant visiblement voyagé, a pris presque constamment la parole. Le penseur capital de notre époque était, selon elle, Pierre Bourdieu. « Mais, comme l'a dit Nietzsche, Bourdieu est mort », ai-je eu tort de lancer. La brune m'a fusillé du regard, et le froid autour de la table est devenu polaire. Ma plaisanterie était stupide, soit, mais je n'avais pas encore compris que j'avais affaire à une *bourgeoise communiste*, espèce d'ailleurs assez répandue en Italie. Elle s'est remise à pérorer de plus belle sur les aspects nouveaux de la lutte des classes. Stendhal et M.N. ont commencé à rire dans les toiles de fleurs.

La bourgeoise communiste italienne enseigne le plus souvent à l'Université, mais est aussi journaliste, écrivaine, critique d'art, et même, parfois, poétesse. Elle cultive d'autant plus son apparence « de gauche » que ses intérêts et ses goûts sont plus romantiques, précieux, archaïsants, mythologiques et ésotériques. Elle est aussi farouchement d'avant-garde, surtout au cinéma. Elle est antichrétienne, anticléricale, et surtout antipapiste comme on l'était vaillamment au 19e, tout en gardant des contacts avec deux ou trois cardinaux réputés « progressistes » de la Curie. Bref, elle est avant tout *culturelle*, dans la tradition spéciale du communisme italien repeint. Féministe, mais sans plus. Éclairée, mais pas trop. Gauchiste s'il le faut, mais confortable. Elle voit des fascistes partout, et elle n'a pas tort, mais pourquoi y en a-t-il autant ? Bien que très large d'esprit et approuvant toutes les transgressions (surtout l'homosexualité masculine), elle devient *morale* dès qu'il s'agit de sociologie.

Le club Whist est moral. La Société philharmonique est morale. Ma cravate est morale. Ludi joue très bien la morale. Et M.N., qu'on le veuille ou non, est classé moral, malgré ses dérapages nombreux et pénibles. Il a beaucoup souffert, donc il est moral. « Vous me faites penser à Malwida », dis-je à la bourgeoise communiste. « Malwida ? » — « Malwida von Meysenbug, l'amie de Nietzsche, l'auteur des *Mémoires d'une idéaliste*, vous devriez la lire, c'est très actuel. » — « Ah bon ? Mais, dites-moi, Nietzsche, c'est très dépassé, non ? Je préfère de loin Schopenhauer. » — « L'Éternel Retour ne vous dit rien ? » — « Ce vieux truc réactionnaire ? »

Rapidité de l'Histoire : on est passé des matrones aux madones, des madones aux bobonnes, et enfin des bobonnes aux matonnes. Sécurité renforcée.

Là-dessus, un jeune homme brun, très silencieux (mais qui a beaucoup regardé Ludi pendant le dîner), se lève, va vers le piano, s'assoit, et commence à jouer, en virtuose, la 52e sonate de Haydn. La bourgeoise communiste prend un air pénétré, mais n'en pense pas moins que cette musique superficielle d'Ancien Régime n'a pas beaucoup d'intérêt.

Où aller se recueillir ? À Rome ? À Jérusalem ? À La Mecque ? En Inde ? En Chine ?

Non, ici, au bord du lac de Silvaplana, fin août. Une barque passe. Le rameur, 40 ans environ, porte un chapeau de paille. Deux jeunes filles plutôt jolies, une blonde robe jaune, une brune robe bleue, sont à bord. Ils plaisantent tous les trois, ils rient. La fille brune en bleu laisse traîner sa main dans l'eau, et finit par arroser un peu le rameur qui proteste. Rien, donc, une fin de matinée tranquille au soleil, des touristes qui sont juste venus voir l'endroit.

Supposons maintenant un gène « aristocratique » semé dieu sait où, dieu sait quand, dans la nuit ancienne des coïts. Dans les fantasmes de M.N., il s'agit de son histoire « polonaise », puisqu'il ne voulait pas être allemand, mais préférait descendre d'aristocrates polonais. « Descendre », quel drôle de mot pour ce truc, pourquoi pas « surmonter », « surplomber » ? Ce gène dort longtemps, quelques siècles, il n'est pas activé mais il persiste, vit sa vie parallèle, et se réveille un jour, éclosion imprévue, comme on peut le constater pour certaines plantes tenaces de montagne.

Nous sommes en Gascogne, au 16ᵉ ou au 17ᵉ siècle de l'ancien calendrier. Un *cadet*, fine lame à l'épée et au sabre, baise en passant une fille du coin et l'engrosse. Il est fruste, sans doute, mais athlétique, recevant bien droit le soleil dans les yeux. Il est lui-même fils d'un marin au long cours, boussole, sextant, cartes peu précises, longues soirées ballottées, bougie, livres de navigation, vin dans les soutes, Journal de bord. Tout cela au hasard des mixités, des hasards, des errances, des revers de fortune, mélangé, pressé, broyé, recouvert, tassé par des nappes de corps étouffants, absurdes. Et puis un jour, au cœur du labyrinthe, surprise, les murs tombent d'eux-mêmes. Le dieu du Temps surgit, c'est bien lui.

À 7 ans, j'étais un mystique pur. À 10 ans, j'ai vu Dieu. À 12 ans, j'étais attiré par l'escrime. À 14, par la poésie. À 18, par la philosophie. À 20, par la débauche. À 22, par le suicide. À 25, par le couvent. À 30, par la métaphysique sous toutes ses formes. À 35, enfin, par l'encre, le papier, le stylo.

J'aime particulièrement cette note de M.N., du 22 décembre 1888 (troisième mois de l'An 1), à Turin :

« J'ai reçu de l'encre venant de New York, coûteuse, excellente. »

Les affaires vont aux affaires, l'argent à l'argent, la publicité à la publicité, ils se croient en haut avec ça, alors qu'ils sont en bas, très au-dessous de la ligne d'encre. Ils ne la voient pas, ils ne l'entendent pas, ils vivent comme si elle n'existait pas. Ce sont de vrais domestiques. Balzac, dans l'un de ses romans, décrit un dîner sous la Restauration où une nouvelle bourgeoise, pour faire bien, se met à critiquer la Révolution française. Son mari l'interrompt : « Ne dites pas du mal de la Révolution, madame. Sans elle, vous seriez encore à l'office, et moi à l'écurie. » Bien dit.

On connaît la suite : l'aristo ruiné ou dégénéré, servile ou maso, qui mendie son existence aux petits-enfants de sa chambrière ou de son jardinier, qui avale sans cesse des couleuvres à table, se taisant devant l'énorme vulgarité de ses *occupants*, plébine, plébure, plébasse, plébouille. Après avoir enduré, pendant la moitié de sa vie, les inepties des duchesses avec leurs curés, le voilà obligé, dans la seconde moitié de son existence ralentie, d'écouter le vomi sonore de la servitude. « Ah, on a eu la belle vie avant nous, pas vrai, monsieur le Comte ? », ou « ah, milord, ce n'est pas comme autrefois, n'est-ce pas ? ». Le couple plouc, de nos jours, adore utiliser les « Relais », les « Châteaux », il prend des photos, il joue un rôle. D'ailleurs, il est frappant de voir à quel point tout le monde, de plus en plus, joue un rôle. X fait X ; Y, Y ; Z, Z. On demanderait aujourd'hui à M.N., malgré ses livres absurdes, de « faire M.N. », le type qui a dit que Dieu était mort, ou quelque chose de ce genre. Vous devez vous conformer à l'image que nous avons de vous, que nous avons *décidé* d'avoir de vous.

L'aristo maso, dégoûté par son milieu d'origine, aimera sa propre plébisation. Ça lui paraîtra exotique, aventureux, nouveau, amusant, dégoûtant, sans doute, mais charmant. Il prendra plaisir à se rabaisser, à la jouer canaille ou racaille, à se laisser voler ou ruiner. Il y compromettra sa réputation, sa sécurité, sa santé. Il pourra même avoir l'impression de faire la révolution. Il restera sourd et aveugle au mépris que, dès lors, il inspire. Il perdra un temps fou avec des connes, des pétasses, des pouffes, des demeurées ou des névrosées. Il croira découvrir du vice dans la misère, de la pourriture dans de l'avarié, une vraie noblesse héroïque dans le cercle des réprouvés. Il se séchera à l'air du crime. Il boira, baisera, se camera, revendiquera sa déchéance. Enfin, usé, malade, rejeté de partout, il se suicidera pour la plus grande joie de ses faux frères d'infortune. L'un d'eux, il s'en souvient, se déclarait avec autodérision, « le Zarathoustra des classes moyennes ». Classes moyennes ? Classes de merde, plutôt. Merde dans les yeux, la bouche, les oreilles, le cerveau, le sexe. Poésie foutue, perception foutue.

Cette jouissance dans le mensonge reste une énigme. Le masochisme, sous toutes ses formes, est une énigme. D'où vient ? Pourquoi ? Comment ? M.N. n'hésite pas à écrire qu'il aura été le premier homme *honnête* après des milliers d'années :

« Je fus le premier à *découvrir* la vérité, par le fait que je fus le premier à considérer le mensonge comme un mensonge, à le *sentir* comme tel. »

Ce qui l'autorise à dire :

« Mon génie est dans mes narines. »

Non pas un raisonnement, mais une sensation (et c'est pourquoi l'expression « à vue de nez » est parfaite).

Si le monde était fumée, dit Héraclite, nous le connaîtrions par le nez. Mais le monde *est* fumée. Méfiez-vous de ce que vous voyez ou entendez, faites confiance à votre nez. Odeur de femme ? De sainteté ? Un soir, Baudelaire entre avec des amis dans une brasserie de Paris. Il fait aussitôt la grimace. « Ça sent la destruction », dit-il. Ses amis, déjà fatigués par sa conversation, protestent : « Allons, Charles, ça sent seulement la fumée, la choucroute, la bière, le vin, l'être humain. » Mais Charles, ce soir-là, est de mauvaise humeur : « Non, ça sent la destruction. » Bon, laissons tomber, il est mal luné.

Il y a une *roue* de l'espèce humaine, et elle est *voilée*. Que vous appeliez ça péché originel, diable au travail, mauvais arrangement des atomes, discordance entre les sexes, chute dans les phénomènes, exil de l'âge d'or, oubli de l'Être, volonté dévoratrice de l'univers, complot des cellules et, finalement, peur de la mort, on aboutit toujours à la même conclusion dans cette vallée de larmes. *Dévoiler* veut alors dire simplement remettre la roue en roue libre, à tombeau fermé, redresser le bâton que vous percevez tordu dans l'eau, rectifier la vue dans le temps, apprendre à voir *en courbe* :

« Apprendre à voir *en courbe*, afin d'anticiper du regard la vue de la Terre promise, où mène une voie *sinueuse*, un chemin à travers "la prairie du malheur", comme me le souffle mon ami Empédocle. »

Notre ami Empédocle, avant de devenir, selon la légende, un volcan dans un volcan, parle de la prairie d'Atè comme celle de la Haine. Il décrit un pays sans joie, où le Meurtre, la Colère, la tribu des Maux, les Fléaux desséchants, les Putréfactions et les œuvres de Corruption errent sur l'herbe, dans les Ténèbres. Pas mal comme tableau. L'âme, vouée à la haine et à un furieux délire, n'est pas, c'est le moins que l'on puisse dire, dans une éternité heureuse. On pourrait même appeler son malheur ou sa punition l'AD-Haine. Cependant, notre ami parle aussi d'un homme extra-ordinaire qui pouvait évoquer des souvenirs précis de tout ce qu'il avait été, homme ou bête, en ayant parcouru dix ou vingt vies.

« Mais pourquoi insister ? Comme si c'était là
Un exploit, de pouvoir surpasser les mortels
Exposés à périr de multiples manières ? »

Donc, les narines. Pas celles du nez proprement dit, mais, et ce n'est pas une image, celles de l'esprit qui toujours dit oui. Ça sent la destruction, la viande infectée, le poisson pourri, la putréfaction, le cimetière, le crématorium, l'urine, la mauvaise haleine, la merde, ou bien, au contraire, la lavande, le linge propre, le papier neuf, la femme fraîche, le bonheur. Ludi et Nelly, par exemple, mes pêches, mes fleurs. Comment voulez-vous que la plupart des humains sentent la destruction puisqu'ils *sont* la destruction ? Il y a un père du mensonge, a dit l'Autre, et il est homicide depuis le début. Mauvais ange anal, mangeur de cadavres, ouvrant la voie à ce qu'il faut bien appeler le *matriacastrat*. Ça finit comme ça dans le Voile. Maya, maya, maya. Ils ne mentent même plus comme ils respirent, ils respirent comme ils mentent. La Vérité reste désarmée devant eux. Le martyre va-t-il les convaincre ? Mais non, crise toujours. Mais si je ressuscite ? À d'autres. Mais si je vais jusqu'au bout pour vous ? Au fou.

« On paie cher d'être immortel : pour cela, il faut mourir plusieurs fois de son vivant. »

M.N. se souvient, avec précision, de ses morts successives. Étouffé dans son berceau, convulsé de fièvre, tué par un obus à la guerre, écrasé par un rocher en forme de pyramide près du lac de Silvaplana, crucifié à Jérusalem, décapité en Islam ou en Chine, brûlé vif au Moyen Âge, gazé à Auschwitz, rependu par erreur à Nuremberg, mort de froid au Goulag, irradié à Hiroshima, électrocuté à Rodez, mort du sida ou de faim en Afrique, paralysé à Paris, suicidé dans les blés ou dans une rue sombre, enfoncé dans la démence en haut d'une tour. Il se relève, plus jeune et plus fort que jamais, et note, en provoquant l'indignation générale (n'oublions pas qu'il est traité, sans arrêt, de « provocateur ») : « une certaine fatalité inéluctable me pousse à la gaieté ». Comment ça, grogne le shérif local, vous avez encore raté l'animal ? Mais ce n'est pas un animal, monsieur, c'est un dieu. Un dieu ? Mais vous délirez, allez, aux urgences.

L'univers selon M.N. :

« Un océan de forces en soi-même. »

« Une plénitude retournant chez soi au simple. »

« Un monde-mystère des doubles voluptés. »

Brûlez-moi ça, pas de film à faire, aucun intérêt.

Je me réveille, je me rendors, je continue à rêver en
étant conscient que je rêve, je me réveille à nouveau,
je me lève, je rampe un peu sur le parquet, je titube, je
vais pisser, je me recouche, le délire recommence, je
redors à peine. Je suis un papillon qui rêve qu'il est un
papillon en train de rêver.

Je change de côté, je rêve à nouveau, ou plutôt je
visualise le chaos de ma pensée comme un rêve. Je suis
tissé de la même étoffe que ce qu'on appelle les rêves,
mais ce ne sont pas des rêves, seulement des résultats
de l'impossibilité de penser. Ça parle vite, ça continue
de parler, ça se jette sur n'importe quelle parole. Je me
recroqueville, je me blottis, je fais le caillou puis la
plume, j'attends que ça passe. C'est passé. Le jour est
là, je me lève, je pose mon crâne, encore une fois,
devant moi.

Au fond, on vit en cachette, et tout ce qu'on a lu
d'intéressant, on l'a toujours plus ou moins lu aussi en

cachette. Ils croient, ou plutôt ils ont décidé, que les livres n'avaient plus d'importance. Mais quelle erreur : jamais ils n'ont eu autant d'importance. D'où l'acharnement à cacher cette vérité. Ce volume, par exemple, entièrement écrit à la main, manque dans l'énorme pile des publications récentes. Publication, poubellication, comme a dit quelqu'un de l'autre siècle.

« Les hommes posthumes, moi, par exemple, sont moins bien compris que ceux qui sont actuels, mais on les *entend* mieux. Pour m'exprimer plus exactement encore : on ne nous comprend jamais, et c'est *de là* que vient notre autorité. »

M.N., un soir, à Nice, dans la cour de sa pension de famille, regarde un rosier grimpant en pleine floraison rouge, comme le regarderait un homme du 2ᵉ siècle de notre ère. Plus de Grèce, plus d'Empire romain, tout détruit, plus d'issue, plus de futur. Et pourtant, contre toute raison, *tout va revenir*, et c'est le lierre, au bas du rosier, qui l'affirme. De quelle façon ? Sous quelle forme ? Il ne sait pas, mais il n'a aucune envie de le savoir. Il se rend compte, simplement, qu'il entre de mieux en mieux dans le tissage de la nature, dans ses racines, ses méandres, son flux, son poison, ses blocs, ses ruses, ses échancrures. Pour ce qui est des humains, il les voit maintenant de l'intérieur : cellules, veines, battements des organes, généalogie, généticologie, merde en suspension, squelettes futurs, bavardages, cendres. C'est une télévision portative. Il branche son circuit, et tout est dit.

On comprend mieux ainsi pourquoi, à la fin de son existence ancienne, M.N. insiste de plus en plus sur les « petites choses ». Les petites choses sont les affaires fondamentales de la vie. Pas de grands mots, donc, pas de système, pas de prêchi-prêcha sur l'avenir ou sur l'au-delà, rien que des petites choses bien éclairées, bien concrètes, mais qui, placées en abîme, deviennent grandes et sublimes. Petites choses de la vie : dormir, se laver, s'habiller, manger, marcher. C'est le moment où M.N., en plus de ce qu'il écrit (qui est ahurissant en quantité et en qualité), entre dans ce qu'il appelle « la grande santé » :

« L'agilité des muscles a toujours été la plus grande chez moi lorsque la puissance créatrice était la plus forte. Le *corps* est enthousiasmé. Laissons "l'âme" hors de ça... On m'a souvent vu danser. Je pouvais alors, sans avoir la notion de la fatigue, être en route dans les montagnes pendant sept ou huit heures de suite. Je dormais bien, je riais beaucoup, j'étais dans un parfait état de vigueur et de patience. »

Sept ou huit heures, c'est quand même beaucoup. Sur du papier, passe encore, mais dans la montagne, impossible (en tout cas pour moi). Deux heures autour du lac de Silvaplana, c'est un maximum pour un contemporain des navettes spatiales. Le singe s'est affaibli.

De retour de ses marches forcées, M.N. s'aperçoit qu'il a complètement oublié l'existence de l'humanité. Il met une bonne heure à s'acclimater à la température des *trognes* (c'est ainsi qu'il les voit, parce que leur présence vient brusquement de le fatiguer). Les rochers sont légers, les humains sont lourds. Prenant le train, il regarde avec attention tous ces drôles de gens qu'il ne reverra jamais. Supposons qu'une bombe éclate dans la voiture où il se trouve : transport en commun, débris en commun. Avec cette fille, là, par exemple, qui lui montre avec fierté son nombril, en espérant le faire saliver pour mieux se refuser. Mais il y a plus d'un siècle que M.N. ne *salive* plus, et quand il bande, c'est qu'il l'a décidé selon ses principes. Mauvais consommateur, ce penseur. Il ne baise que quand ça lui chante.

Il faut se faire à cette idée : le rassemblement de tous ceux qui ont un compte à régler avec la vie est invincible par le moyen d'un autre rassemblement. M.N. a bien pensé fonder sa propre religion, ou du moins une secte solide, avec distribution de bagues spéciales aux initiés. Il a dû renoncer : *il n'a trouvé personne*. Pour éviter l'asile psychiatrique, et ne pas être contraint à l'asile politique, il a demandé l'asile métaphysique. Où ? À qui ? À l'Église de Rome, bien sûr, le seul endroit où, tout bien considéré, il peut être en sécurité. « Personne n'est plus catholique que le Diable », a dit Baudelaire, qui savait de quoi il parlait.

En effet :

« Le suprême degré de négation est le contraire d'un esprit qui dit non. »

Et aussi :

« L'esprit qui porte le poids du destin le plus lourd, qui assume une tâche fatale, est malgré tout le plus léger et le plus aérien. »

Vous méditerez ces propos dans les jardins du Vatican, qui sont très beaux, très bien entretenus, lieu parfait pour lire son *bréviaire*, et réfléchir encore une fois, près d'une fontaine, à

« l'acte de suprême retour sur soi de l'humanité qui, en moi, s'est fait chair et génie ».

Car enfin, soyons sérieux : c'est avec M.N., et avec personne d'autre, qu'on entre enfin dans *la grande politique*.

Il s'en explique dans *Pourquoi je suis un destin* :

« Lorsque la vérité entrera en lutte avec le mensonge millénaire, nous aurons des ébranlements comme il n'y en eut jamais, une convulsion de tremblements de terre, un déplacement de montagnes et de vallées, tels qu'on n'en a jamais rêvé de pareils. L'idée de politique sera alors complètement intégrée à la lutte des esprits. Toutes les combinaisons de puissance de la vieille société auront sauté en l'air — car elles sont toutes assises sur le mensonge. Il y aura des guerres comme il n'y en eut jamais sur la terre. C'est seulement à partir de moi qu'il y a dans le monde une *grande politique*. »

Paradoxe ? Folie ? Apparemment. Mais cette « grande politique », en un sens, *se fait toute seule*, à moins que les fils soient tirés par un dieu chaotique, terrible et moqueur. On peut interpréter ainsi la prophétie de M.N. : des bouleversements incroyables vont avoir lieu, ils sont imminents, on les voit venir, mais ce n'est peut-être pas la vérité qui lutte contre le mensonge, mais le mensonge qui lutte contre lui-même à travers des guerres et des catastrophes. Un nouveau mensonge remplace l'ancien, et c'est toujours le même. La vérité ne « lutte » pas, elle constate. Mais qui va la dire ? Le prêtre, le philosophe, le savant, l'artiste, l'écrivain ? Tous ces rôles ont brusquement vieilli, on connaît leurs disques. Il faut que la vérité invente quelqu'un. Un professionnel du contre-mensonge. Un musicien inattendu de l'éternel retour.

On réagit toujours trop, voilà le problème. Même si M.N. se vante d'« apprivoiser tous les ours et de rendre sages même les pantins » (quel travail), même s'il s'aperçoit qu'il est « son propre double » et qu'il possède « la seconde vue » aussi bien que la première — « peut-être même que je possède *aussi* la troisième » (troisième vue, troisième oreille) —, il n'en reste pas moins vulnérable. La contradiction est là : on dépense d'énormes forces d'énergie à penser, à écrire, et on se retrouve abattu par des « piqûres d'épingles », ou simplement par la petite malveillance sournoise et continue de votre voisine, de votre voisin. Le Diable est une guêpe. La mouche ne raisonne pas bien, aujourd'hui, un homme bourdonne à ses oreilles. Le moustique lui-même délire souvent, une femme téléphone sous son plafond. Il est difficile de garder son calme au milieu de torrents de « bassesse anxieuse » qui vous obligent à un gaspillage de forces *défensives*, abrutissant par définition. On en deviendrait « hérisson », dit M.N. Et qu'importe la vision du monde des hérissons ?

Règle :
« S'abstenir de voir bien des choses, ne pas les entendre, ne pas les laisser venir à soi, premier commandement de la prudence, première preuve qu'on n'est pas un hasard mais une nécessité. Le mot courant pour cet instinct d'autodéfense s'appelle *le goût*. »

Le mieux consiste à s'ignorer soi-même, à devenir ce que l'on est parce qu'on ne sait pas qui l'on est :
« Je ne me suis jamais douté de ce qui grandissait en moi, de sorte que toutes mes aptitudes *surgirent* un jour, soudain, mûres dans leur dernière perfection. »

On voit assez bien, aujourd'hui, M.N. nommé au Vatican, à la Direction des Ressources Divines (DRD), 33e section, ascenseur privé, dernier étage, bout du couloir à droite, vue sur les jardins, silence de fond.

En ces temps de sexe raté obligatoire et de vampirisme agressif (invasion des extraterrestres, marée des morts-vivants, antidépresseurs qui poussent au suicide), rien n'est plus satisfaisant que de constater la stabilité du vieux bon sens populaire. Ainsi du village de Lacoste où se dressent les ruines autrefois maudites du château de Sade. On vient de le restaurer, et il sert désormais de lieu d'animation culturelle, théâtre absurde, mauvais concerts.

Le nom de Sade, nous dit la presse, continue de faire peur. Il suffit de parler avec les gens du bourg pour comprendre que le souvenir du marquis dérange toujours. Il y a là 417 habitants, et nous sommes dans une ancienne place forte vaudoise très protestante et plutôt rigoriste (une partie du village a d'ailleurs été rachetée par une école d'art américaine). Quand la clientèle chic de l'été a disparu, la petite bourgade digère plutôt mal d'être mêlée toujours et encore aux turpitudes de son ancien seigneur. Style journalistique : « Nous sommes un village comme les autres, martèle la boulangère. » « Il ne se passe rien ici, ajoute un vieil habitant. »

Cette boulangère qui *martèle* incarne la raison même. Comme toute femme mariée à travers les siècles, elle occupe le centre de l'univers. Ce n'est plus de mariage qu'il s'agit, mais d'état marial, de maria-lage, en concurrence directe, et perdue d'avance, avec la Vierge Marie enfouie, comme les Vénus millénaires, dans sa grotte préhistorique. Quant aux mâles, on connaît le programme : ils sont mis en orbite satelli-taire, en hors-bites, après avoir été prélevés en subs-tance reproductive.

Sade ? Un produit culturel comme un autre. À Turin, la visite au lieu de chute de M.N. est prévue. Même chose pour la tour de Hölderlin au bord du Neckar. Et ainsi de suite.

« Je suis un joyeux messager », dit pourtant M.N., « ce n'est qu'après moi qu'il y a de nouveau des espé-rances ».
Et c'est vrai.

Mais voilà : plus cette vérité se fait jour, plus les résistances à son sujet se renforcent. C'est pourquoi, à part un « nietzschéisme » de pacotille, le mot « Nietz-sche » provoque les réactions négatives les plus variées, même si elles vont toutes, finalement et *plébéiennement*, dans le même sens. Il y a un effet Pavlov de ce mot, il rime, dans toutes les langues, avec quelque chose d'affreux, d'humiliant, de blessant. On peut se demander pourquoi, par exemple, « le plus grand écrivain français d'aujourd'hui » (d'après la presse internationale, surtout allemande), best-seller inégalé, mettant d'accord sur son nom la gauche, la droite, la contestation la plus radicale et les institutions les plus vénérables, éprouve le besoin, chaque fois qu'il en a l'occasion, de donner un coup de pied dans les pattes d'un chien qu'il appelle « Nietzsche ». Il s'affirme lui-même, non sans humour, comme un « romancier kantien », et ajoute qu'il a « un sens moral de plus en plus aigu ».

Voyons ça :

« Nietzsche a inauguré la désinvolture branchée, le positionnement. Au lieu de se comporter comme l'honnête disciple qu'il était et de compléter l'œuvre de Schopenhauer, il s'est placé dans une position qui l'amène à une franche absurdité. Par exemple, prétendre qu'il préfère les réductions pour piano de Wagner à Wagner même. C'est évidemment grotesque. *Ainsi parlait Zarathoustra*, ce n'est quand même pas très bon. C'est un peu de la poésie bas de gamme. Je m'excuse de le dire aussi nettement. Il y a un certain sens de la scène, du spectacle, cela aurait pu être un bon film. Mais du point de vue lyrisme, ce n'est vraiment pas à la hauteur. Cela se voit encore mieux dans la pathétique imitation de Gide, *Les Nourritures terrestres*, qui est à chier. Nietzsche est bien meilleur dans *Par-delà bien et mal*. Indiscutablement un grand livre, super bien écrit. Mais un livre qui reste moralement mauvais et philosophiquement insuffisant. Cela fait tellement longtemps que je dis du mal de Nietzsche que, finalement, je finis par sympathiser. J'aimerais bien le rencontrer par exemple, dans un autre monde. »

Le propos est naturellement idiot, mais ce n'est pas grave. Plus intéressante est la poésie haut de gamme de cet auteur, sorte de Baudelaire plébéien :

« On se meut vaguement, comme un animalcule ;
On n'est presque plus rien et pourtant qu'est-ce
    qu'on souffre !
On transporte avec soi une espèce de gouffre
Portatif et mesquin, vaguement ridicule. »

Ou bien :

« Cela fait des années que je hais cette viande
Qui recouvre mes os. La couche est adipeuse,
Sensible à la douleur, légèrement spongieuse ;
Un peu plus bas il y a un organe qui bande.
Je te hais, Jésus-Christ, qui m'as donné un corps,
Je n'ai pas envie de vivre et j'ai peur de la mort. »

Le *progrès* existe en poésie, la preuve.

Baudelaire, Nietzsche, je n'y comprends rien, soupire le Président-Directeur Général de la Communication Mondiale. Ça, au moins, je comprends, j'aime bien.

On ne voit pas très bien ce que le pauvre Jésus-Christ, déjà très sollicité, vient faire dans cette affaire, sauf pimenter la salade dont le Diable est curieusement absent. « Livre à chier » pour *Les Nourritures terrestres*, c'est beaucoup dire, mais enfin. Plus amusant est le jugement comme quoi *Par-delà bien et mal* est « moralement mauvais et philosophiquement insuffisant ». Comme quoi la *morale* revient où on ne l'attendait pas, mais la profonde indigence philosophique de la plupart des écrivains n'est plus à prouver. Quant à « rencontrer M.N. dans un autre monde », dans une caverne, par exemple, et pour une séance de franche rigolade, pourquoi pas ?

Schopenhauer, on ne l'a pas oublié, pense que le monde n'est que souffrance, ce qui doit nous conduire à la pitié et à la résignation. Sa mère, Johanna, qui a connu Goethe en 1817, était une romancière à succès, et il faudrait sans doute rééditer un de ses triomphes, *Gabrielle*. Oui, Schopenhauer est décidément à encourager, pense le PD-G. Les salariés doivent se plaindre de la condition humaine plutôt que de l'entreprise où ils travaillent. Le PD-G est humaniste et progressiste, cela va de soi, et il sent en M.N., à travers les âges, un ennemi mortel. Il n'aime pas sa désinvolture branchée, son positionnement, son mépris de toute morale. Le PD-G, ces temps-ci, n'est pas contre une représentation apocalyptique du monde. Les catastrophes stimulent l'économie, le consommateur sent sa vie précaire, et, du coup, dépense plus et mieux. Son existence est en danger, il se résigne. Dieu n'a pas à mourir puisqu'il n'a jamais existé. Seul compte le corps, mais voilà, il est encombrant, lourd, le plus souvent disgracieux, adipeux, spongieux, cancéreux. Il ne bande plus ou se détériore. Qu'il arrête donc de fumer et de boire. Qu'il fasse de la gymnastique, découvre le bouddhisme, achète nos produits de beauté. Et qu'il n'oublie pas d'aller travailler.

M.N., compte tenu de la très basse époque où nous sommes, veut insister et écrire un petit essai percutant : *Du bon usage du nihilisme* (ou comment surfer sur son rouleau compresseur). Il a seulement oublié que plus personne ne lisait. L'idée centrale est pourtant intéressante : comment se tenir en allant à l'abattoir.

Je comprends : deux de mes lointains ancêtres, petits aristocrates de 20 et 22 ans, ont, paraît-il, crié « Vive Jésus-Christ ! », avant que la guillotine fasse gicler leurs têtes dans la sciure. On voit d'ici le geste des exécuteurs : deux doigts sur le crâne, quels *mabouls*. On ne signale personne qui, à l'époque, se soit exclamé : « Eh bien, encore une fois ! » On a seulement « Je suis innocent, et je vous pardonne », ou, plus plébéien, « Bourreau, tu montreras ma tête au peuple, elle en vaut la peine ». Tout cela est évidemment consternant, de même que « vive le Roi ! », « vive la Nation ! », « vive la France ! », « vive le

Parti ! », « vive le Peuple ! ». Personne n'a semble-t-il osé dire à voix basse : « vive Moi ». Ça se serait su, je pense.

Contrairement aux *chronophages* qui gardent leur regard fixé sur leurs rides, leurs cheveux, leurs ventres, leurs fesses, l'usure des autres, la mort de leurs proches et, s'il le faut, l'anéantissement de l'humanité entière (esprit de vengeance, et ressentiment de la volonté, contre le temps et son « il était »), M.N., dans un autobus parisien, ce matin, découvre, une fois de plus, qu'il est *sans âge*. C'est une drôle de sensation qui n'a rien à voir avec l'éternité ou l'immortalité, et rien non plus avec la perpétuité, la réincarnation, l'enfance, la jeunesse, la maturité, la vieillesse. Ce n'est pas non plus le temps retrouvé. Quoi alors ? *Qui*, alors ? Pas de qui, pas de quoi, pas de mots pour ça. Pas le moindre doute non plus, c'est étrange.

J'ai rendez-vous avec Nelly pour une séance, et l'excitation est toujours la même. Le sexe *philosophique* est le seul qui ne faiblisse pas. Il ne s'agit plus, d'ailleurs, de philosophie ni de sexe. Un acte a lieu, on dit qu'il a lieu, rien n'a lieu que ce lieu, et des siècles de mensonge s'écroulent.

Il est très étonnant, finalement, que l'espèce humaine ait fait de quelque chose d'aussi amusant et plaisant une si longue et ténébreuse affaire. Le fou rire qui s'ensuit suffit. Que de religion, pourtant, de poèmes, de romans, de théâtre, de cinéma, de télévision, de rêves, d'illusions, d'enfers, de ménages et de surmenages. Ça continue, et ça va durer. Bon, on est tombé là-dedans, on éprouve, on subit, on analyse, on agit, on sait comment se servir de ce truc, on se dégage, on rit.

Associer le sexe à la procréation et à la mort aura été une imposture grandiose. Le sexe est souvent bienvenu et nul, la mort est tragique et nulle. Donner une valeur à ces deux nullités est la pire des absurdités. Elle est courante, soit, elle épaissit à vue d'œil, mais, en même temps, l'indifférence de la technique et des astres la juge.

Quel serait le bonheur du soleil, s'il n'avait pas ceux qu'il éclaire, se chuchote une fois de plus M.N. « Bénis-moi, œil calme, qui peux voir sans l'envier un trop grand bonheur ! »

Zarathoustra, on s'en souvient, commence par une invocation au soleil et à son déclin proche, et se termine par un lever de soleil « ardent et fort ».

Auparavant, vient *Le Chant du voyageur de nuit* :

« Homme, prête l'oreille !
Que dit le minuit profond ?
"Je dormais, je dormais —,
"D'un rêve profond me voici réveillé : —
"— Le monde est profond,
"Et plus profond que le jour ne l'a cru.
"Profonde est sa douleur —,
"Et sa joie — plus profonde encore que ce qui lui
    crève le cœur :
"La douleur dit : Passe !
"Mais toute joie veut l'éternité —,
"— Veut la profonde, profonde éternité !" »

L'éternité « profonde » de la joie est autre chose que ce qu'on a entendu jusque-là par « éternité ». C'est une profondeur dans la douleur qui crève le cœur, une profondeur dans la profondeur. On se trompe à chaque instant sur le fond, et c'est alors le monde aplati, deuil, mélancolie, dépression, désolation, résignation, souffrance. Passe! Pourquoi ne pas *passer*, en effet, puisque tout passe?

Mais la joie ne veut pas passer, elle veut la profondeur de la douleur elle-même dans l'éternité : la nuit est aussi un soleil.

Nous sommes maintenant dans un bel hôtel, au bord du lac de Constance, et Ludi dort nue sur la terrasse, au soleil. Il fait chaud, juste ce qu'il faut. Qui a dit, déjà, qu'il n'y avait de secret que là où règne la tendresse? Ou, mieux : dans « l'unité de l'intimité, de l'intensité et de la tendresse? ». « Tendresse » fait un peu sirop en français, on entend mieux le sens en allemand : *Innigkeit*. Ludi serait très surprise, tout à l'heure, si je commençais à délirer devant elle autour d'*Innigkeit*. Elle serait gênée, la beauté est pudique. Gardons le secret.

« Tu dois apprendre le long silence, et personne ne doit te voir au fond. Non parce que ton eau est trouble, et ton visage fermé, mais parce que ton fond est trop profond. »

Le secret est jusqu'ici bien gardé, car le phénomène ne relève d'aucune explication scientifique. L'ADN de M.N., analysé il y a une dizaine d'années, après exhumation, n'a aucun rapport avec celui de ses géniteurs. Je passe sur les détails techniques et rocambolesques de cette opération menée à Berlin par des chercheurs italiens, mais une chose est sûre : M.N. s'est modifié génétiquement lui-même, et présente une anomalie mutante qu'on a, pour le moment, baptisée ADN+.

On sait qu'avec un gène de moins que le chimpanzé, l'être humain évite, en général, la maladie d'Alzheimer. Avec un gène supplémentaire et jusque-là inconnu, il entre dans une espèce pour le moment incompréhensible. Les scientifiques répugnent, avec raison, à toute hypothèse de modification de la matière par ce qu'on appelle vaguement l'esprit. Pourtant, il faudra se faire, un jour ou l'autre, à l'évidence : cela a eu lieu au moins une fois (et, peut-être, beaucoup plus d'une fois), et peut donc se reproduire ici ou là. Un individu *saute* de la chaîne biologique, et ne correspond plus du tout à ses parents, à ses ancêtres, à ses proches, à son ethnie, à ses descendants potentiels (le gène est intransmissible). Il est seul de sa nature, et il vaut mieux fermer les yeux sur son cas.

Plus loin, ou ailleurs, que l'ADN, il y aurait quoi ? Qu'on me permette ce jeu de mots : *la dé-haine*. Le mutant traverse la forêt obscure de la haine et disparaît de l'horizon du calcul. On peut même imaginer que certains suicides, non répertoriés, eux non plus, tant ils choquent l'opinion courante, soient ainsi des *suicides de vie* plutôt que de mort. On a appris depuis peu que certains parasites, observables chez les insectes, se développent sur leur proie et, à un moment donné, pour assurer leur propre survie, poussent leur hôte au suicide. Le suicide de vie, lui, serait exactement le contraire : une victoire du corps sur ses parasites laissés en quelque sorte « derrière lui », une « éternisation », et non une destruction, de sa grande santé parvenue à son comble ; un pari sur le temps, impliquant, en toute lucidité, l'éternel retour d'un maximum de bonheur, de force, de créativité. Pas de déclin, dans ce cas, un saut en soi, devenu sommet.

Certaines déclarations de M.N., outre celle sur « l'ami Empédocle », vont d'ailleurs dans ce sens :

« Alors, une richesse débordante de forces diverses s'unit amicalement chez le même homme à la force la

plus vive du "libre arbitre" et de la décision souveraine : l'esprit se sent à l'aise et en confiance dans le
domaine des sens, comme les sens se sentent à l'aise et
en confiance dans le domaine de l'esprit ; et tout ce qui
se passe dans l'esprit se traduit nécessairement de
façon sensible, en un bonheur, en un jeu d'une rare
délicatesse... Il est vraisemblable que chez les hommes
accomplis et parfaits comme ceux-là, les opérations les
plus matérielles des sens sont transfigurées par une
ivresse symbolique de la plus haute spiritualité, et
qu'ils ressentent en eux une sorte de divinisation du
corps. »

Il s'est muté, il s'est transmuté. Bien entendu, rien
à voir avec le sport ou une performance simplement
physique. Rien à voir non plus avec des expériences
ascétiques, mystiques, droguées, orientalistes. On
remarque juste une propension inhabituelle à la pensée,
accompagnée, plume en main, d'une claire concentration verbale très au-dessus de ce qu'on attend, normalement, d'un philosophe, d'un artiste ou d'un écrivain. Il
ne s'agit pas du même registre, même si l'apparence
semble la même. Autre chose, mais quoi ? Sans doute un
surcroît, jamais vécu auparavant, de joie, de jeu, de raison, de bénédiction. La bonne nouvelle est si fantastique
qu'il vaut mieux qu'elle ne soit ni divulguée ni envisa-
geable. *Ça ne peut pas se produire*, c'est la loi.

Et pourtant le fait est là, le corps tourne. Je
demande à un ami généticien si cela est seulement *pos-*

sible. Quoi? Une mutation produite par la pensée sur le corps, ou, plus exactement, par le corps de la pensée sur le corps. Il hausse les épaules. « Pourquoi pas, mais c'est tout à fait improbable et statistiquement inobservable. Donc, non. Cela dit, beaucoup de phénomènes nous échappent encore. Nietzsche? Le penseur fou? Pourquoi pas Mozart? »

Le type qui a trouvé l'ADN+ est mort récemment. Dieu sait qui lui avait commandité cette recherche. Il voulait continuer, mais les fonds ont manqué. Ses résultats sont classés top secret. J'ai vu son dossier, on lui a cherché des misères. Il a été systématiquement marginalisé et persécuté. Il a fini sa vie dans l'obscurité, et pauvre.

Un monde vient où *quelqu'un* sera obligé de s'excuser tous les jours d'avoir eu une enfance heureuse, enchantée, *prédestinée*, aimée, maintenue contre vents et marées. Il comprend, il se cache. Il assiste à des destructions extraordinaires, étuves des mers enlevées, embrasements souterrains, planète emportée, exterminations conséquentes. Il se sent comme un diamant jeté par le cœur terrestre éternellement carbonisé pour lui. Il se tait. Les mammifères le retardent, les oiseaux l'encouragent. Il n'aime pas les chiens, ces « mauvais flatteurs » (comme dit M.N.), et il n'aime pas non plus ceux qui parlent de « générations » (comme s'il était, lui, d'une génération, c'est-à-dire d'une corruption quelconque). Il éprouve sans cesse la présence réelle de ce que notre ami Empédocle appelle le *sphairos*, « égal à lui-même partout, illimité, tout rond, joyeux, immobile ». Il voit la Haine surgir de lui et le briser. Il le voit se reconstituer dans l'Amitié, comme si de rien n'était. Et ça recommence.

Il prend la Haine de vitesse, il traverse la prairie, il meurt, il n'est pas mort, on le croit mort, on *veut* qu'il soit mort, et pour cause. Lui, impassible, sait, comme M.N., que « l'âme la plus sage parle à la folie avec une grande douceur ».

On n'a jamais fait le rapprochement entre M.N. et le mathématicien allemand Georg Cantor (1845-1918), inventeur, avec Dedekind, de la théorie des ensembles, et révolutionnaire des nombres avec son transfini. On sait qu'il a été persécuté par les mathématiciens étroitement rationalistes de son temps, et que, dégoûté, il a fini par s'adresser à Rome. Sa santé mentale a été gravement chahutée par toutes ses épreuves. Il n'en a pas moins transformé le pays du calcul, sorte de Galilée méconnu des fibres.

Les dossiers secrets du Saint-Siège sont éloquents. Celui du découvreur de l'ADN+ est là aussi, archivé dans les caves, pas loin du volumineux recueil « Saint-Suaire », toujours en cours, malgré les expertises au carbone 14 le datant du Moyen Âge, et non pas de la Palestine du supposé Crucifié-Ressuscité. Il est quand même extraordinaire que voisinent ainsi, sous Saint-

Pierre, des documents ayant trait à deux passants de Turin, photo controversée du Christ, gène dissimulé de l'Antéchrist. Qui dit mieux dans le carnaval des miracles ? C'est toujours le même problème : « l'esprit » peut-il transformer la matière, oui ou non ? À part ceux qui délirent sur ce sujet (et ils sont nombreux), la plupart répondent aussitôt non, tout en gardant, c'est vérifiable, un vieux fond de superstitions. Mais, comme l'a dit l'admirable Hegel : « À voir ce dont l'esprit se contente, on mesure l'étendue de sa perte. »

L'esprit, l'esprit, vous nous emmerdez avec votre esprit. Napoléon à cheval à Iéna, en 1806, oui, bon, et alors ? Je sens dans votre appel à l'esprit je ne sais quel relent élitiste et réactionnaire. Que l'esprit, comme vous dites, soit garant de la liberté, permettez-moi de sourire. Nous sommes *déterminés*, et contents de l'être. Vie sociale et familiale, argent, libido, ADN, génome, discours en tous genres, on sait à quoi s'en tenir, et si vous continuez sur ce ton, je vous passe à la moulinette de l'analyse comportementale. Vous ne nous abusez pas : votre *morale* est mauvaise, votre philosophie insuffisante, et d'ailleurs dépassée. M.N. en ADN+, et puis quoi encore ? Votre délire est non seulement élitiste mais raciste, on vous connaît.

Il n'en reste pas moins que le cas existe. Ce qui le rend difficile et, à la limite, implaidable, c'est qu'il passe par une pratique constante, incroyablement précise et féconde, de l'écriture inspirée et pensée. Rien d'embrouillé, de pseudo-poétique, d'ennuyeux ou de maniaque bloqué, dans ces phrases, ces pages, ces livres. Au contraire, l'ensemble rend vite fades et barbantes des bibliothèques entières qui apparaissent ainsi, de plus en plus, comme des étapes, des approximations, des tentatives inabouties, des *curiosités*.

Il y aurait donc dans cet acte (vivre et écrire comme ça, dans certaines conditions), une goutte de nuit, de néant, de lumière, une force cachée, méconnue, entrevue, refoulée, niée, jamais complètement explorée. Vous voyez la scène : M.N., à Turin, s'installe à sa table, à 6 heures du matin, avec du papier et son encre venue de New York. Il commence, il sait ce qu'il veut dire, il écrit vite, il rature très peu, sa pensée le précède, son corps est enthousiasmé, c'est comme s'il marchait vite dans la montagne ou même qu'il volait, avec, au bout de trois ou quatre heures, un sentiment de toute-puissance survolant l'Histoire comme s'il était à la fois tous les noms de l'Histoire. Ça lui paraît normal. Erreur.

Supposons qu'un matin d'automne, à Paris (mon dieu, comme malgré la circulation folle, tout est calme), je décide d'envoyer à des amis, des connaissances ou des figurants célèbres de mon temps des billets plus ou moins déments signés « Le Crucifié », « Dionysos », « César », « Le Phénix », etc. Certains, un peu au courant, penseraient que je m'amuse à imiter M.N., et qu'il s'agit, en somme, d'une plaisanterie d'un goût douteux, surtout si je vais jusqu'à signer carrément « Nietzsche ».

Je pourrais me contenter de formules sibyllines, du genre : « À partir d'aujourd'hui, je tiens à vous informer que je ne suis plus du tout le même que celui que vous avez connu ou que vous *croyez* avoir connu. Tenez-en compte. » À part mon éditeur habituel, complice, depuis longtemps, de mes fantaisies, deux ou trois destinataires, surtout journalistes, seraient malgré tout inquiets et préviendraient des psychiatres. Ces derniers débouleraient chez moi, et me trouveraient tranquillement en train d'écrire. « Vous vous sentez bien ? » — « Très bien. » — « Vous êtes sûr ? »

— « Mais oui, pourquoi ? » — « Non, rien, une erreur, excusez-nous, rien. »

Et, en effet, *rien*. Aucun de ces serviteurs du cerveau social n'aurait l'impudence de lire par-dessus mon épaule. L'un d'eux le ferait-il que sa vue se brouillerait très vite, et que sa mémorisation flancherait au bout de trois lignes. Il serait incapable de faire mieux, par la suite, qu'une note plate et confuse : « Aspect calme, mais activité mentale intense. A tendance à se prendre pour un certain M.N., philosophe de la fin du 19ᵉ siècle, mort fou après avoir inventé un nouveau calendrier, et inspirateur de Hitler. » *Hitler ? Nazi ?* Mais c'est très grave, ça ! Dangereux ! Éradicable ! « Mais non, cher monsieur Pavlov, aucun danger, le patient est doux, cultivé, affable, aucun signe de prosélytisme, ne semble même pas chercher le succès. Vit très seul, a une compagne réputée dans les milieux de la mode. » — « C'est tout ? » — « C'est tout. » Vous voyez bien, *rien*...

Je n'envoie de billets à personne. Pas de spectacle, juste des mots bleus sur du papier velouté. Petits mouvements discrets, gestes de l'air. Une grande confiance, soudain, m'envahit. En quoi ? En qui ? En rien, en personne. Un livre pour rien et pour personne. Un livre de l'esprit qui toujours dit oui.

Vous achetez maintenant l'impressionnante sonate en *ut* mineur K 457 de Mozart, interprétée par un excellent musicien. Le disque comprend également l'enregistrement des concertos pour piano 20 et 21.

Vous lisez distraitement la notice signée par une musicologue de service. Le titre général du commentaire vous étonne : « Tragique et spiritualité. » Défilent ensuite tous les clichés, parfaitement prévisibles, d'époque.

Exemple : la sonate révèle les états d'âme de Mozart à la veille de son initiation à la Franc-Maçonnerie. Elle est donc traversée par « la mort », « une sombre tristesse », « un sentiment de tristesse résignée ».

Pour les concertos (ces chefs-d'œuvre), comme Mozart est franc-maçon depuis peu, ils sont automatiquement « hantés par l'idée de la mort », la tonalité en *ré* mineur du n° 20 étant, chez lui, « la tonalité tragique par excellence ». La musique oscille « entre révolte et résignation », elle est, dans l'adagio, « d'une grande tristesse », et tout baigne, c'était fatal, dans « une atmosphère syncopée et désespérée qui renforce encore le sentiment de tristesse résignée ».

Cette brave employée moderne récite son catéchisme : notre spiritualité est tragique, notre tristesse, malgré quelques sursauts de révolte, éclate à chaque instant, nous sommes hantés par la mort, nous allons nous résigner, car que faire d'autre ?

Ainsi va la propagande incessante. Il ne sera pas dit que Mozart, du fond de la nuit, se soulève et affirme érotiquement quoi que ce soit. Il est résigné, le pauvre. On l'entend pourtant bien dire « meurs, et deviens ».

Le pape allemand Benoît XVI, en vacances dans le Val d'Aoste, joue, pendant l'été, la sonate en *ut* mineur de Mozart, son compositeur préféré. Près de lui se tient la charmante Ingrid Stampa, une Allemande de 56 ans au nom surréaliste, qui, bien qu'elle ne soit pas religieuse, tient désormais les appartements pontificaux. Elle fait ses courses dans Rome à bicyclette, mais son principal talent n'est pas là. Spécialiste de musique médiévale, elle est aussi, ça ne s'invente pas, une très bonne joueuse de viole de gambe.

Le pape est très convenable dans Mozart, et Ingrid et lui jouent parfois autre chose ensemble. Un pape, Mozart, une violiste, que vouloir de plus ? Assis dans un coin, M.N., pensif, les écoute. On se croirait, au début du 21e siècle, dans un roman de Sollers.

Dans l'Inde ancienne, le sacrifiant, au commencement du rite qui doit le conduire vers les dieux, dit :
« Maintenant, je quitte la fausseté pour aller à la vérité. »
Il fait son travail intense et compliqué de mélodies

et de rythmes, il devient un corps-parole, un corps-mélodie, un corps-rythme, de façon à aller, par-delà la mort, dans *un monde qu'il se sera fait*. Il n'est pas exclu que, pendant son voyage, il tombe sur une déesse « vêtue d'espace », portant au cou un collier de crânes et, autour du buste, des nœuds de serpents. Il n'est pas exclu non plus qu'il apprenne à faire parler et danser les cailloux, les pierres, les rochers. Le voici donc, avec sa poignée d'herbe, allant du profane au sacré.

Pour le retour, il ne va évidemment pas dire qu'il quitte la vérité pour aller vers la fausseté. Sa formule est délicate et modeste :
« Maintenant, je suis seulement ce que je suis. »

Où suis-je ? Qui suis-je ? Un simple passager de l'éternel retour du Salut. Mais oui, du Salut.

Paris, le 30 septembre 118

DU MÊME AUTEUR

Aux Éditions Gallimard

FEMMES, *roman* (Folio n° *1620*).

PORTRAIT DU JOUEUR, *roman* (Folio n° *1786*).

THÉORIE DES EXCEPTIONS (Folio Essais n° *28*).

PARADIS II, *roman* (Folio n° *2759*).

LE CŒUR ABSOLU, *roman* (Folio n° *2013*).

LES FOLIES FRANÇAISES, *roman* (Folio n° *2201*).

LE LYS D'OR, *roman* (Folio n° *2279*).

LA FÊTE À VENISE, *roman* (Folio n° *2463*).

IMPROVISATIONS (Folio Essais n° *165*).

LE RIRE DE ROME, *entretiens avec Frans De Haes* (« L'Infini »).

LE SECRET, *roman* (Folio n° *2687*).

LA GUERRE DU GOÛT (Folio n° *2880*).

SADE CONTRE L'ÊTRE SUPRÊME *précédé de* SADE DANS LE TEMPS.

STUDIO, *roman* (Folio n° *3168*).

PASSION FIXE, *roman* (Folio n° *3566*).

LIBERTÉ DU XVIIIème (Folio 2 ∈ n° *3756*).

ÉLOGE DE L'INFINI, (Folio n° *3806*).

L'ÉTOILE DES AMANTS, *roman* (Folio n° *4120*).

POKER. ENTRETIENS AVEC LA REVUE LIGNE DE RISQUE (« L'Infini »).

UNE VIE DIVINE, *roman* (Folio, n° *4533*).

Dans les collections « L'Art et l'Écrivain »; « Livres d'art » et « Monographies »

LE PARADIS DE CÉZANNE.

LES SURPRISES DE FRAGONARD.

RODIN. DESSINS ÉROTIQUES.
LES PASSIONS DE FRANCIS BACON.

Dans la collection « À voix haute » (CD audio)

LA PAROLE DE RIMBAUD.

Aux Éditions Grasset

VISION À NEW YORK, *entretiens avec David Hayman* (Figures, 1981 ; Médiations/Denoël ; Folio *n° 3133*).

Aux Éditions Plon

VENISE ÉTERNELLE.
CARNET DE NUIT.
LE CAVALIER DU LOUVRE : VIVANT DENON, 1747-1825 (Folio *n° 2938*).
CASANOVA L'ADMIRABLE (Folio *n° 3318*).
MYSTÉRIEUX MOZART (Folio *n° 3845*).
DICTIONNAIRE AMOUREUX DE VENISE

Aux Éditions Desclée De Brouwer

LA DIVINE COMÉDIE, *Entretiens avec Benoît Chantre* (Folio *n° 3747*).

Aux Éditions Robert Laffont

ILLUMINATIONS (Folio *n° 4189*).

Aux Éditions Calmann-Lévy

VOIR ÉCRIRE *entretiens avec Christian de Portzamparc* (Folio *n° 4293*)

Aux Éditions Verdier

LE SAINT-ÂNE.

Aux Éditions Hermann

FLEURS. Le grand roman de l'érotisme floral.

Au Cherche midi éditeur

L'ÉVANGILE DE NIETZSCHE, *entretiens avec Vincent Roy.*

Aux Éditions du Seuil

Romans

UNE CURIEUSE SOLITUDE (Points-romans nº *185*).

LE PARC (Points-romans nº *28*).

DRAME (L'Imaginaire nº *227*).

NOMBRES (L'Imaginaire nº *425*).

LOIS (L'Imaginaire nº *431*).

H (L'Imaginaire nº *441*).

PARADIS (Points-romans nº *690*).

Journal

L'ANNÉE DU TIGRE (Point-romans nº *705*).

Essais

L'INTERMÉDIAIRE.

LOGIQUES.

L'ÉCRITURE ET L'EXPÉRIENCE DES LIMITES (Points nº *24*).

SUR LE MATÉRIALISME.

Aux Éditions de La Différence

DE KOONING, VITE.

Composition Firmin-Didot
Impression Maury à Malesherbes,
le 13 mars 2007.
Dépôt légal : mars 2007.
Numéro d'imprimeur : 127976.
ISBN 978-2-07-034292-1/Imprimé en France.

. . . .
. . . .
. . 17 . . . .
. . . .
. . . .
. . . .